MICHAELA
BAUMGARTNER

DER
BLUMEN-
KAVALIER

WILLKOMMEN IM ROMANTISCHEN WIEN! Nach einem Aufenthalt in England reist die junge, lebenshungrige Fanny Wohlleben mit ihrer schwangeren Schwester Sophie zurück in ihre Heimatstadt. Das ungeduldig herbeigesehnte Wiedersehen mit dem Textilfabrikanten Paul Faber lässt zu Fannys großer Enttäuschung jedoch auf sich warten – sein mysteriöses Verschwinden bereitet nicht nur ihr Kopfzerbrechen. Um sich abzulenken, stürzt sie sich voller Enthusiasmus in die Gestaltung ihres Gartenpalais. Die Begegnung mit dem berühmten ungarischen Pferdezüchter Gyula Graf Erdélyi stellt ihre Liebe zu Paul allerdings auf eine harte Probe.

Sophie, nach dem Bruch mit ihrer Schwiegermutter in England gesellschaftlich isoliert und von Zweifeln gequält, findet Rat und Hilfe bei ihrer treuen Freundin Emilia. Die frischgebackene Komtesse, die nun endlich den Traum von einem eigenen Mode-Atelier verwirklichen kann, fühlt sich zu ihrem Anwalt Timotheus Baron Artstetten hingezogen, sein konservatives Frauenbild lässt sie allerdings zögern, seinen Antrag anzunehmen. Ob es Fannys Bruder Georg gelingt, Emilias Verlobung zu verhindern und das Herz der Couturière zu erobern?

Michaela Baumgartner studierte Geschichte, Germanistik und Kommunikationswissenschaften an der Universität Wien. Die promovierte Historikerin war zunächst als Sachbuch-Lektorin, Kommunikationstrainerin und freie Journalistin bei verschiedenen Tageszeitungen und Magazinen tätig. Im Anschluss daran leitete sie viele Jahre lang eine Agentur für Öffentlichkeitsarbeit und Corporate Publishing in Wien. Mit ihren Romanen möchte die gebürtige Oberösterreicherin und gelernte Buchhändlerin das traditionsreiche Genre des englischen Regency-Romans um eine österreichische Variante bereichern.

MICHAELA
BAUMGARTNER

DER
BLUMEN-
KAVALIER

SEHNSUCHT IM PALAIS

GMEINER

Immer informiert

Spannung pur – mit unserem Newsletter informieren wir Sie
regelmäßig über Wissenswertes aus unserer Bücherwelt.

Gefällt mir!

Facebook: @Gmeiner.Verlag
Instagram: @gmeinerverlag
Twitter: @GmeinerVerlag

Besuchen Sie uns im Internet:
www.gmeiner-verlag.de

© 2023 – Gmeiner-Verlag GmbH
Im Ehnried 5, 88605 Meßkirch
Telefon 0 75 75 / 20 95 - 0
info@gmeiner-verlag.de
Alle Rechte vorbehalten
1. Auflage 2023

Lektorat: Christine Braun
Herstellung: Mirjam Hecht
Umschlaggestaltung: U.O.R.G. Lutz Eberle, Stuttgart
unter Verwendung der Bilder von: © JM Soedher / stock.adobe.com
und Kathy / stock.adobe.com
Druck: GGP Media GmbH, Pößneck
Printed in Germany
ISBN 978-3-8392-0334-7

»Nach der Musik wird hier gewiss keine von den schönen Künsten mehr getrieben als die Gartenkunst.«

Christoph Martin Wieland

Inhalt

Die Frage aller Fragen • Ein besonderer Sommer • Überraschung für Stani • Eine denkwürdige Begegnung

Prolog

»Hast du den Verstand verloren, Paul? Dein Leben aufs Spiel zu setzen – für dieses Mädchen! Bist du dir eigentlich bewusst, wie gefährlich dein Vorhaben ist?« Martha Faber ließ ihrem Unwillen freien Lauf, wie immer trug sie ihr Herz auf der Zunge. »Und nicht nur das. Du wirfst deinen ganzen Stolz über Bord, setzt deine Familie Spott und Hohn aus. Denk doch einmal auch an mich. Also wirklich, dein Vater würde sich im Grabe umdrehen.«

Jetzt, da ihr Sohn sie über seine Pläne in Kenntnis gesetzt hatte, gab es für sie kein Halten. Diese Schwärmerei für die jung verwitwete Gräfin Keynitz war ihr von Anfang an ein Dorn im Auge gewesen. Und seit sie erfahren hatte, dass Emilia, das reizende Fräulein Esposito, plötzlich Komtesse geworden war, hatte sie ihre letzte Hoffnung begraben müssen, Paul würde endlich Vernunft annehmen und um Emilias Hand anhalten.

»Ich bitte dich, überleg es dir noch einmal. Du riskierst Kopf und Kragen. Was tust du, wenn sie dich nicht will?«

»Ich liebe Fanny und werde alles in meiner Macht Stehende unternehmen, um sie eines Tages zu meiner Frau zu machen«, entgegnete Paul ungehalten.

»Aber ihre Familie! Vergiss nicht, die Wohllebens sind alteingesessener Wiener Adel. Du wirst doch nicht ernsthaft annehmen, dass sie dich als Schwiegersohn akzeptieren.« Am Zucken seines rechten Augenlids erkannte sie, dass sie einen wunden Punkt getroffen hatte. »Mag sein, dass die

Gräfin deine Shawls schätzt, aber das macht dich noch lange nicht zu einer passenden Partie für ihre Jüngste«, setzte sie nach. »Wie kannst du nur so naiv sein! Du bist doch nicht mehr als eine kokette Marotte gelangweilter Damen der Gesellschaft. Und damit meine ich sowohl die Mutter als auch die Tochter.«

»Jetzt ist es aber genug!«, schnaubte Paul wütend. »Du gehst zu weit! Ich breche noch heute auf, daran werden auch deine unerfreulichen Tiraden nichts ändern. In wenigen Monaten werde ich zurück sein. Und ich hoffe, du wirst bis dahin deine Meinung geändert haben.«

»Und wie soll ich die Fabrik in deiner Abwesenheit weiterführen?« Martha klang verzweifelt.

»Du hast genug Erfahrung und fähige Leute an der Seite, das weißt du so gut wie ich«, entgegnete er scharf. »Es tut mir leid, dass du dich so unversöhnlich zeigst.« Er räusperte sich. »Leb wohl.«

»Bitte«, erwiderte sie leise.

»Nein, Mutter. Unter diesen Umständen gibt es nichts mehr zu sagen.« Nach einer steifen Umarmung verließ er den Raum.

Niedergeschlagen betrachtete Martha den Weihnachtsbaum, den sie nach dem Vorbild der Baronin von Arnstein heuer zum ersten Mal in ihrem Salon hatte aufstellen lassen. Wie sehr sie sich gewünscht hatte, das Fest mit Emilia und Paul zu feiern. Sie konnte kaum fassen, wie unbarmherzig das Schicksal ihre Träume zerstört hatte.

1. Kapitel

MATHILDE GRÄFIN WOHLLEBEN nahm ihr Lorgnon ab und legte den Brief zur Seite. Ein zufriedenes Lächeln umspielte ihre Lippen. Fanny entwickelte sich prächtig. England schien ihrer eigensinnigen Jüngsten außerordentlich gut zu bekommen. Wer hätte das gedacht? Während Sophie das Wetter beklagte, die häufige Abwesenheit ihres Gemahls Edward Lewis Jonathan, des achten Earl of Thornfield, die mangelnde Feinsinnigkeit und das fehlende Modebewusstsein der Engländer im Allgemeinen und der Damen der Gesellschaft im Besonderen, schwärmte ihre kleine Schwester von den weitläufigen Parkanlagen, der ungezähmten Landschaft und den Pferden. Vor allem den Pferden.

Fanny war schon als Kind eine außergewöhnlich begabte Reiterin gewesen, wohingegen die riesigen, hufeisenbewehrten Vierbeiner Mathilde noch heute schreckliche Angst einflößten. Natürlich würde sie diese kleine Schwäche niemals eingestehen, nicht einmal ihr Gemahl wusste davon. Sie hatte lediglich ihrem Unmut über Fannys neu entflammte Leidenschaft Ausdruck verliehen. Friedrich jedoch zeigte wie immer keinerlei Verständnis für ihre Sorgen. Im Gegenteil. Er schien diese gefährliche Neigung seiner Tochter uneingeschränkt gutzuheißen.

»Da hat unser Wildfang ja endlich jemanden gefunden, der ihr Paroli bieten kann«, hatte er lachend bemerkt.

Mathilde seufzte. Die Schilderungen ihrer Ausritte, das Fohlen ihrer Lieblingsstute oder Edwards neuer Hengst füllten Seite um Seite. Nach der Erwähnung eines gewissen Herrn, der Mathilde mittlerweile geradezu ans Herz gewachsen war, suchte sie vergeblich. Sie rückte ihren burgunderroten Shawl zurecht, der ihr über die Schulter geglitten war. Wie wunderbar weich und zart er sich anfühlte. Paul Faber verstand sein Geschäft. Darüber hinaus sah der reiche Textilfabrikant hervorragend aus, war nicht nur charmant, sondern auch gebildet. Er liebte ihre Jüngste aufrichtig und hatte, davon war Mathilde überzeugt, noch Großes vor sich. Pauls einziger Makel, seine bürgerliche Herkunft, würde nicht mehr länger ein Hindernis darstellen. Graf Wohllebens Einfluss bei Hofe hatte nicht unwesentlich dazu beigetragen, dass Herr Faber vor Kurzem zum k. k. Hoflieferanten ernannt und in den Adelsstand erhoben worden war. Es war Mathildes Idee gewesen, der Kaiserin bei einem informellen Diner in der Hofburg en passant Fabers neue Kollektion zu überreichen. Die stets kränkelnde Maria Ludovika war so angetan gewesen, dass sie bei ihrem Gemahl umgehend ein gutes Wort für den Shawlfabrikanten eingelegt hatte. Auch wenn es mit der Ehe des Kaiserpaares seit langer Zeit nicht zum Besten stand – der Altersunterschied war beträchtlich, die Ansichten zu unterschiedlich, das Misstrauen der Kaiserin gegenüber Außenminister Metternich zu groß –, erfüllte Franz der labile Gesundheitszustand seiner Gemahlin mit größter Besorgnis. Bei Hof wurde gemunkelt, er gäbe dem kürzlich zu Ende gegangenen Kongress die Schuld. Er war der festen Überzeugung, sie habe sich als Gastgeberin weit über Gebühr verausgabt. Jedenfalls hatte der Kaiser Paul Fabers herzerwärmende Geschenke wohlwollend zur Kenntnis genommen und sich umgehend erkenntlich gezeigt.

Paul Ritter von Faber. Nachdenklich nahm Mathilde ihre

Stickerei zur Hand. Dass sie ihm von Anfang an Sympathie entgegengebracht hatte, war sowohl bei ihrem Gemahl als auch bei ihrer Schwester Louise und sogar bei Sophie auf leise Verwunderung gestoßen. Wenigstens Louise hätte ahnen müssen, warum. Hatte sie es nicht auch gesehen? Wie sehr Paul ihrem Vater ähnelte? Die stattliche Gestalt, das sandfarbene Haar, die grünen Augen. Vor allem aber sein ruhiges, klares Wesen. Sie betrachtete das Gemälde über dem Kamin, das ihren Vater in Galauniform zeigte. Als ranghoher Offizier war Oberst Leopold Arnitz nach 30 Jahren Militärdienst in den Adelsstand erhoben worden. Kurz danach hatte Louise mit dem wesentlich älteren Baron Lilienthal eine ausgezeichnete Partie gemacht. Und als dann der junge Graf Wohlleben um Mathildes Hand angehalten hatte, konnten ihre Eltern ihr Glück kaum fassen. Friedrichs Familie hingegen war von dieser Verbindung alles andere als angetan gewesen, hatte sie doch eine entfernt verwandte preußische Prinzessin für ihren Erstgeborenen ins Auge gefasst, die bedeutend älter als er und nicht unbedingt eine Schönheit zu nennen war. Wen kümmerte das schon, hatten Friedrichs Eltern gedacht.

Mit einem tiefen Seufzer rieb sie sich ihren schmerzenden Rücken. Friedrich hatte es gekümmert. Er hatte sie, die blutjunge Mathilde von Arnitz, gegen den Willen seiner Eltern zur Frau genommen.

Mathilde schauderte. Die Erinnerung an ihre Verlobungszeit und die ersten Monate ihrer Ehe gehörten zu den schlimmsten ihres Lebens. Jeder auch noch so kleine Fehler, jede ungebührliche Äußerung waren mit Tadel, Spott, Missachtung und, was noch schlimmer war, Geringschätzung gestraft worden. Die Leichtigkeit und Unbefangenheit ihrer Jugend waren dahin gewesen. Aber sie hatte schnell gelernt sich anzupassen, ihre wahren Empfindungen zu verstecken, ihre Meinung nicht kundzutun und möglichst wenig aufzufallen. Schon im ersten Jahr ihrer Ehe hatte sie der Familie Wohlleben den ersehnten Erben geschenkt, und ihre Position hatte sich nach Georgs Geburt deutlich verbessert. Dennoch weinte sie ihren Schwiegereltern bis heute keine Träne nach.

Sie ließ den Rahmen sinken und betrachtete prüfend das Stickbild. Diese Rosen mit den komplizierten Ranken waren ihr vorzüglich gelungen. Was Paul Faber betraf: Die Baronie würde schon noch folgen. Und wenn sie es sich recht überlegte, hatte Fannys Faible für Sophies neue Heimat auch sein Gutes. Mathilde erhob sich. Wenigstens schien die Tugendhaftigkeit ihrer ebenso wankelmütigen wie leichtsinnigen Tochter im fernen England und unter der Obhut ihrer Schwester gewahrt zu bleiben. Sophie hatte zu ihrer grenzenlosen Erleichterung bisher jedenfalls nichts Gegenteiliges berichtet.

~∾~

Besorgt blickte Sophie ihrer kleinen Schwester hinterher. Mit den Worten »Er muss doch auch bewegt werden« hatte Fanny ausgerechnet Brandy, das temperamentvollste Pferd von allen, entgegen den Warnungen des Stallmeisters allein aus seiner Box geführt. Nun preschte sie davon wie eine Wilde, natürlich nicht im Damensattel. Woher sie ihre Reithose hatte, konnte Sophie trotz strengster Befragung des Butlers und der Hausdame nicht in Erfahrung bringen. Vom ersten Tag an hatte Fanny das Personal um die Finger gewickelt, während Sophie nach dem dramatischen Rückzug von Lady Catherine alle Hände voll zu tun hatte, als neue

Herrin von Westham Hall den gebührenden Respekt einzufordern. Niemand wusste von den Intrigen ihrer Schwiegermutter und wie übel sie ihr mitgespielt hatte. So konnte Sophie es den Dienstboten nicht verübeln, dass sie ihr, der Ausländerin, misstrauisch und distanziert gegenübertraten.

Sophie fröstelte. Sie sollte sich langsam an das feuchtkalte englische Wetter gewöhnt haben und sich passender kleiden. Aber diese schweren englischen Stoffe waren so furchtbar unangenehm zu tragen. Gedankenversunken ging sie zurück ins Haus. Hätte sie ihrer Mutter gegenüber Fannys neue Leidenschaft besser nicht erwähnen sollen? Sophie zuckte die Achseln. Sonst gab es eben nicht viel zu berichten. Das Leben auf dem Lande war eintönig und langweilig. Wäre nicht London nur eine Tagesreise entfernt, sie würde verzweifeln. Neben ihren Museumsbesuchen – sie verbrachte Stunden im British Museum – und der Einrichtung einer umfassenden Bibliothek in ihrem Stadtpalais vertrieb sich Sophie die Zeit mit Bällen, Diners und Soireen bei Hof, zu denen sie und Edward geladen waren. Zu ihrer eigenen Überraschung, denn früher hatten sie derlei Verpflichtungen eher gelangweilt. Edwards Gegenwart und seine geistreiche Konversation jedoch – sie war amüsant, ohne je in oberflächliche Banalität abzugleiten – machten ihr den Umgang mit der Londoner Gesellschaft mittlerweile durchaus erträglich.

Dass Fanny an der glamourösen Saison nicht teilnehmen durfte, war Sophie von Anfang an klar gewesen. Schließlich befand sich Fanny noch in ihrem Trauerjahr. Sie hatte ihren Gemahl, Philipp Graf Keynitz, wenige Monate nach der Eheschließung bei einer der letzten Schlachten der Napoleonischen Kriege verloren und trug deshalb noch Witwenkleider. Sophie hatte größte Befürchtungen gehegt, wie die lebenslustige Fanny die Nachricht, keine gesellschaftlichen Veranstaltungen besuchen zu dürfen, aufnehmen würde. London war nicht Wien, aber Gerede gab es überall. Doch Fanny hatte Sophies sorgfältig zurechtgelegte Worte gleichmütig zur Kenntnis genommen und war in groben Stiefeln und ihrem wattierten Wickler in den Park gestürmt, um den jungen Thomas McElroy zu treffen, der ihr im Glashaus seine jüngste Neuerwerbung vorstellen wollte.

McElroy war, wie sein Vater und zuvor sein Großvater, Gärtner der Familie Thornfield, die Neuerwerbung eine seltene Hyazinthe aus Griechenland. Fanny sollte zusehen, wie er die Brutknollen entfernte, um sie zu vermehren. Sie würde sie mit nach Wien nehmen, hatte sie Sophie aufgeregt erzählt. So wie Aurikel, Pelargonien, Chrysanthemen, Nelken, Rhododendren, Kamelien, Rosen und Tulpen, Fannys Lieblingsblumen. Stundenlang studierte sie die Sammlung von Kupferstichen, mit deren Hilfe Thomas ihr beibrachte, die unterschiedlichen Sorten voneinander zu unterscheiden. Sie alle würden den Park ihres neuen Gartenpalais in Wien zieren. Fanny platzte vor Stolz, wenn sie über die Anlage ihres Parks sprach. Und Sophie war ebenso erstaunt wie glücklich. Noch nie hatte sie Fanny so ausgeglichen erlebt. Nicht einmal die Tatsache, dass Paul Faber vom Erdboden verschluckt schien, vermochte das seelische Wohlbefinden ihrer kleinen Schwester zu beeinträchtigen. Dabei hatte sich Fanny – ungeachtet der Tatsache, dass sie zu diesem Zeitpunkt verheiratet und guter Hoffnung gewesen war – bereits bei ihrer ersten Begegnung im Park des Schlosses Schönbrunn zu Beginn des letzten Sommers Hals über Kopf in den charismatischen Entrepreneur verliebt. Nach dem tragischen Verlust ihres Kindes und ihres Gemahls hatte Paul seine ursprüngliche Zurückhaltung endlich aufgegeben und sich Fanny erklärt. Sein Versprechen, sie in Paris zu besuchen, hatte er gehalten. Es war die erste Station auf ihrer Reise nach England gewesen, und Paul hatte ihr zum Abschied ein herzförmiges Medaillon überreicht. Voll Stolz hatte Fanny ihrer Schwester die Gravur auf der Rückseite des Schmuckstücks gezeigt: »Auf ewig dein«. Doch Pauls Verhalten stand in krassem Widerspruch zu diesen schlichten Worten. Seither kein Brief, kein Besuch und kein Wort ihrer Mutter.

Sophie war glücklich, Fanny bei sich zu haben. Ihre umtriebige Schwester hatte die Aussicht, das Trauerjahr allein bei ihren Eltern in Wien verbringen zu müssen, mit tiefem Grauen erfüllt. So hatte sie sich zu der Entscheidung durchgerungen, Paul Lebewohl zu sagen und Sophie nach England zu begleiten. Nur ein einziges Mal, kurz nach Sophies Geburtstag Mitte Februar, hatte Fanny Pauls rätselhaftes Verhalten zur Sprache gebracht.

»Denkst du, er hat mich vergessen?«, hatte sie gefragt, während sie in ihr Reitkostüm schlüpfte.

»Ganz sicher nicht«, hatte Sophie erwidert und gehofft, überzeugter zu klingen, als sie sich fühlte.

Fanny hatte sie ruhig und mit großen Augen angesehen. »Gut, dass du das sagst. Das glaube ich nämlich auch.« Zufrieden hatte sie die Reitgerte geschnappt. »Paul wird mich nie vergessen.«

So waren die Wochen ohne größere Turbulenzen dahingeplätschert, und ehe sie sich's versahen, begannen die Tage wieder länger zu werden.

Sophie schenkte dem Diener, der das schwere Eingangstor hinter ihr schloss, kaum Beachtung. Sie hatte längst einsehen müssen, dass kein Lächeln, kein freundliches Wort von ihr auf Erwiderung stieß. Also konnte sie es ebenso gut lassen. Und dann diese schrecklich finstere Eingangshalle.

»Doktor Watson«, begrüßte sie den Herrn mittleren Alters, der sich aus dem Sofa vor dem Kamin erhob und sich ehrerbietig verneigte. »Folgen Sie mir. Ich bin bereit.«

~∞~

Edward betrachtete sie besorgt. Ihm war nicht entgangen, dass seine Gemahlin seit einiger Zeit blass und müde wirkte. England schien ihr nicht zu bekommen, obwohl er alles getan hatte, um Sophie das Leben in seiner Heimat so angenehm wie möglich zu gestalten. Seine Mutter, Lady Catherine, traf er selten und ausschließlich allein. Seit ihrem erzwungenen Besuch in Wien hatte sie, Edwards Anweisung entsprechend, ihren Familiensitz in Canterbury nicht mehr betreten und stattdessen ihr Stadthaus in London bezogen. Er mied alle Veranstaltungen, an denen sie teilnahm, um Sophie ein peinliches Zusammentreffen zu ersparen. Und er hatte seiner Gemahlin als verspätete Morgengabe ein geräumiges Palais in Londons bester Lage geschenkt, das sie mit Begeisterung einrichtete. Dennoch – sie schien sich hier nicht zu Hause zu fühlen. Edward war rat- und hilflos. Was könnte er noch tun, um sie glücklich zu machen?

»Du bist so still?« Er küsste sie auf die Stirn. Ihre sonst so strahlend blauen Augen wirkten ein wenig trüb und traurig. »Was ist mit dir?«

Sophie atmete tief ein und straffte ihre Schultern. Sie musste es ihm sagen, selbst wenn sie ihre eigenen Gefühle noch nicht geordnet hatte. Natürlich war ihr klar, dass Kinder zu einer Ehe nun einmal dazugehörten. Tief in ihrem Innersten hatte sie jedoch gehofft, noch mehr Zeit allein mit Edward verbringen zu können, um ihr junges Glück in vollen Zügen zu genießen, heimisch zu werden in diesem Land, das ihr fremder erschien als die fernsten Länder in ihrer Fantasie. Und vielleicht die eine oder andere Reise zu unternehmen. Wie würde Edward auf diese Nachricht reagieren? Sie hatten nie darüber gesprochen, wie es wäre, Eltern zu sein, die Verantwortung für ein Kind zu übernehmen. Was für eine Art Vater würde er sein? Würde ein Kind sich zwischen sie und ihre gemeinsamen Träume stellen oder ihre Verbindung weiter erstarken lassen? Und was war mit seiner Mutter, der zukünftigen Großmutter? Würde Lady Catherine ihr Enkelkind lieben, sich jemals mit ihr versöhnen und sie als Schwiegertochter akzeptieren? Oder ihre Missachtung auf das unschuldige Kind übertragen? All diese Fragen quälten sie, vor allem in der Nacht. Immer wieder mahnte sie sich, nicht zu viel nachzudenken. Aber es mochte ihr nicht gelingen.

»Edward, ich bin guter Hoffnung.«

Die Worte waren einfach so aus ihrem Mund gepurzelt.

Ungläubig starrte er sie an. Vor wenigen Monaten noch hatte er ernsthafte Zweifel am Bestand seiner Ehe gehegt, und nun ... »Sophie, mein Gott, wie wunderbar!« Er schloss sie in die Arme und küsste sie leidenschaftlich. Das war also der Grund für die schlechte Verfassung seiner Gemahlin! Eine Woge der Erleichterung brandete über ihn hinweg. »Und es ist wirklich wahr?« Er konnte es kaum glauben. »Seit wann hast du Gewissheit?«

»Seit einigen Tagen. Du warst in London, deshalb hast du Doktor Watsons Visitation nicht bemerkt.«

»Ist alles in Ordnung? Ich habe mir schon Sorgen gemacht. Du warst so blass in den letzten Tagen. Ich hatte Angst, du wärest krank.«

Sie lachte. »Ein wenig fühle ich mich auch so. Aber ich bin vollkommen gesund, es ist alles in Ordnung.«

Da hob Edward sie hoch und wirbelte sie übermütig durchs Zimmer. Er war vor Freude völlig außer sich.

»Edward!« Sie trommelte mit ihren Fäusten auf seine Schultern. »Lass mich runter. Mir wird übel.«

Vorsichtig setzte er sie auf dem Sofa ab und half ihr, sich bequem zu betten. »Verzeih! Aber du machst mich zum glücklichsten Mann der Welt. Du schenkst mir einen Erben, und das so kurz nach unserer Hochzeit.«

Erleichtert schmiegte sie sich an ihn. Sein Glück schwemmte all ihre Bedenken hinweg. Allerdings … »Was, wenn es ein Mädchen wird?«

Erstaunt sah er sie an. »Dann wird es eben eine kleine Lady. Wenn sie auch nur eine deiner zahllosen Tugenden besitzt, würde ich mir an deiner Stelle eher Gedanken über ihre Erziehung machen. Mich wird sie jedenfalls sofort um den Finger wickeln.«

Sophie traten Tränen in die Augen. Wie sehr sie diesen Mann liebte!

Da war nur noch eines.

»Fanny wird in naher Zukunft nach Wien zurückkehren.«

Edward nickte, erstaunt über den Themenwechsel.

»Und ich werde mit ihr gehen.«

Fassungslos starrte er sie an. »Du willst mich verlassen? Es ist, weil du England hasst, nicht wahr?«

Angesichts seiner offensichtlichen Bestürzung lachte Sophie leise auf. »Nun, das wäre wohl eine recht passable Begründung, nicht wahr?«

»Aber warum …?«

Sophie beschloss, Edward nicht länger auf die Folter zu spannen. »Ich möchte Professor Boër konsultieren. Doktor Watson hat mich in dieser Entscheidung bestärkt.

Boër ist eine international anerkannte Koryphäe auf dem Gebiet der Geburtshilfe. Außerdem sind meine Mutter und Tante Louise da, um mich zu unterstützen. Hier habe ich niemanden. Abgesehen von dir natürlich. Aber du wirst kaum meine Hand halten können, wenn das Kind zur Welt kommt. Die Anwesenheit des Gemahls bei einer Geburt wäre alles andere als schicklich.«

Edward, sichtlich erleichtert, strich ihr sanft übers Haar. »Könntest du nicht später reisen? Dann wären wir nicht so lange getrennt.«

»Ich weiß, der Arzt rät mir jedoch zu einem möglichst baldigen Antritt meiner Reise, um Komplikationen auszuschließen. Komm doch einfach nach, sobald deine parlamentarischen Verpflichtungen es erlauben. Du erinnerst dich sicher, wie schön der Sommer in Wien sein kann.« Sie lächelte maliziös.

Edward kapitulierte. »Gegen diesen Sirenengesang bin ich machtlos. Wie könnte ich je vergessen …«

Während er sprach, löste er mit aufreizender Langsamkeit ihr Fichu, das Tuch, das ihre Schultern bedeckte. Sophies Atem beschleunigte sich unter seinem intensiven Blick. Er öffnete ihr blondes, seidiges Haar, das sie lose hochgesteckt trug, und machte sich genussvoll an die kleinen Knöpfe an der Rückseite ihres Kleides. Sie erbebte, als seine Hände Zentimeter für Zentimeter ihres Körpers erkundeten. Lächelnd registrierte er, dass sie seiner Bitte nachgekommen war und auch heute wieder auf ihre heiß geliebten Unterhosen verzichtet hatte. Im Gegensatz zu diesem, wie er fand, unsäglichen Kleidungsstück, stellte das durchscheinende Seidenunterkleid – das Einzige, was sie jetzt noch trug – kein Hindernis dar. Im Gegenteil. Er liebte es, wie der kühle, zarte Stoff ihre Konturen umhüllte, einen Rest an Geheimnis bewahrte und dabei doch alles offenbarte. Rasend von seinen exquisiten Zärtlichkeiten gab sie sich ihm hemmungslos hin und bettelte schließlich um Erlösung. Sanft erstickte er ihren Schrei mit einem Kuss.

～❦～

Timotheus Baron Artstetten war zufrieden. Sie sah heute wieder umwerfend aus, seine Komtesse Jurevich. Ihr dunkles Haar trug sie, wie so oft, straff aus der Stirn gekämmt und zu einem Nackenknoten geschlungen. Die weißen Seiden-Kamelien auf dem mit Perlen besetzten Hut nahmen der Frisur die Strenge. Dazu dieser flammend rote Felbel-Mantel mit den schwarz-weißen Federspitzen und die eleganten schwarzen Ziegenlederstiefel – er war hingerissen. Die bewundernden Blicke, die der jungen Dame folgten, während sie auf ihn zutrat, machten sein Glück vollkommen.

»Komtesse, Eure Schönheit wird nur noch durch Eure Eleganz übertroffen«, bemerkte er und küsste ihr die Hand.

Emilia entzog sie ihm, ein wenig zu schnell, und runzelte unwillig die Stirn. Dass er auch immer so übertreiben musste. Seiner glatten Höflichkeit fehlte jede Poesie. Sie stieg in die elegante Kutsche. Artstetten hatte ihr vor einigen Tagen voller Stolz seine Neuerwerbung präsentiert – eine viersitzige geschlossene Berline – und sie zu einer Ausfahrt in den Prater eingeladen. Angesichts des strahlenden Wetters erschien ihr sein Vorschlag trotz der klirrenden Kälte ursprünglich eine gute Idee zu sein.

»Ihr seid so still.« Der Baron musterte sie irritiert. Sosehr er die Komtesse verehrte, manchmal wünschte er sich, sie wäre sanfter und weniger bestimmt. Um nicht zu sagen direkt. Natürlich bewunderte er sie. Keine der Damen, die er bisher kennenlernen durfte, und – er strich mit den Fingerspitzen über seinen gepflegten Schnurrbart – es waren nicht wenige gewesen, war so deliziös und einzigartig wie sie. Mit atemberaubender Geschwindigkeit hatte sie ihren Umzug aus diesem wenig erfreulichen Vorort in das entzückende Palais in der zurzeit sehr begehrten Jägerzeile geregelt. Es war ein Geschenk ihrer Großeltern, die sich in jeder Hinsicht als überaus großzügig erwiesen, die Apanage war geradezu fürstlich …

Seine Gedanken schweiften ab, zu ihrer ersten Begegnung im Atelier des Seidenfabrikanten Alois Pointner am Brillantengrund. Sie war ihm schon damals aufgefallen. Trotz ihres schlichten schwarzen Kleides und der unförmigen Arbeitsschürze war sie an Klasse ihrer Kundin, er korrigierte sich, Freundin Lady Thornfield um nichts nachgestanden. Freilich hätte er zum damaligen Zeitpunkt eine ernsthafte Verbindung nicht in Erwägung gezogen. Emilia hatte als Schneiderin in der Pointner'schen Seidenmanufaktur gearbeitet und ihre aristokratische Herkunft geheim gehalten. Jetzt jedoch – er griff nach der kleinen Schatulle, die sich in der Innentasche seines Fracks verbarg – wartete er nur noch auf einen geeigneten Moment, um ihre aussichtsreiche Beziehung zu besiegeln. Dieser schien bedauerlicherweise ein wenig in die Ferne zu rücken. Seine Angebetete mied seinen Blick und starrte aus dem Fenster. Der Zug um ihren Mund verhieß nichts Gutes. Was hatte er nun schon wieder falsch gemacht? Baron Artstetten räusperte sich.

»Habt Ihr Euch in Eurem neuen Zuhause bereits angenehm eingerichtet?«, startete er einen weiteren Versuch, eine Konversation in Gang zu bringen. Sie hatte sich nicht einmal zu der prächtigen Innenausstattung seiner neuen Kutsche geäußert.

Emilia nickte und schwieg weiterhin beharrlich.

»Und wie seid Ihr mit Herrn Pointner verblieben?« Ehe er sich's versah, war ihm diese überaus heikle Frage entglitten. Kein kluger Schachzug, tadelte er sich. Ihm als gewieften Anwalt hätte so ein Fehler nicht passieren dürfen. Die Stimmung der Komtesse näherte sich ohnehin dem Gefrierpunkt, und dann das.

Erwartungsgemäß einsilbig fiel ihre Antwort aus. »Ich hatte noch keine Gelegenheit, mit ihm zu sprechen.«

Emilia begann innerlich zu kochen. Glaubte er wirklich, sie würde nur im Traum daran denken, ihre Vision von einem eigenen Atelier aufzugeben? Ausgerechnet jetzt, da ihr dank der Großzügigkeit ihrer Großeltern, die an ihr alles wiedergutzumachen gedachten, was sie an ihrer Tochter gefehlt hatten, die entsprechenden finanziellen Mittel zur Verfügung standen. Es war ein Brief gewesen, der vor wenigen Monaten alles ins Rollen gebracht hatte. Emilias Mutter entstammte einem alteingesessenen Fiumer Adelsgeschlecht, das hatte Emilia ihrer Freundin Sophie beim ersten Besuch im Sommersitz der Familie Wohlleben anvertraut. Doch nach der Heirat mit Emilias Vater, einem glutäugigen Italiener einfacher Herkunft, hatte ihre Mutter die Heimat verlassen und den Kontakt zu ihrer Familie abgebrochen. Obwohl Emilias Großeltern diese Mesalliance nie gutgeheißen hatten, hatten sie den endgültigen Bruch mit ihrer Tochter nie verwunden. Über ihren frühen Tod waren sie erst Jahre später informiert worden. Ohne Emilias Wissen hatte Sophie schließlich brieflich Kontakt zu Graf und Gräfin Jurevich aufgenommen. Diese hatten daraufhin keine Kosten und Mühen gescheut und trotz ihres hohen Alters die anstrengende Reise von Fiume nach Wien in Kauf genommen, um ihre Enkelin endlich in die Arme schließen zu können. Und nicht nur das. Mit ihrer Adoption und einer überaus großzügigen Apanage hatten sie Emilia in den Rang einer Komtesse erhoben und ihr ein standesgemäßes Leben ermöglicht. Doch trotz all dieser neu erworbenen Privilegien dachte sie nicht im Mindesten daran, ihre Unabhängigkeit aufzugeben.

Sie presste die Lippen aufeinander. Artstetten kannte ihre Einstellung. Warum provozierte er eine erneute Auseinandersetzung? Noch dazu in dieser engen Kutsche. Sie öffnete ihren Mantel. Es war wirklich heiß hier drinnen.

»Das Wetter ist absolut ungewöhnlich, findet Ihr nicht auch? So kalt war es im März seit Jahren nicht mehr. Hoffentlich folgt auf diesen verdrießlichen Winter ein umso schönerer Sommer«, versuchte er verzweifelt, die verfahrene Situation mit einem unverfänglichen Thema zu retten.

»Ich weiß nicht, was Ihr habt«, schleuderte sie ihm verärgert entgegen. »Es ist doch wunderschön draußen.«

Artstetten nahm seinen Zylinder ab und strich sich die Haare hinter die Ohren. Eine Geste, die so hilflos wirkte, dass Emilia Mitleid mit ihm bekam.

»Ihr wisst doch, dass wir unterschiedlicher Meinung sind in dieser Sache«, fuhr sie sanfter gestimmt fort. »Ich finde, dass auch eine Dame von Stand durchaus einer Beschäftigung nachgehen kann. Noch dazu einer, die sie so sehr befriedigt. Und ich kann Eure Bedenken in keiner Weise teilen. Wir leben im 19. Jahrhundert. Die Welt dreht sich mit ungeheurer Geschwindigkeit, und die Zeiten sind vorbei, in denen eine Dame der Gesellschaft sich ihre Langeweile mit Klatsch und Tratsch, ihrer neuesten Garderobe und vielleicht noch einem Liebhaber vertreiben muss.«

»Ihr übertreibt maßlos«, entgegnete der Baron entsetzt. »Nie würde ich …« Er raufte sich verzweifelt die Haare.

Zu seiner größten Überraschung begann Emilia zu lachen. Artstettens Fassungslosigkeit rührte sie und brachte ihr in Erinnerung, warum sie sich in ihn verliebt hatte.

Erleichtert, dass der Bann gebrochen war – wenn auch aus ihm unerfindlichen Gründen –, ergriff er ihre Hand und küsste sie.

Emilia betrachtete ihn. Am Hinterkopf begann sich sein Haar bereits zu lichten, auch seine aufrechte Haltung konnte nicht darüber hinwegtäuschen, dass er für einen Mann etwas zu klein geraten war. Seine Körperfülle tat ihr Übriges, um diesen Makel noch zu betonen. Dennoch. Artstetten hatte ein offenes, angenehmes Gesicht. In Wahrheit aber war es seine Fürsorglichkeit, die ihr verwundetes Herz erobert hatte, die ruhige Hand, mit der er, immer auf ihr Wohlergehen bedacht, alle Angelegenheiten geordnet hatte.

Nach ihrer Liaison mit Paul war er genau das, was sie brauchte. Zwar hatte sie selbst die leidenschaftliche Affäre mit ihrem alten Freund und Geschäftspartner beendet, aber die schmerzliche Erkenntnis, dass Paul nicht sie, sondern Fanny liebte, hatte sie tief getroffen. Als dann der junge Georg Graf Wohlleben auf den Plan getreten war, um ihr stürmisch den Hof zu machen, hatte sie plötzlich das dringende Bedürfnis nach Ruhe und Geborgenheit verspürt. Im Gegensatz zu Georgs ungestümer Schwärmerei war Artstettens scheinbar bedingungslose Bewunderung Balsam auf ihre geschundene Seele. Kürzlich jedoch hatte sie einen Zug an ihm entdeckt, der ihre Gefühle für den Baron deutlich trübte. Sein überaus konventionelles Frauenbild offenbarte einen verqueren Hang zu Eitelkeit und Gefallsucht. Er schien die Schönheit seiner jeweiligen Begleitung nicht nur zu genießen, sondern sich bewusst mit ihr zu schmücken. Was für Emilia den Gedanken nahelegte, dass er darin fand, was ihm selbst nicht gegeben war. Zudem schien er in einer Dame kaum mehr als eine begehrenswerte Hülle zu sehen, denn jeder Widerspruch, jede Äußerung einer eigenen Meinung verdarben ihm die Stimmung. Am meisten jedoch störte Emilia der Eindruck, dass Artstetten trotz seiner Bildung und seines hohen Standes bei gesellschaftlichen Anlässen eine irritierende Devotheit an den Tag legte, einen geradezu verstörenden Drang nach Anerkennung, der ihn dazu zwang, sich in allem dem herrschenden Geschmack derjenigen anzupassen, die er als seiner eigenen Person überlegen betrachtete. Dieser Eindruck hatte sich verstärkt, als er ihrem Wunsch, ihr Geld in ein eigenes Atelier zu investieren, mit ungewohnter Schärfe entgegengetreten war.

Der Baron war ungeheuer erleichtert, dass die Auseinandersetzung nicht eskaliert war. Er bedeckte ihre Hand erst mit zarten Küssen, hauchte die liebevollsten Worte in ihr Ohr, um dann, ermutigt ob der Tatsache, dass sie sich nur kurz zur Wehr setzte, etwas forscher intimeres Terrain zu erkunden.

Beinahe unwillig registrierte Emilia, dass seine Anziehungskraft auf sie trotz allem keineswegs gelitten hatte. Dies war eine weitere Überraschung in den ersten Wochen ihrer Bekanntschaft gewesen. Artstettens äußere Attribute waren selbst bei wohlwollender Betrachtung bestenfalls als mittelmäßig einzustufen und hatten sie angesichts seines zurückhaltenden Wesens ursprünglich anderes erwarten lassen. Eines Besseren belehrt wurde sie eines Abends im Anschluss an ein opulentes Souper bei ihren Großeltern, die sich für die Dauer ihres Aufenthalts in Wien ein Palais in der Herrengasse gemietet hatten. Der Baron hatte an jenem Abend seine Zurückhaltung völlig über Bord geworfen.

Heute jedoch gebot sie ihm nach anfänglichem Zögern entschieden Einhalt. Ihr stand gerade nicht der Sinn nach einem amourösen Stelldichein in der engen Karosse, mochte sie noch so komfortabel gepolstert sein.

Der Baron, sichtlich enttäuscht, brachte seine Halsbinde gewissenhaft in Form und räusperte sich. Er war in seiner Eitelkeit verletzt und ließ, ganz gegen seine sonst so beherrschte Art, seinem Unmut freien Lauf. »Ich hoffe, Ihr werdet die richtige Entscheidung treffen und Euch endlich an die Tatsache gewöhnen, dass Euer neuer Stand«, verärgert registrierte Emilia die Arroganz in seinem Tonfall, »nicht nur Privilegien, sondern auch gewisse Verpflichtungen nach sich zieht. Es wäre ganz und gar nicht comme il faut, Kleider für Damen zu entwerfen, die am Ende sogar im Rang unter Euch stehen, ganz zu schweigen ...«

»Ach, und Couture für Prinzessinnen und Fürstinnen zu kreieren, fändet Ihr angemessen?« Emilia starrte ihn entgeistert an. Artstetten schien zu vergessen, dass sie als Enkelin des Grafen und der Gräfin Jurevich im Rang auch über ihm stand.

Er ignorierte ihren Einwurf. »... ganz zu schweigen von der Tatsache, dass Damen der Gesellschaft nicht berufstätig sind. Ein Engagement in wohltätigen Vereinen, ja, aber doch nicht gewöhnliche Lohnarbeit.« Artstetten schüttelte den Kopf. »Eine Schönheit wie Ihr, so klug, so gebildet.« Er betrachtete sie, während seine Verstimmung der jähen Erkenntnis wich, dass das begehrenswerteste Wesen, dem er je begegnet war, hier vor ihm saß, zum Greifen nah, und er auf dem besten Weg war, alles zu zerstören. Verzweifelt beschloss er, aufs Ganze zu gehen, stürzte auf die Knie – ein vom Rumpeln der Kutsche herbeigeführter Unfall –, nestelte die Schatulle aus der Innentasche seines Fracks und stellte Emilia endlich die Frage aller Fragen.

Er wagte kaum aufzusehen, als er ein perlendes Lachen vernahm.

»Ihr seid einfach zu komisch«, prustete Emilia los und half Artstetten, der im Begriff war, endgültig das Gleichgewicht zu verlieren, zurück auf die Bank. Unter seinem waidwunden Blick rang sie um Fassung. »Verzeiht.« Sie atmete tief durch. »Aber ich denke, angesichts unserer unterschiedlichen Meinungen zu diesem für mich wichtigen Thema sollten wir Ihre Frage, die mich aufrichtig ehrt, auf einen Zeitpunkt vertagen, der besser dazu geeignet ist, über eine gemeinsame Zukunft nachzudenken.«

Artstetten klappte die Schatulle zu. Das war zumindest kein Nein, noch war nicht alles verloren. »Dann darf ich also weiter hoffen?«, entgegnete er deutlich angeschlagen.

Emilia zog ein Taschentuch aus ihrem Retikül und trocknete sich die Augen. »Mein lieber Timotheus. Ihr wisst, wie sehr ich Euch schätze. Deshalb möchte ich ehrlich zu Euch sein. Solange Ihr Euren Standpunkt in dieser Sache nicht gründlich überdenkt, kann ich mir eine dauerhafte Verbindung zwischen uns nicht vorstellen.«

Artstetten nickte. Emilias Widerspenstigkeit missfiel ihm. Andererseits reizte sie ihn ungemein. Nachdenklich zwirbelte er seinen Moustache. Er ergriff ihre Hand und sah ihr tief in die Augen. »Ich verstehe. Meiner Liebe und Verehrung für Euch tut dies aber keinen Abbruch. Ich bin Euch auf ewig ergeben und immer für Euch da.«

Den Rest der Fahrt verbrachten sie schweigend. Nach dem darauffolgenden Spaziergang und drei kleinen Gläsern Punsch waren beide deutlich besserer Stimmung und beschlossen auszugehen. Im Kärntnertortheater wurde am

Abend dieses 7. März 1816 »Fidelio« gegeben. Wer könnte sich das entgehen lassen? Zumindest was Beethovens Genie betraf, war man ganz einer Meinung.

※

»Mein lieber Hofrat«, begrüßte Mathilde den soeben angekommenen Gast überschwänglich. Sie schätzte Friedrich von Gentz sehr. Mit seiner schlechten Haltung, dem schleichenden, unsicheren Gang, der seltsamen rötlichen Perücke und seinem altmodischen Aufzug war er zwar bei Gott keine Augenweide, aber über die Maßen klug und gebildet. Als engster Vertrauter des Fürsten Metternich und erster Sekretär und Protokollführer des Wiener Kongresses spielte er am kaiserlichen Hof eine wichtige politische Rolle. Mathildes Wertschätzung hatte allerdings wenig damit zu tun. Vielmehr hatten sein scheuer, wacher Blick hinter extravaganten Augengläsern und sein unaufdringlicher Charme sie schon bei ihrer ersten Begegnung auf einem Ball in den Redoutensälen für ihn eingenommen. Während des aufreibenden Kongressverlaufes hatte sich zwischen ihm und ihrem Gemahl eine gewisse Vertrautheit entwickelt. Der kunstsinnige Schriftsteller war zum Freund der Familie geworden.

»Liebste Gräfin«, Friedrich von Gentz verbeugte sich für einen formvollendeten Handkuss, »habt Dank für die Einladung. Sie erreichte mich in einem Moment höchster Verzweiflung. Ich saß heute stundenlang über einer heiklen Depesche nach Bukarest«, fügte er erklärend hinzu. »Und dann dieser Regen. Das Wetter ist überaus betrüblich, findet Ihr nicht auch?«

Mathilde nickte. »Ihr habt vollkommen recht. Ganz Wien spricht bereits über die andauernd schlechte Wetterlage. Doch eröffnet ein unerfreulicher Winter meist die Aussicht auf einen besonders schönen Sommer.«

»Euer Wort in Gottes Ohr.« Er neigte zweifelnd den Kopf. »Bald beginnt der Frühling und damit die Pflanzzeit. Aber wenn das so weitergeht ...«

»Natürlich, Euer herrlicher Garten!«

»In Weinhaus bin ich am liebsten. Besonders wenn mich die Geschäfte fordern, so wie jetzt«, antwortete er. »Und wenn Krokusse und Narzissen sprießen ... Ich habe in der letzten Saison ausgesprochen schöne Tulpen und Hyazinthen erstanden. Es wäre ein Jammer ...«

Mathilde, die des Freiherrn Gartenliebe nicht unbedingt teilte, befürchtete einen ausschweifenden Erguss, der ihren Braten empfindlich gefährden könnte. Immerhin waren die übrigen Gäste bereits an der Tafel versammelt. So ergriff sie beherzt seinen Arm. »Lasst uns später weiter über Eure wundervollen Blumen parlieren. Der Kapaun ist Elsa heute vorzüglich gelungen.«

Friedrich von Gentz lachte auf. »Dann wollen wir nicht riskieren, dass der arme Vogel verbrennt.«

Plaudernd verließen sie den Empfangssalon. Schon nach wenigen Schritten wehten ihnen aus dem Speisezimmer vergnügte Stimmen und ein betörender Duft entgegen. Die Gäste hatten bereits Platz genommen.

Mit einem breiten Lächeln hieß Friedrich Graf Wohlleben den Nachzügler willkommen. »Ich befürchtete schon, Eure Geschäfte würden Euch unabkömmlich machen, mein lieber Gentz.«

Sie begrüßten einander mit festem Händedruck und einem herzlichen Schulterklopfen.

»So weit lasse ich es gewiss nicht kommen«, erwiderte der Freiherr und nickte Georg zu. Der junge Offizier und

Sohn des Hauses hatte sich zu ihnen gesellt. Ein tüchtiger Bursche und tapferer Soldat, wie ihm zu Ohren gekommen war. Hatte sich bei den letzten Gefechten gegen die Franzosen einen Namen gemacht. Unauffällig sah er sich um. Dabei fiel sein Blick unvermittelt auf eine ihm bis dato unbekannte junge Dame.

Graf Wohlleben hob belustigt die Augenbraue. Gentz, der alte Charmeur, war dafür bekannt, weiblichen Reizen nur schwer widerstehen zu können. »Darf ich vorstellen, Komtesse Jurevich.«

Sichtlich erfreut küsste er ihr die Hand. »Friedrich Freiherr von Gentz«, beantwortete er ihre unausgesprochene Frage. Sie waren einander tatsächlich noch nie begegnet. Dabei dachte er, alle Schönheiten der Stadt – und darüber hinaus – zu kennen. Wo hatte sich diese rassige Venus bisher versteckt?

»Oh«, erwiderte sie. »Ihr seid es. Ich habe schon viel von Euch gehört.«

Er neigte geschmeichelt den Kopf, um sie eingehender zu betrachten. Diese grünen Augen, das schwarze Haar. Eine zauberhafte Figur. Er war begeistert. Jäh wurde er aus seiner Verzückung gerissen, als Baron Artstetten ihn des vielversprechenden Anblicks beraubte. »Artstetten, Ihr auch hier?«, begrüßte Gentz ihn nachsichtig. Er schätzte den jungen Anwalt und würde an diesem Abend sicher noch ausreichend Gelegenheit finden, sich der hinreißenden Komtesse zu widmen.

»Durchaus«, entgegnete Artstetten kühl. »Meine Verlobte und ich ...« Er kam nicht dazu, seinen Satz zu vollenden.

Georg wandte sich so rasch um, dass er beinahe mit Anni zusammengestoßen wäre, die soeben dabei war, die Suppe zu servieren.

Kaisergerstensuppe, wie Friedrich Wohlleben aus dem Augenwinkel bedauernd feststellte. Nun ja, sie konnten nicht jeden Tag Leberknödel essen.

Mathilde klappte ihren Fächer auf, um ihre Überraschung ob Artstettens Äußerung zu verbergen.

Am lautesten jedoch fiel Emilias Reaktion aus. »Baron, auf ein Wort«, rief sie, nachdem sie beinahe an dem Schluck Champagner erstickt wäre, den sie unbedacht zu sich genommen hatte.

Ratlos sah Freiherr von Gentz in die Runde. Hatte er etwas verpasst?

»Wir sind nicht verlobt«, betonte die Komtesse in diesem Moment äußerst verstimmt.

Mitleidig sah er dem Anwalt nach, der mit eingezogenem Kopf hinter der resoluten jungen Dame aus dem Speisesalon trabte.

Eine verlegene Stille folgte.

Mathilde klappte ihren Fächer zu, räusperte sich, ergriff das Wort und den Arm ihres Tischherrn. »Wollen wir uns nicht setzen?«

Nach diesem kleinen Intermezzo wollte sich so rasch kein Tischgespräch einstellen. Mittlerweile war das junge Paar zurückgekehrt und hatte seine Plätze eingenommen. Einzig und allein Georg löffelte zufrieden seine Suppe. Nach intensivem Werben hatte Emilia ihm noch vor der Abreise seiner Schwestern deutlich zu verstehen gegeben, dass ihre Gefühle für ihn rein freundschaftlicher Natur waren. Artstetten, dieser Langweiler, hatte damals den Sieg davongetragen. Georg hatte sich schnell getröstet, die Hoffnung jedoch nie ganz aufgegeben, Emilia zu erobern. Sie musste ihm ja nicht gleich ihr Herz schenken. Er würde sich allzu gern auch mit weniger zufriedengeben. Als der Baron vorhin jedoch von Verlobung gesprochen hatte, hatte ein eigenartiges Stechen tief in seinem Inneren Georg kalt erwischt. Jetzt, da das Thema eindeutig vom Tisch und in weite Ferne gerückt war, besserte sich seine Laune umgehend. Emilia würde Artstetten diesen Fauxpas nicht ohne Weiteres verzeihen, dessen war sich Georg sicher.

»Ihr wart gestern in der Oper, nicht wahr?«, ergriff Mathilde das Wort, um die unbehagliche Stille zu brechen.

»Ja«, antwortete Emilia, während Artstetten schwieg, noch immer peinlich berührt. »Es war großartig!«

»Was wurde gegeben?«, fragte Gentz interessiert. Er war ein begeisterter Theaterbesucher.

»›Fidelio‹«, erwiderte Emilia.

»Maestro Beethoven!« Umgehend geriet er ins Schwärmen. »Ich hatte die große Freude, der Premiere beizuwohnen. Seither sind zwar beinahe zwei Jahre vergangen, aber mir ist jede Szene erinnerlich.«

»Nicht wahr?«, erwiderte Emilia lebhaft. »Es war in jeder Hinsicht vortrefflich! Diese herrliche Musik …«

»… so reich an Originalität und Instrumentierung«, fiel Gentz ihr ins Wort. »Sie verrät in jeder einzelnen Note den ausgezeichneten Künstler.«

»Ihr sprecht mir aus dem Herzen! Besonders der Chor der Gefangenen im Finale des ersten Aufzuges und die Arie des Florestan im zweiten Akt …«

»… sind wahre Meisterwerke«, nickte er anerkennend. »Auch wenn der arme Herr Radicchi Mühe hatte, sich gegen das glänzend spielende Orchester durchzusetzen. Wie hat Euch Madame Milder gefallen? Bei der Premiere ist sie deutlich hinter den in sie gesetzten Erwartungen zurückgeblieben. Man führte das auf eine kleine Unpässlichkeit zurück.«

»Ihr Fidelio war großartig«, bemerkte Emilia. »Gestern Abend hat sie keinerlei Schwäche gezeigt.«

»Das freut mich zu hören.«

Nun, da der Bann gebrochen war, nahm der Abend einen äußerst unterhaltsamen Verlauf. Nicht unbeteiligt daran war wohl der herrlich duftende, mit Gänseleber gefüllte Kapaun. Die dazu gereichten Kartoffeln und das Gemüse – Kohlrabi, grüne Erbsen und gelbe Rüben – schmeckten vorzüglich.

Kurz verstiegen sich die Herren in politisches Terrain. Die spannungsreichen Beziehungen zwischen dem Königreich Bayern und Österreich sollten einer Klärung zugeführt werden. Zankapfel war unter anderem das Herzogtum Salzburg, das sowohl Österreich als auch Bayern für sich beanspruchten. Noch im Jänner habe Kronprinz Ludwig von Bayern in Mailand in direkten Gesprächen mit Kaiser Franz vergeblich auf eine Einigung in dieser Frage gedrungen, berichtete Graf Wohlleben, als die verführerisch duftende Englische Mandeltorte und riesige Portionen von zweierlei Gefrorenem serviert wurden.

Energisch unterbrach Mathilde den unliebsamen Exkurs: »Nun, meine Herren, Ihr werdet nach dem Diner noch genug Gelegenheit finden, derlei Themen zu erörtern.« Zufrieden stellte sie fest, dass ihre Worte umgehend Wirkung zeigten. Aller Augen waren auf sie gerichtet. »Wie Ihr wisst, mussten wir zu unserem größten Bedauern die geplante Reise nach Fiume zu den Großeltern unserer lieben Komtesse verschieben«, fuhr sie fort. »Mein Gemahl ist beruflich unabkömmlich. Doch wie so oft hat manche enttäuschende Wendung auch ihr Gutes.« Sie nickte Friedrich zu. »Darf ich Euch bitten, die freudige Botschaft zu verkünden?«

Graf Wohlleben räusperte sich. »Es ist mir eine besondere Ehre, Euch, liebe Freunde, davon in Kenntnis zu setzen, dass unsere Töchter Sophie und Fanny in den nächsten Tagen in Wien erwartet werden. Und damit nicht genug.« Er legte eine kunstvolle Pause ein. »Meine Älteste wird uns in wenigen Monaten einen Erben schenken.«

»Oder eine Enkelin«, fügte Mathilde hinzu.

»Oh, wie wunderbar!« Emilia strahlte. Die Aussicht, Sophie in Kürze wiederzusehen, ließ ihr Herz höherschlagen. Wie sehr hatte sie ihre Freundin vermisst.

Auch Artstetten, der nach der rüden Zurechtweisung durch seine Angebetete den ganzen Abend kein Wort gesprochen hatte, erfüllte die Nachricht mit neuer Zuversicht. Lady Thornfields Wohlwollen schien ihm so gut wie sicher, in ihr hoffte er eine wertvolle Fürsprecherin in eigener Sache zu finden. Gemeinsam würde es ihnen möglicherweise gelingen, die Komtesse zur Vernunft zu bringen.

Georg freute sich auf seine Schwestern, vor allem auf Fanny. Er konnte es gar nicht erwarten, mit ihr auszureiten. Die Aussicht, dass Sophie ihn in Bälde zum Onkel machen würde, weckte widersprüchliche Gefühle in ihm. Einerseits sah er sich ganz und gar nicht in der Rolle des liebevollen Onkels. Aber, er straffte seine Schultern, er könnte dem kleinen Balg ja einfach aus dem Weg gehen. Andererseits ergab sich dadurch vielleicht die Gelegenheit, Emilia ohne Artstetten im Gefolge zu treffen.

Nachdem man der Hoffnung auf eine glückliche Zukunft Ausdruck verliehen hatte, erhob sich die kleine Gesellschaft. Während Emilia und Mathilde an ihrem Kaffee nippten und sich angeregt über die bevorstehenden Ereignisse unterhielten, zogen sich die Herren in den Rauchsalon zurück.

Wenig später mahnte Freiherr von Gentz nach einem Blick auf die Pendule am Kamin sich selbst zum Aufbruch.

Er sei noch mit Madame Feketé zum Whist verabredet, erklärte er.

Der Gastgeber begleitete ihn hinaus.

»Wie geht es eigentlich Eurer Jüngsten?«, erkundigte sich Gentz. »Sie hatte ja schwere Schicksalsschläge zu verkraften.« Auch an ihm war die Nachricht nicht vorbeigegangen, dass Fanny sowohl den Verlust ihres Ehemannes als auch ihres ungeborenen Kindes zu verkraften hatte. Der junge Keynitz, ein hervorragender Offizier, war nach Waterloo in einer der letzten Schlachten gegen die Franzosen gefallen – was für eine Tragödie.

»Sie erholt sich prächtig«, erwiderte Graf Wohlleben. »Der Tapetenwechsel hat ihr gutgetan. England scheint ihr erstaunlicherweise ausgezeichnet bekommen zu sein.«

»England!« Gentz seufzte. »Auch ich habe die Jahre, die ich im Vereinigten Königreich verbringen durfte, außerordentlich genossen. Mit Ausnahme des Wetters«, fügte er hinzu. »Aber das scheint bei uns mittlerweile auch nicht viel besser zu sein. Ihr freut Euch sicher, Fanny wieder bei Euch zu haben.«

»Natürlich«, antwortete Friedrich. »Sie wird jedoch nur kurz bei uns weilen. Das Schicksal hat es trotz allem gut mit ihr gemeint. Fanny wird in Bälde über ein eigenes Gartenpalais in der Nähe des Anwesens von Fürst Rasumofsky verfügen, das sie in den kommenden Monaten zu beziehen gedenkt. Wie ich ihren Briefen entnehmen konnte, hat es ihr vor allem die Aussicht angetan, einen Park anzulegen. Sie bringt Wagenladungen voll Pflanzen aus England mit ...«

»Das ist wunderbar!«, fiel ihm der Freiherr ins Wort. »Das muss ich sehen. Vielleicht kann ich der jungen Dame behilflich sein. Ihr wisst, mein Garten ist meine große Leidenschaft.«

Friedrich klopfte ihm auf die Schulter. »Dass ich daran nicht gedacht habe! Gentz, alter Freund, das ist eine hervorragende Idee. Fanny wird jede Unterstützung brauchen. Sie ist ein Energiebündel, aber natürlich fehlt ihr jede Erfahrung.«

»Nun, der Pakt gilt. Schlagt ein! Ihr werdet staunen, lieber Wohlleben. Da wird sogar der Kaiser Augen machen.«

»Warum wird der Kaiser Augen machen?«, fragte Mathilde erstaunt, die mit Emilia hinter den beiden Herren der Eingangshalle zustrebte.

»Weil ich Eurer Jüngsten dabei helfen werde, aus ihrem Garten etwas ganz Außergewöhnliches zu zaubern«, antwortete er enthusiastisch. »Etwas, das Wien noch nicht gesehen hat.«

»Ach, mein lieber Herr von Gentz«, Mathilde legte ihm beruhigend die Hand auf den Arm, »Ihr werdet hoffentlich meiner Kleinen keine Flausen in den Kopf setzen. Davon hat sie selbst wahrlich genug.«

Einige Zeit später hatten sich alle Gäste verabschiedet. Artstetten hatte sogar den herrlichen Cognac stehen lassen. Er war schwer gekränkt, da Emilia sich, ohne ein Wort mit ihm zu wechseln, zurückgezogen hatte.

Mathilde warf ihrem Gemahl einen besorgten Blick zu. »Ihr werdet Herrn von Gentz doch hoffentlich nicht weiter in seinem Vorhaben bestärken.«

»Warum denn nicht?«, entgegnete der Graf überrascht. »Etwas Besseres kann Fanny gar nicht passieren. Er ist ein leidenschaftlicher Gärtner und verfügt über die besten Kontakte.«

Mathilde senkte den Blick.

»Da ist noch etwas, das Euch Sorgen macht. Nicht wahr, meine Liebe?«

Mathilde nickte. »Ihr wisst, ich schätze Herrn von Gentz ungemein. Aber es gibt da immer wieder Gerede. Und Ihr habt ja gesehen, wie er Emilia gemustert hat. Sein Ruf ...«

Friedrich lachte laut auf. »Ach, das meint Ihr! Was für ein Unsinn! Natürlich ist Gentz kein Kostverächter, aber doch nicht Fanny! Sie ist im Herzen noch ein Kind – und vor allem meine Tochter. Eure Sorgen sind unbegründet.«

»Möglicherweise habt Ihr recht«, lenkte Mathilde ein. »Aber Gerede wird es geben, das versichere ich Euch.«

»Meine liebe Mathilde«, er nahm seine Gemahlin in die Arme, »Gerede gibt es immer. Besonders in Wien.«

Mit diesen Worten drückte er Mathilde einen Kuss auf die Stirn. »Ich muss arbeiten. Hört auf, Euch unnötig Gedanken zu machen. Denkt lieber daran, alles für die Ankunft unserer Töchter vorzubereiten.«

Mathilde nickte und wischte ihre Bedenken beiseite. Wie sehr sie sich auf die Mädchen freute! Endlich kam wieder Leben ins Haus.

∽◕◠

Fanny saß in der Kutsche und sah ihrer Schwester zu, die den kleinen Imbiss, den sie vorhin zu sich genommen hatte, am Straßenrand verteilte. Schwangerschaftsübelkeit. Fanny konnte ein Lied davon singen. Sie selbst war davon nicht verschont geblieben. Und nachdem sie begonnen hatte, sich besser zu fühlen, hatte sich das kleine Leben in ihr verabschiedet. Doch selbst jetzt, da sie mit Sophie alles noch einmal durchlebte, stellte sie fest: Sie empfand – nichts. Als wäre es einer anderen Person passiert. Nur an dieses vage Gefühl grenzenloser Erleichterung nach Stunden beinahe unerträglicher Schmerzen konnte sie sich noch allzu gut erinnern.

Ungeduldig knetete sie ihre hellen Wildlederhandschuhe, die sie ausgezogen hatte, um Sophie zu helfen. Die hatte jedoch wieder einmal kein Pardon gekannt. Auch wenn sie noch so oft gezwungen waren, ihre Reise zu unterbrechen – Fanny musste in der Kutsche bleiben. Einige Meter von Sophie entfernt, eine Pistole im Anschlag und mit wachsamem Blick auf die Umgebung, stand Thomas McElroy. Er war zu ihrem Schutz abgestellt, denn Damen reisten heutzutage niemals allein. Überall lauerten Gefahren, Wegelagerer und Räuber, aber auch wilde Tiere, Wölfe oder Bären.

Thomas hatte sein Glück kaum fassen können, als Fanny ihm angeboten hatte, sie nach Wien zu begleiten, um ihr bei der Anlage ihres Parks zu helfen. Er hatte sogar in Kauf genommen, den Umgang mit Jagdgewehr und Pistole zu erlernen. Dies war Edwards einzige Bedingung gewesen, und der kräftige junge Mann, der die junge Frau Gräfin im Stillen glühend verehrte, war dem ausdrücklichen Wunsch Lord Thornfields trotz des unwilligen Stirnrunzelns seines Vaters gerne nachgekommen. Er hatte sich sogar so geschickt angestellt, dass ihm der Jagdaufseher angeboten hatte, ihn nach seiner Rückkehr für die Jagd anzulernen. Im Moment jedoch dankte Thomas Gott dem Herrn vor allem dafür, ein Mann zu sein. Die junge Lady spuckte sich die Seele aus dem Leib. Er konnte gar nicht zusehen. Erleichtert registrierte er aus dem Augenwinkel, dass sich die Lage offensichtlich zu beruhigen begann.

»Du tust mir so leid!«, empfing Fanny ihre Schwester, die mit einem unterdrückten Stöhnen in die Kutsche stieg.

»Ach was«, konterte Sophie, ihr Lächeln wirkte gezwungen. »Es geht mir gut. So ist es nun einmal, wenn man ein Kind erwartet. Generationen von Müttern vor mir haben das überstanden.« Auch du, fügte sie im Stillen hinzu.

Die Munterkeit ihrer Stimme wurde jedoch von den tiefen Augenringen und ihrer durchscheinenden Blässe Lügen gestraft. Sophie war erschöpft, das war nicht zu übersehen.

»Die Reise ist zu anstrengend für dich«, startete Fanny einen erneuten Versuch, ihrer Schwester zu helfen. »Wir sollten einen Tag Rast einlegen, meinst du nicht?«

»Und noch einen Tag verlieren?«, antwortete Sophie gereizt. »Diese erzwungenen Pausen haben uns schon so viel Zeit gekostet. Ich möchte die Fahrt nicht noch länger hinauszögern. Je eher wir Wien erreichen, desto früher kann ich mich ausruhen. Ich möchte nach Hause, und das so rasch wie möglich. Verstehst du das nicht?«

»Natürlich«, entgegnete Fanny kleinlaut. »Ich hab es nur gut gemeint.«

»Das weiß ich doch.« Sanft fuhr sie Fanny über die Wange. »Sei mir bitte nicht böse.«

Fanny grinste sie an. »Ist schon in Ordnung. Hauptsache, mir ist nicht so schlecht wie dir.«

Sophie lachte auf. »Ich bin so froh, dass du da bist.«

Fannys Augen strahlten. Stets hatte sie ihre kluge große Schwester bewundert und sich neben ihr klein gefühlt. In den letzten Wochen jedoch hatte sich ihr Verhältnis deutlich verändert. Sophie wirkte verunsichert, ermüdete rasch und schien sich in sich zurückzuziehen. Sie ließ Fanny in allem gewähren, sogar die Reisevorbereitungen hatte sie in ihre Hände gelegt. Fanny wiederum blühte auf, scheuchte das Personal herum, veranlasste dies und das und war mit sich und der Welt vollkommen zufrieden. Sie genoss es, von allen ernst genommen zu werden, und legte sich ordentlich ins Zeug. Als die letzte Kiste verpackt, Brandys Transport geregelt – Edward hatte ihr den Wallach tatsächlich geschenkt! – und die Pflanzen verstaut waren, hatte sie regelrechte Freudensprünge vollführt, während Sophie auf ihrer Chaiselongue über einem Buch eingeschlafen war.

Auch jetzt fielen der jungen Lady schon wieder die Augen zu. Fanny musterte ihre Schwester zärtlich und sah aus dem Fenster. Ein paar Tage noch ... Sie konnte es kaum erwarten, ihr neues Leben zu beginnen. Und Paul wiederzusehen.

～⦾～

Zur selben Zeit trafen sich im Haus der Karoline Pichler in der Alservorstadt drei Damen zum Goûter und ihrem wöchentlichen Handarbeitskränzchen. Die Gastgeberin, eine der berühmtesten Salonièren Wiens, bereitete gerade Tee für ihre Freundinnen zu. Sie war überzeugt davon, dass das in ihrem englischen Teekessel gebraute Getränk wesentlich bekömmlicher war als der Kaffee, dem die ganze Stadt seit der Aufhebung der Kontinentalsperre huldigte.

Martha Faber fügte sich darein, obwohl sie die »dünne Brühe«, wie sie diese neumodische kulinarische Errungenschaft insgeheim bezeichnete, ganz und gar nicht schätzte. Und auch Dorothea Schlegel, geborene Brendel Mendelssohn, konnte Karolines Begeisterung nicht teilen, schwieg aber um des lieben Friedens willen. Denn Frieden konnte sie in ihrem bisher überaus turbulent verlaufenen Leben mehr als alles andere gebrauchen. Nachdem sie sich von ihrem Mann, dem um zehn Jahre älteren Kaufmann Simon Veit, hatte scheiden lassen, um in wilder Ehe mit Friedrich Schlegel zu leben, den sie im Salon ihrer Freundin Henriette Herz kennengelernt hatte, hatte sie Berlin verlassen. Brendel hatte dem Genie des Dichters und gelehrten Philosophen, vor allem aber seiner erotischen Anziehungskraft nicht widerstehen können und war mit ihm nach Jena gezogen. In Paris zum Protestantismus konvertiert, hatte Brendel, die ihren jüdischen Vornamen abgelegt hatte und sich nun Dorothea nannte, zum zweiten Mal geheiratet. Und war mit ihrem frisch Angetrauten nach Köln übersiedelt, wo sie beide im Katholizismus Heil und Erlösung gesucht hatten. Seit mittlerweile acht Jahren lebte das Ehepaar Schlegel nun in Wien, jetzt saß die ehemalige Femme fatale im Wohnzimmer der ebenfalls streng katholischen Karoline und strickte.

»Meine liebe Martha, wie geht es Paul? Hast du inzwischen von ihm gehört?«, fragte Karoline und reichte ihrer Freundin eine Tasse Tee und einen kleinen Kuchenteller mit Gebäck.

Martha seufzte. »Ach, frage nicht. Er ist seit mehr als drei Monaten unterwegs. Und noch immer kein Lebenszeichen von ihm.«

»Das verstehe ich nicht«, antwortete Karoline und stellte auch Dorothea ein Tässchen hin, die in ein kompliziertes Strickmuster vertieft war. »Ihr habt euch doch immer so gut verstanden. Hoffentlich ist ihm nichts zugestoßen.«

Martha nickte bedrückt. »Wir hatten kurz vor seiner Abreise einen heftigen Streit«, gestand sie. »Paul kann furchtbar stur sein. Ich denke, ich sollte besser nicht auf eine Nachricht von ihm hoffen.«

»Wie bedauerlich.« Karoline musterte sie mitleidig. »Hat er dir wenigstens anvertraut, warum er Wien verlassen hat? Und das mitten im Winter?«

Nachdenklich starrte Martha in den Tee. Sollte sie ihre Freundin ins Vertrauen ziehen? Karoline war kein geschwätziger Mensch, aber immerhin eine der bekanntesten Persönlichkeiten der Stadt. In ihrem Salon verkehrte ganz Wien, vor allem seit dem Kongress. Ein unbedachtes Wort von ihr, und es würde furchtbares Gerede geben. So beschloss sie, sich sicherheitshalber auf die kleine Version der Wahrheit zu beschränken. »Er wollte nach Anatolien reisen, um sich Ziegen anzusehen.«

Karoline lachte laut auf. »Ziegen?«

Martha nickte. »Du weißt doch, Paul ist ehrgeizig und immer auf der Suche nach neuen Geschäften. In Anatolien soll eine Ziegenrasse leben, deren Wolle besonders leicht und fein ist, im Sommer kühlt und im Winter wärmt. Er will sich vor Ort kundig machen, ob das stimmt, ob man die Tiere auch bei uns züchten könnte oder es sich lohnt, größere Mengen ihrer Wolle zu importieren. Er hofft, durch Zusatz dieser Mohairwolle die Qualität unserer Shawls weiter zu verbessern.«

»Das klingt ja äußerst aufregend«, meldete sich nun auch Dorothea zu Wort. »Mein Friedrich sagt immer: ›Wir brauchen Männer mit Visionen.‹ Sie können stolz auf Ihren Sohn sein.«

»Das bin ich natürlich«, erwiderte Martha eifrig. »Paul ist ein guter und tüchtiger Mann.«

»Aber verheiratet ist er noch nicht, oder?«, fragte Karoline betont beiläufig und zog ihr Klöppelkissen aus dem Handarbeitskörbchen.

Martha ahnte, woher der Wind wehte. »Nein. Das ist er nicht. Ich denke, er hat es nicht eilig, sich zu binden.«

»Nun, bei meiner Lotte sah es aber so aus …«

»Das stimmt«, fiel Martha ihr ins Wort. »Hätte Lotte ihn damals erhört, wären wir wahrscheinlich schon Großmütter. Wie geht es ihr?«

Karoline richtete die Klöppel zurecht. »Lotte ist erwachsen geworden. Sie eifert mir nach und beginnt, selbst einen Kreis gebildeter junger Leute um sich zu versammeln. Ich sagte schon immer, dass die beste Erziehung sich nicht durch Lehre und Ermahnung äußert. Vorbildwirkung und freier Gedankenaustausch formen Herz und Verstand. Mein lieber Andreas und ich waren da stets einer Meinung. Wir würden sie nie zu einer Vernunftehe zwingen, wie das heutzutage in vielen Familien geschieht. Sie soll frei und nach ihrer Neigung entscheiden können. Ihr einfaches Wesen, die tief empfundene Weiblichkeit ihres Charakters und ihre weit über das gewöhnliche Maß hinausgehende Geistesbildung ziehen inzwischen die vielversprechendsten Männer an.«

»Darüber hinaus war sie schon immer hübsch anzusehen«, bemerkte Martha wohlwollend.

»Die Hülle allein ist von untergeordneter Bedeutung«, warf Dorothea ein, deren innere Schönheit die äußere bei Weitem übertraf.

»Leider lassen sich selbst die besten Männer davon blenden«, konterte Martha. »Nicht einmal Paul ist immun dagegen. Im Gegenteil. Er scheint die Damen, mit denen er seine Zeit verbringt, ausschließlich nach ihrem Äußeren zu wählen. Vorgestellt hat er mir keine von ihnen. Nur einmal hatte ich Hoffnung, dass er sich endlich binden würde. Es war eine junge Dame, die wie Lotte mit Schönheit und Geist gesegnet ist. Aber ich wurde enttäuscht.« Daran zu denken, dass Paul Emilia hatte gehen lassen, schmerzte sie noch immer. Seine jüngste Schwärmerei verschwieg sie. Vielleicht würde er auf seiner Reise zur Vernunft kommen. Und plötzlich hatte sie eine wunderbare Idee. »Sag, Karoline, wollen wir nicht gemeinsam mit unseren Kindern eine kleine Unternehmung planen, wenn Paul wieder zurück ist?«

Karoline ließ ihre Arbeit sinken und strahlte Martha an. »Ein ganz formidabler Einfall, liebe Martha. Wir könnten gemeinsam nach Ungarn zu unserer Freundin, der Baronin von Zay, reisen. Oder in die Berge. Ich liebe Mariazell, wir verbringen immer wieder den Sommer da. Es ist so herrlich kühl, die ausgedehnten Wanderungen beruhigen die Nerven, besonders nach einer aufreibenden Saison in der Stadt.«

»Großartig«, erwiderte Martha begeistert. Vielleicht würde das all ihre Probleme lösen.

Wie auf ein Stichwort betrat Lotte den Raum. Sie war noch hübscher geworden, seit sie einander das letzte Mal begegnet waren, konstatierte Martha zufrieden.

Lotte ging auf sie zu und machte einen Knicks. »Frau Faber«, sie errötete leicht, »wie schön, Sie zu sehen.« Sie reichte Dorothea die Hand. »Frau Schlegel, Ihre Strickerei ist aber schon weit gediehen.«

Dorothea lächelte ihr zu. »An der Seite eines großen Denkers braucht es zum Ausgleich oft das Einfache.«

»Das stimmt«, erwiderte Lotte. »Und doch ist das Einfache, wie Sie es nennen, nicht weniger wertvoll.« Sie zögerte kurz und wandte sich erneut Martha zu. »Wie geht es Paul?«

»Stell dir vor, mein Kind«, antwortete ihre Mutter an Marthas Statt, »Paul ist nach Anatolien gereist, um neue Wolle für seine Shawlproduktion zu kaufen. Und gerade habe ich mit Frau Faber besprochen, dass wir gemeinsam etwas unternehmen sollten, sobald er zurück ist. Was sagst du dazu?«

Lotte strahlte sie an. »Das ist ja ausgezeichnet! Ich habe Paul so lange nicht mehr gesehen. Und ...« Sie stockte.

Karoline warf Martha einen vielsagenden Blick zu. »Dann ist es beschlossene Sache. Wir werden eine wunderbare Zeit miteinander verbringen.«

Lotte klatschte in die Hände. »Ich freue mich darauf!«

Martha nahm einen Schluck aus ihrer Tasse und fand, dass der Tee plötzlich gar nicht mehr so übel schmeckte.

Nach, wie ihr schien, angemessen ausgedehnter Konversation mit den alten Damen zog sich Lotte in ihr Zimmer zurück. Ihr Herz pochte heftig. Die Vorstellung, Tage mit Paul zu verbringen, löste ein angenehmes Ziehen in ihrer Brust aus. Seit ihrer letzten Begegnung waren beinahe vier Jahre vergangen. Entscheidende Jahre, in denen sie erwachsen geworden war. Bilder aus der Vergangenheit zogen an ihrem inneren Auge vorüber. Die gemeinsamen Wanderungen mit ihren Eltern, die unbeschwerten Kirtagsbesuche und ausgelassenen Geburtstagsfeiern – sie waren noch Kinder gewesen. Doch schon damals hatte sie den um zwölf Jahre älteren Paul bewundert. Als sie zehn war, hatte sie sich sogar eingebildet, unsterblich in ihn verliebt zu sein. Lotte lächelte bei dem Gedanken daran, wie sie ihm, puterrot im Gesicht und albern kichernd, gemeinsam mit den anderen Kindern Äpfel aus ihrem Garten an den Kopf geworfen hatte, um kreischend wegzulaufen, sobald er zum Gegenschlag auszuholen begann.

Dann war Paul aus ihrem Leben verschwunden. Er sei auf Reisen gegangen, hatte es geheißen. Paul hatte die Welt kennengelernt, sie Sprachen, Musik, Literatur und gutes Benehmen. Lotte war 16 gewesen, als sie einander wiederbegegnet waren. Nie würde sie sein wortloses Erstaunen vergessen, die offenkundige Bewunderung. Und auf einmal hatte sich alles verändert. Ihre Eltern hatten sie mit Argusaugen beobachtet und hinter ihrem Rücken triumphierende Blicke gewechselt. Statt sie aufzuziehen und mit ihr herumzubalgen, hatte Paul ihr Erwachsenengeschenke mitgebracht und Komplimente gemacht. Ständig hatte er sie so seltsam angesehen. Das alles hatte ihr großes Unbehagen bereitet.

Nicht einmal ihre Mutter konnte sie verstehen. Statt sie zu beruhigen, hatte sie lediglich mit einem erfreuten

Lächeln bemerkt, Lotte werde halt jetzt erwachsen. Und so sei das mit Männern, die verliebt waren. Und dass Paul ein wunderbarer Mensch sei. Lotte hatte artig genickt und sich in die veränderte Situation gefügt. Als Paul sie zum ersten Mal geküsst und leidenschaftlich umarmt hatte, fand sie das ebenso verstörend wie alles andere. Sie war aus dem Zimmer gelaufen, um wenig später zurückzukehren und unter Tränen zu verkünden, dass sie ihn nie wiedersehen wolle. Nie mehr. Er hatte sie lange angesehen mit einem Ausdruck in seinen Augen, den sie nie zuvor wahrgenommen hatte. War es Schmerz gewesen? Dann hatte er wortlos eine kleine Schatulle in seine Jackentasche gesteckt und war gegangen. So war Paul zum zweiten Mal aus ihrem Leben verschwunden.

Seither hatte sie andere Männer kennengelernt, an ihr Werben hatte sie sich inzwischen gewöhnt. Doch keiner von ihnen war wie Paul.

Lotte betrachtete sich im Spiegel, berührte mit ihren Fingerspitzen zart ihre Lippen und verspürte ein ihr unbekanntes Begehren. Eines Tages würde Paul sie wieder küssen. Dann würde sie seinen Kuss erwidern und ihn nicht mehr gehen lassen.

～⦿～

Emilia setzte sich und sah sich in Ruhe um. Nichts hatte sich verändert. Alois Pointners Bureau in seiner Fabrik in der Zieglergasse am Schottenfeld war noch immer so imposant wie früher. Eingehend betrachtet sie die Gemälde über seinem Schreibtisch.

Eines war ihr bekannt, es zeigte ein Porträt des Textilmagnaten, eine Zigarre in der Hand, im dunklen Frack mit

Samtweste und modern gebundenem weißen Halstuch. Die beiden Bilder daneben jedoch waren neu. Emilia konnte sich ein Schmunzeln nicht verkneifen. Auf dem einen waren Max Pointner, der Sohn des Unternehmers, und seine Gemahlin, die Seidenbandfabrikantin Henriette Danhauser, verewigt. Wer auch immer es gemalt hatte, er musste fürstlich dafür entlohnt worden sein. Max wirkte größer und schlanker, als er tatsächlich war, auch sein sonst so verschlagener Gesichtsausdruck war einem heiteren Lächeln gewichen. Nie würde Emilia vergessen, wie brutal er sich an einigen der Weberinnen vergriffen hatte. Sie waren noch Kinder gewesen. Dank ihrer Wachsamkeit und Alois Pointners entschiedenem Durchgreifen war es jedoch gelungen, seinem unmoralischen Verhalten ein Ende zu setzen. Trotz Max' Widerstand hatte ihn sein Vater mit seiner verwitweten Geschäftspartnerin verheiratet, die aus für Emilia unerfindlichen Gründen Gefallen an dem Widerling gefunden hatte. Und nicht nur das. Alois Pointner hatte dafür gesorgt, dass sein liederlicher Sohn das Haus verließ und dank eines unbarmherzigen Knebelvertrags seines Lebens nicht mehr froh wurde. Die deutlich ältere Henriette sah neben ihrem Gemahl glücklich aus wie ein junges Mädchen. Von ihrer Schwangerschaft, die inzwischen weit fortgeschritten sein musste, war nichts zu sehen.

Dicht daneben hing ein Bildnis von Alois Pointners hübscher Tochter Caroline und ihrem Gemahl. Ein Hochzeitsbild, das sie in der prächtigen Robe zeigte, die Emilia für sie entworfen hatte. Sie strahlte, während der Bräutigam, Stanislaus Baron Hohenheim, mürrisch aus dem Gemälde starrte. Die an sich gelungene Verbindung zwischen Landadel und reichem Bürgertum verlief, wie Emilia zu Ohren gekommen war, nicht nach beider Vorstellung. Nach dem letzten der Napoleonischen Kriege war Stanislaus aus der Armee ausgeschieden und am Ende des Faschings aufs Land übersiedelt. Sein Vater hatte darauf bestanden, dass er nun seinen Verpflichtungen auf dem elterlichen Gutsbetrieb nachkam. Caroline sah das anders und hatte sich schlicht geweigert, ihrem Gemahl zu folgen. Unterstützt wurde sie dabei von niemand Geringerem als Alois Pointner, der, wie er zu sagen pflegte, die ganze Chose finanziert hatte und seine geliebte Prinzessin, mittlerweile sogar waschechte Baronin, keinesfalls am Land versauern lassen wollte. Wie käme sie dazu, sich die Hände schmutzig zu machen? Dafür hatte er nicht sein ganzes Leben lang geschuftet.

»Eine Schönheit ist sie, meine Caroline, nicht wahr?« Unbemerkt hatte der Unternehmer sein Büro betreten. »Und ausgestattet hast du sie wie eine Königin.«

Emilia lachte auf. Sie mochte Alois Pointner, der sie vor Jahren angestellt und sie dadurch, nach dem Tod ihres Vaters und dem damit verbundenen Bankrott, gerettet hatte. Nie würde sie ihm seine Großzügigkeit vergessen. Heute jedoch musste sie ein heikles Thema zur Sprache bringen.

»Aber jetzt lass dich erst einmal umarmen, Komtesserl, wenn ich das darf.«

Emilia nickte, roch seinen männlichen Duft nach Zigarre und frischer Seife und schloss die Augen. Ihr wurde bewusst, dass er immer eine Art Vaterersatz für sie gewesen war. Ein Vater, wie es der italienische Gigolo, den ihre Mutter erwählt hatte, nie gewesen war.

»Ich bin der Alois«, brummte er gerührt und ließ sie los. »Bist mir schon sehr ans Herz gewachsen, Mäderl.« Dann schnaufte er tief durch. »Kann ja nicht sein, dass eine Komtesse mich siezt, während ich sie duze.«

Emilia fuhr sich über die Augen. Wieder einmal nahm er ihr den Wind aus den Segeln. Wie sollte sie ansprechen, was ihr auf der Seele brannte?

Pointner musterte sie aufmerksam. »Mach dir keine Sorgen, Geschäft ist Geschäft.«

Konnte er Gedanken lesen? »Ich weiß, was du mir sagen möchtest. Dass eine Komtesse nicht mein Atelier führen kann, nicht wahr?« Er klopfte sich auf die Schenkel und lachte. »Geh schau net so traurig drein. Ich freu mich für dich, dass du jetzt eine Familie und keine Sorgen mehr hast. Endlich weißt du, wo du hingehörst, das hast du dir verdient. Warst sowieso immer viel zu fein für das Geschäft.«

Nun war es Zeit für ein Taschentuch. Emilia hatte mit vielem gerechnet, damit aber nicht. Alois Pointner hatte tief in die Tasche gegriffen und damit ihren Traum verwirklicht. Na gut. Er hatte ein elegantes Atelier in seiner Fabrik eingerichtet, das seinen Namen trug und sich rasch als Erfolg entpuppt hatte. Aber ohne ihr Drängen hätte er diese Investition nie getätigt. Und überhaupt. Sie putzte sich geräuschvoll die Nase.

Er schenkte sich ein Glas Cognac ein und ließ sich in den voluminösen Ledersessel hinter seinem Schreibtisch fallen. »Wirst jetzt deinen Anwalt heiraten? Ich hab mich umgehört, ist ein anständiger Mann, der Baron Artstetten.«

Emilia blickte zu Boden. »Ich weiß es nicht.«

Überrascht nahm Alois Pointner einen tiefen Schluck aus seinem Glas. »Da schau an. Na ja, du hast eh einen Schöneren verdient.«

Emilia lachte laut auf. »Oh, das ist nicht der Grund. Er will nicht, dass ich arbeite.«

Pointner verschluckte sich beinahe. »Du willst arbeiten?« Er deutete auf den Sessel ihm gegenüber.

»Ja.« Emilia setzte sich. »Aber nicht hier.«

Pointner nickte. »Das kann ich verstehen. Macht nichts. Ich hab das kommen sehen und mit der Henriette geredet. Die möchte die Räume als Verkaufslokal für ihre Seidenbänder nützen. Und nebenbei auch meine Stoffe verkaufen. Außerdem kennt sie eine tüchtige Schneiderin, die sich in München einen Namen gemacht hat und wegen ihrem G'schamsten nach Wien möchte.«

»Das trifft sich ja wunderbar.«

»So ist es«, bestätigte er. »Die Zimmer im ersten Stock geb ich dann der Caroline. Jetzt, wo sie Baronin ist, möchte sie auch Hof halten, sagt sie. Tanzereien veranstalten und all diesen Unsinn.« Er neigte nachdenklich den Kopf. »Aber das ist gut fürs Geschäft, also soll's mir recht sein.«

Emilia fiel ein Stein vom Herzen.

Alois Pointner grinste. »Brauchst kein schlechtes Gewissen haben. Das Atelier war ein Bombengeschäft, einen großen Teil der Umbaukosten hab ich schon wieder herinnen. Und ganz ehrlich: Ich bin froh, dass ich die g'spreizte Klientel los hab. Ich bin gern Herr in meinem eigenen Haus, und dieses ›Küss di Hand‹ hin und ›Küss die Hand‹ her hat mich ganz schön genervt.« Er trank genüsslich sein Glas aus. »Aber halt, ich hab den Faden verloren. Du willst arbeiten? Bleiben wir im G'schäft miteinander, Mädel?« Seine blauen Augen glitzerten übermütig.

»Jetzt brauch ich auch einen.« Emilia deutete auf die Cognacflasche. Alois Pointners gute Laune war ansteckend. Sie roch an der goldbraunen Flüssigkeit. »Das ist ein ganz feiner.«

»Immer nur das Beste«, brummte Pointner zufrieden.

In der kommenden Stunde wurden die beiden handelseins. Emilia würde ihr Atelier in der Jägerstraße mit den

Stoffen der Pointner'schen Seidenmanufaktur, Henriettes Bändern und natürlich Pauls wunderbaren Shawls ausstatten.

»Das hat Wien noch nicht gesehen«, schwärmte sie. »Den ganzen Hof werd ich ausstaffieren. Mein neuer Titel und Paul als Hoflieferant werden mir die Türen öffnen – und du bist mit deinen Stoffen in aller Munde. Dann stehen wir der Pariser Mode um nichts mehr nach.«

Clara, die junge Weberin, die Emilia unter die Fittiche genommen und zur Musterzeichnerin ausgebildet hatte, war mittlerweile bereit, in ihre Fußstapfen zu treten und eigene Dessins zu entwerfen. Auch dieses Problem konnte damit einer eleganten Lösung zugeführt werden.

Alois schlug ein. Er bot ihr sogar an, zwei der Näherinnen mitzunehmen, die sie angelernt hatte. Vielleicht ergab sich die langersehnte Chance für ihn, den Fuß in die Tür der Hofburg zu bringen.

Sie besiegelten das Geschäft mit einem weiteren Glas Cognac und einem festen Händedruck. Ziemlich betrunken, aber überglücklich fuhr Emilia schließlich nach Hause. Endlich würde sich ihr Traum erfüllen.

2. Kapitel

»HÖRT IHR DIE KUTSCHE? Unsere Töchter sind da!« Mathilde lief die Treppe hinunter.

Mit einem zärtlichen Lächeln blickte Friedrich seiner Gemahlin hinterher. In ihrer Aufregung wirkte sie selbst wie ein junges Mädchen. Beinahe noch ein Kind war sie gewesen, als er sie damals kennengelernt hatte. Auch wenn sie es nicht hören wollte – Fanny war ihr so ähnlich. Impulsiv, leidenschaftlich, mit einem Hang zur Starrköpfigkeit. Vor allem aber voller Lebenshunger.

Nie würde er seinen Eltern verzeihen, was sie seiner Gemahlin angetan hatten. Aus dem lebenslustigen Geschöpf war eine verunsicherte, überangepasste junge Dame geworden. Ihr Strahlen war erloschen. Im Lauf der Jahre hatte Mathilde sich zunehmend in sich zurückgezogen. Selbst einst an harten Maßstäben gemessen, bewertete und verurteilte sie Menschen rasch und oft mit erschreckender Kompromisslosigkeit. Nur ein einziges Mal hatte sie sogar Friedrich überrascht: mit ihrer unbeirrbaren Wertschätzung für den jungen Faber. Bis heute konnte er sich keinen rechten Reim darauf machen. Dennoch unterstützte er seine Gemahlin in all ihren Bemühungen, dem erfolgreichen Textilfabrikanten unter die Arme zu greifen und ihm bei Hof zu Rang und Namen zu verhelfen. Ihre Absicht war dabei allzu offenkundig: Paul Faber sollte zur richtigen Zeit einen standesgemäßen Heiratskandidaten für Fanny abgeben. Ob seine sprunghafte Jüngste in ihren Gefühlen für ihn allerdings eine ähnliche Beständigkeit zeigen würde wie Mathilde in ihrer beinahe mütterlichen Zuneigung, wagte er zu bezweifeln.

Alles in allem war seine Gemahlin ihm eine freundliche und disziplinierte Gefährtin. Auch wenn die Leidenschaft sich viel zu früh aus ihrer Ehe verabschiedet hatte, war das Band zwischen ihnen unerschütterlich. Momente offenkundig geäußerter Freude wie dieser waren zu Friedrichs großem Bedauern jedoch leider selten geworden. Vielleicht, so hoffte er und setzte sich eilig in Bewegung, würde es den zu erwartenden Enkelkindern gelingen, Mathilde aus ihrer selbst errichteten Festung zu locken und ihm zumindest hin und wieder einen Blick auf das bezaubernde Wesen zu gönnen, in das er sich dereinst verliebt hatte.

Entschlossen setzte Graf Wohlleben seinem Gedankenfluss ein Ende, er würde sonst die Ankunft seiner Töchter verpassen.

Im letzten Moment gelang es ihm, Thomas McElroy zuvorzukommen und Fanny und Sophie aus der Kutsche zu helfen. Zuerst flog ihm Fanny im wahrsten Sinn des Wortes entgegen.

»Papa, ich freue mich so, wieder hier zu sein«, jubelte sie. Er drückte sie an sich.

»Nicht so fest!«, japste sie.

Friedrich ließ sie los und hielt sie eine Armeslänge von sich weg, um sie zu betrachten. Sie war in den letzten Monaten zu einer Schönheit erblüht, die man noch vor Kurzem nur vage hatte erahnen können. Ihre großen dunklen Augen strahlten, die schwarzen Locken fielen ihr bis über die Schultern, nur unzureichend von einem weißen Bandeau gebändigt. Übermütig hüpfte sie aus seinen Armen ihrer Mutter entgegen.

»Mama! Endlich!«

»Nicht so stürmisch, mein Kind«, mahnte Mathilde ihre Jüngste, strafte ihre Worte aber mit einer umso innigeren Umarmung Lügen. »Du hast mir gefehlt, mein Schatz«, flüsterte sie.

»Ihr mir auch, Mama«, antwortete Fanny leise. »Und Ihr werdet sehen, ich bin jetzt viel braver als früher und werde Euch keinen Kummer mehr bereiten. Das verspreche ich.«

Mathilde streichelte gerührt ihre Wange. »Das höre ich gern, allein mir fehlt der Glaube«, bemerkte sie mit einem Augenzwinkern. »Hauptsache, du bist wieder zu Hause.«

Da entdeckte sie Sophie, die vorsichtig die kleine Behelfstreppe hinunterstieg. Mathilde erschrak. Ihre ältere Tochter schwankte und wäre beinahe gestürzt, hätte Friedrich sie nicht aufgefangen. Sie war blass, ihr sonst glänzendes blondes Haar wirkte stumpf.

Mathilde drückte Fanny einen raschen Kuss auf die Stirn und eilte Sophie entgegen. Friedrich warf ihr einen besorgten Blick zu, doch sie bedeutete ihm mit einer kleinen vertraulichen Geste, zu schweigen. Sie nahm Sophie in die Arme und drückte sie fest an sich.

»Mama, ich krieg keine Luft«, stöhnte Sophie kläglich.

»Das wird schon wieder«, bemerkte Mathilde und bemühte sich, ihre Besorgnis durch einen betont munteren Tonfall zu überspielen.

»Ach, Mama, mir ist ständig schlecht, und ich bin so müde.«

»Natürlich«, erwiderte Mathilde, ergriff den Arm ihrer Tochter und führte sie langsam zum Eingang des Palais.

»Und was ist mit mir?«, ertönte plötzlich eine tiefe Stimme hinter ihnen.

Sophie wandte sich um und umarmte ihren Vater. »Papa!«

»Meine tapfere Kleine«, flüsterte Friedrich und zog seine Tochter an sich.

Angesichts dieses für ihren sonst so gestrengen Vater recht ungewöhnlichen Zärtlichkeitsbeweises war es um Sophies Selbstbeherrschung geschehen. Ihre Schultern zuckten. »So hab ich mir mein Leben nicht vorgestellt«, schluchzte sie auf.

Mathilde beschloss, dass es Zeit war, einzuschreiten. Energisch befreite sie die weinende Sophie aus den Armen ihres Vaters. »Nicht hier, mein Schatz.« Sie nahm ihre Tochter wie ein kleines Kind an der Hand und führte sie ins Haus.

In der Eingangshalle warteten die Dienstboten, aufgestellt in Reih und Glied.

Franziska, die Zofe ihrer Mutter, erfasste die Lage sofort, machte einen tiefen Knicks und griff nach Sophies Retikül, das Mathilde ihr reichte. »Darf ich Mylady auf ihr Zimmer geleiten?«

Mathilde nickte. »Und Anni soll den Badezuber aufstellen. Meine Tochter braucht jetzt Ruhe«, befahl sie. »Ach ja, und sie soll etwas zu essen auf ihr Zimmer bringen.«

Sophie stöhnte gequält auf. »Bitte kein Essen!« Sie warf ihrer Mutter einen flehenden Blick zu.

»Sie behält es sowieso nicht bei sich.« Fanny sah sich bemüßigt, auch etwas zu der Unterhaltung beizutragen.

»Fanny!«, rügte ihre Mutter sie sofort.

»Ach, lasst sie, Mama«, bemerkte Sophie matt. »Sie hat vollkommen recht.«

»Genau«, trumpfte Fanny auf. »In den letzten Tagen …«

»Jetzt ist es aber genug!«, gebot Mathilde ihrer Jüngsten streng Einhalt.

Graf Wohlleben, der dieser kleinen Diskussion mit wachsendem Unwillen gefolgt war, ergriff Fannys Arm. »Komm, meine Liebe. Ich möchte etwas mit dir besprechen. Etwas Geschäftliches.«

Erstaunt folgte Fanny ihrem Vater in sein Arbeitszimmer und vernahm mit großer Freude, dass Graf und Gräfin Keynitz ihrer Bitte, mit dem Umbau des Palais schon nach ihrer Ankunft in Wien beginnen zu dürfen, entsprochen hatten.

»Einzug halten wirst du jedoch nicht vor deinem 18. Geburtstag«, wies Graf Wohlleben sie auf die ursprüngliche Vereinbarung hin.

»Natürlich«, antwortete sie begeistert. »Das macht ja nichts. Vorher werde ich sowieso nicht fertig. Die Pflanzungen werden einige Monate in Anspruch nehmen, sagt Thomas. Dann müssen die Stallungen restauriert werden. Und ich will das Palais modern einrichten. Ich möchte doch nicht wohnen wie Tante Louise«, erklärte sie resolut.

Erstaunt musterte er sein Küken. »Das hast du bereits gründlich durchdacht.«

Fanny nickte aufgeregt. »Und ich weiß auch schon, wo ich meine Möbel bestellen und wie ich den Park anlegen will.«

»Ach ja, dass ich es nicht vergesse«, antwortete Friedrich. »Mein Freund, Friedrich von Gentz, wird dir dabei helfen.«

»Oh nein, bitte nicht, Papa, der alte Herr …«

»Der alte Herr ist nicht wesentlich älter als dein Vater«, unterbrach er sie gekränkt. »Er hat große Erfahrung und die allerbesten Kontakte. Du wirst seine Hilfe keinesfalls zurückweisen.«

Fanny, die erkannte, dass Widerspruch in diesem Fall zwecklos war, ruderte zurück. »Ihr habt recht, Papa. Wann kann ich ihn treffen? Ich möchte so rasch wie möglich beginnen. Die beste Pflanzzeit ist jetzt, sagt Thomas.«

»Na, er scheint sich ja auszukennen, dein Thomas«, bemerkte Friedrich, schnell wieder versöhnt.

»Er ist nicht mein Thomas, Papa«, korrigierte ihn Fanny. »Er ist mein Gärtner.«

Graf Wohlleben erhob sich schmunzelnd. »Dann hoffen wir, dass dein Gärtner und Herr von Gentz sich vertragen.«

»Macht Euch keine Sorgen, Papa. Thomas tut, was ich ihm sage.« Fanny hüpfte auf und drückte ihrem Vater einen Kuss auf die Wange. »Ich schau noch nach Sophie und dann fahr ich mit Thomas in die Landstraße. Wir müssen die Pflanzen ausladen.« Und weg war sie.

Kopfschüttelnd blickte Friedrich ihr nach. Der kleine Wirbelwind brachte definitiv Leben ins Haus. Er würde in nächster Zeit wohl wieder öfter in der Hofburg zu tun haben, beschloss er.

⁓∞⁓

Sophie lehnte sich zurück und ließ ihren Tränen freien Lauf. Die Wärme des Badezubers zusammen mit der Fürsorglichkeit ihrer Mutter und der Tatsache, endlich wieder zu Hause zu sein, ließ alle Dämme brechen. Wie sollte es bloß weitergehen? In den letzten Monaten hatte sie so viele ihrer Träume begraben, dass sie sich selbst nicht mehr spürte. Das neue Leben, das in ihr heranwuchs, trug einen nicht geringen Teil dazu bei. Sicherlich, Edward liebte sie aufrichtig. Aber würde seine Liebe genügen, um sie glücklich zu machen? England stellte sich gegen sie wie eine Wand, daran würde auch die Tatsache nichts ändern, dass ihr Stadtpalais schon jetzt um vieles heimeliger war als Westham Hall und seine Bediensteten. Dass sie ihre Zofe in England zurückgelassen hatte, sagte alles. Edward hatte die junge Frau zwar neu für sie eingestellt, doch hatte der böse Tratsch in der Gesindeküche schon nach wenigen Tagen Wirkung gezeigt. Daisy verhielt sich der neuen Lady gegenüber ebenso distanziert und kühl wie der Rest des Personals. So hatte Sophie beschlossen, in Wien Franziskas Dienste in Anspruch zu nehmen. Mama war damit einverstanden gewesen, sie hatte in ihrem Zuhause ohnehin nicht gern fremde Menschen um sich.

Über diese trüben Gedanken schlief sie ein, wie so oft in den letzten Wochen. Schlaf schien mittlerweile ihr einziger Trost und Zufluchtsort zu sein.

Wenig später wurde sie von einem sanften Kuss auf die Stirn geweckt. Sie schlug die Augen auf. Tante Louise!

»Tante, Ihr hier?« Sophies Stimme klang belegt.

»Warum nicht?«, erwiderte Baronin Lilienthal betont munter. Die Tatsache, dass ihre Schwester in größter Besorgnis nach ihr hatte schicken lassen, verschwieg sie wohlweislich. »Zeit für Kaffee und Kuchen.« Sie stand auf und griff nach dem großen weichen Badetuch, das auf einem Stuhl neben dem Zuber lag. »Auf, auf, mein Kind. Du kannst doch nicht den ganzen Tag verschlafen! Außerdem hast du schon Schwimmhäute zwischen deinen Fingern.«

»Aber …«, protestierte Sophie.

»Kein Aber, meine Liebe. Ich muss dringend mit dir sprechen. Deine Mutter ist ausgegangen, sie hat ein Treffen mit ihrer Damengesellschaft zur Beförderung des Guten und Nützlichen oder wie auch immer. Wir sind also ganz entre nous.«

Als sie erkannte, dass Widerspruch zwecklos war, erhob sich Sophie aus dem Wasser und kleidete sich mit Louises Hilfe an. Wenig später musterte sie ihr Spiegelbild und stellte überrascht fest, dass ihr Gesicht deutlich an Farbe gewonnen hatte. Sie sah schon jetzt viel besser aus als noch kurz zuvor in England.

»Na wunderbar«, befand auch Louise zufrieden.

Das unter der Brust leicht bouillonierte Tageskleid aus hellblauem Perkal mit Verzierungen aus gleichfarbigem gerollten Atlas am Saum und den raffiniert geschlitzten langen Ärmeln stand Sophie vorzüglich. Es trug unverkennbar Emilias Handschrift. Das Kleid war zusammen mit drei anderen Modellen und einem wattierten Mantel aus gepresstem Samt und einem auffällig voluminösen Kragen aus dunkelblauem Felbel kurz vor Sophies Abreise in Westham Hall eingetroffen. Sie würde alles ändern lassen müssen, ging Sophie durch den Kopf. Die Freude, die sie bei dem Gedanken an ein Wiedersehen mit ihrer Freundin übermannte, überraschte sie auf angenehmste Weise. Vielleicht war doch nicht alles verloren.

Ein Schluck Champagner, eine Tasse Kaffee – das würde dem Kind nicht schaden, erklärte Louise bestimmt. Und zwei Stück Butterkuchen später war Sophies Welt beinahe wieder in Ordnung. Beinahe.

»Geht's der Mutter gut, geht's dem Kind gut«, stellte Louise soeben fest.

»Ach, Tante, mir geht es aber leider gar nicht gut«, antwortete Sophie kleinlaut.

»Was ist denn los mit dir, meine Liebe?« Louise trank ihr Glas in einem Zug leer und forderte Anni ungeduldig auf, ihr nachzuschenken. »Kommt Edward seinen ehelichen Pflichten nicht nach? Wie ich gehört habe, sind werdende Mütter in dieser Hinsicht besonders empfänglich.«

Sophie, durch Louises Worte an den letzten Abend mit ihrem Gemahl erinnert, lachte leise auf. »Keineswegs, Tante. Im Gegenteil.«

»Nun, was ist es dann?« Louise musterte ihre Nichte aufmerksam. Schon nach dem angeblichen Verlust ihres Verlobten, des Prinzen von Mansfeld, hatte sie einen leichten Hang zur Melancholie bei ihr feststellen müssen, den auch Mathilde des Öfteren an den Tag legte. Ihr selbst hingegen waren derartige Stimmungslagen völlig fremd.

Sophie dachte nach. Wie sollte sie ihre Empfindungen und Gedanken in der gebotenen Kürze schildern? Sie richtete sich auf und blickte auf ihre Hände und den wunderbaren Saphirring, den Edward ihr vor ihrer Abreise geschenkt hatte. »Das Wetter in England ist ständig schlecht. Westham Hall ist finster und kalt. Das Personal hasst mich, weil ich es ihrer Ladyschaft beraubt habe. Ich habe keine Freunde. Meine Schwiegermutter sorgt dafür, dass mir Tür und Tor der Londoner Gesellschaft verschlossen bleiben, obwohl Edward sich sehr bemüht, mich in die entsprechenden Kreise einzuführen. Solange ich mich in seiner Begleitung befinde, ist auch alles in Ordnung. Aber sobald ich allein bin, empfange ich nie Besuch und werde auch nicht eingeladen. Edward lässt mich jedoch oft allein. Tante, ich bin so einsam. Was ist nur aus meinen Träumen geworden? Ich wollte reisen, die Welt kennenlernen. Jetzt sitze ich fest an einem Ort, den ich nicht leiden kann. Und wenn das Kind erst da ist ... Wäre Fanny nicht gewesen, ich weiß nicht, wie ich diese Zeit überstanden hätte.«

Dankbar nahm sie das Glas Limonade entgegen, das Anni ihr reichte. Auch diese kleinen Aufmerksamkeiten vermisste sie. In Westham Hall las ihr niemand ihre Wünsche von den Augen ab. Im Gegenteil. Die Dienstboten kamen ihren Anweisungen mit quälender Langsamkeit nach oder zogen demonstrativ andere Erledigungen vor.

»Als ich Edward kennenlernte, versprach er, mir die Welt

zu Füßen zu legen. Dann war wieder Krieg. Und durch den Tod seines Vaters sind ihm unendlich viele Verpflichtungen erwachsen. Ich verstehe das natürlich, aber wie soll es bloß weitergehen?«

Nachdenklich betrachtete Louise die aufsteigenden Perlen in ihrem Champagnerglas. »Liebst du Edward?«, fragte sie.

Sophie nickte energisch. »Von ganzem Herzen.«

»Weiß er, wie schlecht sein Personal dich behandelt?«

»Nein, ich glaube nicht, dass er es bemerkt. Wenn er da ist, sind sie wie ausgewechselt.«

»Freut er sich, dass du ihm ein Kind schenken wirst?«

»Ja, über die Maßen.«

»Und du?«

Sophie zögerte. Zu lange, wie ihre Tante befand. »Also, wenn du meine Meinung hören willst …«

»Selbstverständlich«, versicherte Sophie.

Louise holte tief Luft und fuhr fort: »Du bist enttäuscht, weil dein Leben anders verläuft, als du es dir erhofft hast. Du wolltest die Welt bereisen und keinesfalls so leben wie deine Mutter. Genau das scheint dir jetzt aber zu passieren. Noch dazu in einer Umgebung, in der du dich nicht wohlfühlst. So sagtest du doch, oder?«

»Ganz genau!«, bestätigte Sophie. Besser hätte sie den Grund für ihre Niedergeschlagenheit nicht auf den Punkt bringen können.

Louise erhob sich, ging eine Weile auf und ab, blieb entschlossen stehen, nahm Sophie bei der Hand und zog sie vor den Spiegel über dem Kamin. »Schau dich an«, befahl sie in entschiedenem Tonfall. »Weißt du, was ich sehe?«

Irritiert wandte Sophie sich zu ihrer Tante um. Die zwang sie resolut, ihr Spiegelbild zu betrachten.

»Ich sehe eine wunderschöne junge Frau, die ein Kind erwartet von dem Mann, den sie liebt, der reich ist, attraktiv, gebildet und sie darüber hinaus vergöttert. Sie wohnt in einem Schloss, besitzt ein Palais in einer der schönsten europäischen Metropolen und ist verzweifelt, weil ihre Schwiegermutter sie nicht mag und Intrigen gegen sie spinnt.«

Sophie räusperte sich. Das Gespräch lief in eine unerwartete Richtung.

Doch Louise fuhr unbarmherzig fort. »Sophie, du weißt, ich liebe dich. Aber ich habe bei Gott mehr von dir erwartet. Ich sage dir jetzt, was du tun wirst. Du wirst dafür sorgen, dass dein Gemahl dich in Wien besucht, und einen schönen Sommer mit ihm verleben. Dann wirst du dein Kind zur Welt bringen, zurückkehren in deine neue Heimat und dich mit deiner Schwiegermutter versöhnen.«

»Niemals!«, rief Sophie. Sie dachte nicht im Traum daran, Lady Catherine nach allem, was sie ihr angetan hatte, die Hand zur Versöhnung zu reichen.

»Doch, du hast keine andere Wahl. Du wirst ihr großzügig anbieten, nach Westham Hall zurückzukehren. Das Problem mit dem Personal löst sich damit von selbst. Nach einer Aussöhnung mit Lady Catherine steht auch deiner Teilnahme am Londoner Gesellschaftsleben nichts mehr im Wege. Es soll wahrhaft aufregend sein, hört man. Du wirst eine Amme aus Wien mitnehmen und sofort nach deiner Rückkehr eine Gouvernante suchen. So kannst du sicherstellen, dass dein Kind gut versorgt ist und du mit deinem Gemahl auf Reisen gehen kannst, wann immer es euch beliebt.«

Louise setzte sich zufrieden, während Sophie wie versteinert vor dem Kamin stehen blieb.

»Ich weiß, das gefällt dir nicht. Aber du hast nun lange genug Zeit, in Ruhe über meinen Vorschlag nachzudenken.«

Sie nahm einen genüsslichen Schluck aus ihrem Glas. »Du kannst natürlich auch in Selbstmitleid versinken, deine Ehe ruinieren und deine Schwiegermutter gewinnen lassen.« Louise schenkte ihrer Nichte ein nonchalantes Lächeln. »Fanny freut sich gewiss, wenn du bei ihr einziehst.«

»Wer zieht zu unserem Möpschen?«

»Georg!« Sophie freute sich, ihren Bruder zu sehen. Und das Gespräch nicht weiter vertiefen zu müssen.

Er lief auf sie zu, nahm sie in die Arme, herzte und drückte sie, um sie wenig später kritisch zu mustern. »Hast auch schon besser ausgesehen, Schwesterherz.«

Sie verpasste ihm einen sanften Klaps. »Und du warst schon mal charmanter.«

Er lachte auf. »Willkommen zu Hause, Mylady.« Übermütig schenkte er sich ein Glas Champagner ein und begrüßte die Baronin. »Aber Tante, warum sollte Sophie bei Fanny einziehen?«

Louise klopfte mit ihrem Fächer auf seine Schulter. »Mein lieber Neffe, das ist eine andere Geschichte. Nicht wahr, Sophie?« Sie zwinkerte ihrer Nichte zu.

Die nickte gottergeben. »Ich werde über deinen Vorschlag nachdenken.«

Damit war für heute in dieser Sache das letzte Wort gesprochen.

⁓◦⁓

Emilia nickte Artstetten zu und ergriff dankbar das Opernglas, das er ihr reichte. Zu den definitiven Vorzügen des Barons zählte seine ehrliche Begeisterung für das Theater, die sie beide verband. Auch hier, im prächtigen Schauspielhaus an der Wien, besaß er eine Loge. Es galt als das derzeit größte und modernste Theater der Reichshauptstadt. Allein die Bühne bot Platz für 500 Menschen und 50 Pferde. Am Abend des 2. April 1816 wurde Shakespeares »König Lear« geboten mit dem ehrwürdigen, bereits pensionierten Hofschauspieler Joseph Lange in der Hauptrolle.

Emilia hatte sich sehr darauf gefreut, doch unglückseligerweise hatte Artstetten auf der Fahrt hierher schon wieder insistiert. Sie hatte ihm keine Antwort auf die Frage geben können, die, wie er sagte, unauslöschlich in seinem Herzen brannte. Wie so oft ließ sie die doch recht beachtliche Liste seiner liebenswerten Eigenschaften vor ihrem geistigen Auge vorüberziehen, um sich selbst zu überzeugen und ihre nagenden Zweifel zu verjagen. Es wäre alles so einfach. Er war ein guter Mann, kein Filou wie ihr Vater. Er war beständig, fürsorglich, gebildet. Darüber hinaus hatte ihn ihre Unentschlossenheit in den letzten Tagen auch in erotischer Hinsicht zu Höchstleistungen angespornt, eine überaus angenehme Tatsache, die wahrlich nicht dazu beitrug, ihr die Entscheidung zu erleichtern.

Als könnte er Gedanken lesen, fühlte sie plötzlich seine warme Hand unter ihren Röcken. Er würde doch nicht etwa …? Kurz erwog sie, seinem kühnen Vormarsch Einhalt zu gebieten, entschied dann aber, den Dingen ihren Lauf zu lassen.

Wonnigliche Minuten später öffnete sie die Augen, der Vorhang hob sich. Amüsiert stellte sie fest, dass Artstetten soeben die – andere – Hand zum Gruß hob. Der Herr aus der Nachbarloge kam auch ihr bekannt vor. War er nicht auch bei »Fidelio« neben ihnen gesessen? Sie hob das silberne Okular, das ihr vorhin beinahe entglitten wäre, ließ ihren Blick über das sehr gemischte Publikum schweifen und erstarrte. Da saß Georg, in einer der Logen gegenüber an der Seite einer fülligen, äußerst attraktiven, etwas älteren Dame. Und grinste ihr unverschämt zu. Hatte er womöglich …?

Zu ihrer Erleichterung begann das Stück. Emilia beschloss, nicht weiter darüber nachzudenken, Georg zu ignorieren und sich ganz auf das Bühnengeschehen zu konzentrieren. Sie liebte »König Lear«, diese Geschichte über den alten König und seine drei Töchter, über Schuld und Sühne, ein erbarmungsloses Schicksal und die tragische Verkettung von Verrat, Loyalität, falschem Begehren und wahrer Liebe. Verstohlen betrachtete sie den Mann an ihrer Seite. Mochte er sich auch ungeschickt verhalten und sie in vielerlei Hinsicht nicht verstehen, so war er doch ehrlich und loyal. War es vermessen, mehr von einem Mann zu erwarten? Sie hatte ihm noch immer nichts von ihrer Übereinkunft mit Alois Pointner erzählt. Aus gutem Grund.

Nachdem in der versöhnlichen Schlussszene Kordelia mit ihrem Vater endlich vereint wurde, erhob sich das Publikum zu tosendem Applaus. Die Länge des Stücks schien der Begeisterung keinen Abbruch zu tun, Herr Lange wurde mehrmals gerufen. Zu Recht, wie Artstetten anerkennend bemerkte, als sie nach dem letzten Vorhang von der Menge Richtung Ausgang gedrängt wurden.

»Auch Madame Löwe hat großartig gespielt«, entgegnete Emilia. »Ihre Kordelia war von berührender Zartheit.«

»Das stimmt«, erwiderte der Baron. »Wie bedauerlich, dass die Figur der Goneril ein so abstoßender Charakter ist. Die Schröder hat sie aber recht ausdrucksstark interpretiert. Lediglich die Gottdank als Regan verlor sich ein wenig zwischen den beiden, finde ich.«

Emilia drückte zustimmend seinen Arm. »Es war jedenfalls ein wunderbarer Abend, in jeder Hinsicht.«

Er warf ihr einen anzüglichen Blick zu. »Darf ich Eurer Äußerung entnehmen, dass Ihr nicht abgeneigt seid, den Rest der Nacht mit mir zu verbringen?«

Bevor sie antworten konnte, trat ihnen eine vertraute Gestalt entgegen.

»Komtesse, Baron, welch erfreulicher Zufall!« Georg verbeugte sich und küsste Emilia die Hand. »Darf ich vorstellen? Frau von Freiberg, die mir die Ehre erwiesen hat, sie heute in ihre Loge zu begleiten.«

Emilia lächelte huldvoll. Hatte Georg ihr gerade verschwörerisch zugeblinzelt?

»Graf Wohlleben, was für eine Überraschung«, antwortete Artstetten ein wenig verstimmt darüber, dass ihm ausgerechnet der schneidige Oberleutnant in die Quere kam, nachdem sein Sieg, zumindest für heute Nacht, in greifbare Nähe gerückt war. Ihm missfiel der seiner Meinung nach allzu vertrauliche Umgang des Offiziers mit seiner Angebeteten entschieden. »Wir wollten gerade gehen. Also bitte, wenn Ihr uns entschuldigt?« Besitzergreifend legte er Emilia den Arm um die Schulter.

Unwillig entzog sie sich ihm. »Der Abend ist noch jung«, erwiderte sie unwirsch. »Wir hatten seinen weiteren Verlauf keineswegs beschlossen, wenn ich mich richtig erinnere.«

Artstetten zuckte kaum merklich zusammen.

Georg, der das Paar aufmerksam beobachtet hatte, beschloss, die Situation besser zu kalmieren. »Dann lasst uns gemeinsam in die Apollosäle gehen. Wäre das nicht eine formidable Idee?«

»Wunderbar«, jubelte seine bis dahin stille Begleiterin. »Mein Gemahl verbringt den heutigen Abend mit seiner Tarockrunde. Behauptet er zumindest.« Sie legte eine vielsagende Pause ein. »Jedenfalls wird er nicht so bald zurück sein. Also lasst uns tanzen gehen.«

Georg verneigte sich. »Euer Wunsch ist mir Befehl. Was sagt Ihr dazu?«, wandte er sich direkt an Artstetten.

»Ein andermal«, antwortete der Baron entschieden. »Ich werde morgen sehr früh in meiner Kanzlei erwartet.«

»Wie schade«, stellte Georg bedauernd fest.

Artstetten ergriff Emilias Arm. »Erlaubt, dass ich Euch nach Hause geleite.«

Emilia, deren Laune inzwischen einen Tiefpunkt erreicht hatte, beschloss, ihren Begleiter nicht weiter zu provozieren und die Lage zu einem späteren Zeitpunkt in Ruhe zu überdenken. »Natürlich«, erwiderte sie.

»Übrigens, Komtesse«, warf Georg ein, »meine Schwestern sind gestern in Wien angekommen. Besonders Sophie würde sich über ein Wiedersehen freuen.«

»Wie schön«, antwortete Emilia. »Dann werde ich sie in den kommenden Tagen besuchen.«

Sie nickte Graf Wohlleben und seiner aktuellen Herzdame zu und folgte Artstetten zu seiner Kutsche.

Selbst dem verliebten Baron war klar, dass dieser Abend keinen amourösen Ausklang finden würde. Emilias Schweigen dröhnte noch in seinen Ohren, lange nachdem er sie in der Jägerstraße abgesetzt hatte.

⁓⊛⁓

Schon am nächsten Tag fand sich Emilia im Palais der Wohllebens in der Johannesgasse ein. Der Zeitpunkt ihres Überraschungsbesuches war ungünstig gewählt, denn keine der drei Damen war zu Hause.

»Die Herrschaften sind ausgegangen«, erklärte das

Dienstmädchen und nahm im Empfangssalon mit einem Knicks Emilias Visitenkarte entgegen, als laute Stimmen aus dem Vestibül zu vernehmen waren.

»Ich werde dort hingehen, Mama. Ihr könnt es mir nicht verbieten!«

»Natürlich kann Mama es dir verbieten!«

»Aber ich habe ein eigenes Pferd und möchte noch andere erwerben. Dort kann ich die besten Kontakte knüpfen.«

»Kind, so nimm Vernunft an! Ein Pferderennen ist kein Ort für eine Dame von Stand.«

In ihrem eifrigen Disput hätten sie ihren Gast beinahe übersehen. Als Erste entdeckte Sophie die lachende Emilia, die sich am Anblick der drei ausgesprochen elegant gekleideten, heftig zankenden Damen weidete.

Wie sehr Emilia die Wohlleben-Schwestern vermisst hatte!

Fanny wirkte in ihren Witwenkleidern, einem hochgeschlossenen Mantel aus schwarz und grün changierendem Taffet, der Robe aus dunkelgrünem Seidensatin und dem schwarzen Hut mit dem kleinen Schleier sehr erwachsen, fast geheimnisvoll. Sophie trug ihre neue dunkelblaue Samtpelisse und darunter ein schmal fallendes Kleid aus zartblauem Atlas, das um die Taille enger saß, als der Schnitt es eigentlich vorsah.

Sophie bemerkte Emilias Blick zu ihrer Körpermitte. Sie fiel ihr spontan um den Hals. »Ich freue mich, dich zu sehen! Deinem Adlerauge entgeht wohl nichts, meine Liebe.«

»Schön, dass du wieder hier bist!« Emilia drückte ihre Freundin fest an sich. »Ich wusste es bereits«, antwortete sie leise. »Aber du hast recht. Hätte dein Vater es nicht bei unserem letzten Abendessen erwähnt, wäre es mir jetzt aufgefallen.«

Arm in Arm begaben sie sich in den grünen Salon.

Mathilde, die Emilia freundlich zunickte, warf ihrer Jüngsten noch einen mahnenden Blick zu und zog sich zurück. In ihrem Kopf hämmerte es wie wild.

Fanny biss sich auf die Lippen. Sie musste zu diesem Rennen, selbst wenn sie sich damit den Unmut ihrer Mutter zuzog. Da fiel ihr ein, dass bisher nicht erwähnt worden war, an welchem Tag es stattfinden würde. Triumphierend lächelnd entschuldigte sie sich ebenfalls. Sie wollte so rasch wie möglich in ihr Zimmer und in Ruhe einen Plan aushecken.

»Anni, bring uns Tee und etwas von dem herrlichen Mandelgebäck«, wies Sophie das Dienstmädchen an und nahm mit Emilia auf dem neuen, angenehm gepolsterten Sofa Platz, das Mama auf Louises dringliches Anraten bei Joseph Danhauser gekauft hatte. Sein »Etablissement für alle Gegenstände des Meublements« war gerade sehr en vogue.

»Du musst meine Sachen ändern, bitte«, nahm Sophie den Faden wieder auf.

Emilia schüttelte den Kopf. »Das werde ich nicht tun.«

»Warum?« Sophie musterte sie ratlos. Ein derart entschiedenes Nein hatte sie nicht erwartet. Plötzlich wurde es ihr klar. »Oh, verzeih. Wie konnte ich nur so taktlos sein. Dein neuer Stand …«

»Nicht doch«, unterbrach ihre Freundin sie lachend. »Ich meine, es wäre schade um diese wunderbaren Modelle. Lieber entwerfe ich Kleider für dich, die in den nächsten Monaten an deine figürlichen Veränderungen angepasst werden können. Es ist nur eine Frage der richtigen Fasson.«

Erleichtert drückte Sophie ihre Hand. »Das klingt wunderbar. Aber du wirst dich beeilen müssen«, fügte sie hinzu. »Es geht jetzt so schnell.«

»Mach dir keine Sorgen, meine Näherinnen sind schneller. Und Alois wird sicher erlauben, dass ich diese Kollektion noch in seinem Atelier anfertigen lasse.« Wieder musterte Emilia sie prüfend. »Du siehst so blass aus. Bist du glücklich?«

»Ich weiß es nicht.« Sophie seufzte. »Ich sollte es sein, nicht wahr?«

»Wer sagt das? Ich persönlich weiß nicht, ob ich Kinder haben möchte, ob in meinem Leben jemals Platz dafür sein wird. Deshalb hab ich auch Artstettens Heiratsantrag noch nicht angenommen. Nun ja, nicht nur deshalb.«

»Er hat um deine Hand angehalten? Das ist wunderbar! Du hast doch von Anfang an Gefallen an ihm gefunden.«

»Ja, schon.« Emilia senkte den Kopf. »Auf eine gewisse Weise.«

»Was ist los? Was lässt dich zögern?«

»Er will nicht, dass ich arbeite. Es entspreche nicht meinem Stand, sagt er.«

Sophie nahm einen Schluck Tee, den Anni soeben serviert hatte. »Er hat recht, es wäre in der Tat sehr ungewöhnlich.«

»Ich weiß.« Emilia starrte in ihre Tasse. »Versteh mich bitte nicht falsch. Ich bin dir unendlich dankbar für alles, was du für mich getan hast. Du hast mir eine Familie geschenkt. Durch dich habe ich jetzt Großeltern, die mich lieben, einen Titel und eine Apanage, die mir jeden Luxus ermöglicht. Ich führe ein Leben, wie ich es nie zu erträumen gewagt hätte. Aber ich bin auch ein Kind meines Vaters, sein Blut fließt durch meine Adern. Ich liebe das, was ich tue. Jetzt fühle ich mich zerrissen zwischen zwei Welten. Ich gehöre nicht hier- und nicht dahin. Meine Heimat«, sie deutete auf ihr Herz, »ist allein da drin. Es gibt nur einen Weg für mich, und das ist mein eigener. Ich kann nicht alles aufgeben, woran ich glaube. Meine Unabhängigkeit, mein Talent, meinen Traum. Und solange Baron Artstetten das nicht versteht, kann ich mich nicht an ihn binden.«

Sie schwiegen. Für kurze Zeit vergaß Sophie ihre Übelkeit, ihren Kummer und überhaupt ihr ganzes Elend. Noch nie hatte ihre Freundin sich ihr in dieser Weise offenbart. Sophie dachte über ihre Worte nach und ging hart mit sich ins Gericht. In dem ehrlichen Bedürfnis, ihr zu helfen, hatte sie nicht bedacht, dass Emilia mit ihrem Leben vielleicht zufriedener war, als sie angenommen hatte. Sie war weit gekommen, hatte alles verloren, sich aus eigener Kraft emporgearbeitet und liebte, was sie tat. Bestürzt erkannte Sophie den Egoismus und eine gewisse Überheblichkeit in ihrem Bemühen, sich mit etwas Sinnvollem zu beschäftigen, Einfluss auszuüben, ihre arme Freundin retten zu wollen. Ihre arme Freundin. War mittlerweile nicht sie es, die gerettet werden musste? Wie Emilia hatte auch sie einen Traum. Doch während Emilia ihm gefolgt und zielstrebig ein eigenes Leben aufgebaut hatte, waren ihre Träume zerplatzt wie Seifenblasen. Was waren sie also wert? Sophie hatte sich immer als außergewöhnlich empfunden, als unangepasst – um dann genau so zu handeln, wie man es von Frauen ihres Standes erwartete. Sie legte die Hände über ihren Bauch. Statt dieses heranwachsende Leben zu begrüßen, haderte sie nun mit ihrem selbst gewählten Schicksal. Sophie straffte ihre Schultern. Tante Louise hatte vollkommen recht. Sie hatte alles erreicht, was sie sich gewünscht hatte. Mit Edward hatte sie sich in einen Forscher und Gelehrten verliebt, der ihre Wissbegier und Reiselust teilte. Auch wenn er die Bürde eines großen Erbes zu tragen hatte, blieb er dennoch der, der er war. Wie gern sie mit ihrem Vater über, wie ihre Mutter es zu nennen pflegte, die leidige Politik diskutiert hatte. Doch nun? Statt ihren Gemahl zu unterstützen und mithilfe seines Einflusses gemeinsame Visionen zu verwirklichen, klagte sie, dass er sie so oft allein ließ. Sie war in Selbstmitleid versunken und zu einer jener Frauen geworden, die sie im Grunde ihres Herzens verachtete. Und plötzlich stand ihr ganz klar vor Augen, was zu tun war: Ihr neues Leben und die großen Chancen, die es barg, zu nutzen. Und das Kind, das in ihr heranwuchs, zu lieben.

»Einen Gulden für deine Gedanken«, bemerkte Emilia.

Sophie strich sich über die Stirn und wählte ihre Worte mit Bedacht. Sie ergriff Emilias Hände. »Du hast mir die Augen geöffnet. Du, meine Liebe, hast meiner Hilfe in Wahrheit nie bedurft.«

Emilia fuhr hoch.

»Bitte lass mich ausreden«, erstickte Sophie Emilias Widerspruch im Keim. »Ich bin dankbar, dass es mir mithilfe meines Vaters gelungen ist, deine Großeltern ausfindig zu machen. Doch der Rest lag nicht in meiner Hand. Du hättest deinen Weg auch ohne die Unterstützung deiner Familie gemacht, da bin ich mir sicher. Es wäre dir vielleicht vieles nicht so leichtgefallen wie jetzt, dafür hättest du auch nicht all jene Probleme, die du mir soeben geschildert hast. Mir ist klar geworden, dass sich im Leben immer wieder Türen öffnen. Uns obliegt die Entscheidung, hindurchzugehen. Was sich dahinter verbirgt, wissen wir nicht, doch ist es unsere Aufgabe, das Beste daraus zu machen. So, wie es uns zu diesem Zeitpunkt erscheint.« Mit sich zufrieden ließ sie die Hände ihrer Freundin los, leerte ihre Tasse in einem Zug und wartete auf die Übelkeit, die sich in letzter Zeit verlässlich einstellte, sobald sie etwas zu sich nahm. Sie blieb aus.

Überrascht stellte sie fest, dass Emilia Tränen in den Augen hatte.

»Habe ich dich gekränkt? Habe ich etwas Falsches gesagt?«, fragte Sophie irritiert.

»Oh nein«, antwortete Emilia ruhig. »Ich habe nur gerade etwas begriffen.« Niemand hatte das Recht, ihre Träume zu stehlen.

~☙~

Fanny juchzte auf, als Brandy über den entwurzelten Baum sprang, der unerwartet den Weg versperrte. Die Tatsache, dass ihre Mutter sie zwang, im Damensattel zu reiten, trübte ihre Freude ein wenig und zwang sie, vorsichtiger zu sein als sonst. In dieser unnatürlichen Haltung zu springen, war selbst für sie eine Herausforderung. Sophie hatte recht. Das Leben wäre so viel einfacher, würde man Hosen tragen.

Auch das dunkelgrüne Reitkostüm aus feinem Wollstoff war unbequem. Dieser kurze Spenzer saß viel zu eng, und der extrem lange Rock war in jeder Hinsicht furchtbar unpraktisch. Ihre geliebte Reithose hatte sie ganz unten in einer Truhe mit Sommerkleidern verstecken müssen. Sophie hätte ihr nie erlaubt, sie mitzunehmen. Sie würde zum Einsatz kommen, sobald sie ihr Palais bezogen hatte. Wie so vieles andere auch. Fanny grinste beim Gedanken an die raffinierten Dessous, die nur darauf warteten, endlich wieder Verwendung zu finden, genoss den frischen Wind, der ihr um die Nase wehte, und die herrliche Weite der Praterauen. Was für ein Glück, dass sie in Zukunft in unmittelbarer Nähe dieses Naturparks leben würde. Einfach aufs Pferd steigen und losgaloppieren wie in Westham Hall. Sie konnte es kaum erwarten. Auch ihr Garten nahm dank

Thomas' unermüdlichen Einsatzes mittlerweile Gestalt an. Zielstrebig und mit strenger Hand dirigierte er eine kleine Mannschaft kräftiger Arbeiter, die Albert, der Gärtner ihrer Eltern, vermittelt hatte. Ungeachtet des anhaltend schlechten Wetters wurden Böschungen gerodet, die ersten Büsche und Bäume gesetzt, das Glashaus aufgestellt, geschwungene Wege angelegt und die Grundfesten des geplanten Pavillons errichtet. Letzteres bereits zum zweiten Mal, da der erste Versuch im Schlamm versunken war.

Ihr Glück könnte vollkommen sein, wäre da nicht ein unschönes Detail: Paul war spurlos verschwunden. Niemand konnte ihr sagen, wo er war, nicht einmal ihre Mutter. Die wusste lediglich zu berichten, dass er inzwischen zum Hoflieferanten ernannt und in den Ritterstand erhoben worden war. Was Fanny einerseits nicht weiter erstaunte, andererseits aber auch nicht besonders berührte. Er könnte ein Herzog sein, sie würde ihn so oder so lieben. Und da sie wie er über ein eigenes Vermögen verfügte und das Gerede der Leute ihr schon immer egal war, stand ihren gemeinsamen Zukunftsplänen aus ihrer Sicht nichts mehr entgegen. Außer eben die Tatsache, dass er nicht da war.

Während Brandy über eine riesige Wiese galoppierte, hatte sie einen blendenden Einfall. Sie würde Frau Faber besuchen. Seine Mutter musste wissen, wo er war.

Zufrieden beschloss sie, nach Hause zu reiten. Sie drosselte das Tempo und trabte gemächlich einen kleinen Fluss entlang.

Als der Weg sich verengte, kam ihr ein Reiter entgegen. Auf einem prächtigen Schimmel, bemerkte sie. Vorsichtig manövrierte sie Brandy an ihm vorbei.

Da hob der Unbekannte seinen Zylinder. »Was für ein wunderbarer Fuchswallach«, rief er ihr zu.

Fanny nickte. Sein ungarischer Akzent gefiel ihr. »Er ist noch jung und ungestüm«, antwortete sie.

»Ganz wie seine Besitzerin«, bemerkte er mit einem Lächeln. »Ich habe Euch vorhin auf der Wiese gesehen. Ein wahrhaft wilder Galopp!«

Schöne Zähne hatte er auch, registrierte Fanny. »Brandy hat eine weite Reise hinter sich und muss sich austoben.« Sie tätschelte den Hals ihres Pferdes, nickte dem ungarischen Reiter zu und stob davon.

~❦~

Was für eine geniale Idee! Fanny war stolz auf sich. Sie saß in Edwards prächtiger Reisekutsche, ihr gegenüber ein modisch gekleideter, eleganter junger Mann im dunkelblauen Frack aus feinstem Wollstoff, einer Kniebundhose aus beigem Wildleder und hohen Stiefeln. Ein Glück, dass Thomas McElroy dieselbe Größe hatte wie Georg – und Georg nur zu Hause war, wenn er sich wieder einmal ausschlafen wollte. Ohne Begleitung wäre ihr Vorhaben schlichtweg undenkbar gewesen. Auch das Wetter an diesem 17. April 1816 – man schrieb den Mittwoch nach Ostern – spielte mit. Die Sonne schien, ein frühlingshaft milder Tag lag vor ihr.

Fannys Plan war aufgegangen, dem Besuch des Pferderennens stand nun nichts mehr im Wege. Zum Glück las Mama, abgesehen von ihren Modejournalen, keine Zeitungen. Fanny war realistisch. Hätte ihre Mutter gewusst, dass die Veranstaltung heute stattfand, sie hätte Fanny nicht aus den Augen gelassen. Papa weilte in der Hofburg, Sophie schlief und Georg hatte sich erst für das Wochenende angekündigt. So war es nicht weiter aufgefallen, als Fanny sich nach dem Mittagessen beiläufig mit den Worten verabschiedet hatte, bei dem herrlichen Wetter den Fortschritt der Gartenarbeiten in ihrem Palais besichtigen zu wollen. Georgs Sachen hatte sie schon am Vorabend unbemerkt verstaut. Nur Alan, der die Zügel bereits in der Hand gehalten hatte, hatte sich dezent geräuspert, als Thomas, statt wie sonst neben ihm auf den Kutschbock, hinter Fanny in den Reiselandauer geglitten war. Aber er würde nichts verraten. Englisches Personal war très discret. Fanny hatte ihm zur Sicherheit ein strahlendes Lächeln zugeworfen, das dem Kutscher ein weiteres, diesmal verlegenes Räuspern entlockt hatte.

Thomas hatte sich während der Fahrt in der Kutsche umziehen müssen. Fanny hatte die Vorhänge geschlossen und den Schleier übers Gesicht gezogen. Dabei hatte sie ein wenig geschummelt und entdeckt, dass Thomas außerordentlich gut gebaut war. Und nicht nur das. Anständig gekleidet sah der junge Gärtner sogar sehr manierlich aus. Nur seine Hände verrieten seinen einfachen Stand. Wie hatte sie nur auf die Handschuhe vergessen können! Doch jetzt war es zu spät, bald würden sie in Simmering ankommen.

Sie hatte die Vorhänge wieder geöffnet, sah nun aus dem Fenster und hing ihren Erinnerungen nach. Am 18. Oktober 1814 hatte hier das große Fest zum Gedenken an die Schlacht bei Leipzig stattgefunden, dem fulminanten Sieg der verbündeten Mächte über die Truppen Napoleons. Von der Simmeringer Heide bis zum Prater war an diesem Tag bis in die Nacht hinein gefeiert worden. Waren seit ihrer ersten Begegnung mit Baron Trattenbach wirklich noch nicht einmal zwei Jahre vergangen? Nie würde sie die Blicke vergessen, die er ihr zugeworfen hatte. Wie begehrenswert er ihr erschienen war. Sie hatte sich Hals über Kopf in ihn verliebt. Was für ein fatales Missverständnis! Karl hatte ihr nur Unglück gebracht. Aber – sie nestelte in ihrem Samtbeutel und rötete sich mit etwas Pomade die Lippen – sie würde sich diesen wunderbaren Tag nicht von trüben Gedanken verderben lassen.

»Wir sind gleich da«, erklärte sie in jenem beinahe akzentfreien Englisch, für das sie immer gelobt wurde. »Und Thomas, vergiss nicht, du bist ein Cousin meines Schwagers. Du hast nichts weiter zu tun, als mir zu folgen. Wenn dich jemand anspricht, überlässt du das Reden mir.«

Thomas nickte. Er verstand nicht ganz, was das alles sollte. Sich für jemanden auszugeben, der er nicht war, entsprach nicht seinem ehrlichen Naturell. Nur ihretwegen hatte er sich bereit erklärt, diese Farce mitzumachen. Er würde alles für sie tun, sogar das Schießen hatte er für sie erlernt. Aber, davon war er überzeugt, sie war es wert. Niemals zuvor hatte er eine Frau wie sie kennengelernt. Und nie wieder würde er eine Frau so verehren wie sie. Das war sein Schicksal. Was aus ihm werden sollte, wenn sie seine Dienste nicht mehr benötigte – er durfte gar nicht daran denken.

Die Kutsche hielt, und sie stiegen aus. Fanny zog ihren Schleier tief ins Gesicht und ergriff seinen Arm. Staunend sah sie in die Menge. Eine Unzahl von Wagen, Reitern und Schaulustigen, die sich zu Fuß eingefunden hatten, bildeten ein buntes Gewühl, so weit das Auge reichte. Links und rechts vom Zieleinlauf waren Tribünen errichtet worden. Entschieden steuerte Fanny mit Thomas im Schlepptau auf sie zu. Was für eine elegante Gesellschaft – Mama hatte ganz offensichtlich keine Ahnung. Und Fanny konnte es ihr nicht einmal verübeln. Sie selbst hatte in England zum ersten Mal von Veranstaltungen wie diesen gehört. Edward konnte wunderbare Geschichten über die lange Tradition der englischen Rennen erzählen, nirgendwo gäbe es Vergleichbares, hatte er betont. In Frankreich hätten sie mittlerweile an Bedeutung verloren. Lediglich die bayerischen Rennen seien nach wie vor berühmt – dort treffe sich alles, was in der Pferdezucht Rang und Namen hatte. Auch in Ungarn finde sich aus diesem Anlass auf den Gütern der Magnaten immer ein sehr illustres Publikum ein. Edward hatte noch ein paar Namen fallen lassen, um dann mit der Feststellung zu schließen, dass niemand in Sachen Pferderennen England das Wasser reichen könne.

Die Wiener Veranstalter bemühten sich an diesem Tag jedenfalls aus vollen Kräften, den großen Vorbildern in nichts nachzustehen. Eine kreisförmige Rennbahn von vier englischen Meilen war markiert und stellenweise mit Seilen gegen das herandrängende Publikum abgegrenzt worden. Unzählige Wetten waren im Vorfeld abgeschlossen worden, eine geradezu greifbare Spannung lag über der Menge. Fanny hatte inzwischen einen guten Platz auf der Tribüne gefunden. Von hier aus konnte sie die gesamte Rennbahn bequem überblicken. Ihr Schleier behinderte die Sicht, also hob sie ihn kurz entschlossen und befestigte ihn mit einer Hutnadel. Just in diesem Moment hörte sie eine Stimme hinter sich.

»Die tollkühne Reiterin, was für eine angenehme Überraschung.«

Den Akzent hätte sie unter Hunderten erkannt. Sie wandte den Kopf und sah in das markante Gesicht des Ungarn, der ihr bei ihrem Ausritt begegnet war. Er bahnte sich den Weg an ihre Seite.

»Wir wurden einander noch nicht vorgestellt.« Er verbeugte sich und lüftete seinen Zylinder. »Gyula Graf Erdélyi. Was für eine Freude, Euch hier zu sehen.«

Fanny stutzte. Sie war sicher, den Namen schon einmal gehört zu haben. »Gräfin Keynitz«, erwiderte sie. »Und das«, sie wies auf den neben ihr stehenden Thomas, »ist Lord McElroy, ein Cousin meines Schwagers.«

»Ihres Schwagers«, bemerkte Graf Erdélyi und sah irritiert auf die Hände des jungen Mannes. »Ihr lebt also in England?«

»Meine Schwester lebt in Kent«, antwortete Fanny rasch, öffnete ihren Wickler und rückte ihr Brusttuch zurecht. Das Ablenkungsmanöver funktionierte, die Aufmerksamkeit des Grafen galt wieder ganz ihr. »Ich wohne hier in Wien. Lord McElroy liebt die Gartenarbeit«, fügte sie erklärend hinzu. »Er hilft mir, meinen Park zu bewirtschaften.«

»Was für eine wunderschöne Stadt«, erwiderte ihr Gesprächspartner etwas zerstreut. Seine Augen hingen immer noch an Fannys Dekolleté.

Erleichtert stellte sie fest, dass er offensichtlich keinen Verdacht geschöpft hatte.

Da ging ein Raunen durch die Menge. Eine weichselbraune Stute wurde auf die Bahn geführt.

Der ungarische Graf gab sich einen Ruck und wandte sich der Rennbahn zu. »Ein herrliches Tier, nicht wahr?«, bemerkte er. »Es gehört dem Fürsten von Liechtenstein.«

Fanny nickte. »So feingliedrig und elegant«, bemerkte sie begeistert.

Schon folgte der Herausforderer, ein weißer Hengst von kraftvoller Statur.

»Graf von Pickler hat mit dem Fürsten um 1.000 Dukaten auf Sieg gewettet. Unzählige Nebenwetten laufen. Habt Ihr mitgeboten? Noch könntet Ihr einen Einsatz wagen.«

Fanny schüttelte energisch den Kopf. »Ich bin nicht wegen der Wetten hier. Ich möchte ein Pferd kaufen.«

»Wie ungewöhnlich.« Erstaunt musterte er sie. »Was sagt Euer Gemahl dazu?«

»Ich bin verwitwet«, erwiderte Fanny. »Aber ich sehe nicht, was mein Gemahl, wenn ich einen hätte, dabei für eine Rolle spielen sollte. Ich verstehe selbst genug von Pferden und brauche keinen Mann, der mir sagt, was ich zu tun habe.« Sie hielt inne. Irgendwie hörte sie sich gerade an wie Sophie.

Graf Erdélyi lachte auf. »Jetzt habt Ihr gesprochen wie eine waschechte Ungarin.« Wieder ließ er seinen Blick über sie gleiten.

Fannys Haut begann zu prickeln. Sie war froh, sich für das nachtblaue Ensemble mit dem Kleid aus blauschwarzem faconnierten Atlas entschieden zu haben. Sogar Georg hatte vor wenigen Tagen anerkennend festgestellt, wie umwerfend sie darin aussah.

In der Zwischenzeit war das Gewicht der Jockeys ermittelt worden, das Rennen begann.

»Der scharfe Ostwind ist denkbar ungünstig«, erklärte Erdélyi. Kaum merkbar war er ihr näher gekommen, um den zunehmenden Lärmpegel, der sie umgab, zu übertönen. Fanny registrierte seine starke Präsenz – fast berührten sie einander – und rückte intuitiv ein wenig von ihm ab. Sie war wegen der Pferde hier, ermahnte sie sich und wandte sich wieder dem Geschehen auf der Rennbahn zu.

Die Braune lag vorne, doch ihr Vorsprung verringerte sich. Nach eineinhalb Runden hatte der Hengst aufgeholt, Schulter an Schulter erreichten sie die Zielgerade. In einem atemberaubenden Final überholte er sie, während die Stute, von ihrem erbitterten Reiter durch wilde Peitschenhiebe angetrieben, schweißtriefend mehrere Längen hinter ihm ins Ziel lief. Der Applaus war ohrenbetäubend.

»Acht Meilen in acht Minuten«, bemerkte der Graf anerkennend. »Der Schimmel des Fürsten hat bereits fünf Rennen in London gewonnen. Die Arme hat sich wacker geschlagen, aber in Wahrheit hatte sie keine Chance.« Die Stute hinkte vom Platz, sie hatte sich wohl am linken Vorderfuß verletzt.

»Schade.« Fannys Augen blitzten. »Ich hätte sie zu gern gewinnen sehen. Sagt, warum seid Ihr so gut informiert?«

»Nun, das ist mein Geschäft. Ich züchte Pferde.«

»Nein, ist das möglich!« Fanny klatschte begeistert in die Hände. »Das sagt Ihr mir erst jetzt?«

»Noch hatte ich keine Gelegenheit. Zudem wollte ich nicht aufdringlich erscheinen.«

Fanny, plötzlich Feuer und Flamme, strahlte ihn an. »Was für ein wunderbarer Zufall!«

»Ihr sagt es«, antwortete der Graf lächelnd. »Mit niemandem würde ich lieber ins Geschäft kommen.«

Sie wurden vom Beginn des zweiten Rennens unterbrochen, das wenig spektakulär über die Bühne ging.

»Nun gebt acht!« Erdélyi schien auf einmal zu vibrieren. »Der Rappe, der soeben hereingeführt wird, gehört Graf Pálffy und stammt aus meiner Zucht.«

»Oh mein Gott«, staunte Fanny. »Das ist eines der schönsten Tiere, das ich je gesehen habe.«

»Dann wartet ab, was mein Gestüt noch alles zu bieten hat. Ich habe wunderbare junge Stuten und prächtige Wallache in meinem Gutshof bei Baden eingestellt. Wollt Ihr sie sehen?«

»Das fragt Ihr noch?« Fanny drehte sich um zu Thomas, auf den sie beinahe vergessen hätte. Mit knappen Worten erklärte sie ihm, was sie mit dem ungarischen Grafen besprochen hatte.

Der nickte, ein wenig verstimmt. Dieser ganze Aufwand dafür, dass sie ihn ständig ignorierte? Lieber hätte er in dieser Zeit etwas Vernünftiges getan. Statt bei dem herrlichen Wetter die Pelargonien zu pflanzen, die dringend in die Erde mussten, stand er hier sinnlos herum. Die Hose zwickte, und auch der Frack war steif und unbequem. Da lobte er sich seine Arbeitsjacke. In der konnte man sich wenigstens frei bewegen. Und mittlerweile hatte ihm die Gräfin ihre Aufmerksamkeit ohnehin schon wieder entzogen.

Fanny jubelte, als der ungarische Rappe den Sieg über das Pferd des britischen Gesandten davontrug und weit vor ihm ins Ziel lief. Die Blicke, die Graf Erdélyi ihr dabei zuwarf, beunruhigten sie. Sie wollte mit ihm ins Geschäft kommen. Die Wirkung, die er auf sie hatte, kam ihr dabei gänzlich ungelegen.

So schlug sie nach dem fünften Rennen seine Einladung zu einem gemeinsamen Diner an diesem Abend aus. »Graf, ich möchte Euch ein Pferd abkaufen, nicht mit Euch speisen«, erklärte sie energisch und steckte seine Karte in ihr Retikül.

Das schallende Lachen des Grafen begleitete sie den ganzen Weg nach Hause. Sie griff nach Pauls Medaillon, das sie immer bei sich trug, und stellte verwirrt fest, dass ihr Herz nicht wie sonst zu klopfen begann.

～◌～

Caroline Pointner, frischgebackene Baronin Hohenheim, schaukelte ihrem Ziel entgegen. Zwei Mal schon waren sie im tiefen Schlamm stecken geblieben. Als sie hinaussah, wich ihre ursprünglich freudige Erwartung größten Bedenken. Es regnete hier anscheinend seit Tagen, die Landschaft stand stellenweise völlig unter Wasser, nur hin und wieder blitzten frische begrünte Hügel auf. Auch wenn die ersten Bäume bereits in Blüte standen und zarte Blätter trugen – alles in allem war es trostlos, stellte sie fest und lehnte sich zurück.

Sie wäre besser in der Stadt geblieben und hätte Stanislaus zu sich gerufen. Er fehlte ihr. Ihre ehelichen Begegnungen waren im Lauf der Saison immer angenehmer geworden, zuletzt hatte sie diese sogar selbst eingefordert. Emilia hatte recht gehabt, als sie bei der Anprobe ihres Negligés für die Hochzeitsnacht bemerkt hatte, ein Offizier wisse genau, was zu tun sei. Und dass sie rasch lernen würde. Auch wenn Stanislaus die Hochzeitsnacht verschlafen hatte – in den Wochen danach hatte er nicht genug von ihr kriegen können.

Versonnen betrachtete Caroline ihren Ehering. Es war hoch an der Zeit, dass sie und ihr Gemahl nach zwei langen Monaten der Trennung ein paar Stunden für sich hatten. Bei ihrer letzten Soiree war ihr Anton Megnitz, ein reicher Weinhändler, unziemlich nahegekommen. Natürlich hatte sie seinem Werben nach anfänglichem Zaudern – es war ziemlich viel Alkohol geflossen, und der Mann küsste wirklich gut – nicht nachgegeben, aber er hatte ein Feuer in ihr entfacht, das dringend gelöscht werden musste.

Mit quälender Langsamkeit näherten sie sich dem Landschloss der Hohenheims. Nun ja, es war eher ein großer Gutsbetrieb, doch wer wollte das schon so genau wissen. Sie war erst ein Mal hier gewesen, damals, mit ihren Eltern, die darauf gedrängt hatten, dass sie sie begleitete, obwohl sie viel lieber in der Stadt geblieben wäre, um mit ihrer Freundin auf dem Glacis zu flanieren und die Bewunderung der Herren zu genießen. Als sie jedoch dem Sohn des Hauses vorgestellt worden war, einem schmucken Offizier – noch dazu Baron –, waren die Stadt und ihre Vergnügungen in weite Ferne gerückt. Mit dem Ausritt nach dem Essen und der Rast auf dieser entzückenden kleinen Wiese kam eins zum anderen. Sie hatte den leidenschaftlichen Avancen des jungen Barons kaum Widerstand entgegengesetzt und war noch immer etwas schwindelig gewesen, als sie zum Schloss zurückgekehrt waren. Erstaunlicherweise hatte ihre Mutter kein Wort über ihre derangierte Garderobe verloren, und auch ihr Vater hatte nur gutmütig gegrinst. Wenige Tage später war der Pakt beschlossen und die Verlobung gefeiert worden.

Der folgende Krieg hatte ihr zwischenzeitlich einen Strich durch die Rechnung gemacht. Statt zu heiraten und die Armee zu verlassen, war Stanislaus nach Frankreich geschickt worden. Die dadurch erzwungene Wartezeit hatte sie sich jedoch mit den Vorbereitungen für ihre bevorstehende Heirat aufs Angenehmste verkürzt. Und Gott hatte ihre Gebete erhört. Stanislaus war zurückgekehrt, die Hochzeit schöner gewesen, als sie es sich je zu erträumen gewagt hätte. Nach der feierlichen Zeremonie in der Hofpfarrkirche der Augustiner – sie hatte ganz weiche Knie gehabt, als sie am Arm ihres Vaters durch die Reihen zum Altar geschritten war – war sie wie eine Prinzessin in einer offenen Kutsche durch die Stadt gefahren. Ganz Wien hatte ihr zugejubelt. Dieses herrliche Kleid! Es stand jetzt in ihrem Ankleidezimmer, die Schneiderpuppe aus Rohrgeflecht war Papas Idee gewesen. Sie wurde auch Monate danach nicht müde, es zu betrachten. Emilia hatte ein wahres Kunstwerk geschaffen.

Caroline empfand es zwar als etwas seltsam, dass die ehemalige Dessinzeichnerin ihres Vaters nun als Komtesse im Rang über ihr stand. Aber sie war auch ihre Freundin und wollte glücklicherweise trotz ihrer Erhebung in den Adelsstand arbeiten. Natürlich wurde deshalb getratscht, aber das war Caroline egal. Hauptsache, Emilia würde weiterhin traumhafte Roben für sie entwerfen. Caroline hatte schöne Kleider schon immer geliebt, doch jetzt, da sie selbst Baronin war, ergaben sich für sie ganz neue Möglichkeiten, die passende Garderobe war dabei von entscheidender Bedeutung. Ihre Bälle und Soireen wurden bereits rege besucht, Champagner floss in Strömen. Zwar war es ihr noch nicht gelungen, die Crème de la Crème der Wiener Gesellschaft bei sich zu versammeln, aber das würde schon noch werden.

Mit einem Ruck blieb die Kutsche stehen. Endlich waren sie da. Die Tür ging auf, und Caroline blickte vorsichtig hinaus. Gott sei Dank, der Regen hatte Pause gemacht. Sie stieg die ersten Stufen hinunter und sah sich ratlos um. Wo war der Weg geblieben? Sie konnte sich genau erinnern, dass bei ihrem letzten Besuch eine schmale Pflasterung zum Eingangstor geführt hatte. Heute war da nur Schlamm. Mit größtem Bedauern sah sie auf ihre flachen rosa Seidenslipper mit den dunkelroten Schleifen. Die hatte sie heute vermutlich zum letzten Mal getragen.

Bevor Caroline einen Fuß auf den Boden setzen konnte, ertönte eine ihr wohlbekannte Stimme.

»Warte! Ich komme dich holen.«

Stanislaus! Stanislaus? Sie musterte ihren Gemahl von oben bis unten. Seine derben Stiefel versanken bis zu den Knöcheln im Schlamm, der Stoff seiner Hose war vor lauter Schmutz gar nicht mehr zu erkennen. Sogar seine unförmige Jacke war über und über bespritzt. Dazu dieser lächerliche Hut. Sie erkannte Stanislaus kaum wieder. Doch als er sie in seine Arme nahm und ihr einen innigen Kuss auf die Lippen drückte, war sie versöhnt. Nach einem duftenden Bad würde er wieder er selbst sein, und sie könnten endlich …

Stanislaus trug sie zum Haus und setzte sie direkt an der Schwelle ab.

»Schön, dass du hier bist. Es gibt einen wunderbaren Schweinsbraten. Aber vorher muss ich noch einmal zu den Ställen. Eine Pappel wurde letzte Nacht vom Sturm entwurzelt und hat das Dach beschädigt. Mach es dir gemütlich, meine Mutter erwartet dich schon.«

Und weg war er. Das Bad musste wohl warten.

Als der Held des Tages am späten Abend endlich vor ihrem Bett stand, rekelte sie sich nackt und verführerisch in den Laken und streckte ihm sehnsüchtig die Arme entgegen. Er legte sich zu ihr, küsste und streichelte sie. Sie brannte bereits lichterloh.

»Wie schön du bist«, murmelte er noch.

Dann schlief er über ihr ein.

୭ତ∞

Als Caroline am nächsten Morgen aufwachte, war ihr Gemahl verschwunden. Enttäuscht und ein wenig verärgert klingelte sie nach ihrer Zofe. Auch Gretchen sah außerordentlich verdrießlich drein. Ihr Bett sei hart und schmal, die Kammer unterm Dach winzig, klagte sie. Sie müsse das Zimmer mit einem der Dienstmädchen teilen, und die habe die ganze Nacht furchtbar geschnarcht.

»Hör auf zu jammern«, rügte Caroline sie. Das konnte sie jetzt gar nicht brauchen, sie war selbst schlecht gelaunt.

Als sie das Speisezimmer betrat, stellte sie entsetzt fest, dass der Tisch nicht gedeckt war.

»Geh in die Küche und bring mir was zu essen«, herrschte sie Gretchen an.

Da erst bemerkte sie ihre Schwiegermutter, die im hinteren Teil des Raumes vor einer Kommode stand und das Silber inspizierte.

»Kind, du schläfst ja bis in die Puppen«, begrüßte Maria Baronin Hohenheim sie mit einer herzlichen Umarmung. »Bei uns wird zeitig gefrühstückt. Es gibt viel zu tun, das ist nicht so wie bei euch in der Stadt. Du wirst dich daran gewöhnen müssen, sonst siehst du den Stani den ganzen Tag nicht. Und ich bring dir was anderes zum Anziehen«, fügte sie nach einem Blick auf Carolines zartrosa Chemise aus feinstem Musselin hinzu. »Mit dem dünnen Kleidchen holst du dir den Tod.«

Caroline seufzte. Das wurde ja immer schlimmer.

Wenig später, das ungewohnt deftige Frühstück lag ihr gewaltig im Magen, musterte Caroline sich im Spiegel. Gretchen kicherte. Das Kleid aus grobem Wollstoff kratzte. Darüber hinaus war es ihr zu weit und zu kurz. Und dann auch noch diese Farbe!

»Du bist zwar größer und schlanker als ich«, hatte ihre Schwiegermutter festgestellt, als sie ihr das dunkelgrüne Jagdkleid überreicht hatte. »Aber es müsste gehen. Und den Wickler, den du mitgebracht hast, kannst du darüber tragen.«

Wenigstens die Lederstiefeletten passten. So würde sie sich ihre eigenen Schuhe nicht ruinieren.

Der Tag zog sich hin. Das Wetter hatte wieder umgeschlagen, auch zum Mittagessen tauchte Stanislaus nicht auf.

»Dabei ist er eh schon so mager, der Arme!«, stellte Maria kopfschüttelnd fest.

Ans Ausreiten war unter diesen Umständen nicht zu denken, nicht einmal ein Spaziergang war möglich. So verbrachten sie den Nachmittag im Salon. Ihre Schwiegermutter drückte ihr Stickrahmen und Garn in die Hand. Kurz danach setzte sich Caroline gelangweilt ans Pianoforte. Weil sie jedoch keine große Begabung für dieses Instrument besaß und außer der Baronin niemand da war, der ihr zuhörte, ließ sie es rasch wieder bleiben.

Endlich wurde es Zeit zum Abendessen. Stanislaus hatte sich sogar umgezogen, wie Caroline erfreut feststellte.

»Fesch!«, bemerkte er, als er seiner Gemahlin ansichtig wurde.

Caroline konnte sich nicht entscheiden, ob sie seine Ahnungslosigkeit in Modefragen erheiternd oder ärgerlich finden sollte. Bevor sie sich weiter darüber Gedanken machen konnte, begannen Stanislaus und sein Vater Anton eine hitzige Debatte.

»Wir müssen den Arbeitern mehr Geld geben, Vater! Die laufen uns sonst davon.«

»Ach geh, das kommt nicht infrage«, entgegnete Anton unwillig. »Die kriegen bei uns Kost und Logis und an schlechten Tagen ein bisschen was auf die Hand, das ist mehr als genug. Und wohin sollen sie denn laufen? Schaut ja überall gleich aus. Das Wetter ist heuer einfach hundsmiserabel. Wir müssen froh sein, wenn wir die Ernte retten können, sonst haben wir alle nichts zu essen.«

Stani starrte verärgert in seine Grießsuppe. »Dass Ihr Euch nicht irrt, Vater!«, begehrte er auf. »Gestern hat sich ein Knecht das Bein übel zugerichtet. Der Vorarbeiter hatte große Mühe, die Leute bei der Stange zu halten. Was tun wir denn, wenn sie sich beim nächsten Gewitter weigern, aufs Dach zu gehen? Oder Dämme zu bauen? Die Felder schwimmen uns weg …«

»Geh, hör auf«, brummte sein Vater. »Die sind harte Arbeit gewöhnt. Und so schlecht haben sie's nicht bei uns.«

»Wie Ihr meint.« Wortlos löffelte Stanislaus seine Suppe.

»Die letzte Soiree war ein umwerfender Erfolg«, versuchte Caroline das unangenehme Schweigen zu brechen, erntete für diese unschuldige Bemerkung aber lediglich verständnislose Blicke.

»Wie geht's denn deinen Eltern?«, kam ihre Schwiegermutter ihr zu Hilfe.

»Danke, gut«, antwortete Caroline erleichtert. »Vaters Geschäfte laufen wie immer, und Mutter freut sich schon sehr auf ihr Enkelkind.«

»Na, das würden wir auch. Ein Stammhalter für die Hohenheims. Streng dich an, mein Junge!«, polterte Anton, der dem Wein mehr zusprach, als es seiner Gemahlin gefiel. Seine Laune besserte sich jedenfalls zunehmend.

Caroline errötete.

»Anton!«, rügte ihn Maria prompt.

»Na, weil's wahr ist. Was macht dein Bruder?«, hakte er nach. »Der soll ja bei seiner Frau eingezogen sein. Weshalb denn das?«

Caroline, die von Max' dunklen Machenschaften nichts ahnte, zuckte die Achseln. »Ich weiß es nicht. Wahrscheinlich wollte Papa, dass Max der Henriette unter die Arme greift und lernt, wie man ein Unternehmen führt. Das kann man am besten, wenn man dort auch wohnt. Außerdem kriegt sie jetzt das Kind, und dann ist es gut, wenn Max die Geschäfte übernimmt.«

»Heiraten und fusionieren. Dein Vater weiß schon, wie es geht!«, stellte ihr Schwiegervater anerkennend fest. »So ein Gutsbetrieb verlangt einem das Letzte ab. Und wo führt es hin? Man muss froh sein, wenn man sich über Wasser halten kann.«

Die letzte großzügige Zahlung Alois Pointners verschwieg er wohlweislich. Musste niemand wissen, dass sie bei der

Heirat der Kinder einen Vertrag abgeschlossen hatten. »Titel gegen Geld«, hatte Alois gesagt und noch eine Null hinzugefügt. Als ihm die schwierige Lage zu Ohren gekommen war, in der sich das Gut gerade befand, hatte es prompt Extrageld gegeben. Alois war ein netter Mensch. Allein dieses Einkommen bescherte dem Gutsbetrieb eine sichere Existenz, selbst in katastrophalen Jahren wie diesem. Dennoch, man musste die Gulden zusammenhalten. Wer weiß, was kommt. Das hatte Baron Hohenheim von Kindheit an gelernt.

Caroline betrachtete die dampfenden Knödel, die das Dienstmädchen einstellte. Wenn das so weiterging, würde ihr das Kleid ihrer Schwiegermutter bald passen.

»Liebes, wann kommen denn deine Sachen?«, fragte Baronin Hohenheim, um das Thema zu wechseln.

Caroline stutzte. Du lieber Gott, sie würden doch nicht etwa annehmen …

»Du wirst uns nicht so schnell wieder verlassen, nicht wahr? Wenigstens über den Sommer musst du bleiben.« Als Maria Carolines erschrockene Miene bemerkte, fuhr sie fort: »Dein Gemahl braucht dich hier.«

Stanislaus, der andächtig an seinen Fleischknödeln kaute, nickte.

Caroline schluckte. Wie sollte sie ihrer Schwiegermutter erklären, dass sie nicht im Traum vorhatte, aufs Land zu ziehen? Noch dazu nach dem, was sie bisher gesehen hatte. »Also eigentlich …« Sie zögerte, gab sich dann aber einen Ruck. Jetzt oder nie. »Nein, ich fahre wieder zurück in die Stadt. Hier bin ich Euch ohnehin nur im Weg.« Bevor jemand widersprechen konnte, legte sie schnell nach: »Ich muss mich um die Umbauarbeiten im Herrenhaus kümmern. Emilias Atelier wird adaptiert. Ihr wisst sicher, Fräulein Esposito hat früher für meinen Vater gearbeitet. Jetzt ist sie eine Komtesse Jurevich und macht ihr eigenes Atelier auf«, erklärte sie eifrig. »Meine Schwägerin wird im Erdgeschoss ihre Seidenbänder ausstellen und verkaufen, die Räume im ersten Stock bekomme ich – wir«, korrigierte sie sich mit einem Seitenblick auf ihren Gemahl, der ganz und gar nicht begeistert wirkte. »Das kann ich nicht meinem Vater überlassen, der hat ohnehin so viel zu tun.«

Sie war stolz auf sich. Was für eine brillante Ausrede! Natürlich kümmerte sich der Hausherr allein um den Umbau, er käme nie auf die Idee, seine Tochter einzubinden. Und sie war froh darüber – Hauptsache, die Räume standen danach zu ihrer Verfügung.

Die nun folgende Stille am Tisch sprach für sich.

»Na gut«, lenkte Maria ein, ihre Enttäuschung war jedoch nicht zu überhören. »Das musst du ohnehin mit deinem Gemahl ausmachen. Da mische ich mich nicht ein.«

Stanislaus sagte kein Wort.

Nach Portwein und Gugelhupf löste sich die kleine Tischgesellschaft auf. Stanislaus verließ als Erster den Raum, ohne Caroline eines Blickes zu würdigen. Er lag schon im Bett, als sie das eheliche Schlafgemach betrat. Ihre besonders verführerischen Dessous verfehlten vorerst ihre Wirkung.

Stanislaus setzte sich auf und musterte sie mit grimmiger Miene. »Ist wohl nicht gut genug bei uns am Land«, brummte er. »Dann frag ich mich, warum wir geheiratet haben. Damit ich hier die ganze Arbeit allein mach und die Frau Baronin in Wien Hof hält?«

Caroline schluckte. So schlecht gelaunt hatte sie ihren Gemahl noch nie erlebt.

»Ach geh, Stani«, schmeichelte sie und ließ ihren Finger über seine Brust gleiten. »Ich kann doch nichts dafür, wenn Emilia alles durcheinanderbringt.«

Ihre Hand bewegte sich langsam weiter. Stanislaus, ursprünglich wild entschlossen, seiner Gemahlin die Leviten zu lesen, fasste nach ihrem Handgelenk, um ihrem Tun Einhalt zu gebieten und zumindest einen Rest an Würde zu bewahren. Da setzte sie sich kurz entschlossen auf ihn. Wie hypnotisiert starrte er zuerst auf ihre zierlichen Hände, dann auf ihre Brüste, die von der durchsichtigen Seide des kurzen Kleidchens nur unzureichend verhüllt wurden. Die kleinen, lasziven Bewegungen ihrer Hüfte gaben ihm den Rest. Man war schließlich auch nur ein Mensch, und reden könnten sie später.

Als er nach einer hitzigen Nacht am nächsten Morgen aufwachte, schien die Sonne ins Zimmer. Und seine Gemahlin war weg.

Hastig stand er auf und zog sich an. Im Speisezimmer saß Caroline mit seinen Eltern bestens gelaunt beim Frühstück.

»Stanislaus versteht das natürlich«, verkündete sie mit honigsüßer Stimme. »Nicht wahr, mein Liebster?« Sie schenkte ihm ein ebensolches Lächeln, als er an den Tisch trat.

Stanislaus blieb der Mund offen stehen. Was sollte er jetzt sagen? Einen Zank vor den Eltern wollte er nicht riskieren. Bringen würde es sowieso nichts. Caroline zum Bleiben zu bewegen, schien ihm mittlerweile ein Ding der Unmöglichkeit. So oder so würde er als Verlierer dastehen. Also küsste er ihr galant die Hand und setzte sich wortlos. Solange sie ihm zumindest hin und wieder solche Nächte schenkte, war ihm alles recht. Und wenn er dafür nach Wien fahren müsste.

Wenige Stunden später befand sich Caroline auf dem Heimweg. Beim Abschied musste Stanislaus ihr versprechen, sie bald zu besuchen.

»Lass mich nicht zu lange warten. Sonst vergeh ich«, hatte sie ihm nach einem leidenschaftlichen Kuss ins Ohr geflüstert.

Er wäre am liebsten sofort mit ihr in die Kutsche gestiegen.

∽⌒∾

Mathilde hatte das Diner sorgfältig vorbereitet, silberne Kandelaber tauchten die Gesichter in ein sanftes Licht. Doch der Anlass für das Festmahl an diesem 27. April 1816 war ein trauriger: Die Nachricht vom Tod der jungen Kaiserin Maria Ludovika – sie war am 7. April in Verona einer grassierenden Lungenschwindsucht zum Opfer gefallen – hatte überall tiefe Betroffenheit ausgelöst. Friedrich Graf Wohlleben, der bedingt durch seine hohe Stellung im Amt des Obersthofmeisters mit dem Protokoll vertraut war, wollte am Vorabend des Begräbnisses im kleinsten Kreis dieses, wie er sagte, großen Verlustes gedenken. Nur die Familie, Louise eingeschlossen, und sein Vertrauter Friedrich von Gentz, hatte er im Vorfeld betont.

Als die Suppe gemeinsam mit einer Platte verschiedener Horsd'œuvres serviert wurde, ergriff Friedrich das Wort. Die schon immer kränkliche Kaiserin habe darauf bestanden, ihren Gemahl bei seiner Reise durch Italien zu begleiten, trotz aller Warnungen vor den Strapazen dieses Unterfangens. Sie wollte unbedingt die Stätten ihrer Jugend besuchen. Vor einem Monat habe sich ihr Gesundheitszustand deutlich verschlechtert, berichtete er mit belegter Stimme. »Auch wenn es in den letzten Tagen hin und wieder Grund zur Hoffnung gegeben hatte, so konnten die Ärzte doch nichts mehr für sie tun.« Ernst blickte er in die

Runde. »Sie ist bis zuletzt bei klarem Verstand gewesen.«
Seine Majestät der Kaiser sei in diesen schweren Stunden
nicht von ihrer Seite gewichen.

Betroffenes Schweigen folgte, niemand wusste etwas
dazu zu sagen.

»Wie schmeckt Euch die Leberknödelsuppe? Elsa hat
sich heute besondere Mühe gegeben«, versuchte Mathilde
ihren Gemahl aufzuheitern. Seinem befremdeten Gesichtsausdruck entnahm sie jedoch, dass dieser Versuch nicht
geglückt war. So hüllte auch sie sich in Schweigen.

»Nachdem man die sterblichen Überreste im Palazzo
Canossa drei Tage lang aufgebahrt hatte, trat sie ihre letzte
große Reise an«, setzte der Graf seinen Bericht fort.

»Ihr wart beim Empfang in Wien dabei, nicht wahr?«,
fragte Gentz.

Friedrich nickte. »Sie traf gestern um halb neun abends
bei der Matzleinsdorfer Linie ein.« Ausführlich schilderte
er den Fortgang des traurigen Ereignisses und die Route des
feierlichen Leichenzuges – über die Hauptstraße, die Brücke auf dem Glacisweg durch das Burgtor in die Hofburg.
»Fürst Trauttmansdorff und ich waren zur Botschafterstiege
vorausgeeilt. Nach der Aufbahrung wurde die Kapelle verschlossen, heute hielt der Hofstaat eine Betstunde ab. Den
ganzen Vormittag über wurden Heilige Messen gelesen.
Sie war erst 28«, fügte er traurig hinzu. »Und ist kinderlos gestorben.« Er warf Sophie einen mahnenden Blick zu.
»Wir müssen Gott danken«, sagte er nur.

Sophie legte die Hände auf ihren Bauch und nickte ihm
zu. »Wie geht es nun weiter?«, fragte sie.

»Morgen um drei Uhr nachmittags werden die Einge-
weide in die Stephanskirche und das Herz in die Augustinerkirche gebracht.«

Fanny zuckte zusammen. »In die Herzerlgruft?« Nie würde sie vergessen, wie Paul ihr bei Stanis Hochzeit in der Augustinerkirche von der Tradition des Kaiserhauses erzählt hatte, die Herzen der Regenten in der Loretokapelle beizusetzen. An diesem Tag hatte er sich ihr endlich erklärt. Sie griff nach dem rubingeschmückten herzförmigen Medaillon, und plötzlich war es wieder da, dieses warme Gefühl. Aber wo war er? Warum ließ Paul sie so lange im Ungewissen?

Ihre kindliche Frage entlockte Friedrich ein Lächeln. »So wird sie vom Volk genannt, mein Kind. Aber ja, das Herz der Kaiserin wird in dieser Gruft beigesetzt. Um sechs abends wird der Trauerzug über den Burg-, Michaeler-, Josephs- und Spitalplatz durch die Klostergasse zur Kapuzinerkirche geführt. Der Leichnam wird noch einmal gesegnet, der Sarg endgültig verschlossen. Fürst Trauttmansdorff erhält den Schlüssel, der dann in die Schatzkammer gebracht wird.«

Mittlerweile war der Hauptgang eingestellt worden.

»Wirklich deliziös«, lobte Louise die Köchin. Sie fand die Ausführlichkeit, mit der ihr Schwager über die Ereignisse berichtete, überaus befremdlich. Noch dazu während des Essens. »Auch die Beilagen und les légumes – einfach herrlich!«

Mathilde sah unsicher von ihrer Schwester zu ihrem Gemahl. Sollte sie eine Erwiderung wagen, oder würde sie sich damit nur wieder seinen Unmut zuziehen? Zu ihrer Erleichterung verzog er keine Miene. »Ich werde es Elsa ausrichten«, antwortete sie also hastig.

»Tut das«, bemerkte Friedrich. Er schien bereit, das Thema abzuschließen. »Sind die Trauerkleider vorbereitet?«, fragte er. »Ihr wisst, ab morgen gilt eine dreimonatige Hoftrauer.«

Mathilde nickte. Das schwarze, umgekehrt aufgeriebene Tuch, in das sich ihr Gemahl in den kommenden Wochen hüllen würde, war wirklich trostlos. Und dann diese wollenen Strümpfe!

Im Lauf des Abends plauderte sich die kleine Gesellschaft langsam in den Alltag zurück. Das üppige Dessert trug das Seinige dazu bei, die gedrückte Stimmung zu bessern – die Windtorte schmeckte köstlich, und auch der zum Essen reichlich servierte Wein tat seine Wirkung. Louise vermisste Champagner, aber den hatte ihr Schwager an diesem Abend strikt untersagt.

Freiherr von Gentz, der bisher nur wenige Worte mit Fanny gewechselt hatte, erkundigte sich nach dem Fortgang ihrer Gartenarbeiten. Er fand Wohllebens Jüngste allerliebst, konnte sich jedoch nur schwer vorstellen, wie das junge Mädchen diese große Aufgabe allein bewältigen sollte. Beseelt von seiner Entscheidung, ihr zu helfen, plante er bereits die nächsten Schritte. Und freute sich, dass Fanny seine Ideen mit Begeisterung aufgriff.

Am Ende dieses Abends war es beschlossene Sache: Gräfin Keynitz würde ihm zuerst ihr eigenes Anwesen zeigen und ihn dann nicht nur nach Weinhaus begleiten – wo er ihr in seinem Garten so manches zu erklären und ihr die eine oder andere Pflanze zu überreichen gedachte –, sondern auch in die Hofgärten von Schönbrunn. Kaiser Franz hatte sich damit bereits zu Lebzeiten ein Denkmal gesetzt.

∽☙∾

Am nächsten Tag saß Sophie an ihrem Schreibtisch, genau genommen an dem ihres Vaters, kaute an der Spitze des Federkiels und dachte nach. Die Stimmung des gestrigen Tages und das Schicksal der armen Kaiserin hatten sie tief bewegt. Wie nah Leben und Tod doch beieinanderlagen. Der Tod machte keinen Unterschied zwischen Mann und Frau, Arm oder Reich, Jung oder Alt. Angesichts dieser scheinbaren Willkür und Endgültigkeit hatte sie eine Entscheidung getroffen.

Der Brief an Edward, in dem sie ihn über alle wichtigen Neuigkeiten informierte und ihm in den zärtlichsten Worten gestand, wie furchtbar sie sich nach ihm sehnte, war ihr nur so aus der Feder geflossen.

Doch nun hatte sie Mühe, die richtigen Worte zu finden. Drei Briefbögen hatte sie bereits zerrissen. Also begann sie noch einmal von vorne.

Verehrte Schwiegermama!

Hat Edward Euch schon mitgeteilt, dass Ihr Großmutter werdet? Wir freuen uns beide sehr, und ich hoffe, der Familie einen Stammhalter schenken zu können. Aber auch ein Mädchen ist uns von Herzen willkommen.

Ich spüre das neue Leben in mir wachsen. Und auf einmal erscheint mir alles andere als unwesentlich. Unsere Auseinandersetzung bedaure ich zutiefst, denn ich denke, es gibt für dieses Kind nichts Wichtigeres als eine intakte Familie.

Seht Ihr das nicht auch so? Wollen wir einander nicht die Hand zur Versöhnung reichen? Ich würde mich glücklich schätzen, Euch in diesem Fall wieder in Westham Hall zu wissen, in Ihnen die Mutter zu finden, die ich in England nicht habe. Bisher bin ich nicht glücklich geworden in meiner neuen Heimat. Aber ich hoffe, dass sich das in Zukunft ändern wird.

Eure Sophie

Zufrieden lehnte sie sich zurück. Endlich hatte sie den richtigen Ton gefunden, jedes Wort entsprach der Wahrheit. Sie versiegelte das Schreiben und drückte Anni beide Briefe mit den Worten »Eine Eildepesche! Also verlier keine Zeit« in die Hand.

Anni knickste und stob davon. So strenge Worte hatte sie von Mylady noch nie vernommen.

3. Kapitel

FANNYS GARTENPALAIS WAR GRÖSSER und eindrucksvoller, als Friedrich von Gentz es sich vorgestellt hatte. Inmitten eines Areals von rund 5.000 Quadratklaftern lag, versteckt hinter einer mit Linden und Kastanien gesäumten Zufahrt, ein im klassizistischen Palladiostil errichtetes Gebäude, das mit seiner einfachen Linienführung und dem von drei Säulen getragenen Giebelvorbau edel und elegant wirkte. Auch die Lage war durchaus reizvoll. Obwohl inmitten der Vorstadt Landstraße gelegen, war das Anwesen durch die von Fürst Andrej Kirillowitsch Rasumofksy vor wenigen Jahren erbaute steinerne Brücke über den Donauarm mit dem Prater verbunden.

Galant half Friedrich von Gentz Fanny aus dem Wagen. »Ein wunderschönes Haus«, bemerkte er anerkennend.

»Nicht wahr?« Leichtfüßig hüpfte Fanny aus der Kutsche. »Und wartet, bis Ihr erst die riesige Terrasse und den herrlichen Park gesehen habt. Die Glashäuser sind fertig. Und die Stallungen auch. Brandy, mein Fuchswallach, war anfangs furchtbar aufgeregt, aber in der Stadt konnte er nicht bleiben.« Sie blickte auf seine Stiefel. »Gut, dass Ihr feste Schuhe anhabt. Es ist leider immer noch sehr schmutzig. Doch Gott sei Dank hat der Regen aufgehört. Sonst wäre uns alles davongeschwommen. Gehen wir besser durchs Haus.« Sie wies auf den Weg, der um das Palais herumführte. »Der ist nämlich erst gestern gepflastert worden.«

Lächelnd folgte Gentz der lebhaft plaudernden Fanny.

Er war von diesem jungen Geschöpf so angetan, dass er zum ersten Mal in seinem Leben bedauerte, selbst kinderlos geblieben zu sein.

Sie leitete ihn durch die Vorhalle mit den dorischen Säulen, vorbei an der in den ersten Stock führenden Treppe durch hohe Spiegeltüren in einen Kuppelsaal. Aus vier ovalen Fenstern ergoss sich strahlendes Licht in den Raum. Beinahe geblendet nahm Gentz auf dem einzigen Sitzmöbel, einem altmodischen Lehnstuhl, Platz, um all die Schönheit in sich aufzunehmen.

»Die Möbel kommen noch«, bemerkte Fanny entschuldigend. »Mama und Tante Louise haben sie bei Joseph Danhauser auf der Wieden bestellt. Alles, auch die Vorhänge, Lampen und Tapeten, sogar die Gläser. Damit kenne ich mich nicht aus, und die beiden haben sowieso einen viel besseren Geschmack als ich. Nur das Porzellan haben sie bei Herrn Niedermayer in Auftrag gegeben. Er hatte uns eine Führung durch seine Fabrik angeboten, aber ich wollte nicht. Ich mag lieber alles, was lebt. Pflanzen, Pferde oder Hunde, die liebe ich.« Treuherzig sah sie Friedrich von Gentz an. »Nur weil der Kaiser, der russische Zar oder der König von Dänemark den Herrn Niedermayer besucht haben, muss ich doch nicht auch hin. Oder?«

Er lachte auf. »Gräfin, Ihr habt mein volles Verständnis.« Seine Worte kamen von Herzen, hatte er doch selbst viele gekrönte Häupter dorthin begleitet. Besuche der berühmten Wiener Porzellanmanufaktur hatten während des Kongresses zum guten Ton gehört und ihn immer entsetzlich gelangweilt.

»Aber nun kommt weiter!«, drängte Fanny ungeduldig. »Ihr wolltet doch vor allem meinen Garten sehen, nicht wahr?«

Von ihrem jugendlichen Ungestüm amüsiert, folgte er ihr

durch einen weiteren Saal – den Speisesaal, wie sie erklärte – auf die Terrasse.

Fanny lehnte sich über die Balustrade und wies auf die beeindruckende Parkanlage. »Ist das nicht wunderschön?« Nach einem Blick auf ihr elegantes Seidenkleid fuhr sie hoch. »Ach herrje. Ich muss mich noch umziehen. Bitte wartet, ich bin gleich wieder da.«

Gentz nickte und genoss die Aussicht. In der Tat, eine herrliche Anlage.

Kurz darauf kam Fanny zurück, in einem schwarzen Spenzer zum knöchellangen Rock und derben Stiefeln.

Er bot ihr seinen Arm an, gemeinsam schritten sie die Treppe hinunter in den Park.

»Wir haben die alten Bäume alle stehen lassen und viele Büsche, Hecken und Blumen gepflanzt. Einen Teich und einen Pavillon gibt es auch, wie in unserem Gartenschloss in Schönbrunn.«

Sie bahnten sich den Weg zwischen umherliegendem Gerät, vorbei an einer Gruppe von Gärtnergesellen, Gehilfen und Tagelöhnern, die ehrerbietig ihre Hüte lüfteten.

Da blieb Fanny stehen, bückte sich und drückte beinahe liebevoll die Erde um eine frisch erblühte Tulpe fest. Sie sah hoch zu Gentz.

»Rosen und Tulpen sind meine Lieblingsblumen.« Sie wies auf die bunte Blütenpracht. »Die hab ich alle aus England mitgebracht. Thomas konnte sie vor drei Tagen endlich einsetzen. So ein Glück, dass es nicht regnet. Sie beginnen gerade aufzugehen.«

Wie auf ein Stichwort gesellte sich Thomas McElroy zu ihnen, der den Gartenhelfern soeben über den Vorarbeiter, der glücklicherweise ein wenig Englisch sprach, knappe Anweisungen erteilt hatte.

»Thomas, sind jetzt alle Tulpen draußen?«, erkundigte sich Fanny.

Der Gärtner nickte.

»Eure Aussprache ist hervorragend«, bemerkte von Gentz anerkennend.

»Danke. Ihr wisst, ich war bis vor Kurzem in England«, antwortete sie. »Das ist übrigens mein Gärtner, Mister McElroy. Eigentlich ist er der Gärtner meines Schwagers«, korrigierte sie sich rasch. »Aber solange Sophie in Wien weilt, bleibt er hier und unterstützt mich. Er kennt sich wirklich gut aus.«

»Offensichtlich.« Gentz fühlte sich in seinem Element und fuhr mit einem Blick auf Thomas in seinem etwas affektiert wirkenden Englisch fort: »Wusstet Ihr, dass Tulpen ursprünglich mit Lilien verwechselt wurden?«

Fanny und Thomas schüttelten beinahe gleichzeitig den Kopf. »Es begann im Osmanischen Reich«, erläuterte er, ganz im Glück, aufmerksame Zuhörer gefunden zu haben. »Mitte des 16. Jahrhunderts berichteten Reisende von bis dahin unbekannten ›lis rouges‹ – der Irrtum wurde erst Jahre später erkannt. Noch heute ziert die Tulpe das Wappen der Osmanen. Aber genau genommen stammt ihr Name aus der hellenistischen Mythologie. Um Tulip, die Tochter des Meeresgottes Proteus, vor einem ungeliebten Verehrer zu schützen, verwandelte Artemis sie in eine Blume.«

»Eine Tulpe?«

Gentz nickte Fanny zu. »Exakt.«

»Was für eine traurige Geschichte.« Sie schüttelte unwillig den Kopf. »So etwas will ich gar nicht hören. Ich finde, Tulpen sind freundliche Blumen. Ihr Anblick macht mich fröhlich.«

»Deshalb gelten Tulpen auch als Symbol für das Glück, vollkommene Schönheit und ewige Liebe. Ihr seht, die

Tulpe passt zu Euch.« Gentz lächelte Fanny liebevoll zu und betrachtete das Beet genauer. »Die Anordnung der Zwiebel – très bien! Sieben in einer Reihe, die langstieligen Blumen in der Mitte, die kleinwüchsigeren außen. Ganz comme il faut.« Er geriet ins Schwärmen. »Und dann die Idee, das strahlende Gelb der Bizarre-Tulpe mit dem mystischen Purpur der Bybloemen zu kombinieren – welche Raffinesse! Seht Ihr, Gräfin, aus dieser Perspektive wirken die Blüten wie edler Seidenbrokat.« Er konnte sich gar nicht sattsehen und beschloss insgeheim, dieses Pflanzkonzept auch in seinem Garten zu verwirklichen. Vielleicht würde der junge Mann …

»Ich habe noch ein paar Zwiebeln von ›Lady Stanford‹ und ›Earl Spencer‹ übrig, die erst nächstes Jahr Blüten tragen werden. Gräfin, wenn Ihr einverstanden seid?« Thomas sah Fanny fragend an.

»Natürlich!« Sie rieb sich die Erde von den Händen. »Eine gute Idee. Und pack auch gleich ein paar von den gefüllten Hyazinthen dazu.«

Ein wenig beschämt blickte Friedrich von Gentz dem davoneilenden Gärtner nach. Er war gerührt. Statt Fanny zu helfen, war nun er es, der beschenkt wurde. Welch angenehme Überraschung. Er räusperte sich und wies auf eine der Tulpen. »Ich persönlich bevorzuge gefederte Blüten. Nicht nur, weil sie seltener sind. Sie wirken entscheidend eleganter als ihre geflammten Schwestern, die sich im Vergleich zu ihnen beinahe vulgär ausnehmen. Findet Ihr nicht auch?«

Fanny, die keine Ahnung hatte, wovon er sprach, nickte. »Ich bin völlig Eurer Meinung.« Um das Gespräch nicht weiter vertiefen zu müssen – sie liebte Blumen und fand sie schön, aber wenn es um Details ging, befasste sie sich doch lieber mit ihren Pferden –, ergriff sie seinen Arm. »Hinter dem Kastanienwäldchen liegen die Treibhäuser, dahinter werden gerade die Stallungen erweitert und ein Tor errichtet. Über die Brücke kann ich dann direkt in den Prater reiten.«

Ihre Begeisterung war ansteckend, Friedrich von Gentz fühlte sich so jung und beschwingt wie schon lange nicht mehr. »Lasst uns noch die Treibhäuser besuchen. Danach werde ich Euch nicht mehr länger aufhalten.«

Fanny hatte damit gerechnet, den alten Herrn den ganzen Nachmittag herumführen zu müssen. Die unerwartete Aussicht, bei dem schönen Wetter mit Brandy eine Runde zu drehen, erfüllte sie mit großer Freude. Bevor sie Gentz jedoch spontan um den Hals fiel, erinnerte sie sich rechtzeitig an die mahnenden Worte ihrer Mutter: »Eine junge Dame zeigt ihre Gefühle nur, wenn es angemessen ist.« Und ihrem Gast mit übergroßer Freude zu signalisieren, dass sie sich über seinen baldigen Abschied freute, erschien ihr nicht passend. Sie kam sich sehr erwachsen vor, als sie stattdessen ruhig antwortete: »Lieber Herr von Gentz, wollt Ihr nicht noch die Rosen besichtigen?«

Entzückt über die guten Manieren seiner jungen Gastgeberin, antwortete er: »Was für ein reizendes Angebot. Aber lasst uns Eure Rosen besser besuchen, wenn sie blühen.«

Erleichtert atmete sie auf. »Die Hortensien schauen wir uns schon noch an, nicht wahr?«

Während sie Arm in Arm durch die Gewächshäuser streiften, erfuhr Fanny alles über Sophies Lieblingspflanze. Dass sie ursprünglich aus China und Japan stammte und der Name »Hydrangea« übersetzt so viel bedeutete wie Wasserkrug.

Fanny nickte eifrig. Sie war froh darüber, auch etwas einbringen zu können: »Das stimmt. Thomas hat immer wieder gesagt, ich müsse darauf achten, dass sie genug Wasser bekommen. Die seien sehr durstig.«

Ihre Aufmerksamkeit erlahmte allerdings empfindlich, als Gentz, von ihren Worten sichtlich motiviert, ihr ausführlich erklärte, dass es der schwedische Botaniker Carl Linnaeus gewesen war, der diese wissenschaftliche Bezeichnung 1753 in seiner »Species Plantarum« erstmals veröffentlicht hatte. Als Thomas mit den versprochenen Zwiebeln in einem Behältnis aus Weidengeflecht wieder zu ihnen trat, wechselte Gentz ins Englische. Gebannt lauschte der junge Gärtner seinen Ausführungen über die Herkunft des Vulgärnamens »Hortensie«. Sie könnten in Hinblick auf Alter und Stand unterschiedlicher nicht sein, dennoch einte die beiden Männer die gemeinsame Leidenschaft. So vertieften sie sich in ein Gespräch über die auszusetzenden Pflanzen, deren Namen Thomas bereits auf Hölzchen geschrieben und sorgfältig katalogisiert hatte. Schließlich zeigte er dem passionierten Botaniker sämtliche Sämlinge und Setzlinge, die er derzeit aus der Vermehrung in die Töpfe übertrug.

Nachdem sie ihren Gast endlich zurück zur Kutsche begleitet und herzlich verabschiedet hatte, zog Fanny eilig ihre Reithose unter den Rock. Sie hatte das geliebte Teil erfolgreich in ihr neues Zuhause geschmuggelt und in einem der Treibhäuser versteckt. Rasch lief sie zu den Stallungen, sattelte Brandy selbst und preschte davon. Diesmal achtete sie aufmerksam auf ihre Umgebung. Einige Reiter kamen ihr entgegen, der ungarische Graf jedoch war nicht dabei.

～☙～

Wieder zu Hause bei ihren Eltern fischte sie seine Karte aus dem Retikül. Gyula Graf Erdélyi. Fanny seufzte. Sie würde ihn wohl oder übel in seinem Gestüt bei Baden aufsuchen müssen. Langsam steckte sie die Karte wieder zurück und beschloss, sich mit Sophie zu beraten.

Sie fand sie, wie nicht anders zu erwarten, in der Bibliothek ihres Vaters, vertieft in ein Buch, dessen Titel Fanny unbekannt war.

Überrascht sah Sophie auf. »Fanny!«

Sophies Wangen waren leicht gerötet, das hellgrüne Kleid verlieh ihrem Gesicht eine frische Farbe. Ihre Schwester war wieder beinahe die alte, stellte Fanny erleichtert fest. »Das Kleid kenne ich noch gar nicht.«

Zufrieden blickte Sophie an sich hinunter. »Emilia hat es mir gestern persönlich vorbeigebracht. Es wächst mit. Schau!« Sie zeigte Fanny eine verdeckte Knopfleiste, die in die hohe Taillennaht eingearbeitet war.

»Wie praktisch!« Fanny nickte anerkennend und kam gleich zur Sache. »Sophie, ich brauche deinen Rat. Es gibt da einen Mann ...«

Oh nein! Sophie schwante Übles. Das Talent ihrer Schwester, sich zuerst in den Falschen zu verlieben und sich dann in schier ausweglose Situationen zu manövrieren, hatte sie schon zu oft an den Rand der Verzweiflung gebracht. Fanny hatte in letzter Zeit doch so ausgeglichen und glücklich gewirkt. »Ach, Fanny«, seufzte Sophie unglücklich. »Was hast du nun wieder angestellt? Ich dachte, Paul sei der Richtige für dich.«

»Ist er ja auch«, gab Fanny gereizt zurück. »Er ist nur nicht da. Aber darum geht es gar nicht.« Schwungvoll nahm sie auf der Chaiselongue neben Sophie Platz. »Ich möchte ein Pferd kaufen.«

Erleichtert lachte Sophie auf. »Und deshalb kommst du ausgerechnet zu mir? Da kannst du genauso gut Mama fragen. Ich glaube, die mag Pferde noch weniger als ich. Möchtest du nicht mit Georg darüber sprechen?«

Fanny schüttelte den Kopf. »Dann muss ich wieder tun, was er sagt. Ich möchte mir das Pferd aber ganz allein aussuchen. Und ich brauche jemanden, der mich begleitet.«

»Wohin begleitet?«

»Zu einem gewissen Graf Erdélyi nach Baden.«

Sophie sah auf. »Woher kennst du Graf Erdélyi?«

Nun war es an Fanny, überrascht zu sein. »Du kennst ihn?«

»Natürlich. Er ist ein guter Freund von Edward. Edward erzählt oft und gerne von ihm, sie kennen einander von Jugend an, haben dieselbe Universität besucht. Ich bin ihm allerdings nur ein Mal persönlich auf einer Soiree in London begegnet.« Gyula hatte sie und Edward damals zu einem Pferderennen nach Ungarn eingeladen.

»Ach so, deshalb ist mir sein Name so bekannt vorgekommen«, antwortete Fanny.

Beunruhigt musterte Sophie ihre kleine Schwester. Gyula Graf Erdélyi war nicht nur einer der berühmtesten und reichsten Pferdezüchter Europas, sondern darüber hinaus unverschämt attraktiv und charmant – selbst Sophies Knie waren weich geworden, als sie an jenem Abend mit ihm getanzt hatte. »Du hast meine Frage noch nicht beantwortet. Woher kennst du ihn?«

Dass Sophie auch so insistieren musste! Fanny errötete.

»Die Wahrheit! Und zwar sofort.«

»Vom Pferderennen in Simmering«, flüsterte sie beschämt.

Sophie fiel aus allen Wolken. »Du warst auf dem Pferderennen? Obwohl Mama es dir ausdrücklich verboten hat? Ohne Begleitung? Fanny, wie konntest du nur!«

»Ich war nicht ohne Begleitung dort«, erwiderte Fanny eifrig. »Thomas war mit.«

»Der Gärtner?«

»Na ja. Man hat nicht gesehen, dass er ein Gärtner ist. Ich hab ihm ein paar von Georgs Sachen zum Anziehen gegeben. Und ihm verboten, etwas zu sagen. Er sah richtig elegant aus. Graf Erdélyi hat zwar kurz Verdacht geschöpft, weil ich die Handschuhe vergessen habe, aber es ist mir gelungen, ihn abzulenken«, erklärte sie stolz.

Sophie starrte sie entgeistert an. Das konnte doch nicht wahr sein! Sie rang nach Worten.

»Ein zweites Mal kann ich ihm den Gärtner nicht als Lord unterjubeln. Außerdem hat Thomas derzeit viel zu viel zu tun«, kam Fanny ihr zuvor. »Bitte, kommst du mit mir?«

»Wer hat euch einander vorgestellt?«, nahm Sophie den ersten Gedanken auf, der ihr in den Sinn kam.

»Niemand«, erwiderte Fanny erstaunt. Was spielte denn das für eine Rolle? »Ich habe ihn beim Ausreiten getroffen, und er hat mich wiedererkannt und einfach angesprochen.«

»Wie ein Mädchen von der Straße«, entrüstete sich Sophie. »Mein Gott, Fanny«, wiederholte sie sich. Mehr fiel ihr dazu beim besten Willen nicht ein.

»Mach dir keine Sorgen«, bemerkte Fanny, angesichts ihrer konsternierten Schwester zunehmend vergnügt. »Es ist nichts passiert. Wir haben uns nicht geküsst oder so.«

Sophie schnappte nach Luft. »Na, da bin ich aber beruhigt«, ächzte sie.

»Siehst du«, Fanny nickte zufrieden. »Es ist alles in Ordnung. Kommst du jetzt mit? Bitte!« Ihre Augen waren so groß wie Wagenräder.

Sophie stand auf und ging schwerfällig einige Schritte auf und ab. Die Beine waren ihr eingeschlafen. Das passierte in letzter Zeit öfter. Schließlich kam sie zu einem Entschluss. »Ja, nun gut, ich komme mit.« Um keinen Preis der Welt würde sie dabei zusehen, wie ihre kleine Schwester sich wieder einmal unüberlegt in Schwierigkeiten brachte. Außerdem, Sophie gestand es sich nur unwillig ein, freute sie sich, den ungarischen Grafen wiederzusehen. Er war tatsächlich unwiderstehlich, und sie vermisste Edward schon sehr.

Fanny sprang auf und hüpfte aufgeregt im Zimmer herum. »Wann fahren wir? Morgen?«

Sophie dachte nach. Warum nicht? Sie fühlte sich wohl, hatte nichts Besseres vor, und das Wetter war günstig. »Gut«, nickte sie. »Sag Alan Bescheid. Er soll früh anspannen, dann sind wir zu Mittag in Baden. Ich werde Mama unterrichten.«

Jubelnd umarmte Fanny ihre Schwester und drückte ihr einen Kuss auf die Wange. »Danke! Du bist die Beste!«

Sophie lächelte versonnen. Der Gedanke an einen kleinen Flirt mit dem rassigen Ungarn belebte ihre Sinne – wo ihr doch Mama verboten hatte, Champagner zu trinken.

~~~

Schade, sie hätte so gern das Verdeck des Landauers geöffnet. Das Wetter war strahlend schön, aber ungewöhnlich kühl für die Jahreszeit. Sophie fröstelte und zog ihren Shawl enger um die Schultern. Sie beobachtete Fanny, die sich seltsam ruhig verhielt. Kein Zappeln, kein Plappern. Und das trotz des aufregenden Anlasses. Man kaufte schließlich nicht jeden Tag ein Pferd.

»Du musst heute keine Entscheidung treffen«, bemerkte Sophie. Vielleicht fühlte sie sich ja doch ein wenig überfordert.

»Ich weiß. Aber wenn es das Richtige ist, werde ich es sofort merken. Das war bei Brandy auch so«, entgegnete Fanny.

»Möchtest du eine Stute oder einen Hengst? Edward hat zwei Zuchthengste, die müssen aber, wie du weißt, getrennt von den anderen gehalten werden. Also ich denke, er würde dir vom Kauf eines Hengstes abraten.« Sophie war zwar kein Pferdefreund, aber der Pferdesport in England hatte eine völlig andere Bedeutung als hierzulande. So war sie nicht umhingekommen, sich en passant zumindest ein Grundwissen über Zucht und richtige Haltung anzueignen.

Fanny zuckte die Achseln. »Graf Erdélyi hält hier auf seinem Gutshof derzeit ohnehin keine Hengste. Es wird also auf Stute oder Wallach hinauslaufen. Brandy ist ein Wallach. Zwar temperamentvoll, aber sehr unkompliziert im Umgang mit anderen Pferden.«

Dann versank sie wieder in Schweigen. Ihre Gedanken waren woanders. Dieser Weg nach Baden weckte Erinnerungen: Vor nicht einmal zwei Jahren – Fanny erschien es wie eine Ewigkeit – war sie mit Elisabeth hierhergefahren, um Karl zu treffen. Oberleutnant Karl Baron Trattenbach, den Freund und Offizierskameraden ihres Bruders, dem sie verfallen gewesen war, seit sie ihn zum ersten Mal gesehen hatte. Elisabeth Baronin Altenburg, wohlhabend und jung verwitwet, hatte sich nach dieser schicksalhaften Begegnung unter dem Vorwand, Fanny auf ihr Debüt vorbereiten zu wollen, das Vertrauen der Familie Wohlleben erschlichen. Dass sie als Karls Geliebte lediglich Handlangerin in einem schmutzigen Spiel gewesen war, hatte Fanny erst herausgefunden, als es längst zu spät war: Karl liebte junge Mädchen – sehr junge Mädchen –, und Elisabeth führte sie ihm zu. Diesmal war es eben Fanny gewesen, auf die er ein Auge geworfen hatte.

Elisabeth hatte umgehend heimliche Tête-à-Têtes in ihrem Palais arrangiert. Anfangs hatte Fanny Gefallen an Karls Avancen gefunden, doch dann waren ihr seine Annäherungsversuche zunehmend unangenehm geworden. Schließlich hatte Elisabeth entschieden, Fannys Blümchen-rühr-michnicht-an-Tour zu beenden und aufs Ganze zu gehen. Sie gab vor, von Frau von Scholl, der Gemahlin eines angesehenen Wiener Bankiers, in ihr Sommerhaus nach Baden eingeladen worden zu sein und Fanny mitnehmen zu wollen. Mathilde, die Elisabeth voll und ganz vertraute, hatte eingewilligt. Sie konnte nicht ahnen, dass ihre Tochter in Wahrheit das Wochenende in einer sehr intimen Ménage-à-trois in einem Nebenhaus der Villa gemeinsam mit Baron Trattenbach verbringen sollte.

Was auf dem Spiel stand, hatte die Baronin Fanny bei der Hinfahrt nach Baden klar vor Augen gehalten. Entweder sie würde aufhören, Karl weiter an der Nase herumzuführen, oder er würde sie verlassen. Elisabeth hatte gewusst, dass Fanny alles tun würde, um Baron Trattenbach nicht zu verlieren. Fanny wiederum war sich der Tragweite dieses Unterfangens nicht im Mindesten bewusst gewesen. Sie war ja so verliebt! Der Tag, an dem sich ihr größter Wunsch erfüllt hatte – endlich in die Welt der Erwachsenen einzutauchen, nicht mehr länger Kind, sondern Frau zu sein –, war tief in ihrem Gedächtnis vergraben, so tief, dass sie seither nie mehr über diese Tage in Baden nachgedacht hatte.

Heute jedoch standen ihr die Stunden lebhaft vor Augen. Und Fanny war verstört. Aus einem ihr unerfindlichen Grund erschien es, als würde auf der Bühne ihrer Erinnerung ein völlig anderes Stück gespielt. Es war wie Alchemie. Die Farben, Gerüche und Empfindungen der Vergangenheit veränderten sich. Elisabeth war nicht mehr länger die mütterliche Freundin, die ihr half, das große Glück zu finden, Karl nicht mehr der Ritter, der sie aus dem Gefängnis ihrer Kindheit befreite, um ihr zu zeigen, wie aufregend das Leben sein konnte. In Wahrheit hatten erwachsene Menschen die Unerfahrenheit eines Kindes ausgenutzt und sie gezwungen, Dinge zu tun, die sich nicht richtig angefühlt hatten. Und sie hatte mitgespielt, all das zugelassen und gut darin sein wollen, um von dem Mann geliebt zu werden, der ihr gefallen hatte wie kein anderer, der nie ernsthafte Absichten gehegt und ihre Verliebtheit schamlos zu seinem eigenen Vergnügen missbraucht hatte. Und dieses Vergnügen war nicht ohne Folgen geblieben.

Nicht auszudenken, was passiert wäre, hätte Philipp nicht rechtzeitig – bevor ihre Schwangerschaft offensichtlich geworden war – um ihre Hand angehalten. Philipp, der sie aufrichtig geliebt, den sie belogen und betrogen hatte, dem sie das Leben, das sie jetzt führte, verdankte, während er selbst ...

»Fanny, was hast du?« Sophie musterte sie besorgt. Was war denn nur mit ihr los?

»Nichts!« Wütend wischte sie sich die Tränen aus den Augen. Doch als Sophie unbeholfen versuchte, sie in die Arme zu nehmen – das Gelände war holprig und die Kutsche schaukelte enorm –, brach der tief drinnen versteckte Kummer aus ihr heraus. »Damals in Baden. Mein Gott, alles ist irgendwie falsch gelaufen.« Fannys dunkle Augen waren flehend auf Sophie gerichtet. »Elisabeth und Karl, was sie getan haben, das war nicht richtig, oder?«

Sophie hielt sie fest und hauchte Küsse auf ihr Haar. Leise, aber eindringlich antwortete sie: »Was immer sie dir angetan haben, ist in Wahrheit unverzeihlich, hörst du? Du warst damals nur zu jung, um das zu erkennen.«

Fanny nickte. »Ich bin so froh, dass du das sagst. Weil alles schiefgegangen ist. Der arme Philipp! Ich bin schuld ...«

»Nein, Fanny, das habe ich dir schon so oft gesagt. Schuld ist der Krieg.« Sophie ergriff ihre Hand. »Der Krieg, nicht du.«

»Und das Kind?«, flüsterte sie.

»Das lag nicht in deiner Macht«, erwiderte Sophie ernst. »Das weißt du so gut wie ich.«

»Aber ich war so froh damals …«

Sophie schüttelte unwillig den Kopf. »Das mag nicht richtig gewesen sein. Dennoch, Fanny, es ist niemandem damit gedient, wenn du dich damit quälst. Eines Tages wirst du Kinder haben und ihnen all das geben, was dir jetzt verwehrt geblieben ist.«

»Und wenn nicht?« Fanny sah sie zweifelnd an. »Der Arzt hat gesagt, er wisse nicht, ob ich je wieder Kinder bekommen werde.«

»Wenn nicht, dann genügt es, dass du so bist, wie du bist. Schau dir doch nur an, was du aus dem Geschenk machst, das du von deinen Schwiegereltern erhalten hast. Philipp wäre sehr glücklich darüber.«

»Glaubst du?«

»Wir können umkehren, wenn du möchtest«, schlug Sophie vor.

Fanny zögerte, schüttelte dann aber energisch den Kopf. »Nein. Ich möchte nur eine Pause machen und ein bisschen allein sein.«

Nachdem sie ausgestiegen waren, lief Fanny davon. Sophie sah ihr nach und seufzte. Auf der einen Seite war sie erleichtert, dass ihre Schwester dieses Thema endlich zur Sprache gebracht hatte. Andererseits empfand sie großen Groll gegen die Trattenbachs und ihr ruchloses Spiel, das Fanny viel zu schnell in die Welt der Erwachsenen gestoßen und damit beinahe ihr Leben ruiniert hatte. Sie atmete tief ein, genoss die Ruhe und die reine Luft, froh darüber, sich ein wenig die Beine vertreten zu können. Die liebliche Landschaft mit ihren Hügeln und Weingärten, dem frischen Grün und den blühenden Bäumen taten ihr gut.

Wenig später fuhren sie weiter. Beruhigt stellte Sophie fest, dass Fannys Gesicht wieder Farbe angenommen hatte.

Aber noch lastete etwas auf ihrer Seele, und Fanny hatte während ihres Spaziergangs entschieden, Sophie ganz offen um Rat zu fragen. Wie immer kam sie ohne Umschweife zum Punkt: »Es geht um Graf Erdélyi. Er gefällt mir gut, und ich bekomme Herzklopfen, wenn er mich ansieht. Was soll ich tun? Ich liebe Paul doch.«

Sophie lächelte sie an. »Ach, Fanny, sogar ich bekomme Herzklopfen bei diesem Mann. Obwohl ich Edward aufrichtig liebe. Das kommt immer wieder vor. Und es spricht absolut nichts gegen einen harmlosen Flirt.« Oder auch mehr, würde ihre Tante sagen. Aber gerade Fanny gegenüber behielt sie den Gedanken lieber bei sich. »Mach einfach nichts Unüberlegtes, hörst du?«

»Fest versprochen!« Erleichtert blickte Fanny aus dem Fenster.

»Paul wird zu dir zurückkommen«, tröstete Sophie sie.

»Ja«, antwortete Fanny. »Und ich werde Pauls Mutter besuchen.«

»Warum? Wurdet ihr einander schon vorgestellt?«

»Nein. Aber sie wird wissen, wo Paul ist.«

»Du kannst doch nicht einfach Frau Faber aufsuchen.« Sophie dachte nach. »Emilia kennt sie gut. Du kannst sie fragen, ob sie dich begleitet.«

»Oh ja«, Fanny lächelte zaghaft. »Du hast immer die besten Ideen.«

Sophie tätschelte gerührt ihre Wange.

Den Rest der Fahrt verbrachten sie schweigend, jede

ihren Gedanken nachhängend. Kurz vor ihrer Ankunft fing Fanny an, aufgeregt herumzuzappeln.

～❧～

»Der Herr Graf ist auf der Koppel, wird aber in Bälde zurück sein«, antwortete der Kammerdiener und musterte die beiden jungen Damen wohlwollend.

Nicht jeden Tag schneiten Schönheiten wie diese herein, um ein Pferd zu kaufen. Eine englische Lady und eine Gräfin noch dazu. In der Regel kamen die Herren ohne Begleitung und verhielten sich ihm gegenüber deutlich weniger charmant. László – seit fast einem halben Jahrhundert im Dienst der Grafen Erdélyi und der Familie treu ergeben – begab sich in die Küche, um dem Dienstmädchen Dampf zu machen. Die hübsche Kleine glaubte, es genüge, wenn sie dem Herrn Grafen schöne Augen machte. Da täuschte sie sich gewaltig.

Schmollend servierte Dorina wenig später den Damen Limonade auf der Terrasse. Dass der Alte auch immer so ein Theater machen musste. Sie war am Küchentisch kurz eingenickt. Na und? Sie war ohnehin zu Höherem bestimmt – eines Tages würde sie eine große Schauspielerin werden. Wenn nur der Herr Graf erkennen würde, wie glücklich sie ihn machen könnte. Bisher hatte ihr noch kein Mann widerstanden, aber weitergebracht hatte sie das auch nicht. Jetzt jedoch … endlich hatte sie einen Goldfisch an der Angel, und dann … Der Herr Graf war zwar immer höflich zu ihr, doch richtig angesehen hatte er sie noch nie, da konnte sie das Busentuch runterziehen, so viel sie wollte. Vielleicht hatte er gar kein Interesse an Frauen. Bisher hatte er jedenfalls keine mit hierhergebracht. Möglicherweise gehörte er zu den Männern, die Männer bevorzugten. Ihr Bruder hatte so eine Andeutung gemacht. Nun, sie würde es herausfinden. Dorina warf ihre schwarzen Locken zurück. Selbst wenn er kein Geld hätte – diesen Mann würde sie um jeden Preis in ihr Bett kriegen wollen.

Da war er auch schon. Sie knickste so tief, dass die Äpfelchen beinahe aus dem Korb kullerten, den sie in Händen hielt. »Herr Graf, zwei Damen warten auf Euch.«

Überrascht sah er sie an. Oder eigentlich wie immer durch sie hindurch. »Danke, Dorina.« Und ging einfach weiter.

Beleidigt folgte sie ihm. Sein Strahlen, als er die Damen begrüßte, fuhr ihr durch Mark und Bein. Und wie er diese zierliche Brünette anstarrte! Sie machte auf der Stelle kehrt.

»Dorina, bring uns eine Flasche Tokajer. Den besten!«, rief ihr der Graf hinterher.

Auch das noch. Aufgebracht stapfte Dorina in den Weinkeller und fischte eine Flasche aus einem der hintersten Regale, dort, wo László den Wein für die, wie er sagte, minderen Gäste lagerte. Den besten! Nicht, wenn sie es verhindern konnte.

Bedauerlicherweise bemerkte der Herr Graf ihre schlechte Laune nicht. Nur László schüttelte den Kopf und zischte ihr ein »Benimm dich gefälligst« zu.

»Mir ist schlecht, ich leg mich hin«, antwortete sie schnippisch.

Zusehen würde sie sicher nicht dabei, wie der Herr Graf sich mit anderen Frauen amüsierte. Sie drückte dem fassungslosen László das Silbertablett in die Hand und marschierte schnurstracks auf ihr Zimmer.

Kopfschüttelnd blickte der Diener ihr nach.

»Was für eine herrliche Aussicht«, bemerkte die blonde Dame soeben, als er die Terrasse betrat, und lehnte dankend den Wein ab, den er ein wenig steif servierte. Diese Arbeit lag deutlich unter seiner Würde. Aber die Lady hatte recht, die Lage des Gutshofs war wirklich beeindruckend. Bis hinein ins Helenental sah man, die Burgruine Rauheneck verlieh dem atemberaubenden Panorama eine romantische Note.

Graf Erdélyi nickte, nahm einen Schluck aus seinem Glas und verzog angewidert das Gesicht. »Was zum Teufel …«

Er winkte László zu sich und wechselte leise ein paar Worte mit ihm.

»Verzeiht, Herr Graf!« Er verneigte sich zerknirscht. »Meine Augen sind nicht mehr die besten. Ich bringe sofort eine neue Flasche.«

Na, die konnte was erleben! Auf dem beschwerlichen Weg in den Weinkeller beschloss László, die Hausdame mit der Suche nach einem neuen Dienstmädchen zu beauftragen. Dorina würde sich auf dem tief in der Puszta gelegenen Gut Nemezti im Haushalt eines alten Cousins des Herrn Grafen hervorragend machen.

Langsam schlenderten sie den gepflasterten Weg hinunter zu den Koppeln. Sophie lächelte in sich hinein. Von einem Flirt mit dem ungarischen Grafen war sie so weit entfernt wie Napoleon von Europa. Gyula hatte nur Augen für Fanny. Kein Wunder, in ihrem nachtblauen Reitkleid wirkte sie wieder einmal besonders apart. Zur langärmeligen Jacke trug sie eine Leinenbluse, um deren hohen Rüschenkragen sie ein royalblaues Halstuch geknotet hatte. Unter dem schwarzen Zylinder fielen ihre dunklen Locken bis auf die Schultern, wie eine zarte Wolke umrahmte der Reitschleier aus feiner Spitze ihr Gesicht.

In diesem Moment hatte sie ihre ausdruckvollen dunklen Augen auf den Grafen gerichtet. Sie waren in ein lebhaftes Gespräch über ihr gemeinsames Lieblingsthema vertieft.

»In Hosen?« Gyula lachte herzlich auf. »Da befindet Ihr Euch ja in bester Gesellschaft. Zarin Katharina und Kaiserin Marie-Antoinette bevorzugten es wie Ihr, rittlings auf dem Pferd zu sitzen.«

»Es ist auch viel praktischer«, erwiderte Fanny, den strafenden Blick ihrer Schwester ignorierend.

Sophie beschloss, diese Bemerkung nicht zu kommentieren, sie fühlte sich ohnehin schon wie Fannys Chaperone.

»Springen im Seitsitz ist unangenehm. Man verliert leicht das Gleichgewicht. Obwohl, mein Schwager hat mir einen Drei-Horn-Sattel geschenkt. Weil meine Schwester sich immer echauffiert hat, wenn ich meine Reithose getragen habe. Nicht wahr, Sophie?«

Sophie lächelte gequält. Sie würde ihrer undankbaren Rolle heute nicht mehr entkommen, so viel stand fest.

»Das ist sehr umsichtig von Eurer Schwester«, entgegnete Graf Erdélyi galant. »Damen in Hosen genießen leider noch immer einen eindeutigen Ruf.«

»Mir ist es egal, was die Leute sagen. Sie reden ohnehin«, antwortete Fanny energisch. »Aber der neue Sattel ermöglicht einen weitaus sichereren Sitz. Also bin ich Edward sehr dankbar.« Irritiert begann sie mit ihrer Reitgerte zu spielen. Warum sah er sie bloß so merkwürdig an? Sie versuchte ganz fest an Paul zu denken, aber das Bild blieb verschwommen – im Gegensatz zu Erdélyis sehnigen Händen, seinem dichten schwarzen Haar, dem durchtrainierten Körper so nah an dem ihren. Entschlossen beschleunigte sie ihren Schritt. »Jetzt haben wir genug gesprochen. Ich möchte die Pferde sehen.« Mit diesen Worten eilte sie voraus.

Gemessenen Schrittes ging Graf Erdélyi neben Sophie her. »Edward weilt in London?«

»Oh ja, er ist wie immer beschäftigt«, antwortete Sophie. Ihr war nicht entgangen, dass sich sein Tonfall verändert hatte. Die verbindliche Höflichkeit, die darin lag, schmerzte beinahe. Noch mehr aber beunruhigte sie die Tatsache, dass er auch jetzt Fanny nicht aus den Augen ließ. »Er wird mich in wenigen Wochen besuchen kommen. Ich erwarte ein Kind und möchte es gern hier in Wien zur Welt bringen«, fuhr sie fort.

Da erst wandte er Sophie seine volle Aufmerksamkeit zu. »Was für eine Freude! Erlaubt mir, Euch und Eurem Gemahl herzlich zu gratulieren!«

Sophie nickte. »Ich danke Euch. Nun solltet Ihr lieber meiner Schwester folgen, bevor sie sich allein auf die Koppel stürzt.«

»Zu spät«, Gyula schüttelte amüsiert den Kopf. »Doch ich denke, es besteht kein Grund zur Sorge. Seht nur.«

Fanny hatte das Gatter geöffnet und ging auf die kleine Herde zu, die friedlich vor sich hin graste. Alarmiert hoben die Pferde den Kopf. Als Fanny stehen blieb, näherten sie sich ihr neugierig. Gerührt bemerkte Sophie, wie ihre Schwester strahlte, als die Tiere sie umringten. Sie zeigte keine Spur von Angst.

»Fanny hat ihre Liebe zu den Pferden in England wiederentdeckt«, bemerkte Sophie.

»Aber sie muss schon früher geritten sein. Ich habe selten eine so feurige Reiterin gesehen«, antwortete Gyula.

»Das stimmt«, bestätigte Sophie. »Meine Mutter hat es jedoch nicht gern gesehen, wenn Fanny und ich als Kinder mit unserem Bruder ausgeritten sind. Schon damals war Fanny die wildeste von uns dreien. Später hat sie Georg allein begleitet, ich blieb lieber zu Hause bei meinen Büchern. Nach einem kleinen Unfall hat Mutter ihr das Ausreiten ganz verboten. Obwohl Georg immer wieder betont hat, wie talentiert Fanny sei und dass sie ein ungeheures Gespür für Pferde habe. Mama kannte kein Pardon.«

Als eine schwarze Stute an Fannys Schleier zu knabbern begann und ihr den Zylinder vom Kopf zog, lachte sie in kindlicher Freude auf, streichelte den Hals des Tieres und nahm ihm den Hut wieder weg. »Du Schlingel!«, bemerkte sie zärtlich.

Wie gebannt beobachtete Graf Erdélyi die Szene, als Fannys Blick auf eine Schimmelstute fiel, die in einiger Entfernung von den anderen Tieren stand. Langsam ging sie auf sie zu. Das Pferd warf den Hals zurück und wieherte.

»Passt auf, gleich wird die Stute fliehen. Sie ist schwierig und leider unberechenbar.« Graf Erdélyi wirkte plötzlich angespannt. »Vor Kurzem hat sie einen der Stallburschen in die Schulter gebissen.«

Aber die Stute rührte sich nicht von der Stelle. Fanny näherte sich ihr von der Seite und sprach beruhigend auf sie ein.

»Sie sollte sich nicht so nah an sie heranwagen. Ich gehe lieber zu ihr.«

Doch Sophie hielt ihn zurück. »Wartet …«

In diesem Moment machte die Stute einen Schritt in Fannys Richtung und blähte die Nüstern. Da streichelte Fanny ihren Hals und lehnte sich an sie. Das Pferd neigte den Kopf und hielt ganz still. Es schien, als würden sie einander umarmen.

»Das ist doch nicht möglich!«, flüsterte Gyula ungläubig.

Eine schiere Ewigkeit später lösten sie sich voneinander. Fanny verließ die Koppel mit Tränen in den Augen.

»Das ist sie. Meine Phoebe«, erklärte sie leise.

Sophie sah von Fanny zu Gyula. Und ihr wurde klar: Es war nicht nur Fanny, die sich an diesem Tag verliebt hatte.

Graf Erdélyi räusperte sich. »Die Mondgöttin, wie passend. Eine extravagante Wahl. Ihr solltet sie jedoch unbedingt reiten, um ganz sicherzugehen.«

»Ich bin mir sicher«, erwiderte Fanny bestimmt. »Aber natürlich reite ich gern mit ihr aus. Sophie, ist dir das recht? Ich werde nicht lange weg sein.«

»Nur unter der Voraussetzung, dass Ihr, werter Graf, meine Schwester begleitet. Sollte ihr etwas zustoßen ...«

»Mir wird nichts zustoßen!«, widersprach Fanny heftig. »Ich kann sehr wohl allein ausreiten. Du würdest dich in der Zwischenzeit doch nur langweilen, das möchte ich nicht.«

»Kommt gar nicht infrage.« Sophie schüttelte den Kopf. »Ich habe ein Buch dabei und werde die wunderschöne Landschaft und die Sonne genießen. Andernfalls hätte ich keine ruhige Minute.«

Gyula, der dem Disput der Damen ruhig gefolgt war, räusperte sich erneut: »Werte Gräfin, da muss ich Eurer Schwester leider voll und ganz zustimmen. Ihr kennt das Gelände nicht, und auch Phoebe ist Euch fremd. Die Stute ist das schwierigste Pferd im Stall, ich werde Euch keinesfalls mit ihr allein lassen.«

»Na also.« Sophie war zufrieden. »Keine Diskussion mehr. Wenn Ihr mich entschuldigt, ich ziehe mich zurück.«

Ohne sich noch einmal umzudrehen, ließ sie Fanny und den Grafen stehen. Wenn das nur gut geht, dachte sie. Es waren jedoch nicht Fannys Reitkünste, die ihr Sorge bereiteten.

»Ich möchte sie selbst in den Stall bringen und satteln, wenn Ihr erlaubt«, erklärte Fanny entschieden.

»Seid Ihr sicher?«

Die besorgte Frage des Grafen ging ins Leere. Fanny war schon beim Gatter. Widerspruchslos ließ sich Phoebe von der Koppel führen, nicht einmal beim Anlegen des Sattels, den der Stallbursche Fanny reichte – er hielt dabei einen respektvollen Abstand zur Stute –, machte Phoebe Schwierigkeiten. Nur die Kandare schien ihr nicht zu gefallen.

»Ich weiß«, redete ihr Fanny gut zu. »Zu Hause werden wir eine Trense nehmen und einen Herrensattel. Dann gewöhnen wir uns leichter aneinander.«

Sie versuchte, Graf Erdélyi zu ignorieren, der sie, mit verschränkten Armen an eine Säule gelehnt, aufmerksam beobachtete, während der Stallmeister seinen Rappen sattelte.

Erst als sie fertig war, gab er seine lässige Haltung auf und bestand darauf, ihr persönlich beim Aufsteigen zu helfen, während der Stallbursche den Kopf des Pferdes mit den Zügeln fixierte. Die Gerte in der rechten Hand reichte Fanny dem Grafen ihren linken Fuß und platzierte die linke Hand auf seiner Schulter. Sie hielt die Luft an – sein maskuliner Duft war betörend – und versuchte, sein Gesicht so nahe an dem ihren auszublenden. Mit Schwung stemmte sie sich hoch und ordnete ihr Kleid, bevor sie Phoebe leise lobte.

»Gut gemacht«, flüsterte sie ihr zu und streichelte ihren Hals. »Können wir los?« Sie warf dem Grafen einen fragenden Blick zu.

Der ergriff die Zügel seines Rappens, stieg auf und nickte.

Auf dem Weg nach draußen scheute Phoebe, als ihnen die Kinder des Stallmeisters laut lachend entgegenkamen. Fanny winkte ihnen zu und bedeutete dem Grafen zu schweigen, der bereits zu einer Schelte angesetzt hatte.

Als sie den Gutshof endlich hinter sich gelassen hatten, galoppierte Fanny übermütig davon. Überrascht folgte ihr der Graf auf dem Fuß, wenn auch nicht ganz ohne Sorge. Sollte Lady Thornfield sie von der Terrasse aus beobachten, würde sie ihm ihre Schwester wohl nicht so schnell wieder anvertrauen.

Nach einer atemlosen Jagd brachte Fanny Phoebe vor einem Wäldchen zum Stehen. Sie drehte sich zu Gyula um. »Großartig!«, rief sie aus.

»War das nicht etwas leichtsinnig?«

»Natürlich«, gab sie gut gelaunt zurück. »Aber es hat Spaß gemacht, oder? Phoebe hat es jedenfalls genossen. Nicht wahr, meine Liebe?« Sie tätschelte das Pferd. »Und Ihr auch, gebt es zu!«

»Ich genieße jeden Moment, den ich mit Euch verbringen darf«, gab er ernst zurück.

Etwas aus der Fassung gebracht straffte Fanny die Zügel. »Wollen wir weiter?«

Langsam trabten sie einen kleinen Bach entlang.

»Phoebe ist ein reinrassiges Englisches Vollblut. Ihr Stammbaum reicht fast zwei Jahrhunderte zurück«, bemerkte Gyula, während er einen Ast hochhielt, damit sich seine Begleiterin nicht den Kopf stieß. »Er geht zurück auf Darley Arabian und Old Bald Peg, eine der berühmtesten Gründerstuten. Phoebe ist also königlichen Geblüts.«

Er gestand es sich ungern ein, doch es war nicht nur Fannys Sprödheit, die ihn ungemein reizte. Abseits des amüsanten Spiels, das sich dadurch ergab, berührte sie eine Seite in ihm, die ihn irritierte. Schon in seiner Jugend war er bei den Damen ungeheuer erfolgreich gewesen, im Lauf der Jahre jedoch wählerisch geworden. Nun hatte er sich beinahe damit abgefunden, dass es für ihn nur unkomplizierte Vergnügungen und seine Pferde gab. Er hatte genug Tränen gesehen. Fannys jugendliches Ungestüm aber faszinierte ihn, und mehr noch die Tatsache, dass er dahinter eine Verletzlichkeit zu erspüren vermeinte, die ihm naheging. Jeder Blick aus ihren seelenvollen dunklen Augen traf ihn mitten ins Herz. Allerdings schien sie keinerlei Neigung für ihn zu hegen, eine für ihn völlig neue Erfahrung. Eine gefährliche Mischung. Diesmal, wurde ihm bewusst, als sie friedlich Seite an Seite über die Wiese trabten, stand für ihn viel auf dem Spiel.

»Phoebe wäre auch ohne Stammbaum eine Königin«, entgegnete Fanny. »Seht nur die edle Haltung ihres Kopfes und wie anmutig sie sich bewegt.«

Ganz wie ihre Besitzerin, dachte Gyula, behielt die Worte aber wohlweislich für sich. »Ich würde Euch gern mit Eurer Schwester und ihrem Gemahl auf mein Schloss nach Györ einladen, zum nächsten Pferderennen im September.«

»Im September wird es meiner Schwester nicht mehr möglich sein zu reisen. Aber habt Dank für die Einladung.«

Nie im Leben würde sie sich in die Höhle des Löwen begeben. Schon jetzt konnte Fanny ihre Augen nicht von seinen Händen lösen, die den Rappen so kraftvoll wie geschmeidig lenkten. Sie musste unbedingt mit Emilia sprechen, der Besuch bei Pauls Mutter duldete keinen Aufschub mehr.

»Aber meinen Wunsch, Phoebe in ihrem neuen Zuhause zu visitieren, dürft Ihr mir nicht abschlagen«, insistierte der Graf. »Wir könnten gemeinsam ausreiten. Eure Schwester wäre sicher froh, wenn ich Euch begleite«, fügte er hinzu. Die Vorstellung, Fanny nie wiederzusehen, schmerzte ihn mehr, als ihm lieb war.

Ob Sophie diese Idee begrüßen würde, wagte Fanny zu bezweifeln, doch sie kapitulierte. Das Angebot war zu verlockend. »Na gut, das können wir ins Auge fassen«, erwiderte sie hoheitsvoll. »Nun lasst uns zurückreiten.«

Auf dem Weg zum Gutshof stellte Gyula fest, dass er bei dem Tempo, das Fanny trotz des Damensattels vorlegte, keine Mühe darauf verwenden musste, seinen Wallach zu zügeln. Die junge Dame war ihm in jeder Hinsicht ebenbürtig. Doch die vage Hoffnung, diese Bastion jemals zu stürmen, schwand zunehmend. Sie konnte es offensichtlich nicht erwarten, ihn und sein Gut endlich zu verlassen.

Nachdem die Pferde abgestellt, die wichtigsten Details geregelt und sie handelseins geworden waren, drängte Fanny auf eine zügige Heimfahrt. Sogar ihre sonst so zurückhaltende Schwester wirkte deutlich irritiert, als sie seine Einladung, den Kauf mit Champagner zu besiegeln, mit einem knappen »Nein, danke« ablehnte. Er sollte seine Ankündigung, Phoebe zu besuchen, überdenken, nahm er sich vor. Wer stürzte sich schon gern sehenden Auges ins Unglück?

Nachdem die Kutsche hinter dem Hügel verschwunden war, zog er sich mit dem restlichen Tokajer in seine Bibliothek zurück. Nach dem dritten Glas stand seine Entscheidung fest. Man solle sich stets Ziele jenseits der eigenen Geschützlinien suchen, hatte sein Vater immer gesagt. Diesmal würde er auf ihn hören.

⁓⊚⁓

Martha Faber eilte Emilia mit ausgebreiteten Armen entgegen. »Meine Liebe, was für eine angenehme Überraschung! Viel zu lang haben wir einander nicht gesehen! Wie geht es dir? Ich darf dich doch weiterhin duzen, oder?«

Emilias herzliche Umarmung war Antwort genug.

»Ich freue mich für dich. Jetzt bist du eine Komtesse, wer hätte das gedacht.« Da erst entdeckte sie Fanny. »Und du hast einen Gast mitgebracht.«

Emilia ergriff Fannys Arm. »Martha, das ist Fanny, genau genommen Gräfin Keynitz.«

Marthas Gesichtszüge entgleisten. »Oh.« Sie atmete tief ein und rang um Contenance. Schließlich neigte sie steif den Kopf. »Gräfin Keynitz. Noch eine Überraschung.«

Fanny strahlte sie unbefangen an. »Ich freue mich sehr …« Kurz zögerte sie. Sollte sie Pauls Mutter siezen, wie es eigentlich ihrem Stand entsprach? Nein. »… Euch kennenzulernen.« Ihre Ähnlichkeit mit Paul war unverkennbar. »Ich hoffe, mein unangemeldeter Besuch kommt nicht ungelegen.«

Martha musterte sie irritiert. So hatte sie sich die Gräfin Keynitz absolut nicht vorgestellt. Ein Mädchen, so natürlich, und dann die fast ehrerbietige Anrede. »Keineswegs. Ich habe allerdings Gäste.« Sie wischte sich einen Tropfen von der Stirn und sah nach oben. »Jetzt beginnt es auch noch zu regnen, und Frau Pichler sitzt im Garten. Geht doch schon ins Haus – wir kommen gleich.«

Fanny sah ihr nach. »Paul ist ihr wie aus dem Gesicht geschnitten. Ich finde sie sehr nett.«

Emilia, die Marthas anfängliche Irritation sehr wohl bemerkt hatte, zögerte, beschloss jedoch, Fanny nicht zu verunsichern. »Ja, das stimmt. Komm, lass uns hineingehen. Du wirst sehen, es ist vielleicht nicht so elegant, wie du es gewöhnt bist, aber sehr gemütlich.«

»Papperlapapp.« Fanny ließ ihren Blick schweifen. »Was für ein schöner Garten!«

Sie folgte Emilia durch eine Wolke in Pastell – die Hortensien im Vorgarten standen gerade in voller Blüte.

»Und er geht hier noch weiter«, bemerkte sie erstaunt, als sie das Entree des Hauses betraten. Aus vier mannshohen Fenstern strahlte Licht in die Orangerie und setzte das opulente Blütenmeer raffiniert in Szene. Rote Kamelien, Zitronenbäumchen, Palmen, Pelargonien und elegante

Lilien zwischen üppigen Farnen und rosa Orchideen füllten den Raum. Kleinblättriger Wein rankte die Wände hinauf. »Das ist ja unglaublich!«

»Die meisten Pflanzen hat Paul von seinen Reisen mitgebracht«, bemerkte Emilia.

Fanny seufzte. »Ach, wäre er doch hier. Glaubst du, er wird meinen Garten mögen?«

»Natürlich, er wird beeindruckt sein. Paul verfügt über ein umfangreiches botanisches Wissen, du wärst überrascht.« Emilia roch an einer der weißen Lilien. Kurz schloss sie die Augen. Ihr Duft war betörend.

»Das wusste ich nicht. Aber offensichtlich weiß ich vieles nicht von ihm.« Entschlossen drängte Fanny den Gedanken beiseite. »Komm, lass uns weitergehen.«

Der Salon wirkte ebenso hell und freundlich wie das Entree des Hauses, das Mobiliar schlicht, aber einladend. Auch hier schien ein Kleingarten explodiert zu sein: Die Tapeten, die Vorhänge, die Stillleben an den Wänden, selbst die Möbelstoffe waren geblümt.

»Das Sofa kenne ich!«, rief Fanny aus. »Das ist von Danhauser, und die Stühle auch. Er richtet tatsächlich ganz Wien ein, wie Tante Louise sagte.«

Emilia zog sie zum Fenster, vor dem ein riesiger Blumentisch stand. Fanny betrachtete eingehend die kunstvolle Komposition aus weißen Kamelien, Myrten, Brutblatt und Grünlilie.

»Schau, von hier aus sieht man sogar die Domkirche Sankt Stephan.«

»Was für eine herrliche Aussicht!« Fanny war begeistert. Aus dieser Perspektive hatte sie die altehrwürdige Kirche noch nie gesehen.

Da betrat Frau Faber mit einer ebenfalls älteren, elegant

gekleideten Dame den Raum. »Der Neid könnte einen fressen«, bemerkte Karoline Pichler soeben. »Als wir das Haus in der Alser Straße gekauft haben, befand sich der Garten in einem Zustand völliger Verwilderung. Und noch heute gibt es viel zu viel darin zu tun.«

»Hast du denn keinen Gärtner?«, fragte Martha mitfühlend. »Ich liebe Gartenarbeit, aber manchmal braucht man eben Hilfe. Obwohl mein Garten nicht besonders groß ist, würde ich es nicht allein schaffen.«

»Ich bitte dich, das ist doch reine Tiefstapelei. Dein Garten ist viel mehr als das. Er ist ein richtiger Park«, erwiderte ihre Freundin.

»Ein bescheidener Hausgarten«, widersprach Martha Faber beharrlich. »Bunt ist er und zweckmäßig, mein kleiner Garten Eden. Ich brauche keinen Firlefanz, wie man ihn in den riesigen Parks der alten Palais findet, sondern Blumen, Kräuter, Obst, Gemüse und zur Erholung den Platz im Schatten der alten Linde. Manchmal sitze ich stundenlang draußen, mit einem Buch oder meiner Handarbeit.«

»Wie gern ich das auch hätte!«, rief ihre Freundin aus.

»Ich habe einen wunderbaren Gärtner. Er ist im Moment zwar sehr beschäftigt, aber Thomas könnte gern einen Blick auf Euren Garten werfen«, mischte sich Fanny in das Gespräch ein. Frau Fabers Anspielung auf die Parks des alten Adels hatte sie diskret überhört.

»Was für ein reizendes Angebot«, antwortete Martha. Schon wieder war es dem Mädchen gelungen, sie angenehm zu überraschen. »Karoline, das ist Gräfin Keynitz, eine Freundin der Komtesse Jurevich …«

»… und von Paul«, warf Fanny eifrig ein.

Martha räusperte sich. Das dürfte kompliziert werden. »Karoline Pichler werdet Ihr vielleicht kennen.«

»Natürlich«, erwiderte Fanny. »Der Salon, in dem tout Vienne verkehrt, wie man hört.«

Karoline lächelte. Eine charmante junge Dame. Sie würde Lotte von ihr erzählen. Die Gräfin würde hervorragend in den Zirkel junger Künstler, Aristokraten und Gelehrter passen, die sich um ihre Tochter versammelten. »Wie freundlich von Euch«, entgegnete sie. »Wollt Ihr nicht gemeinsam mit Eurem Gärtner zu mir zum Tee kommen? Bei dieser Gelegenheit könnte ich Euch mit meiner Tochter bekannt machen.«

Fanny nickte begeistert. Wie wunderbar sich an diesem Nachmittag eines zum anderen fügte!

Während das Dienstmädchen Kuchen, Gedeck und Kaffee einstellte – Tassen und Kannen waren mit üppigen floralen Dekoren bemalt –, bereitete Martha den Tee zu. Sie selbst nahm Kaffee, aber Karoline blieb in Sachen Tee unerbittlich. Erfreut stellte sie fest, dass auch Fanny Kaffee wählte. Die junge Gräfin wurde ihr immer sympathischer.

Doch dann platzte die Bombe.

»Ihr seid also eine Bekannte von unserem Paul. Wie klein die Welt ist.« Karoline lächelte Fanny zu. »Meine Lotte und Paul kennen einander von Kindheit an.« Unversehens geriet sie ins Plaudern, wie immer, wenn sie sich wohlfühlte. »Eigentlich sind sie so gut wie verlobt, unsere Kinder, nicht wahr, Martha? Was waren sie verliebt! Paul konnte es gar nicht erwarten, um Lottes Hand anzuhalten. Aber sie war noch so jung. Jetzt sieht sie das allerdings anders. Nach Pauls Rückkehr werden wir alle gemeinsam in Urlaub fahren. Und dann gibt es hoffentlich bald einen Grund zum Feiern.«

Martha schluckte, Emilia ließ ihre Teetasse sinken und Fanny erblasste.

Karoline, die nichts von all dem bemerkte, war ganz in ihrem Element. »Wenn er nur bald von seiner Ziegenexpedition zurückkommt«, scherzte sie.

»Ziegenexpedition?«, echote Fanny schwach. Sie konnte kaum glauben, was sie da hörte.

Martha, die noch größeren Schaden verhindern wollte, ergriff das Wort. »Paul ist nach Weihnachten aufgebrochen. In Anatolien soll es Ziegen geben, deren Wolle unsere Shawls revolutionieren könnte. Er sollte spätestens im Sommer zurück sein. So Gott will«, fügte sie hinzu, als sie bemerkte, wie Fanny um Fassung rang. Das arme Mädchen schien ihrem Paul aufrichtig zugetan zu sein. Was für ein Schlamassel. »Und dann sehen wir weiter.«

Karoline nickte unbeirrt. »Aber ich bin ganz optimistisch. Lotte liebt ihn immer noch, und Paul hat so gelitten damals, als sie ihm den Korb gegeben hat. Ich denke, es braucht nur ein wenig Ermutigung ihrerseits …«

»Nun, wie gesagt, man wird sehen«, unterbrach Martha sie. Sie fühlte sich gar nicht mehr wohl in der Rolle der mütterlichen Fortuna. Nicht auszudenken, würde Fanny mit Paul brechen – und sie wäre schuld. Nach ihrem letzten Streit würde er ihr niemals Glauben schenken, dass diese erste Begegnung mit Gräfin Keynitz durch einen absoluten Zufall einen derart unglücklichen Verlauf genommen hatte.

»Wieso bist du auf einmal so pessimistisch, liebe Martha? Wir waren uns doch einig?« Karoline war irritiert. Was hatte ihre Freundin nur plötzlich?

»Zuerst muss Paul wohlbehalten zurückkommen, nicht wahr?«, versuchte Martha die Situation zu retten. Zu ihrer Erleichterung lenkte Karoline ein.

»Jetzt verstehe ich! Du machst dir Sorgen. Hat er sich noch immer nicht gemeldet?«

Martha schüttelte den Kopf.

»Du wirst sehen, alles wird gut!«, tröstete Karoline ihre Freundin. »Mit Gottes Hilfe wirst du ihn bald wiederhaben, deinen Paul.«

In das nun folgende ratlose Schweigen erhob sich Fanny. »Das Wetter, fürchte ich, bekommt mir nicht. Ich habe fürchterliche Kopfschmerzen. Wenn Ihr mich bitte entschuldigt.«

Emilia verstand sofort. »Ich begleite dich.« Sie stand auf. »Bitte, Martha, bemühe dich nicht. Wir finden allein hinaus. Das Geschäftliche besprechen wir ein andermal, nicht wahr?«

»Natürlich!« Martha umarmte Emilia zum Abschied und lächelte Fanny warmherzig zu. »Ich habe mich sehr gefreut, Euch kennenzulernen.« Die Worte kamen von Herzen. Bedrückt sah sie den beiden jungen Damen nach, die hastig den Salon verließen. Wenn das nur gut ging.

Fanny starrte aus der Scheibe des Landauers. Paul war so gut wie verlobt? Das konnte nicht sein!

»Bitte, Fanny, denk nicht mehr darüber nach«, versuchte Emilia ihre Freundin zu trösten. »Paul wird dir sicher alles erklären können. Mir scheint das eher ein Hirngespinst der Mütter zu sein.«

»Selbst wenn.« Fanny sah sehr unglücklich drein. »Warum hat er mir nichts über seine Reise erzählt? Seit er mich in Paris besucht hat, das war letzten November, habe ich nichts mehr von ihm gehört. Vielleicht stimmt ja, was Frau Pichler gesagt hat. Vielleicht hat er Lotte getroffen, seine alten Gefühle kamen wieder hoch, und er hat diese verrückte Reise nur gemacht, um Abstand zu gewinnen.« Sie seufzte. »Allein die Vorstellung, dass er in eine andere

Frau so verliebt gewesen war, dass er sie heiraten wollte, und nur deshalb noch frei ist, weil sie ihn nicht wollte ...« Sie hob den Kopf. »Ich hab schließlich auch meinen Stolz.«

Emilia betrachtete sie traurig. Sie konnte Fanny nur zu gut verstehen. »Das mag alles sein, aber Paul liebt dich aufrichtig. Seine Liebe zu dir war der Grund für unsere Trennung.«

Da begann Fanny zu weinen. »Alles in meinem Leben geht schief. Jetzt hab ich dir auch noch Paul weggenommen. Dabei will er mich vielleicht gar nicht mehr.«

Emilia konnte das nicht mitansehen. Fanny saß da wie ein Häufchen Elend. Womit könnte sie ihre Freundin bloß trösten?

»Weißt du was? Wir gehen tanzen! Wenn Paul zurückkommt, wird sich alles klären. Und bis dahin solltest du dein Leben genießen.«

»Ach, Emilia ...« Fanny seufzte. »Mein Trauerjahr ist noch nicht zu Ende. Ich kann nicht tanzen gehen.«

»Verzeih mir, wie konnte ich das vergessen! Aber gegen einen Theaterbesuch ist nichts einzuwenden, oder? In wenigen Tagen ist die Premiere von Calderóns Stück ›Das Leben ein Traum‹ im Schauspielhaus an der Wien. Artstettens Loge steht uns zur Verfügung.«

Fanny dachte angestrengt nach. Sie konnte zurzeit nichts tun. Nur warten. Warum also Trübsal blasen? Emilia hatte recht. Es änderte ja doch nichts. »Na gut.« Fanny drückte ihren Rücken durch. »Ich werde Sophie und Georg fragen, ob sie mitkommen wollen. Ihr könntet nach der Vorstellung noch tanzen gehen.«

»Wir werden sehen.« Die Aussicht, mit Georg und Baron Artstetten die Apollosäle am Brillantengrund unweit der Pointner'schen Seidenfabrik zu besuchen, erschien Emilia ein wenig pikant. Auch wenn sie Georgs stürmischem Werben nach seiner Rückkehr aus dem Krieg nicht nachgegeben hatte, hegte sie, wie sie sich ungern eingestand, nach wie vor eine gewisse Schwäche für den Bruder ihrer Freundinnen.

Fanny wiederum fühlte sich durch die Aussicht auf einen Abend, den sie nicht zu Hause verbringen musste, etwas getröstet. Außerdem war da noch Phoebe. Das Pferd sollte schon morgen eintreffen. Dankbar drückte sie Emilia einen Kuss auf die Wange.

∽◞℧◟∾

Atemlos stürzte Fanny in den Stall ihres Gartenpalais. Sie war viel zu spät, aber Papa hatte ausdrücklich darauf bestanden, dass sie alle in der Familienkapelle für eine gute Ernte und ein Ende der Regenfälle beteten. Beim Mittagessen hatte er eindringlich erklärt, wie glücklich sie sich schätzen sollten, dass die Wetterlage in Wien bisher so stabil gewesen sei und die Familie Wohlleben über die nötigen Mittel verfüge, sodass sie im Fall einer Krise in jedem Fall verschont bleiben würden. In anderen Regionen des Reiches drohten den, wie er sagte, weniger Glücklichen im Fall von Missernten Krankheiten und Hungersnöte. Der Krieg habe den Menschen bereits alles genommen, es gebe nirgendwo Reserven. Die Lage sei sehr ernst. Sogar Mama hatte an dem Gespräch teilgenommen und beteuert, dass sie die Angelegenheit bei der nächsten Sitzung der Gesellschaft adeliger Frauen zur Beförderung des Guten und Nützlichen zur Sprache bringen werde. Papa hatte danach in der Kapelle etwas aus der Heiligen Schrift vorgelesen und Fanny gemaßregelt, weil sie ungeduldig auf der Kirchenbank hin und her gewetzt war.

Und jetzt kam sie zu spät. Phoebe stand schon im Stall. Sie wirkte unruhig und verloren, stellte Fanny aufgewühlt fest. So gern hätte sie ihr Pferd persönlich in Empfang genommen! Nun, es war nicht zu ändern. Energisch rief sie den Stallmeister herbei. Er solle Kappzaum und Longe aus der Sattelkammer bringen, wies sie ihn an, sie wolle mit Phoebe noch eine halbe Stunde im Longierzirkel trainieren.

Wilhelm entfernte sich, um das Gewünschte zu holen.

»Eine gute Entscheidung.«

Fanny erschrak und drehte sich um.

»Die Reise hat sie strapaziert. Ein wenig kontrollierte Bewegung tut ihr gut.« Mit undurchdringlichem Gesichtsausdruck ging Graf Erdélyi auf sie zu.

Fanny erstarrte und sah ihn mit großen Augen an.

»Ich konnte nicht länger warten. Ich musste Euch sehen«, flüsterte er und beugte sich über sie.

Bevor sie einen klaren Gedanken fassen konnte, berührten seine Lippen ihren Mund zu einem unendlich sanften Kuss. Es war nicht mehr als ein Hauch und währte nur kurz. Zu kurz.

Der Stallmeister bereitete dem Zauber des Moments ein jähes Ende. Er räusperte sich und reichte ihr Zaumzeug und Leine.

»Danke, Wilhelm.« Fanny fühlte sich schwindelig. »Ich brauche dich heute nicht mehr. Graf Erdélyi wird mich zum Longierplatz begleiten.«

»Sehr wohl, Frau Gräfin.«

Langsam wandte sie sich ihrer Schimmelstute zu. »Phoebe, willkommen zu Hause.« Zärtlich streichelte Fanny den Kopf des Pferdes, das sich augenblicklich beruhigte.

»Ihr bleibt doch noch, oder?« Die Vorstellung, dass der Graf sie jetzt verlassen könnte, erfüllte sie irritierenderweise mit Unbehagen.

»Es gibt nichts, was ich lieber täte«, antwortete er zu ihrer Erleichterung.

Nachdem sie den Kappzaum angelegt hatte, führte er Phoebe zum Longierzirkel, während Fanny sich die Handschuhe anzog und nach Brandy Ausschau hielt, der sich auf der Koppel befand.

»Ich denke, ich sollte Phoebe in den nächsten Tagen im Stall lassen und sie langsam an ihn gewöhnen. Was meint Ihr?«

»Genau das wollte ich Euch eben vorschlagen«, erwiderte er. »Was haltet Ihr davon, bald einmal gemeinsam auszureiten? Ich könnte den Wallach nehmen, Ihr reitet Phoebe.«

»Aber ja!« Fanny gefiel die Idee. »So können sie sich in freier Wildbahn ganz zwanglos aneinander gewöhnen.«

»Möglicherweise nicht nur die Pferde.«

Hatte er ihr gerade zugezwinkert?

Während sie Phoebe an der Longe führte, lehnte er am Gatter und ließ sie nicht aus den Augen. Fanny genoss seine offensichtliche Bewunderung und fühlte sich glücklich wie schon lange nicht mehr.

Nachdem sie das Pferd wieder in den Stall geführt und versorgt hatten, verabschiedete sich der Graf mit einem galanten Handkuss und dem Versprechen, in den nächsten Tagen ihren Plan in die Tat umzusetzen. »Wenn es das Wetter zulässt«, fügte er hinzu, unternahm jedoch keinen Versuch, sie noch einmal zu küssen.

»Und wenn nicht, könnt Ihr mir ja im Palais meiner Eltern die Aufwartung machen«, rief sie ihm nach, einer spontanen Eingebung folgend.

Er winkte und lüftete als Antwort den Zylinder, bevor er in seine Pirutsche stieg.

Fanny setzte sich auf eine Bank am Rand eines Bosketts. Sanft berührte sie ihre Lippen. Hatte sie das nur geträumt?

Da entdeckte sie Brandy an der Heuraufe im Unterstand seiner Koppel und dunkle Wolken am Horizont. Seufzend stand sie auf. Zeit, nach Hause zu fahren, bevor ein Gewitter sie überraschte.

Alan, der wie immer am Kutschbock ein Schläfchen gehalten hatte, erwartete sie bereits. Er deutete auf den inzwischen bedrohlich wirkenden Himmel.

»Ich weiß, ich weiß!«, rief Fanny, ergriff seine Hand und ließ sich von ihm in die Kutsche helfen.

Hoffentlich hatte Phoebe kein Problem mit Gewittern, dachte sie. Sie nahm sich vor, morgen mit ihr auszureiten und den Stallmeister, der wie Thomas McElroy bereits im Gebäude der Hausdienerschaft wohnte, zum Verlauf der Nacht zu befragen. Gedankenverloren griff sie nach Pauls Medaillon, um sich im nächsten Moment daran zu erinnern, dass sie es heute Morgen nicht angelegt hatte. Plötzlich wurde das Herz ihr schwer. Traurig beobachtete sie die ersten Regentropfen, die das Fenster hinunterliefen wie Tränen.

～◎～

»Du siehst ja aus wie das blühende Leben«, empfing Gräfin Wohlleben ihre Schwester wenige Tage später.

Louise, der die Ironie in Mathildes Worten entging, lächelte geschmeichelt und drückte dem Dienstmädchen ihren Hut aus weißem Atlas und Gros de Naples mit dem riesigen Seidenrosenbouquet in die Hand, streifte die mit winzigen Röslein bestickten Handschuhe ab und steckte sie in das ebenfalls mit floralem Dekor verzierte Retikül. »Du weißt, meine Liebe, ich umgebe mich leidenschaftlich gern mit schönen Dingen. Der Liebreiz der neuen Mode kommt mir da sehr entgegen. Alphonso war hingerissen.«

Sie betrachtete ihre Schwester in ihrem eleganten tauben-grauen Seidenkleid beinahe mitleidig. »Du solltest dir auch wieder einmal etwas Neues gönnen.«

Mathilde ignorierte die Bemerkung. »Alphonso ist also wieder da?«

»Er war nie weg«, entgegnete Louise schnippisch. »Du weißt doch, wie Männer sind. Sie flattern von Blüte zu Blüte, kehren aber dennoch zur schönsten Rose zurück.«

Die Liaison der Baronin Lilienthal mit ihrem italieni-schen Tanzlehrer war eine unendliche Geschichte. Sie ging bergauf und bergab. Sobald sie ihm endgültig abgeschworen hatte, machte er ihr wieder den Hof, als sei nichts gewesen. Und sie war nur zu gern bereit, ein oder gar viele Augen zuzudrücken. Ein attraktiver Mann wie er gehöre einer Dame eben nie allein, pflegte sie in diesem Fall zu sagen. Und Mathilde hütete sich tunlichst, ihr zu widersprechen.

Sie machten es sich im Salon gemütlich. Zufrieden setzte sich Louise auf das neue, geblümte Sofa – wenigstens dazu hatte sie ihre Schwester überreden können.

»Wirklich, Mathilde, kleide dich ein bisschen mehr nach der Mode. Du wirst sehen, es macht Spaß. Du liest doch die exklusivsten Modeblätter. Warum zeigst du selbst so wenig Mut?«

Jetzt war es aber genug! »Ich kleide mich so, wie es mir gefällt, meine liebe Louise. Nur weil ich gerne in Modejour-nalen blättere, muss ich ja nicht jede Torheit mitmachen.«

Das saß. Louise schwieg gekränkt, strich ihren Spit-zen-Überrock mit dem opulenten Blütenmotiv glatt und blickte hinunter auf die kunstvolle Blumenbordüre am Saum ihres Kleides. Eigentlich wollte sie ihrer Schwes-ter von dem Akrostichon auf dem neuen Kaffeeservice der Baronin Schaffenburg erzählen. Ganz Wien war mittlerweile herbeigeeilt, doch bisher hatte niemand das Blumenrätsel entschlüsselt. In diesem Fall aber ... Sie presste die Lippen aufeinander.

Sofort überkam Mathilde Mitleid mit ihrer jüngeren Schwester.

Glücklicherweise platzte Fanny herein. »Oh, Tante Louise, schön, dass Ihr da seid!«

»Nun, das sieht offensichtlich nicht jeder in dieser Familie so«, entgegnete die Baronin spitz.

Anscheinend gab es wieder einmal Streit zwischen ihrer Mutter und Tante Louise, konstatierte Fanny. »Habt Ihr Sophie gesehen?«, fragte sie unbeeindruckt. Die Gewitterwolken verzogen sich erfahrungsgemäß schnell, man war lediglich gut beraten, nicht versehentlich mitten hineinzugeraten.

»Sie ist mit Georg im Musikzimmer.«

»Oh, fein«, jubelte Fanny. Bei diesem schlechten Wetter konnte man sich die Zeit gar nicht besser vertreiben.

Da betrat Anni den Salon. »Ein Graf Erdélyi möchte Gräfin Keynitz seine Aufwartung machen.«

»Graf Erdélyi?« Mathilde sah ihre Tochter fragend an. Was hatte das nun wieder zu bedeuten?

Fanny errötete. Vielleicht war es doch keine so gute Idee gewesen, ihn einzuladen. Wie sollte sie ihrer Mutter die Sache mit dem Pferd erklären? Glücklicherweise kam Sophie herein, bevor sie weiter in sie dringen konnte.

»Mama, wisst Ihr, wo die Noten für das neue Lied von Franz Schubert sind? Georg und ich würden gern ...« Irritiert sah sie von ihrer Mutter zu Fanny, die verlegen an ihren Locken herumzupfte. Was war hier los?

»Ein Graf Erdélyi möchte Fanny seine Aufwartung machen«, erklärte Mathilde etwas ratlos.

Sophie reagierte sofort. »Ach, Mama, der Graf ist ein Freund von Edward. Ich habe ihn Fanny vorgestellt. Wir waren vor wenigen Tagen gemeinsam bei ihm in Baden, du erinnerst dich?«

Mathilde runzelte die Stirn. »Aber warum …?«

»Ich habe ihn zu uns eingeladen«, antwortete Sophie rasch. »Er hat sich viel Mühe gegeben, das richtige Pferd für Fanny zu finden. Außerdem sind uns Freunde von Edward doch immer willkommen, nicht wahr?« Unschuldig schaute sie ihre Mutter an.

»Natürlich«, beeilte sich Mathilde, ihren Fauxpas wiedergutzumachen. Sie nickte Anni zu. »Wir bitten ihn herein.«

Nun schneite auch Georg ins Zimmer. »Schwesterherz, was ist los? Es kann doch nicht so lange dauern, ein paar Noten …«

»Graf Erdélyi«, verkündete Anni in diesem Moment.

Überrascht drehte sich Georg um. Aller Augen waren nun neugierig auf den Gast gerichtet.

Dieser verneigte sich und blickte in die Runde. »Ich hoffe, ich störe nicht?«

Sophie trat auf ihn zu und streckte ihm ihre Hand entgegen, eine Geste, die der Graf mit einem galanten Handkuss beantwortete.

»Keineswegs, lieber Graf. Ihr seid herzlich willkommen. Und Ihr habt den perfekten Zeitpunkt für Euren Besuch gewählt. Es ist inzwischen selten, dass Ihr die ganze Familie so glücklich vereint seht. Mit Ausnahme meines Vaters, der wie immer dieser Tage in der Hofburg weilt.«

Während Sophie die Vorstellung übernahm, legte sich Fannys Aufregung ein wenig. Sophie hatte sie wieder einmal gerettet. Dankbar nahm sie auf dem ihr zugewiesenen Stuhl neben dem Sofa Platz. Graf Erdélyi, der ihr gegenüber zwischen Louise und ihrer Mutter saß, unterhielt sich angeregt mit Mathilde. Sie hatte herausgefunden, dass der Graf im Palais seiner Schwester Adél, einer verehelichten Gräfin Thurnbach, Quartier aufgeschlagen hatte, die wiederum in demselben Damenklub verkehrte wie sie selbst. Was für eine angenehme Überraschung!

Binnen kürzester Zeit hatte der Graf mit seinem Charme die Herzen der beiden Schwestern erobert. Louise war auf der Stelle für den rassigen Ungarn entflammt, Mathilde sprach sogar eine Einladung zum Diner aus.

»In diesem Fall bleibe ich doch zum Abendessen, wenn es Euch recht ist, Mama«, bemerkte Georg. Immerhin ergab sich nicht oft die Gelegenheit, sich mit einem berühmten Pferdekenner auszutauschen. Den Unmut von Mademoiselle Spitzer würde er dafür gerne in Kauf nehmen – die aufstrebende Tänzerin begann ohnehin Allüren zu entwickeln.

»Na wunderbar!« Mathilde erhob sich. »Louise, lassen wir in der Zwischenzeit die jungen Leute allein. Ich möchte noch etwas mit dir besprechen.«

Glücklich, einer Unterhaltung über Fannys vierbeinige Neuerwerbung zu entgehen, ignorierte sie die enttäuschte Miene ihrer Schwester und deutete ihr energisch an, ihr zu folgen.

Die nächsten Stunden vergingen wie im Flug, das Diner wurde ein voller Erfolg. Selbst Friedrich, der ausnahmsweise rechtzeitig aus dem Amt nach Hause gekommen war, zeigte sich beeindruckt von dem ungarischen Magnaten.

Fanny konnte an diesem Abend lange nicht einschlafen. Vielleicht hätte sie ihrer Begeisterung über Georgs Vorschlag, dem Grafen nach der Premiere von Calderóns Stück die Apollosäle zu zeigen, nicht so überschwänglich Ausdruck verleihen sollen. Mama war etwas indigniert gewesen, und selbst Papa hatte sie erstaunt angesehen. Ach was, dachte sie und wälzte sich im Bett hin und her. Sie ging ja nicht mit ihnen tanzen. Und warum sollte sie sich über einen gemeinsamen Theaterbesuch nicht freuen? Beharrlich versuchte sie, die Erinnerung an den Blick, den ihr der Graf zum Abschied zugeworfen hatte, zu verdrängen. Er verfolgte sie bis in ihre unruhigen Träume.

4. Kapitel

IN ANGEREGTE GESPRÄCHE VERTIEFT, verließen sie am Abend des 4. Juni 1816 das Theater.

»Also wirklich!«, empörte sich Baron Artstetten. »Ich hatte das Gefühl, einer Probe beizuwohnen, nicht einer Premiere.«

Sophie pflichtete ihm bei. »Besonders Herr Heurteur hätte seinen Text besser lernen müssen. Und überhaupt, dieser ständige Wechsel im Vortrag! Einmal wurde in Versen proklamiert, dann wieder in Prosa. Es war absolut nicht stimmig.«

»Die Estrella fand ich beeindruckend«, warf Emilia ein.

»Madame Gottdank ist eben eine Klasse für sich.« Baron Artstetten betrachtete Emilia wohlwollend. Sie trug den Perlenschmuck, den ihre Großmutter ihr vor der Abreise geschenkt hatte. Das glänzend schwarze, locker hochgesteckte Haar betonte ihren langen schlanken Hals, die tiefrot geschminkten Lippen brachten ihre grünen mandelförmigen Augen zum Leuchten. Artstetten wusste, warum er sich entschieden hatte, sie dereinst die Seine zu nennen. Emilia war nicht nur schön, sondern auch klug. Und in ihrer weißen, extravaganten Robe sah sie aus wie eine Prinzessin. Dieses tief ausgeschnittene Negligé-Kleid mit den bis zum Ellbogen reichenden schmalen Ärmeln – einfach magnifique! Ihre neueste Kreation, hatte sie auf der Fahrt zum Theater stolz erklärt. Was seiner Begeisterung einen empfindlichen Dämpfer versetzt hatte. Das vom

Dekolleté bis zum Saum reichende spiralförmige Rosen-
knospen-Gewinde und die dazwischenhängenden, durch-
brochen bestickten Blätter hätten ihre Näherinnen zwar
über die Gebühr beansprucht, das Ergebnis würde jedoch
mit Sicherheit das nötige Aufsehen erregen und ihr weitere Aufträge einbringen, hatte sie allzu enthusiasmiert
erklärt. Seine Hoffnung, Emilia je von den Vorteilen eines
standesgemäßen Lebens überzeugen zu können, schwand
zunehmend. Ein Nachgeben in dieser Sache kam für ihn
allerdings nicht infrage. Um keinen Preis der Welt würde
er dulden, dass seine Gemahlin arbeitete wie eine normale
Bürgerliche. Es würde dem ausgezeichneten Ruf, den er
bei seiner exklusiven Klientel besaß, empfindlich schaden.

Auch Georg konnte den Blick nicht von Emilia wen-
den. Er hatte die Tatsache, dass sie ihn nicht erhört hatte,
weggesteckt wie ein Mann und sich mit einer beträcht-
lichen Anzahl von Liebeleien getröstet. Doch musste er
zu seinem eigenen Verdruss feststellen, dass seine unge-
brochene und aufrichtige Zuneigung zu ihr ihm den Spaß
daran deutlich verleidete. Vor Kurzem hatte er bei Baronin Hartburg sogar eine empfindliche Niederlage hinneh-
men müssen. Er konnte es nun einmal nicht leiden, wenn
sie ihm mit ihren spitzen Nägeln den Rücken zerkratzte.
Zum einen tat es weh, zum anderen beschwerten sich seine
anderen Gespielinnen darüber. Dennoch, so etwas war
ihm noch nie passiert. Außerdem schmerzte ihn die Tatsache ungemein, dass Emilia ausgerechnet den langweiligen Anwalt ihm vorgezogen hatte. Einen Mann wie Graf
Erdélyi hätte er als ebenbürtigen Gegner betrachten können. Aber so …

Dieser schien sich jedoch weniger für die strahlende Emilia als für seine kleine Schwester zu interessieren. An sich

hatte Georg nichts dagegen, solange es dem Ungarn ernst mit ihr war. Besorgt stimmte es ihn allerdings schon. Fanny war zwar seit Philipps Tod ruhiger und erwachsener geworden, doch die Hand würde er nicht für sie ins Feuer legen. Die Welt mochte ungerecht sein, aber eine Dame von Stand konnte sich, solange sie unverheiratet war, nun einmal nicht dieselben Rechte herausnehmen wie ein Mann. Fanny war finanziell unabhängig, dennoch durfte sie ihren Ruf und den ihrer Familie nicht gefährden. Außerdem mochte er Paul Faber. Auch wenn eine Verbindung mit dem Shawlsfabrikanten nicht standesgemäß war – er war als Ehrenmann Fanny nie zu nahe getreten, obwohl der kleine Hitzkopf sehr verliebt gewesen zu sein schien. Zudem wurde, wie sein Vater erzählt hatte, bei Hof bereits gemunkelt, dass nach Fabers Nobilitierung nun die Erhebung in die Baronie erwogen wurde. Wie auch immer. Wo Paul bloß steckte?

»Ihr wollt uns tatsächlich verlassen?«, bemerkte Graf Erdélyi soeben bedauernd.

»So leid es uns tut«, kam Sophie Fanny sicherheitshalber zuvor. Sie hatte die enttäuschte Miene ihrer Schwester sehr wohl bemerkt. Auch wenn ihr Trauerjahr bald zu Ende gehen würde – in Witwenkleidern tanzen zu gehen, kam nicht infrage. Und das Etablissement genoss in ihren Kreisen einen zweifelhaften Ruf.

»Schade«, bemerkte Georg höflich, dachte aber selbst keinen Augenblick daran, auf sein Vergnügen zu verzichten. Während donnerstags und sonntags Hinz und Kunz in den Apollosälen verkehrten, blieb der Dienstag Wiens Noblesse vorbehalten. Unter die standesgemäße weibliche Begleitung von Fürsten, Generälen und wohlhabenden Bürgern mischten sich Grisetten und Künstlerinnen aller Art. Meist erschienen die Herren der Schöpfung deshalb allein.

Umso mehr freute sich Georg, dass Emilia keine Anstalten machte, sich zu verabschieden.

»Ja, wirklich schade«, stellte sie soeben bedauernd fest. »Aber wir kommen gerne mit.«

Artstetten zögerte. »Ich denke, eher nicht. Ihr wisst, mein voller Terminkalender …«

Der Baron begab sich wieder einmal auf sehr dünnes Eis, stellte Georg amüsiert fest.

Sollte Emilia auch nur einen Moment gezweifelt haben, so stand ihre Entscheidung nun fest.

»Tut Euch keinen Zwang an!«, entgegnete sie resolut. »Wenn Ihr nach Hause fahren wollt, sei Euch das unbenommen. Ich bleibe.« Sie warf Georg ein strahlendes Lächeln zu. »Du hast doch sicher nichts dagegen, mich zu begleiten.«

Erstaunt sah der Baron von einem zum anderen. Er saß in der Falle. Wie auch immer er sich entschied, er konnte nur verlieren. Folgte er Emilia, sah es aus, als würde er nach ihrer Pfeife tanzen. Das ließ sein männlicher Stolz nicht zu. Verabschiedete er sich, war alles vorbei. Er kannte sich und Emilia gut genug, um zu wissen, dass es dann keinen Weg zurück mehr geben würde. Für sie beide. Zudem hatte der Offizier von jeher ein Auge auf sie geworfen. Er würde nicht zögern, die Schwäche seines Rivalen in seinen Sieg zu verwandeln. Aber um ehrlich zu sein: Er hatte genug von Emilias Allüren. Wie konnte sie ihn nur derart kompromittieren?

Kurz entschlossen lüftete Artstetten seinen Zylinder. »Dann erlaubt, dass ich mich verabschiede.« Ohne ein weiteres Wort machte er kehrt und entfernte sich steifen Schrittes.

Emilia seufzte. Wie er so davonstelzte, hatte sie fast Mitleid mit ihm. Sie bedeutete Georg, auf sie zu warten. »Ich bin gleich wieder da.«

Rasch hatte sie Artstetten eingeholt.

»Es tut mir leid. Ihr wisst, wie sehr ich Euch schätze. Aber ich denke, wir sollten akzeptieren, dass unsere Standpunkte unterschiedlicher nicht sein könnten.«

Ausdruckslos starrte er sie an. »Wie Ihr meint.« Mit diesen Worten ließ er sie stehen.

Emilia zuckte die Achseln. Dann war es eben so. Sie hatte sich das Ende ihrer hoffnungsvoll begonnenen Liaison würdiger vorgestellt, aber wahrscheinlich war das mit einem Mann wie Artstetten unmöglich. Langsam schlenderte sie zu ihren Freunden zurück. »Ach, schaut nicht so betreten. Es war ohnehin nur eine Frage der Zeit.«

Sophie zog sie in die Arme. »Es tut mir leid«, flüsterte sie.

»Das braucht es nicht«, erwiderte Emilia. »In Wahrheit bin ich erleichtert.«

Georg, der das Geschehen interessiert beobachtet hatte, war plötzlich blendender Laune. »Dann lasst uns losziehen. Sophie, Fanny, ihr nehmt die Kutsche. Wir gehen die paar Schritte zu den Apollosälen zu Fuß.«

»Und ich darf Euch für die Heimfahrt meine Equipage anbieten«, erklärte Graf Erdélyi, der sich bisher zurückgehalten hatte. Er war nicht davon begeistert, den Rest des Abends ohne Fanny zu verbringen. Aber wie der arme Baron vorhin hatte er wohl keine andere Wahl.

❧

Die Schlange der Gäste, die Einlass begehrten, war deutlich kürzer als zur Zeit des Kongresses. Während Georg an der Abendkassa den Eintritt bezahlte, beobachtete er aus den Augenwinkeln, wie eine Dame in Hellgrün auf

Emilia zustürmte und sie herzlich umarmte. Ihr Gesicht wurde von einer mit Federn und Rüschen dekorierten riesigen Schute verdeckt. Erst als sie sich zu ihm umwandte, erkannte er Caroline, die Gemahlin seines Freundes Stanislaus. Er küsste ihr galant die Hand und machte sie mit Graf Erdélyi bekannt, der seinem Beispiel folgte.

Caroline lächelte kokett. Was für ein Bild von einem Mann! Zum Glück hatte sie sich von ihrer Freundin überreden lassen, heute mit ihr tanzen zu gehen. Und das eine oder andere Glas Champagner hatte sie auch schon hinter sich. Sie zwinkerte Emilia und Georg verschwörerisch zu. Offensichtlich waren die beiden endlich zusammengekommen! Dann wandte sie sich wieder dem ungarischen Magnaten zu. »Nun, Graf, wie ich sehe, seid Ihr ohne Begleitung hier. Das trifft sich hervorragend. Ich bin es auch.« Kichernd ergriff sie seinen Arm und zog ihn hinter sich her Richtung Garderobenzimmer.

»Ach herrje«, bemerkte Georg. »Der arme Stani.« Der war zwar alles andere als ein Unschuldslamm, aber das hatte er nicht verdient. Erst vor einigen Tagen hatte sein Freund ihn gebeten, sich um seine Gemahlin zu kümmern – sie würde sich sicher langweilen, so allein. Die Lage auf dem Gutshof sei verheerend, hatte er geschrieben. Einer der Knechte sei beim letzten Hochwasser von einem umstürzenden Baum erschlagen worden, ein anderer ertrunken, mehrere Arbeiter seien verletzt und daher nicht einsatzfähig. Er selbst sei unabkömmlich. Caroline wiederum könne er unter diesen Umständen nicht zumuten, ihn zu besuchen.

Georg hatte bis jetzt nicht im Traum daran gedacht, der Bitte seines Freundes nachzukommen. Das war ihm viel zu gefährlich, hatte er doch einer Unterhaltung seiner Schwestern entnehmen müssen, dass es bereits Gerüchte gab. Baronin Hohenheim schien weit davon entfernt, sich zu langweilen. Von Ausschweifungen in ihrem riesigen Appartement samt übermäßigem Alkoholgenuss war die Rede. Dass sie Stani Hörner aufsetzte, wie behauptet wurde, hatte Georg bisher nicht glauben wollen. Stani hatte immer beteuert, dass sie jungfräulich in die Ehe gegangen war, und wie herzig unschuldig sie gewesen sei. Was sich mittlerweile geändert haben dürfte, stellte Georg fest, als er, Emilia an seiner Seite, hinunter auf den Tanzsaal blickte.

»Das könnte spannend werden«, bemerkte er trocken.

Caroline flirtete hemmungslos mit dem ungarischen Grafen, der schon während des ersten Walzers alle Hände voll zu tun hatte, sie auf Abstand zu halten.

»Ich mache mir Sorgen um sie«, entgegnete Emilia ernst. »Sie ist an sich ein liebes Mädchen, ein wenig naiv vielleicht und nicht besonders klug. Und sie schien mir wirklich verliebt in Stanislaus zu sein. Aber seit der Hochzeit ist sie wie ausgewechselt.«

»Wohlleben, alter Knabe!«, tönte es von hinten.

»Trattenbach!«, erwiderte Georg, ohne sich umzudrehen. Auch das noch. Sein ehemaliger Offizierskamerad Karl Baron Trattenbach war aufgrund seiner Spielschulden unehrenhaft aus der Armee entlassen worden. Zu seinem Glück hatte ihn Elisabeth Baronin Altenburg geehelicht, die als reiche Witwe seinen verschwenderischen Lebensstil finanzierte. Das Paar war mittlerweile berühmt für seine erotischen Eskapaden. Was Georg an sich völlig egal war, hätte Karl nicht vor seiner Heirat trotz Georgs deutlicher Warnungen seine Schwester verführt und in größte Schwierigkeiten gebracht. Glücklicherweise hatte sich Philipp Graf Keynitz, Georgs bester Freund und ein grundanständiger Kerl, Hals über Kopf in Fanny verliebt und, ohne es zu wissen, Fannys Ehre gerettet. Wiederholt hatte Georg erwogen, Trattenbach zum Duell zu fordern. Allein, damit wäre diese ganze unappetitliche Geschichte erst recht hochgekocht. Das wollte er keinesfalls riskieren.

Georg wandte sich um. Am liebsten würde er Karl sein unverschämtes Grinsen aus dem Gesicht prügeln. Er ballte die Fäuste.

Emilia hingegen, die von all dem nichts ahnte, plauderte seelenruhig mit Elisabeth.

»Du hattest schon immer einen guten Geschmack«, bemerkte Trattenbach und verschlang Emilia mit seinen Blicken.

»Und du keine Manieren.« Georg ergriff Emilias Arm. »Lass uns gehen.«

Erstaunt unterbrach Emilia ihre angeregte Unterhaltung. Was hatte Georg denn plötzlich? Sie fand die Baronin recht amüsant.

»Geh, Georg, sei kein Spielverderber.« Karl klopfte Georg gut gelaunt auf die Schulter. »Meine Gemahlin ist eine großartige Tänzerin. Und du hast sicher nichts dagegen, wenn ich deine wunderschöne Begleitung um einen Walzer bitte.«

Emilia nickte lächelnd und reichte ihm die Hand. Die Trattenbachs waren ein auffallend attraktives Paar.

»Ist dieser Saal nicht unglaublich? So etwas habe ich noch nie gesehen«, staunte sie, als sie am Arm des Barons die Treppe hinunterstieg.

Sie betraten eine über und über mit grünem Tuch bedeckte Terrasse.

»Als würde man in einer Wiese laufen.« Emilia zeigte sich beeindruckt und bewunderte die lebensgroßen Alabasterfiguren zu ihrer Rechten. »Und diese kunstvolle Trompe-l'œil-Malerei!« Die Bäume an den Wänden sahen täuschend lebendig aus. »Eine perfekte Illusion.«

»Im Gegensatz dazu.« Karl deutete auf eine Allee hochgewachsener Eichen, Fichten, Linden und Buchen an der anderen Seite des Raumes. »Die sind echt. Und hier«, er wies auf eine Felsgrotte, »spielt das Orchester. Es ist für die Besucher unsichtbar.«

»Sphärenklänge, wie raffiniert. Und welch wunderbare Blumenbouquets!« Emilia konnte sich gar nicht sattsehen an all der Pracht, die sie umgab. Die bezaubernde Szenerie wurde durch verschiedenfarbige Gläser in buntes Licht getaucht und von riesigen Kristalllustern erleuchtet. Begleitet von betörenden Düften, fühlte sie sich in dieser Märchenwelt, als hätte sie sich in einen verwunschenen Garten verirrt, zwischen Pfauen und Eulen, seltenen Blüten und Gewächsen, geheimnisvollen Höhlen, Springbrunnen, blühenden Obstbäumen, Teichen und exotischen Wasserpflanzen, vergoldeten Pforten und elysischen Tempeln – diese ganze opulente Inszenierung wirkte arkadisch und berauschend.

»Es gibt übrigens nicht nur diesen einen Tanzsaal, sondern insgesamt fünf«, fuhr Trattenbach unbeeindruckt fort. Er kannte die Räumlichkeiten mittlerweile allzu gut. »Dazu drei Speisesäle – einer davon chinesisch, einer türkisch –, 13 Küchen und mehr als 40 Kammern und Gemächer. Für alle, die eine Pause brauchen. Nicht zu vergessen die Galerie mit ihren herrlich bequemen Sofas.«

Irrte sie sich oder hatte sein Lächeln etwas Anzügliches? »Hattet Ihr jemals das Vergnügen …?«

Sie irrte sich nicht. »Nein. Und ein derartiges Vergnügen habe ich heute auch bestimmt nicht im Sinn«, antwortete Emilia deutlich kühler. Mit seiner plumpen Bemerkung hatte Trattenbach sie jäh aus ihren Träumen gerissen.

»Schade. Aber wer weiß ...«

»Ich sagte Nein!«, erklärte sie entschieden.

Suchend blickte sie sich um. Georg folgte ihnen mit Elisabeth am Arm auf die von mehr als tausend Lichtern illuminierte Tanzfläche. Schon nach wenigen Takten stellte Emilia fest, dass Georgs Freund zwar ein großartiger Tänzer war, sie für ihren Geschmack jedoch viel zu eng an sich zog. Nach einiger Zeit tat ihr der Rücken weh, weil sie versuchte, seinen Beinen auszuweichen, die sich energisch zwischen die ihren drängten. Darüber hinaus musste sie ihren Oberkörper auf unnatürliche Weise nach hinten biegen, um ihre Brüste nicht ständig an seiner gestärkten Hemdbrust zu reiben. Mit dem richtigen Tanzpartner wären diese delikaten Berührungen durchaus in der Lage, ein prickelndes Gefühl zu erzeugen, ging Emilia flüchtig durch den Kopf. Vielleicht war deshalb der Walzer, dem sie bisher nicht viel hatte abgewinnen können, bei den Wienern ebenso beliebt wie verpönt?

»Au!« Jetzt war ihr auch noch jemand auf den Fuß getreten. Unwillig rieb sie den schmerzenden Rist.

»Verzeiht, Komtesse!« Graf Erdélyi, noch immer Caroline im Arm, verneigte sich zerknirscht. »Ich hatte Euch nicht gesehen. Erlaubt, dass ich diesen Fauxpas wiedergutmache. Damentausch?«

Noch während er diese eher rhetorische Frage in den Raum stellte, gab er Caroline frei. Erleichtert löste sich Emilia von ihrem Tanzpartner, stellte Baron Trattenbach rasch der verwirrt dreinschauenden Baronin Hohenheim vor und walzte mit dem ungarischen Grafen davon.

»Ihr habt mich gerettet!«, sagte sie erleichtert.

»Das freut mich zu hören, lag aber nicht ganz in meiner Absicht«, widersprach er lachend. »Eigentlich war ich es, der gerettet werden musste.«

»War es so schlimm?«

»Schlimmer«, gestand er.

Nach dem dritten Walzer führte er sie an den Rand der Tanzfläche. »Wenn Ihr erlaubt, würde ich mich gerne zurückziehen. Mir ist heute nicht nach Vergnügungen dieser Art.«

»Natürlich«, antwortete Emilia und lächelte. Ihr waren die Blicke, die er Fanny den ganzen Abend über zugeworfen hatte, nicht entgangen.

Da entdeckten sie Georg, der mit Baronin Trattenbach dem Speisesaal zustrebte.

»Wollen wir?«

Emilia nickte, und sie folgten dem Paar.

»Graf Erdélyi möchte sich verabschieden«, verkündete Emilia.

»Ach, wie schade. Wollt Ihr nicht mit uns dinieren?« Elisabeth war sichtlich enttäuscht. Der stattliche Graf gefiel ihr. Die markante Kinnlinie, das dicht gewellte dunkle Haar und diese fast schwarzen Augen – gegen ein Schäferstündchen mit dem charismatischen Ungarn hätte sie nichts einzuwenden.

»Ich bedaure«, erwiderte er, küsste den Damen die Hand und nickte den Herren zu. »Ich wünsche noch einen schönen Abend. Auf bald«, fügte er zu Georg gewandt hinzu und verschwand in der Menge.

»Ein kleines Diner ist eine hervorragende Idee.« Emilia hatte den ganzen Tag über die Arbeiten in ihrem neuen Atelier beaufsichtigt und mittags nichts gegessen.

Nun gesellte sich auch Karl mit einer etwas atemlosen Baronin Hohenheim am Arm zu ihnen.

Caroline kicherte. »Mir ist ganz schwindelig«, schmachtete sie ihren Tanzpartner an. »Ich war einer Ohnmacht nahe. Was seid Ihr nur für ein wilder Tänzer!« Aufgeregt fächerte sie sich Luft zu.

»Das will ich meinen«, grinste Trattenbach unverschämt in ihr Dekolleté.

»Karl, auf ein Wort!«, herrschte Georg ihn an und zog ihn zur Seite. Auch wenn er fand, dass sich Caroline unmöglich benahm – nun fühlte er sich doch verpflichtet einzugreifen. »Lass sie gefälligst in Ruhe. Hast du denn keinen Funken Ehrgefühl? Sie ist Stanis Gemahlin!«, zischte er wütend.

»Und der ist nicht da«, entgegnete Karl ungerührt. »Markier nicht den Moralapostel. Ganz Wien weiß, dass du gerade Frau von Freiberg beglückst. Und sie ist bei Gott nicht die einzige verheiratete Dame in deiner Sammlung. Also spiel dich nicht auf! Wenn Stani nicht dafür sorgt, dass seine Gemahlin auf ihre Kosten kommt, dann werde ich es tun. Du hast da gar nichts zu vermelden, mein Freund.«

»Wir sind schon lange keine Freunde mehr!« Georg atmete tief durch und fasste einen Entschluss.

Er legte Emilia den Arm um die Schulter und zog sie an sich. »Bitte lass uns gehen. Ich erkläre es dir später«, flüsterte er ihr zu.

Verwundert stimmte sie zu. Auch wenn ihr Magen rebellierte – sie fühlte sich in der Gesellschaft von Georgs Freunden mittlerweile nicht mehr wohl. Und Carolines Verhalten konnte sie nicht mit anschauen.

Er ging auf Caroline zu. »Wir würden dich gern nach Hause begleiten.«

»Warum denn das?«, fragte Caroline erstaunt. »Wo es gerade so nett ist. Ich werde auf jeden Fall noch bleiben. Da drüben steht meine Freundin. Ich kann mit ihr nach Hause fahren.«

»Oder mit uns«, warf Elisabeth ein.

Georg gab auf. »Dann wünschen wir noch einen schönen Abend.« Kopfschüttelnd verließ er mit Emilia am Arm den Tanzpalast.

Als sie in der Mietkutsche saßen, die Georg eilig herbeigerufen hatte, sah Emilia ihn fragend an.

»Es tut mir leid, dass ich dich um dein Diner gebracht habe«, begann er zögernd.

»Du hattest deine Gründe, nehme ich an.«

»Ja«, bestätigte er. Welche Version der Wahrheit sollte er Emilia präsentieren? Fannys schicksalhafte Liaison mit Trattenbach wollte er nicht preisgeben, auch wenn er Emilia vertraute und nicht sicher war, ob sie nicht ohnehin davon wusste. Er gab sich einen Ruck. »Karl Trattenbach und ich sind alte Offizierskameraden. Kurz vor seinem Ausscheiden aus der Armee sind wir uns wegen einer äußerst unangenehmen Sache in die Haare geraten. Er hat sich ehrlos verhalten. So wie heute – ich habe ihn ausdrücklich gebeten, die Finger von Caroline zu lassen. Aber er ließ nicht mit sich reden.«

Emilia betrachtete ihn. Schon einmal hatte er bewiesen, dass sich hinter dem Herzensbrecher und Draufgänger ein durch und durch anständiger Mensch verbarg: damals, nach seiner Rückkehr aus dem Krieg, als Fanny sich angesichts der Tatsache, dass ihr Gemahl im Gefecht gefallen war, scheinbar ungerührt gezeigt hatte. Er war außer sich gewesen. Irritiert stellte Emilia fest, wie sehr sie sich in diesen Momenten zu ihm hingezogen fühlte. Sie hatte ihn vom ersten Tag an gemocht, aus gutem Grund seinem Werben aber nie nachgegeben. Die Liaison einer Fabrikarbeiterin – und das war sie gewesen, auch wenn Alois Pointner sie wie seine Tochter behandelt hatte – mit einem adeligen Offizier … Was hätte die für eine Zukunft gehabt? Außerdem hatte Sophie sie vor ihrem Bruder gewarnt. Dann war Artstetten auf den Plan getreten und hatte sie nach der Adoption durch ihre Großeltern umsichtig durch diese Phase der Veränderung begleitet. Doch nun?

»Bist du sehr hungrig?«

Sie lachte auf und nickte. Sein Lächeln, diese strahlend blauen Augen, das leicht verwuschelte blonde Haar, dieser wunderbar sinnliche Mund ...

»Dann erlaube mir, dich zum Essen einzuladen.« Er blickte sie fragend an. »Außer du wärst nach diesem missglückten Abend lieber allein.«

»Nein, ich würde sehr gern mit dir essen gehen.« Bevor sie darüber nachdenken konnte, strich sie ihm sanft über seine Wange.

Georg hielt sie fest. »Emilia.« Er führte ihre Hand an seine Lippen und küsste sie. »Du weißt, was ich für dich empfinde.«

Sie lächelte ihm zärtlich zu. »Aber ich weiß nicht, für wie lange.«

Georg ließ ihre Hand sinken. Noch nie hatte er solche Gefühle für eine Frau gehegt. Er wusste nicht damit umzugehen. Einerseits begehrte er sie, andererseits ... Er genoss ihre Gegenwart, die Freundschaft, die sie seinen Schwestern entgegenbrachte. Er bewunderte ihre Klugheit, ihre unbeirrbare Geradlinigkeit, ihren Erfolg. Aber da war noch etwas. Etwas, das ihn beunruhigte, ihn daran hinderte, hier und jetzt all seine Verführungskünste aufzubieten, um sie endlich zu besitzen.

»Siehst du?« Emilia versuchte die Enttäuschung in ihrer Stimme zu verbergen. »Vielleicht ist es besser, du bringst mich nach Hause.«

Georg räusperte sich. Etwas schnürte ihm die Kehle zu. »Ich ... du ... Ja, es ist sicher besser so.«

Den Rest der Fahrt verbrachten sie schweigend.

Nachdem sie sich mit einem scheuen Kuss auf seine Wange verabschiedet hatte, schloss er die Augen. Er konnte das Gefühl der Leere, die sich seiner bemächtigte, kaum ertragen.

~◈~

Währenddessen machte Karl nach zwei Flaschen Champagner und einem herrlichen Diner den Damen an seinem Tisch den Vorschlag, nach oben zu gehen, um sich ein wenig auszuruhen. Carolines Augen glänzten. Sie hatte schon viel über die Seufzer-Allee und die angeschlossenen Gemächer gehört. Das Werben des umwerfend attraktiven Barons hatte sie in angenehmste Aufregung versetzt. Allein das Verhalten seiner Gemahlin verwirrte sie. Sie selbst wäre rasend eifersüchtig, würde Stani einer anderen Frau vor ihren Augen so eindeutig den Hof machen. Stattdessen …

Während sie die Treppen hinaufstiegen, spürte sie, wie eine Hand sanft ihre Taille entlang nach oben glitt. War das …? Tatsächlich, die Baronin zwinkerte ihr zu. Und als sie das riesige Sofa erreichten, arrangierte Karl es mit einer geschickten Drehung so, dass Caroline zwischen dem Paar hinsank. Endlich fanden seine Lippen die ihren. Sein fordernder Kuss raubte ihr den Atem, sanfte Schauer rieselten durch ihren Körper. Sie schloss die Augen. Und dann waren es andere Lippen, weicher, sanfter, aber nicht weniger erregend, Hände, die ihr Dekolleté liebkosten, ein Mund … Caroline, durch die Unmengen an Champagner, denen sie zugesprochen hatte, ziemlich benebelt, glaubte, die Besinnung zu verlieren.

Nach einer schieren Ewigkeit, sie hatte das Gefühl für Raum und Zeit verloren und konnte kaum mehr atmen, nahm Elisabeth sie bei der Hand.

»Komm, meine Liebe. Wir sollten uns zurückziehen.«

Willig und nur allzu bereit ließ sich Caroline in eines der Gemächer führen. Während Karl Frack, Pantalons und Halstuch achtlos auf den Boden fallen ließ, sich aufs Bett warf und das weitere Geschehen interessiert beobachtete, widmete sich seine Gemahlin hingebungsvoll der Aufgabe, Caroline zu entkleiden. Zuerst fiel die grüne Robe, dann löste sie die Bänder des kurzen Mieders, das ihre hübschen Brüste vorteilhaft zur Geltung brachte. In Seidenstrümpfen und Unterkleid führte Elisabeth sie schließlich nach innigen Liebkosungen ihrem Gemahl zu, der sie, angesichts des reizenden Schauspiels sehr erregt, bereits ungeduldig erwartete. Lächelnd nahm Elisabeth auf der Chaiselongue neben dem Bett Platz und genoss den Anblick, der sich ihr bot. Wenig später – das erste Vergnügen dauerte gewöhnlich nicht sehr lange – stand Karl auf, um sie zu holen.

Als Caroline viele Stunden später erwachte, nüchtern, aber ohne jedes Gefühl der Reue, fasste sie einen Plan. Sobald Stani das nächste Mal in Wien aufschlug, würde sie ihn nicht allein empfangen. Sie wusste zwar nicht genau, wie er reagieren würde. Doch einen Versuch war es wert. Sie selbst jedenfalls gedachte, in Zukunft auf delikate Vergnügungen dieser Art keinesfalls mehr zu verzichten.

⚬

Friedrich von Gentz war ausnehmend guter Laune. Er hatte seine Wohnung in der Seilergasse verlassen, um die entzückende Gräfin Keynitz von ihren Eltern abzuholen und mit ihr gemeinsam in seine Sommerresidenz nach Weinhaus zu fahren. Der Weg war nicht lang, er legte ihn bei schönem Wetter fast täglich zurück. Auch wenn er tagsüber in die Reichskanzlei gerufen wurde oder Metternich ihn in sein Palais am Rennweg beorderte, wo sie in seinem eleganten Gartenpavillon schon unzählige Debatten geführt hatten, kehrte er abends immer wieder nach Weinhaus zurück. Heute konnte er es gar nicht erwarten, Wohllebens Tochter seine Rosen zu zeigen und in seinem Gewächshaus ein leichtes Mittagessen einzunehmen.

Gentz liebte seinen Garten über alles. Er war sein Refugium, seine Bastion gegen alle Widrigkeiten und Launen der Politik. Seine Gedanken schweiften ab. Diese elende Politik! Die letzten Jahre hatten ihm alles abverlangt und mehr. Doch obwohl er als Sekretär Europas und rechte Hand Metternichs – der als »Kutscher Europas« bezeichnet wurde – in die Geschichte eingehen würde, war er mit dem Ergebnis des Kongresses nicht zufrieden. Es war ihm schwerer als sonst gefallen, seine Gedanken in Worte zu kleiden und niederzuschreiben. Denn niemals zuvor waren die Erwartungen der Öffentlichkeit so hochgesteckt gewesen wie bei diesem Treffen. Erreicht hatte man, wie er sich eingestehen musste, letztendlich nur Restitutionen, die vorab mit Waffengewalt entschieden worden waren, Vereinbarungen zwischen den Großmächten, die einem künftigen Gleichgewicht und der Erhaltung des Friedens in Europa kaum dienlich waren, und einige recht willkürliche Veränderungen im jeweiligen Besitzstand der kleineren Mächte. Nicht eine einzige große Maßnahme zur Beförderung des öffentlichen Wohls erschien ihm dabei erwähnenswert. Auch wichtige humanitäre Themen, wie etwa die Sklaverei, waren nur oberflächlich behandelt worden, die berechtigten Anliegen der jüdischen Bevölkerung weitgehend ungehört verhallt. Bis zuletzt war man auf einer Woge von Unsicherheiten und Widersprüchen getrieben. Unter derartigen Umständen bestimmte allein die Gewalt, was rechtmäßig war, die Schwachen konnten auf keine anderen Mittel zurückgreifen als die der Protektion und Intrige.

Gentz kratzte sich am Kopf. Diese unselige Perücke. Es war heiß, und sie juckte. Ebenso wie diese unerfreulichen Gedanken, die ihn sogar noch ein Jahr nach dem Ende des Kongresses verfolgten.

Nachdem er die bildhübsche Gräfin abgeholt hatte, waren die Dämonen, die ihn auch nächtens immer wieder heimsuchten, auf der Stelle vergessen. Angeregt plaudernd verging die Fahrt nach Weinhaus wie im Flug. Sie erzählte von ihrer neuen Schimmelstute, den modernen Tapeten in ihrem Speisezimmer und den seltenen Chrysanthemen, die ihr Gärtner von einem der unzähligen Wiener Pflanzenmärkte mitgebracht hatte.

»Welch prosaische Anschaffung derart lieblicher Gewächse«, rief Gentz indigniert aus. Er konnte nicht umhin, sie auf den prachtvollen Garten des Schriftstellers, Bücherzensors und Hortologen Johann Baptist Rupprecht in Gumpendorf hinzuweisen, der sicher bereit wäre, die eine oder andere Pflanze aus seiner wertvollen Sammlung abzugeben oder gegen einige von Fannys Preziosen aus England zu tauschen. Blumenzwiebeln, führte Gentz aus, bezog man am besten über den Händler Montano in der Wiener Wollzeile, Samen über den k. k. Hof-Samenhändler Baumann in der Singerstraße. »Und wenn Ihr Topfpflanzen oder größere Gewächse kaufen wollt, dann begleitet mich zu Johann Angelotti. Die Auswahl in seiner Gärtnerei auf der Landstraße, ganz in der Nähe Ihres Palais, ist exquisit, er selbst ein profunder Kenner der Pflanzenwelt. Ebenso wie Joseph Held am Rennweg. Beide liefern auch wunderbare Bouquets.«

»Oh, das wusste ich nicht«, erwiderte Fanny, dachte aber nicht im Geringsten daran, die Händler selbst aufzusuchen. Sie war froh, dass Thomas sich um die Bepflanzung ihres Gartens kümmerte und sie nur selten mit Details zu deren Erwerb oder seinem umfangreichen botanischen Wissen belästigte. Obwohl sie es hin und wieder spannend fand, wenn er ihr die Unterschiede zwischen den einzelnen Sorten und Vermehrungsarten, den verschiedenen Züchtungen, Zeichnungen, Blattformen und Blütenständen erklärte, so erlahmte ihr Interesse in der Regel relativ schnell. Deshalb schnitt sie ein anderes Thema an: »Ist Euch schon aufgefallen, wie verrückt die Wiener nach ihren Gärten sind? Heute hat fast jeder einen eigenen Garten, selbst wenn er klein ist, sagt Tante Louise. Diese Marktplätze, an denen Ziergärtner ihre Pflanzen anbieten, findet man überall. Auch wenn Ihr die Art des Ankaufs nicht goutiert – Thomas erzählt, dass man dort nicht nur inländische Pflanzen, sondern sogar seltene exotische Gewächse finden und zu geringen Preisen erwerben kann. Jeder kann sich das leisten, sagt er. Deshalb stehen überall in den Fenstern der Häuser Blumentöpfe. Und die Leute in den Vorstädten setzen auf dem winzigen Fleckchen Land vor ihren Wohnungen, das sie der Straße abgewinnen, Bohnen, Wicken und Erbsen, die sie an Schnüren hinaufziehen und über ihre Fenster wachsen lassen, damit niemand hineinsieht. Ist das nicht niedlich?«

Von Gentz seufzte angesichts der Naivität ihrer Worte. »Nun, niedlich würde ich es nicht nennen. Aber natürlich ist es zu begrüßen, dass selbst den weniger wohlhabenden Bewohnern unserer Stadt die Möglichkeit geboten wird, sich an den Freuden der Natur und des Gartens zu ergötzen. Vor allem jetzt, da die Zeit der Kriege vorbei ist und endlich wieder Frieden herrscht, will jeder ein Stück vom Glück erhaschen. Und sei es in Form eines winzigen Fleckchens Grün.«

»Genau das habe ich gemeint«, antwortete sie kleinlaut. »Sind wir bald da?«

»In wenigen Minuten«, bestätigte Gentz, dem ihre Verlegenheit nicht entgangen war. »Verzeiht, ich wollte Euch nicht zurechtweisen, Gräfin. Mit fällt nur auf, dass ihr jungen Leute euch der Privilegien, die ihr genießt, oft zu wenig bewusst seid.«

Fanny dachte nach. »Oh nein! Papa betont das auch immer wieder. Aber mir ist sehr wohl bewusst, wie glücklich ich mich schätzen kann. Selbst wenn mich der Gedanke, in wenigen Wochen in mein Palais zu ziehen und dort allein zu wohnen, durchaus etwas ängstigt.«

Gentz lächelte. Er mochte die offene und unbekümmerte Art des Mädchens sehr. Und er mochte den freien Geist, der dieser Haltung zugrunde lag. Auch er hatte ihn dereinst besessen. »Das kann ich nur zu gut verstehen.«

Fanny nickte und sprang aus der Kutsche, die soeben Halt machte. Sie war neugierig auf den Garten des Freiherrn, der, wie Mama ihr erzählt hatte, über eine beachtliche Rosensammlung verfügte. Sophie hatte sie einmal gefragt, warum sie Rosen so liebe. Fanny hatte diese Frage nicht gleich beantworten können. Es lag nicht nur an den vordergründigen Attributen, die alle Welt an ihr bewunderte, ihrem Duft, den bunten Farben und ihren vielen Gesichtern. Sondern vor allem an den Dornen. Rosen waren widerspenstig und wehrhaft. Das gefiel ihr. Nirgendwo sonst in der Welt der Blumen lagen Schönheit und Schmerz so nahe beisammen. Rosen berührten ihre Seele. Denn Fanny hatte in ihrem jungen Leben bereits die Erfahrung gemacht, dass auf Glück unverhofft größter Kummer folgen, aber auch Leid unerwartete Freude hervorbringen konnte.

Durch ein schmiedeeisernes Tor betraten sie einen mit Linden, Kastanien, Funkien und Farnen begrünten schattigen Innenhof. Gentz führte sie weiter in den Garten. Es war bewölkt an diesem Tag und für Juni ungewöhnlich kühl. Fanny fröstelte und kuschelte sich in ihren nachtblauen Shawl, den Paul ihr kurz nach Philipps Tod geschenkt hatte. Der Garten der Gentz'schen Sommerresidenz erschien ihr kleiner als ihr eigener, doch war er deutlich dichter bepflanzt. Auf verspielte Gartenarchitektur legte sein Eigentümer keinen Wert, im Gegenteil. Es sah fast aus wie in einer Gärtnerei. Unzählige Beete zierten das ebene Gelände, begleitet von niedrigen Hecken, zartem Gebüsch und wenigen Bäumen. Die Hauptrolle spielte ein riesiges Gewächshaus, sein ganzer Stolz.

Mit einem Kopfnicken begrüßte er seine beiden Gärtner, die Pflanzen in Schubkarren aus dem Glashaus in die Beete ausbrachten.

»Heuer sind wir spät dran damit«, bemerkte Gentz. »Das liegt an den Wetterkapriolen. Aber an sich bin ich zufrieden. Seit Ende April nimmt der Garten wieder Gestalt an und wird immer schöner. Ich überlege ernsthaft, mich hier dauerhaft niederzulassen. Zu beobachten, wie alles so herrlich gedeiht – die Freude, die jede Pflanze und jede Blume mir bereitet, ist unaussprechlich.«

Seine Augen glänzten, während er Fanny durch den Garten führte. Sein Interesse an der Botanik war im Gegensatz zu ihrem eigenen ein überaus ernsthaftes, stellte sie wieder einmal fest und begann sich zu langweilen, als er ihr von den Sprengel'schen Briefen, Thorntons epochalem Werk »Elements of Botany« oder Blumenbachs »Handbuch der Naturgeschichte« erzählte, deren Studien er sich widmete, sooft sein Amt es erlaubte. Der alte Herr nahm sogar Botanikstunden. Wie ein junger Student. Fanny glaubte, sich verhört zu haben. Hoffentlich kam er nicht auf die Idee …

»Ihr könntet hin und wieder dem Unterricht beiwohnen. Professor Wittmann hat sicher nichts dagegen.«

Oje, dachte Fanny. Wie sollte sie dieser Einladung entkommen, ohne unhöflich zu erscheinen? Glücklicherweise war Freiherr von Gentz so in Fahrt, dass er ihr Zögern nicht zu bemerken schien.

»Außerdem sollten wir, wie gesagt, unbedingt den Garten von Schönbrunn mit seiner Menagerie und den verschiedenen Treibhäusern einen Besuch abstatten.«

Dagegen wiederum hatte Fanny nichts einzuwenden. Solange er sie nicht zwang, durch das riesige Labyrinth zu irren … »Furchtbar gerne«, antwortete sie begeistert. »Ich liebe den Zoo – die vielen exotischen Tiere!«

Er lächelte in sich hinein. Dass das Interesse der jungen Dame an der Wissenschaft der Botanik begrenzt sein dürfte, war ihm als aufmerksamem Beobachter nicht entgangen. Doch betrachtete er es als persönliche Herausforderung, ihre Bildung zu vertiefen. Selbst wenn der Weg dorthin über Bären, Wölfe, Kängurus und Großkatzen führen sollte.

An einem Rosenbeet blieb er stehen. Mitte Mai hatte er einige Kisten mit Pflanzen der Gärtnerei Cels bei Paris in Empfang genommen. Unter ihnen die »Unique Rose«, eine Zentifolie, deren dunkelrosa Blüten herrlich dufteten. Die weltberühmte Gärtnerei war 1787 von Jacques Martin Cels gegründet worden, gemeinsam mit dem Rosengarten in Petit-Montrouge. Sein Sohn François hatte den väterlichen Betrieb samt Rosenzucht 1805 übernommen und bot mittlerweile rund 200 verschiedene Sorten an, hauptsächlich Gallicas. Zu seinen prominentesten Kundinnen zählte die 1814 verstorbene französische Kaiserin Joséphine, die für ihren spektakulären Garten auf ihrem Landsitz Malmaison die schönsten und seltensten Pflanzen aus aller Welt gesammelt hatte, unter anderem auch aus Schönbrunn, wie ihm aus verlässlicher Quelle berichtet worden war.

Gentz wies auf eine besonders spektakuläre, zartrosa blühende Rose mit zugespitzten Knospen und langen seidigen Kronblättern. »Seht Ihr diese herrliche Blüte? Es handelt sich hier um eine alte chinesische Gartenrose mit einer besonderen Geschichte.« Aus den Augenwinkeln bemerkte er, dass er, zumindest im Moment, Fannys ungeteilte Aufmerksamkeit besaß.

»Die ist wirklich schön!«, pflichtete sie ihm bei.

»Die Engländer nannten sie nach ihrem Entdecker ›Hume's Blush Tea-scented China‹«, fuhr er fort, »also die rosige, nach Tee duftende Chinarose. Denn es war niemand Geringerer als der britische Sammler und Kunstmäzen Sir Abraham Hume, der die bis dahin unbekannte ›Rosa indica odorant‹ oder auch ›Bengale à l'odeur de thé‹ aus China nach England exportiert hat. Und jetzt wird es interessant: Joséphine, die auch als ›Rosenkaiserin‹ bezeichnet wird, wollte sie unbedingt haben.«

»Was ist daran interessant?«, fragte Fanny und befürchtete eine erneute langatmige Geschichte.

»Dass sie als Französin nicht einfach eine englische Rose kaufen konnte«, erklärte Gentz geduldig.

»Obwohl sie Kaiserin war?«, warf Fanny erstaunt ein.

»Nun, damals genau genommen nicht mehr. Napoleon

hatte sich 1809 von ihr scheiden lassen – exakt in dem Jahr, in dem die Rose im Westen zum ersten Mal blühte. Das Problem stellte allerdings nicht ihre Scheidung dar, sondern dass ihr ehemaliger Gemahl die sogenannte Kontinentalsperre verhängt hatte, also einen Handelsboykott gegen Großbritannien.«

»Und? Hat sie sie bekommen?« Fanny war nun doch neugierig geworden.

»Ja«, antwortete er zufrieden. Schon oft hatte er die Erfahrung gemacht, dass man Bildung nur richtig verkaufen musste. »Die britische und französische Regierung trafen eine Sondervereinbarung, um diese Rose für Malmaison zu beschaffen.«

»Und jetzt blüht sie hier, in Eurem Garten«, bemerkte Fanny versonnen. Sie betrachtete die Blume nun mit völlig anderen Augen.

Gentz nickte, erfüllt von beinahe väterlichem Stolz. »Genau genommen erzählt jede Pflanze eine Geschichte, auch wenn sie nicht immer so spektakulär ist wie diese. Wusstet Ihr zum Beispiel, dass die älteste Rosendarstellung im Knossospalast auf Kreta auf das Jahr 1600 vor Christus datiert wird?«, fragte er, als sie weitergingen.

»So lange gibt es Rosen schon?«

»In der Tat«, bestätigte er. »Und sie haben etwas Mystisches an sich. Die alten Griechen haben sie der Göttin Aphrodite, die Römer Venus geweiht. Und Sappho, die griechische Dichterin, hat die Rose als Königin der Blumen besungen.«

Nachdenklich roch Fanny an einer rosa und lila gefleckten, pomponartigen Blüte. »Die duftet herrlich.« Sie betrachtete die zarten Triebe. »Und sie hat fast keinen Dornen«, bemerkte sie erstaunt.

»Das ist Adèle, eine Gallica-Rose«, stellte Gentz die zierliche Rose vor.

»Die heißt ja wie meine Zofe«, lachte Fanny. »Na, dann wundert es mich, dass sie so wenig Dornen hat. Das passt gar nicht.«

»Sie gehören zu den ältesten europäischen Gartenrosen.« Gentz sprach weiter, ohne auf Fannys Bemerkung einzugehen. »Ganze Felder dieser Sorte wurden seit dem 12. Jahrhundert um die Stadt Provins bei Paris angebaut und zu medizinischen und kosmetischen Zwecken genutzt – daher auch ihr Name. Das Besondere an den Gallicas ist, dass sie in jedem Jahr anders aussehen.«

»Das passt schon eher«, nickte Fanny zufrieden. »Meine Adele ist auch ungeheuer launisch.«

Gentz musste nun doch lachen. Er fand den Verlauf des Vormittags bisher äußerst vergnüglich.

»Was haltet Ihr von einem Déjeuner in meinem Gewächshaus? Für die Terrasse ist es heute zu kühl.«

»Oh ja«, antwortete Fanny. »Ich bin ein wenig hungrig.«

Auf dem Weg entdeckte sie die rosa-weiß blühende Damaszenerrose »York and Lancaster«. »Die kenne ich«, erklärte sie stolz. »Sie wächst im Garten unseres Sommerpalais in Hietzing. Albert, unser Gärtner, hat versprochen, mir auch eine zu schenken.«

»Die Tudor-Rose«, erwiderte er, »eine sehr alte Sorte mit interessanter Geschichte.«

»Ja, Albert hat sie mir erzählt«, bestätigte Fanny.

Bevor Gentz zu einem Vortrag über die lange Tradition der Damaszenerrose in Europa anheben konnte, hatten sie zu Fannys Erleichterung das Treibhaus erreicht.

Wenig später saßen sie zwischen Palmen, Orchideen, Passionsblumen und Strelitzien. Es war sehr warm und roch etwas modrig. Fanny legte ihren Shawl ab und lehnte sich auf dem bequemen Sofa zurück.

»Hier sieht es aus wie im Dschungel«, bemerkte sie versonnen. »Manchmal verstehe ich Sophie. Sie wollte unbedingt auf Reisen gehen, aber bisher hat sie es nur bis nach Frankreich und England geschafft.«

»Und Ihr?«, fragte Gentz.

»Ich weiß nicht. Eigentlich fühle ich mich wohl in Wien, vor allem in der Natur, bei meinen Pferden, in meinem Garten. Sicher wäre es interessant, die Welt zu entdecken, aber mir ist es wichtiger, da glücklich zu sein, wo ich bin.«

Er betrachtete sie aufmerksam. »Ihr erstaunt mich. Ungewöhnliche Worte für eine so junge Lady.«

Eine füllige Dame mittleren Alters in Spitzenhäubchen und weißer Schürze betrat das Gewächshaus und servierte das Essen am Silbertablett. »Bastien hofft, dass die kleine Mahlzeit Euch mundet.«

»Mein Koch«, erklärte Gentz und wandte sich dann wieder dem Dienstmädchen zu. »Sag Bastien, es ist gut, dass er wieder gesund ist. Die Kochkünste des Küchenmädchens ließen zu wünschen übrig.«

Hungrig stürzte sich Fanny auf den herrlichen Welschen Salat aus Oliven, Seekrebsen, Bricken, Sardelle, Thunfisch und Lachs mit Parmesan und frischem Gebäck.

Lächelnd sah Gentz zu, mit welchem Appetit sie dem Essen zusprach. Im Gegensatz zu Damen seines Alters, die ihren Teller kaum anrührten. Er hatte nie ganz verstanden, warum.

»Wisst Ihr, woran ich gerade denke?«

Fanny schüttelte den Kopf.

»Ich werde meine neueste Züchtung nach Euch benennen.«

Hastig schluckte Fanny den letzten Bissen hinunter. »Das wäre wunderbar!«, jubelte sie.

Er erhob sich. »Kommt, ich zeige sie Euch.«

Neugierig folgte sie ihm quer durch das Gewächshaus zu den Pflanztischen. Er wies auf eine kleine, mauvefarbene Rose mit opulent gefüllter Blüte. »Sie ist eine Gallica-Rose und blüht heuer zum ersten Mal. Seht Ihr die Borsten? Sie scheint ein wenig widerspenstig zu sein.«

Fanny lachte auf. »So wie ich. Das passt ja!«

Gentz verzog keine Miene. »Das hätte ich nie zu behaupten gewagt.« Er winkte einen der Gärtner zu sich und wechselte ein paar Worte mit ihm. »Sobald wir Stecklinge haben, werde ich sie Euch zukommen lassen.«

»Danke!« Sie fiel ihm spontan um den Hals. »Meine erste eigene Rose!«

Gerührt hielt Gentz sie einen Augenblick fest und gab sie nach einem Räuspern wieder frei.

»Nun, junge Dame, ich denke, es wird Zeit für Euch, zu gehen. Eure Mutter wird Euch bereits erwarten. Ich habe noch ein paar Stunden zu arbeiten und bin zu einer Soiree bei Gräfin Zichy eingeladen. Sie hat ein Tableau en charade geplant mit Gräfin Bombelles als Hauptfigur, Gräfin Wrbna, Leopoldine Esterhazy und Marie Metternich. Ich hoffe sehr, dass sie für mich nicht auch eine Rolle vorgesehen hat«, zwinkerte er Fanny verschwörerisch zu. »Und das nächste Mal besuchen wir den Garten in Schönbrunn«, verkündete er zum Abschied, nachdem sie die Kutsche erreicht hatten.

»Und die Tiere«, fügte Fanny hinzu.

»Ja, natürlich. Auch die Tiere«, bestätigte Gentz lächelnd, warf die Tür hinter ihr zu und winkte der davonfahrenden Equipage nach, bis sie aus seinem Sichtfeld verschwand. Er würde umgehend zwei Kisten für sie packen lassen mit

Damaszenerrosen, Zentifolien, ein paar Alba- und Galli-ca-Sorten und zwei der wertvollen China-Rosen. Beseelt holte er die Akten aus seinem Arbeitszimmer und kehrte ins Gewächshaus zurück. Auf dem Weg dorthin wies er seinen Gärtner an, alles Nötige zu veranlassen. Ein schönes Geschenk, die reizende Gräfin wird sich freuen, dachte er und vertiefte sich in seine Arbeit.

5. Kapitel

Georg betrachtete die schlafende junge Dame neben sich, stand auf und zog sich an. Bemüht, keinen Lärm zu machen, stolperte er über ein Stuhlbein und unterdrückte einen heftigen Fluch. Er hatte es satt! Diese Erkenntnis überkam ihn ebenso überraschend wie Emilias Bild, die Zärtlichkeit in ihren Augen, als sie ihm sanft über die Wange gestrichen hatte.

Verdammt! Jetzt war sie doch aufgewacht.

Verschlafen streckte Susette den Arm nach ihm aus. »Komm wieder ins Bett.« Sie zog die Decke von ihrem zarten Körper. »Ich will nicht, dass du schon gehst. Bleib bis morgen früh.«

Kurz zögerte er. Er hatte die temperamentvolle Tänzerin mit den wilden roten Locken vor geraumer Zeit in den Apollosälen kennengelernt. Ihre Ausdauer war enorm, ihr Körper ein Gedicht. Dennoch. »Lass es gut sein, Susette.«

Schmollend verzog das Mädchen den Mund. »Ach geh, Schorsch, sei nicht so fad. Wir könnten doch ...« Mit einer verführerischen Geste strich sie über ihren schlanken Bauch.

Entschlossen deckte er sie zu. »Nichts könnten wir. Und Susette, ich werd nicht wiederkommen.«

»Was?« Plötzlich saß sie kerzengerade im Bett und starrte ihn ungläubig an. »Was ist denn mit dir los? So viel Spaß wie mit mir hast sowieso mit keiner. Hast du selber g'sagt.«

Man sollte einfach nicht so viel reden, stellte er verärgert fest. »Das stimmt auch«, gab er widerwillig zu. »Aber das mit uns hat keine Zukunft.«

Der nächste Fehler. Man durfte sich auf keine Diskussion mit den Mädels einlassen. Das endete nur mit einer Niederlage oder in Streit und Tränen. Er hätte einfach gehen sollen.

Zu spät, das Drama nahm Fahrt auf. Susette hüpfte auf und kuschelte sich an ihn, von Weinkrämpfen geschüttelt.

Widerwillig stellte er fest, dass ihr zarter Körper, den sie nun heftig zuckend an den seinen presste, Wirkung zeigte.

Wenig später lag er atemlos neben ihr. Das war unglaublich! Susette hatte sich selbst übertroffen. Was ging bloß in den Mädchen vor, dass sie richtig in Fahrt kamen, wenn er sie abservieren wollte? Würde eine Frau ihn auf diese Weise abblitzen lassen, wär er zur Tür raus, so schnell könnt sie gar nicht schauen.

Grinsend beugte sich Susette über ihn. »Siehst du, geht doch!«, sagte sie triumphierend. Ihre Unterlippe war ganz zerbissen. »Warum ihr Männer auch immer einen Moralischen kriegen müsst. Ich will bloß meinen Spaß haben. Und heiraten werd ich sowieso nicht. So einen langweiligen Spießer ohne Geld brauch ich nicht.« Erwartungsvoll sah sie ihn an. »Du hast mir heute gar nichts mitgebracht.«

Seufzend stand Georg auf. Auch das noch. Er steckte ihr hin und wieder etwas zu, aber ausgerechnet heute war er knapp bei Kasse. Sie hatte im Gasthaus »Zur Mehlgrube« gegessen und getrunken, als gäbe es kein Morgen. Das hatte ihn ein kleines Vermögen gekostet.

»Das nächste Mal«, erklärte er.

Gott sei Dank gab sie sich damit zufrieden. Wie er es anstellen sollte, ihr nicht ständig über den Weg zu laufen und irgendwann eine böse Szene zu riskieren, war ihm im Moment nicht klar. Er wollte nur raus hier. »Schlaf weiter.«

Sie drehte sich um und zog die Decke über den Kopf.

Dass Susette einmal genug bekam …

Leise zog er sich an, zum zweiten Mal an diesem Abend, und verließ das Haus. Es war stockfinstere Nacht und der Weg in die Johannesgasse weit. Verdrossen steckte er die Hände in die Hosentaschen und schwor, diesem Lotterleben endlich ein Ende zu setzen.

❧

Mathilde las in der neuen Ausgabe der »Wiener Moden-Zeitung« und vermisste Paul Faber. Die französischen Journale, die er ihr bei seinen Besuchen immer mitgebracht hatte, fehlten ihr. Darüber hinaus machte sie sich ihre Gedanken. Dieser ungarische Graf war ein schöner Mann, ein Gentleman und reich obendrein. Und in Fanny verschossen, das war nicht zu übersehen. Paul wäre gut beraten, so schnell wie möglich nach Hause zu kommen. Noch schien Fanny nicht Feuer gefangen zu haben, aber das Werben eines so charismatischen Herren würde, da machte sie sich nichts vor, früher oder später seine Wirkung auf ihre lebenshungrige Tochter nicht verfehlen.

Sie wusste, dass die Mitglieder ihrer Familie dazu neigten, sie in vielerlei Hinsicht zu unterschätzen, auch ihr Gemahl. Nur weil sie sich nicht für Politik interessierte, war sie noch lange nicht naiv. Sie hatte alles dafür getan, die Unbill des Lebens von ihren Kindern fernzuhalten. Allein, es war ihr bei keinem der Dreien gelungen. Sophie war in England nicht glücklich und Fanny war Schreckliches widerfahren. Georg hatte sich im Krieg zwar als Held erwiesen, aber seinen besten Freund verloren. Und in Sachen Liebe schien er blockiert zu sein, um es vorsichtig auszudrücken. Natürlich, er war ein

Mann und hatte das Recht, sich die Hörner abzustoßen. Sogar ihr braver Friedrich war in seiner Jugend kein Kind von Traurigkeit gewesen. Doch mittlerweile kam Georg mit seinen 28 Jahren in ein Alter, wo man auch von einem Mann mehr Beständigkeit und Verantwortungsgefühl erwarten konnte. Als sein Kamerad, der schlichte, aber sympathische Baron Hohenheim, geheiratet hatte, hatte sie die vage Hoffnung gehegt, dass Georg sich an ihm ein Beispiel nehmen würde. Auch wenn die Vorstellung, ein Mädchen wie Caroline zur Schwiegertochter zu bekommen, sie nicht amüsierte. Mathilde hielt die junge Baronin für eitel und oberflächlich, ihr Auftritt bei der Hochzeit war geradezu peinlich gewesen. Der arme Stanislaus hatte einem leidtun können.

Seufzend vertiefte sie sich wieder in ihre Lektüre, als ihr ein Beiblatt auffiel. Stimmt, ihr Gemahl hatte es erwähnt. Am 16. Juni 1816, also morgen, würde der Kaiser nach Wien zurückkehren. Franz I. war, wie Friedrich unlängst erzählt hatte, bereits Ende September nach Paris abgereist, hatte seine durch die Bestimmungen des Kongresses wiedererworbenen Länder besucht und seine bedauernswerte Gemahlin, die ihn auf seiner Reise durch Italien begleitet hatte, bis zu ihrem letzten Atemzug waren sie beisammen gewesen. Fast neun Monate war er seiner Heimat ferngeblieben, nun würde er – auf seinen ausdrücklichen Wunsch – ohne Pomp und Trara in Wien eintreffen. Na, das klang in der Zeitung aber nicht so.

Was rauscht ihr froh daher, ihr grünen Wogen?
Was prangst du Donau festlich heut geschmückt?
Die Berge glänzen hell wie Siegesbogen!
Was jauchzt das bied're Volk so hochentzückt?

Was die Leute alles schrieben … Aber stimmt, Friedrich hatte es erwähnt. Der Kaiser kam per Schiff von seinen privaten Besitzungen in Persenbeug und würde abends in Nussdorf anlegen. Ihr Gemahl würde ihn dort gemeinsam mit Fürst Trauttmansdorff und anderen Würdenträgern empfangen und ihn mit der Kutsche weiter nach Schönbrunn begleiten. Ob diese Fahrt in aller Stille stattfinden würde, wagte Mathilde allerdings zu bezweifeln. Zögernd las sie weiter.

> *»Oh Tag des Heils!« so hör ich's nun erschallen,*
> *Der Vater naht, den lange wir entbehrt!*
> *»Dort nahet Franz«, – die Lüfte widerhallen –,*
> *»Mit dem des Glückes Bürgschaft wiederkehrt!«*

Ah non! Mathilde schüttelte den Kopf. Natürlich war sie dem Kaiser treu ergeben. Aber er war, na ja, der Kaiser eben. Ein bisschen zu volksnah für ihren Geschmack. Diesem Bild vom Vater aller Bürger, das allerorts transportiert wurde, konnte sie jedenfalls wenig abgewinnen. Sie durfte Friedrich gegenüber selbstverständlich nichts dergleichen verlauten lassen. Doch ein Kaiser war ein Kaiser. Wenn sie und ihre Familie sich standesgemäß verhalten mussten, erwartete sie das von einem Mitglied des Kaiserhauses erst recht. Ein guter Familienvater – der Kaiser Franz zweifellos war – konnte schließlich jeder sein. Außer ihrem lieben Herrn Sohn offensichtlich.

Unwillig legte sie die Zeitung zur Seite. Nicht einmal ein Modebild war heute dabei.

Während seine Mutter ihre liebe Not mit der Politik hatte, plagten Georg echte Zweifel. Er stand vor Emilias Palais in der Jägerzeile und zögerte. Sollte er oder sollte er nicht? Es war ausnahmsweise ein herrlicher Tag, und er gedachte, sie nach Neuwaldegg zu entführen. Aber was, wenn sie Nein sagte?

Angeblich war er ein Juwel, spektakulär geradezu, der riesige Park des im Jahr 1801 verstorbenen Feldmarschalls Franz Moritz Graf Lacy, der, so seine eigenen Worte, damit die Dornbacher Wälder arrangiert hatte. Nach seinem Tod war die riesige Grünfläche in den Besitz der Fürstenfamilie Schwarzenberg übergegangen. Der englische Landschaftsgarten, einer der ersten seiner Art in Wien, hatte von Anfang an alles Vergleichbare in den Schatten gestellt.

Der Park und seine revolutionäre Idee einer verbesserten Nachbildung der freien Natur war Georg an sich egal. Erst recht die Tatsache, dass die Entwicklung von Anlagen wie dieser mit ihrer Architektur, den geschwungenen Wegen und dem gänzlichen Verzicht auf Beete in der Geschichte der Wiener Gartengestaltung einzigartig war und der geometrischen Ordnung des konventionellen Barockgartens, seinen strengen Strukturen und der beinahe zwanghaften Symmetrie mittlerweile definitiv den Todesstoß versetzt hatte. Aber es gab dort, und das war für Georgs Überlegungen ausschlaggebend, neben herrlichen Wiesen und Wäldern unzählige verschwiegene Plätze, verträumte Lauben, einen chinesischen Pavillon, darüber hinaus eine malerische Ruine samt lauschiger Grotte und Dianatempel, einem beliebten Aussichtspunkt. Auch wenn ihm Emilia als nicht besonders empfänglich für derlei bukolische Reize zu sein schien, hoffte er doch, sie mit einem Ausflug dorthin beeindrucken zu können.

Während er unentschlossen vor dem Haus stand, betrachtete er das Palais eingehend. Die Lage an der Jägerzeile war gut gewählt, denn seit der Öffnung des Praters ein halbes Jahrhundert zuvor wurde die Verbindung zwischen der überfüllten Innenstadt und Wiens größter Gartenanlage mit jedem Jahr exklusiver. Das zweistöckige Gebäude stand ein wenig zurückversetzt am Beginn einer Seitenstraße. Es wirkte elegant und unaufdringlich, mit dem feinen Stuck der hellen Fassade, lindgrünen Abattanten, einem hübschen Giebel und geschwungenen Kupferdächern über den Eingängen.

Unversehens öffnete sich die rechte der beiden hohen Eingangspforten.

»Kommst du herein oder willst du hier Wurzeln schlagen?« Emilia deutete auf ein geöffnetes Fenster im ersten Stock. »Ich beobachte dich schon eine geraume Weile.«

Was für ein närrisches Bild er abgab. Und überhaupt. Georg fühlte sich miserabel. Da stand er herum wie ein unerfahrener Debütant und gab sich der Lächerlichkeit preis. Noch dazu in aller Öffentlichkeit.

Er räusperte sich. »Hast du Lust auf einen Ausflug?« Die Frage kam nicht ganz so lässig heraus, wie er es geplant hatte.

»Nein, es tut mir leid – du weißt, das Atelier.«

Genau das hatte er befürchtet.

»Nun dann ...« Er verbeugte sich steif.

»Aber möchtest du nicht hereinkommen? Ich könnte dir mein Haus zeigen«, antwortete sie.

Georg zögerte. Würde er nicht gänzlich das Gesicht verlieren, wenn er ...?

»Bitte.«

Ihr Blick traf ihn mitten ins Herz.

»Gern.«

Siehst du, und schon beginnt es, kompliziert zu werden, schalt er sich. Was für eine unglückliche Idee, wie ein verliebter Primaner vor ihrer Tür herumzulungern.

»Alles in Ordnung mit dir?«, fragte sie, als sie das Palais betraten. Georg wirkte mitgenommen. Wahrscheinlich hatte er sich wieder einmal die Nacht um die Ohren geschlagen, wie die Herren Offiziere es zu tun pflegten. Sie ignorierte das leise Gefühl der Enttäuschung, das sich ihrer bei dem Gedanken daran bemächtigte. Georg war Georg. Und auch wenn sie es sich insgeheim wünschte – er würde sich nicht ändern.

»Ich musste das Vestibül verkleinern, als ich den zweiten Eingang anlegen ließ«, bemerkte sie und wies auf die Wand links von der Treppe, an der ein riesiges Gemälde hing.

»Die Seeschlacht vor Palermo. Erstaunlich.« Georg grinste.

»Eine Leihgabe meiner Großeltern. Es ist letzte Woche eingetroffen, mit ein paar anderen Bildern. Du weißt, ich habe nichts besessen, und jetzt muss ich ein Palais einrichten. Die Familie Jurevich scheint in ihrer langen Geschichte ein Faible für kriegerische Szenerien entwickelt zu haben. Ich fürchte, meiner Großmutter gefallen sie so wenig wie mir, denn sie hat mich in einem Brief ausdrücklich gebeten, meinem Großvater nichts von ihrem Geschenk zu erzählen.«

»Verzeih.«

Während Emilia leichtherzig vor sich hin plauderte, schalt sich Georg für seine Taktlosigkeit. Wie hatte er vergessen können, dass Emilias Lebenslauf sich so grundsätzlich von dem seinen unterschied? Er nahm sich vor, sich bei seinen Eltern umzusehen. In Hietzing lagerten Unmengen von Ölgemälden. Abgesehen von den Familienporträts gab es zahlreiche Landschaftsbilder, die Emilia vielleicht zusagten. Jedenfalls würden sie ihr besser gefallen als martialische Schlachtszenen wie diese. »Ich hab nicht nachgedacht.«

»Worüber nachgedacht?« Sie konnte ihm nicht ganz folgen.

»Nun, dass du …« Er rang nach Worten. Wo hatte er sich da bloß hineinmanövriert?

»Dass ich arm war?«, bemerkte Emilia erheitert. »Das ist wahrlich kein Geheimnis.« Was war heute mit Georg los? So kannte sie ihn gar nicht. Auch wenn ihr diese Seite an ihm wesentlich besser gefiel als die des unwiderstehlichen Verführers, schien er sich selbst dabei unwohl zu fühlen.

»Emilia, ich liebe dich.«

Sie starrten einander fassungslos an. Emilias Gedanken überschlugen sich, während in seinem Kopf völlige Leere herrschte.

Nach schier endlosem Schweigen traf Georg eine Entscheidung. Er würde jetzt gehen. Und zwar so schnell wie möglich. »Wenn du mich bitte entschuldigst.«

Langsam trat Emilia auf ihn zu. »Wie du möchtest. Aber vorher …«

Plötzlich fühlte er ihre Lippen auf den seinen. Er zog sie an sich und legte all seine Zweifel, all sein Begehren und all seine aufrichtige Zuneigung in diesen einzigen Kuss.

Als sie sich voneinander lösten, rangen sie beide nach Luft.

»Willst du noch immer gehen?«, fragte sie ihn atemlos.

Er schüttelte den Kopf. »Außer du möchtest es.«

Sie lächelte. »Ich möchte, dass du bleibst«, sagte sie, als sie sein erneutes Zögern bemerkte.

Eng umschlungen stiegen sie die Treppe hinauf zu Emilias Schlafgemach.

»Bist du sicher?«

Sie nickte und entwand sich seinen Armen. Während er an der Tür ihres Boudoirs stehen blieb, ging sie weiter, öffnete die Bänder ihres leichten Tageskleides und streifte es von ihren Schultern. Darunter trug sie nichts als ein Unterkleid aus Seide mit wertvoller Spitze an Ausschnitt und Saum. Als sie sich auch dieses zarten Teils entledigt hatte, winkte sie ihn zu sich. Abgesehen von ihren Seidenstrümpfen war sie vollkommen nackt. Noch hatte er sie nicht einmal berührt, doch seine Erregung war nicht mehr zu übersehen. Mit einer fast zufälligen Handbewegung strich sie über ihre Brüste.

Georg stöhnte auf. So lange hatte er sie umworben, so unnahbar war sie ihm erschienen. Auf diese schamlose Präsentation ihres Körpers, der für die Liebe wie geschaffen schien, war er nicht vorbereitet. Wie gelähmt stand er da, doch als sie begann, mit einer Hand die Knöpfe seines Hemds zu öffnen, während sie die andere langsam nach unten gleiten ließ, war es mit seiner Beherrschung vorbei. Noch nie hatte ein Akt ihn in solche Höhen katapultiert, und das, obwohl er diesen ohne jede Raffinesse, doch mit übervollem Herzen vollzog. Und niemals zuvor war ihm eine Frau so wunderschön erschienen wie sie, die in höchster Ekstase seinen Blick suchte und nicht mehr losließ.

Als Emilia erwachte, fühlte sie seine Augen auf sich ruhen.

»Was pflegst du in Momenten wie diesen zu tun?«, fragte sie leise. »Flüchten oder etwas trinken?«

»Ich weiß es nicht«, gab er ehrlich zur Antwort. »Ich habe noch nie einen Moment wie diesen erlebt.«

In den nächsten Wochen trafen die beiden einander beinahe jeden Tag. Sogar Kaspar Stuwers neuestes spektakuläres

Feuerwerk im Prater – diesmal aus Anlass des Jahrestages der Schlacht bei Waterloo – hatten sie gemeinsam besucht. Georg bemerkte verblüfft, dass er ihrer Beziehung nicht überdrüssig wurde. Im Gegenteil. Emilia wirkte auf ihn wie eine Droge. Je mehr Zeit er mit ihr verbrachte, desto öfter musste er sie sehen.

Während er sich nun mit seinem Pferd einen Weg durch die überfüllten Straßen der Innenstadt bahnte, dachte er fieberhaft nach. Er war noch nie so glücklich gewesen. Dass eine Frau jemals sein Denken und all seine Sinne in dieser Weise beherrschen würde, hätte er nicht für möglich gehalten. Nun ja, die eine oder andere Affäre hatte er genossen, vielleicht war er sogar hin und wieder verliebt gewesen – er erinnerte sich an die russische Fürstin Katharina Pawlowna Bagration, eine der interessantesten Damen des Kongresses. Doch schien ihm seit dieser Liaison eine Ewigkeit vergangen zu sein, und ehrlich gestanden waren seine Gefühle damals eher körperlicher Natur gewesen. Man konnte das so leicht verwechseln. Letztlich war auch die Bagration nur ein flüchtiges Strohfeuer gewesen. Diesmal jedoch war alles anders. Emilia stellte sein Leben auf den Kopf. Nicht nur, dass er verrückt war nach ihr, sie liebte, sie begehrte und sie verehrte wie keine Frau vor ihr. In ihrer Gegenwart fühlte er sich wie der Mann, der er sein wollte. Es war, als wäre er angekommen und endlich mit sich selbst im Reinen.

Ganz in Gedanken versunken erreichte er sein Elternhaus in der Johannesgasse.

»Georg, was für eine Überraschung!«, empfing ihn seine Mutter lächelnd. »Ich dachte, es seien die Mädchen. Sie sind am Morgen zu Louise gefahren, um mit ihr Fannys Geburtstag zu besprechen. Dich habe ich nicht erwartet. Kein Herrenabend heute?«

Er schüttelte den Kopf.

»Bist du krank?« Sie musterte ihn besorgt. Ihr Sohn sah ein wenig erschöpft aus. Und er wirkte ungewöhnlich angespannt.

»Nein, Mama. Ist Papa zugegen?«

Mathilde schüttelte den Kopf. »Er musste in einer dringenden Angelegenheit verreisen.«

»Wann wird er zurück sein?«

»In ein paar Tagen«, antwortete sie.

»So lange kann ich nicht warten«, stöhnte er auf.

Mathilde ergriff seinen Arm. »Komm, eine Tasse Kaffee wird dir guttun. Dabei kannst du mir erzählen, was du so dringend mit deinem Vater besprechen musst.«

Schweigend saßen sie im Salon einander gegenüber. Mathilde griff nach ihrer Stickerei und beschloss, sich nicht länger den Kopf zu zerbrechen. Wenn er nicht reden wollte, konnte sie ihm auch nicht helfen.

»Mama, ich möchte Euch um etwas bitten.«

Sie blickte von ihrer Handarbeit auf. Also doch. »Was ist los mit dir, mein Junge?«

Er atmete tief durch. »Der Verlobungsring meiner Großmutter. Würdet Ihr ihn mir geben?«

Mathilde erstarrte.

Verlegen sah Georg auf seine Hände.

Lange Zeit sagte keiner von ihnen ein Wort.

Dann stand Mathilde auf. »Georg!«, rief sie gerührt aus, um ihren Sohn in der nun folgenden Umarmung beinahe zu erdrücken.

Lachend befreite er sich. »Mama, Ihr erstickt mich ja.« Derlei spontane Gefühlsäußerungen war er von seiner Mutter nicht gewöhnt.

»Sag, wer ist sie? Kenne ich sie?« Hoffentlich war sie von Stand und halbwegs vernünftig, dachte sie im Stillen.

»Ja.«

»Nun mach es nicht so spannend!« Ihre Ungeduld wuchs mit ihrer Sorge. Sie kannte keine einzige junge Dame in seinem Umkreis, die sie sich zur Schwiegertochter wünschte. Außer vielleicht …

»Emilia. Es ist Emilia.«

Unvermittelt traten Mathilde Tränen in die Augen. Emilia! Bilder aus der Vergangenheit zogen an ihr vorüber. Ihre erste Begegnung in Schönbrunn. Emilia, ganz in Schwarz – eine außergewöhnliche Erscheinung, hatte sie damals gedacht. Diese aufrechte, stolze Haltung, das geschliffene Benehmen! Dann ihr Besuch, wie wohltuend sie sich von der albernen Caroline Pointner unterschieden hatte. Dass sich ausgerechnet die sonst so zurückhaltende Sophie sofort mit ihr angefreundet hatte, hatte sie nicht weiter überrascht. Emilia war gebildet und hatte dieses gewisse Etwas. Selbst ihr Gemahl war sehr von ihr angetan gewesen. Die wunderbaren Kleider, die sie für Fanny entworfen hatte! Und diese Freude, als Sophies Bemühungen Früchte getragen hatten und Emilia dadurch nicht nur eine Familie, sondern auch den gesellschaftlichen Rang erhalten hatte, der ihr zustand.

»Ach, Georg!« Wieder schloss sie ihren Sohn in die Arme. »Wie sehr habe ich mir gewünscht, dass du dich endlich entscheidest. Und dann ausgerechnet Emilia. Ich freue mich so sehr! Sobald dein Vater aus Prag zurückkehrt, werde ich ihn informieren. Ich bin mir sicher, dass auch er deine Wahl gutheißt.«

Georg fiel ein Stein vom Herzen. Noch nie hatte er seine Mutter so aufgewühlt erlebt. »Danke, Mama. Das bedeutet mir viel.«

Gemeinsam gingen sie in Mathildes Boudoir. Als sie ihm

den wertvollen Diamantring in der dunkelblauen Samtschatulle überreichte, bekam er beinahe weiche Knie.

»Keine Angst, Georg.« Sie tätschelte ihm die Wange wie einem Kind. »Emilia ist die Richtige für dich.«

»Ich weiß. Aber Mama, was ist, wenn sie Nein sagt?«

Mathilde lachte auf. »Wer könnte dir schon widerstehen?«

»Ich danke Euch.« Entschlossen wandte er sich zum Gehen. Georg brauchte Gewissheit.

Mathilde lächelte ihm hinterher. Gott hatte ihre Gebete endlich erhört. Blieb nur noch Fanny.

∼⊙∽

Georgs Herz pochte bis zum Hals, als er in der Jägerzeile ankam. Er hatte mit Emilia vereinbart, sich an diesem Abend im Sperl zu amüsieren. Das Publikum dort war gemischt, aber das Orchester fantastisch. Und Emilia besaß keinerlei Standesdünkel oder Berührungsängste, eine der vielen Eigenschaften, die Georg so an ihr liebte. Er hoffte nur, Susette nicht zu begegnen oder seiner Soubrette oder überhaupt einer seiner zahllosen Verflossenen.

Als Emilia in die Kutsche stieg, stockte ihm der Atem. Sie sah unfassbar schön aus in ihrer smaragdgrünen Seidenrobe. Georg bebte vor Aufregung. Sie küsste ihn zur Begrüßung, und die Equipage fuhr los. Lag es am Schwanken der Kutsche oder seinen zitternden Händen, dass er ungeschickt an seiner Fracktasche hängen blieb, als er Emilia umarmen wollte? Dadurch fiel die blaue Samtschatulle heraus und landete auf dem Boden.

Oh nein, dachte er, während Emilia sich bückte, um das kleine Ding näher zu betrachten.

Oh nein, dachte auch sie, als sie erkannte, was es war. Nicht schon wieder ein Antrag in einer Kutsche!

Wortlos nahm Georg ihr das kleine Kästchen aus der Hand. Er beschloss, es möglichst schnell wieder verschwinden zu lassen und so zu tun, als wäre nichts geschehen.

Doch dann sah er sie an, und nichts mehr war von Bedeutung. Nicht das Schaukeln des Wagens, nicht dieser unpassende Moment, nur die Frau vor ihm, deren glänzende Lippen ihm ein Lächeln schenkten.

Er öffnete die Schatulle und nahm ihre Hand. »Emilia, es hat gedauert, bis ich es begriffen habe. Aber nun weiß ich, was ich will. Dich. Ein Leben mit dir. Nur mit dir. In guten wie in schlechten Zeiten. Ich liebe dich. Willst du mir deine Hand fürs Leben reichen?«

Die Zeit stand still.

»Das fragst du mich hier, in der Kutsche, auf dem Weg ins Sperl?«

Er nickte verwirrt. Das war eindeutig kein Ja. Aber ihr liebevoller Blick sagte etwas anderes als ihre spöttischen Worte. Georg hielt den Ring in der Hand und wartete darauf, ihn ihr anzustecken. Und sie sagte – nichts. Doch dann, endlich …

»Georg.«

Das verhieß nichts Gutes.

»Bist du dir sicher?«

Er starrte sie an. Was sollte die Frage?

»Es ist nur«, sie zögerte. »Ich glaubte, dass du kein Mann bist, der sich binden möchte. Ich war der Überzeugung, wir hätten einfach eine schöne Zeit miteinander.«

Was redete sie da? »Ich will keine schöne Zeit mit dir. Na ja, schon. Natürlich haben wir eine schöne Zeit miteinander. Aber nicht nur jetzt. Sondern für immer.«

»Es ist dir also ernst?«

»Das ist es mir.«

Emilia begann zu weinen. Dabei wollte er doch nie wieder eine Frau zum Weinen bringen. Was hatte sie nur?

»Ja«, sagte sie unter Tränen.

Er küsste ihre Hand und brachte kein Wort hervor.

»Ich liebe dich, Georg. Und ich möchte den Rest meines Lebens mit dir verbringen. Als deine Gemahlin.«

Da endlich steckte er ihr den Ring an die zierliche Hand. Er passte perfekt.

»Nur eines.«

Er blickte sie erwartungsvoll an.

»Lass uns mit der Hochzeit warten. Ein Jahr. Damit du dir sicher bist. Und ich mir deiner gewiss sein kann.«

Georg nickte.

»Und ich möchte in Fiume heiraten. Auf dem Schloss meiner Großeltern. Nur wir beide und unsere Familien. Kannst du dir das vorstellen?«

Statt einer Antwort küsste er sie.

Der Kutscher, der wenig später die Tür öffnete – er wollte den Herrschaften beim Aussteigen behilflich sein –, schlug sie rasch wieder zu. Mit einem amüsierten Grinsen stieg Joseph zurück auf den Kutschbock und beschloss, einen kleinen Umweg zu fahren.

❧

Das sonntägliche Mittagessen bei den Wohllebens hatte Tradition. Mittlerweile kam es jedoch immer seltener vor, dass sich alle Familienmitglieder um die Tafel versammelten.

»Kommt Georg noch?«, fragte Fanny ungeduldig. Sie hatte keine Lust, noch länger zu warten.

Auch Sophie wurde langsam unruhig. Sie war wie immer müde und freute sich auf ein kleines Nickerchen nach dem Essen. »Und warum sind da noch zwei Gedecke? Tante Louise ist ja ausnahmsweise schon da.«

Die leise Anspielung auf ihre Neigung, sich zu verspäten, entlockte Baronin Lilienthal ein glucksendes Lachen. »Die glamourösesten Persönlichkeiten erscheinen immer zum Schluss.«

»Pünktlichkeit ist die Höflichkeit der Könige«, konterte Mathilde gereizt. Sie hatte allzu oft auf ihre Schwester warten müssen.

Bevor sich an diesem unwichtigen Detail ein erneuter Streit zwischen den beiden Damen entzünden konnte, ging die Tür auf.

»Georg, da bist du ja!« Erleichtert sprang Fanny ihm entgegen. »Ich hab solchen Hunger!«

»Mein Möpschen.« Georg hob seine kleine Schwester hoch und drehte sie im Kreis. »Bist du schwer geworden. Na, kein Wunder, wenn du ständig hungrig bist.«

»Lass mich runter! Du bist gemein«, schmollte Fanny und zog ihn spielerisch am Ohr.

»Wirst du wohl aufhören?«

»Kinder, Kinder!«, mischte sich Mathilde ein. »Nun benehmt euch.«

Sophie entdeckte Emilia als Erste. Ihre Freundin war zurückhaltend an der Tür stehen geblieben und beobachtete das Geschwisterpaar lächelnd. Sophie ging erstaunt auf sie zu. Auch wenn die Wohllebens ihre beste Freundin mittlerweile fast als eine der Ihren betrachteten – zum sonntäglichen Souper war sie noch nie geladen worden.

»Emilia, was für eine Überraschung!« Sophie umarmte sie herzlich. »Für dich ist also das mysteriöse weitere Gedeck.«

Emilia errötete.

Da sprach der Hausherr ein Machtwort. »Würdet ihr nun bitte alle Platz nehmen.« Sein amüsiertes Schmunzeln konterkarierte jedoch seinen strengen Tonfall. »Komtesse Jurevich, seid herzlich willkommen.« Friedrich erhob sich, küsste Emilia die Hand und geleitete sie an ihren Platz, was Sophie und Louise verwundert registrierten. Dabei warf er seinem Sohn, der noch immer mit Fanny herumalberte, einen mahnenden Blick zu.

Georg ließ seine Schwester sofort los und eilte auf seinen Platz.

Sophie bemerkte ein Glitzern an Emilias Hand. Seltsam, sie trägt doch sonst nie Schmuck, ging es ihr durch den Kopf. Erst als sie genauer hinsah, erkannte sie das Familienerbstück. »Oh mein Gott!«

Aller Augen waren plötzlich auf sie gerichtet.

Emilia errötete noch mehr, Georg grinste verlegen, Mathilde nickte Friedrich verständnisinnig zu. Nur Fanny und Louise hatten keine Ahnung.

»Was habt ihr denn alle?«, fragte Fanny gereizt. Sie war am Morgen ausgeritten und wirklich sehr hungrig.

Louise hingegen fühlte sich ausgegrenzt, wie so oft in dieser Familie, und hüstelte beleidigt in ihr Taschentuch.

Wieder ergriff Friedrich Graf Wohlleben das Wort. »Ich denke, mein Sohn hat uns etwas zu sagen.«

Georg stand auf, blickte in die Runde und räusperte sich. »Voller Freude und Stolz darf ich hiermit meine Verlobung mit Emilia bekannt geben.« Er ergriff ihre Hand und küsste sie.

Emilia strahlte.

Der Jubel, den seine Worte auslösten, war geradezu ohrenbetäubend.

Mathilde lächelte zufrieden. Dieser Tag würde als einer der glücklichsten in die Annalen der Familie eingehen. Ihr Sohn hatte endlich eine Braut gefunden. Und eine so wunderbare noch dazu.

Nachdem die Gemüter sich beruhigt hatten, Emilia von allen geherzt, gedrückt und geduzt worden war, Champagner und Tränen der Rührung geflossen waren, wurde das Essen serviert. Der Plan des Paares, nächstes Jahr in Fiume zu heiraten, stieß zu Georgs Überraschung auf uneingeschränkte Begeisterung. Alle schienen sich auf ein Sommerfest am Meer zu freuen. Mathilde war froh, keine Hochzeit ausrichten zu müssen, Louise schätzte das Temperament der südländischen Männer, Sophie war für eine Reise ohnehin immer zu haben, Fanny lockte die Aussicht auf die angeblich traumhaften Parkanlagen des Schlosses und das herrliche Gestüt. Friedrich schließlich, der mit Fiume nur die angenehmsten Erinnerungen verband, freute sich, der längst ausgesprochenen Einladung von Emilias Großeltern endlich nachkommen zu können. Noch dazu aus diesem erbaulichen Anlass!

Beim Kaffee war fast alles wieder beim Alten, man besprach dieses und jenes. Fanny erklärte, ihren Geburtstag nicht in Hietzing, sondern in ihrem neuen Palais feiern zu wollen.

Louises Unmut über diese Entscheidung war nicht zu übersehen. »Tout Vienne ist in Schönbrunn, wie soll ich unter diesen Umständen bloß eine vernünftige Gästeliste zusammenstellen?«, klagte sie. Sie hatte in dieser Sache auf die Unterstützung ihrer Schwester gehofft, wurde aber empfindlich enttäuscht.

»Du wirst eine Lösung finden, meine Liebe«, befürwortete Mathilde den Wunsch ihrer Tochter. Viel mehr Kopf-

zerbrechen als Fannys Geburtstagsfest Mitte Juli bereitete ihr die Tatsache, dass die Übersiedlung der Familie
in ihr Sommerdomizil wegen des launischen Wetters und
aufgrund der späten Rückkehr des Kaisers bereits mehrere Male verschoben worden war. Inzwischen stellte sie
das ganze Vorhaben grundsätzlich infrage. Auch im Hinblick auf Sophies Schwangerschaft, obwohl der Gesundheitszustand ihrer Tochter keinerlei Anlass zur Sorge gab –
Komplikationen waren nie auszuschließen. Und da Sophie
sich nun einmal auf Professor Boër versteift hatte, wäre es
unklug, die Brücken in der Stadt abzubrechen. Ganz zu
schweigen von der Tatsache, dass in Fannys Gartenpalais
noch viel zu tun war. Ein neuer Hausstand gründete sich
nicht von allein, und sie wollte ihre Tochter dabei auf keinen Fall im Stich lassen.

»Ich denke, wir bleiben dieses Jahr hier«, stellte sie resolut fest.

Friedrich nickte. Er konnte die Entscheidung seiner
Gemahlin durchaus nachvollziehen. Auch er hatte bereits
schwerste Bedenken gehegt und sich damit angefreundet,
seine Geschäfte von der Hofburg aus zu erledigen. Sollte
sich seine Anwesenheit in Schönbrunn als unabdingbar
erweisen, würde er die Kutschfahrt eben in Kauf nehmen
müssen.

»Wenn es doch noch richtig warm wird, kommt ihr
mich einfach besuchen. Ich habe ja jetzt auch einen Garten«, bemerkte Fanny stolz.

So kam man überein, den Sommer in diesem in jeder
Hinsicht besonderen Jahr zum ersten Mal in der Stadt zu
verbringen.

∼❧∽

Stani saß in der Kutsche und zählte die Stunden. Er konnte es gar nicht erwarten, seine Gemahlin wiederzusehen. Wenngleich Georgs Brief ihn ein wenig beunruhigt hatte. Er war nicht besonders gut darin, zwischen den Zeilen zu lesen, aber irgendetwas an Georgs Tonfall stieß ihm sauer auf. Warum er so dringend nach Wien kommen sollte, war ihm nicht ganz klar. Andererseits tat ihm ein Tapetenwechsel gut. Noch nie war die Arbeit auf dem Hof dermaßen anstrengend, die Lage so verzweifelt gewesen wie in diesem Jahr. Sogar sein Vater bestätigte ihm das. Dennoch wirkte der alte Baron nie besonders besorgt. Stanislaus konnte sich keinen rechten Reim darauf machen. Momentan sah es wieder besser aus, die Regenfälle hatten nachgelassen, das Hochwasser war zurückgegangen. Seit einigen Wochen hatte es kein Unwetter mehr gegeben. Ein Teil der Ernte war jedenfalls gerettet. Stani hatte seinen Vater deshalb zu einer Sonderzahlung für die Arbeiter überreden können und dabei erstaunt den dicken Beutel mit Silbermünzen entdeckt, den Anton Baron Hohenheim in der untersten Schublade seines Schreibtisches sicher verwahrte.

Stanislaus lehnte den Kopf zurück und schloss die Augen. Bis jetzt hatte er keine Ahnung gehabt, wie müde man sein konnte. Hoffentlich schlief er im Ehebett nicht wieder ein. Es war ihm heute noch peinlich, wenn er daran dachte. Er hatte weiß Gott schon viele schöne Frauen gesehen, aber Caroline war die schönste von allen – und seine Angetraute. Bei der Hochzeit war sie noch Jungfrau gewesen. So süß, so unschuldig. Doch nach wenigen Wochen hatte ihn das Gefühl beschlichen, die Büchse der Pandora geöffnet zu haben. Nicht, dass er sich beschweren wollte, aber Caroline hatte sich nicht nur als lernfähige und leidenschaftliche Geliebte entpuppt – sie war geradezu unersättlich.

Manchmal hatte ihm das fast Angst gemacht. Er konnte nicht jeden Tag, und schon gar nicht so oft hintereinander! Georg gegenüber hatte er nichts dergleichen erwähnt. Der machte sich am Ende noch lustig über ihn. Es war ihm recht, dass sein Freund eher Stanis Fähigkeit anzweifelte, seiner Gemahlin treu zu sein. Georg wäre das ziemlich egal, in der Stadt spielte das keine Rolle. Aber am Land. Deshalb hatte Stani sich vorgenommen, anständig zu bleiben. Auch wenn er sich zu Beginn seiner Ehe nicht sicher gewesen war, ob er in der Lage wäre, auf immer und ewig den Reizen anderer Damen zu entsagen.

Als vor wenigen Wochen diese hübsche dralle Magd angeheuert hatte, war er schwer in Versuchung geraten. Denn ganz ohne Caroline ging es auch nicht, selbst wenn sie ihm manchmal zu viel wurde. Jedenfalls war es der Kleinen – wie hieß sie noch mal? – fast gelungen, ihn im Heuschober zu verführen. So eine g'schickte Wildkatz! Und wie gut sie sich angegriffen hat. Stani wurde im Nachhinein noch heiß bei dem Gedanken daran … Und wie sie küssen konnte, überall! Gott sei Dank war der Verwalter ihnen dazwischengekommen. Er hatte die Magd verscheucht und sich bei ihm für ihr Benehmen entschuldigt. Zuerst war Stani böse auf ihn gewesen. Mittendrin gestört zu werden, war unangenehm. Aber im Nachhinein war er froh darüber. Wurde man einmal schwach, kamen sie immer wieder. Und irgendwann gab's dann ein Kind, für das man sorgen musste. Das war ihm bereits zweimal passiert. Wo hätte er sich als junger Bursch sonst die Hörner abstoßen sollen?

Wenig später empfing ihn Caroline mit Champagner und einer Freundin. Die hatte er noch nie gesehen. Aber fesch war sie. Und gehen wollt sie auch nicht. Stani war vollkommen verwirrt, als seine Gemahlin ihn ins Schlafzimmer zog – mitsamt der hübschen Brünetten.

In den nächsten Stunden lösten sich all seine Zweifel an seiner Fähigkeit zur ehelichen Treue in Luft auf. Und neue kamen hinzu. Würde Caroline je wieder allein mit ihm vorliebnehmen?

Kurz danach waren auch diese Gedanken verpufft. Stani dachte gar nichts mehr. Er hatte schließlich alle Hände voll zu tun.

∾⊚∾

Thomas starrte verlegen auf seine Fußspitzen. Mit den feinen Herrschaften in der Kutsche zu sitzen, behagte ihm nicht. Seine Angebetete war allerdings nicht das Problem, sondern der streng dreinblickende Herr mit dieser seltsamen roten Perücke neben ihr. Bei ihrer ersten Begegnung war er ihm außerordentlich sympathisch erschienen. Wie er sich gefreut hatte, als Thomas ihm die Blumenzwiebeln überreicht hatte! Jetzt aber, da er ohne Pause auf ihn einredete, empfand er ihn als regelrecht Furcht einflößend. Er begann sogar zu schwitzen, das passierte ihm selten. Zuerst hatte ihm der edle Herr eine Botanik-Vorlesung gehalten und mit lateinischen Ausdrücken nur so um sich geworfen. Thomas hatte kaum ein Wort verstanden, obwohl der Herr für einen Österreicher hervorragendes Englisch sprach. Dazwischen hatte er ihm Fragen gestellt, als wäre er ein Schuljunge. Das machte nicht einmal sein Vater. Und Thomas hatte sich bis auf die Knochen blamiert, weil er die Fragen nicht beantworten konnte. So was konnte auch keiner wissen!

Fanny beobachte die einseitige Unterhaltung der beiden gelangweilt. Der arme Thomas konnte einem wirklich leidtun. Freiherr von Gentz und sein Bildungsauftrag schienen sogar ihren Gärtner restlos zu überfordern, obwohl er über ein enormes botanisches Wissen verfügte. Na ja, so konnte sie wenigstens in Ruhe ihren eigenen Gedanken nachhängen.

»Gräfin!«

Sie schrak auf.

»Das betrifft Euch ebenso wie den jungen Mann.«

Fanny nickte mechanisch.

»Ihr kennt doch unseren Kaiser?«

Gott und die Welt kannte Kaiser Franz – was sollte die Frage?

»Natürlich kennt Ihr den Kaiser«, korrigierte sich Gentz, als könnte er ihre Gedanken lesen. »Aber Ihr müsst wissen – und das gilt auch für dich, junger Mann: Unser Kaiser liebt das Gartln. Es könnte durchaus sein, dass wir ihm in Schönbrunn begegnen. Ihr wisst, wie Ihr Euch zu verhalten habt?«

»Selbstverständlich«, erwiderte Fanny indigniert. Wen glaubte er vor sich zu haben? »Du sagst in diesem Fall am besten gar nichts«, instruierte sie Thomas von oben herab. »Du verbeugst dich tief und tust den Rest der Zeit, als wärst du nicht da.«

»Er darf sich aber keinesfalls eigenmächtig entfernen oder dem Kaiser den Rücken zudrehen!«, mahnte Gentz.

»Ich habe verstanden«, antwortete Thomas. Er konnte kaum glauben, was er hörte. Ein Kaiser, der einfach so durch den Garten flanierte? Noch nie war er dem englischen Prinzregenten persönlich begegnet, nicht einmal an hohen Feiertagen. Ehrlich gesagt kannte er niemanden, der George jemals begegnet war. Seltsam, diese Österreicher!

»Ihr müsst wissen, der Kaiser ist weit mehr als ein begeisterter Gärtner.« Gentz geriet ins Schwärmen. »Seine Pflanzensammlung und ihre wissenschaftliche Dokumentation genießen europaweit größtes Aufsehen, seine Kenntnisse der Botanik gelten als überragend. Anlässlich der Gründung des botanischen Hofkabinetts vor knapp zehn Jahren stiftete er sogar sein privates Herbarium. Man stelle sich vor! Des Weiteren finanziert Seine Kaiserliche Hoheit einen Hofbotanikmaler. Aus eigener Tasche, versteht sich …«

Bevor sie noch mehr Belehrungen über sich ergehen lassen mussten, machte die wie ihr Besitzer bereits in die Jahre gekommene Gentz'sche Berline endlich Halt. Thomas hüpfte schnell hinaus, um den adeligen Herrschaften aus dem Wagen zu helfen. Eigentlich freute er sich auf den Besuch des Hofgartens. Denn er war neugierig und lernte gern dazu. Allerdings freiwillig. Deshalb kam es ihm sehr entgegen, dass Fanny und Freiherr von Gentz zuerst dem kaiserlichen Tiergarten einen Besuch abstatten wollten. Der interessierte ihn ganz und gar nicht. So ergab sich für ihn die willkommene Gelegenheit, den Garten auf eigene Faust zu erkunden.

Fanny war sehr aufgeregt. »Wohin gehen wir als Erstes?«, fragte sie.

Ihre kindliche Vorfreude entzückte Gentz. Er selbst hätte lieber gleich Hofgärtner Franz Boos aufgesucht, den angesehenen Direktor der Menagerie und sämtlicher k. k. Hofgärten. Er war nicht nur ein guter Freund, sondern ein bedeutender Mann, denn Kaiser Franz verfügte über ein prächtiges Repertoire an Gärten. Abgesehen von den beeindruckenden Obstgärten und Parkanlagen in seinen unzähligen Schlössern, unter anderem Leiben, Persenbeug, Pöggstall und Laxenburg, zählten dazu der spektakuläre Terrassengarten in der Hofburg, der durch Nicolaus Thomas Host, Leibarzt des Kaisers, angelegte botanische Garten in der Nähe des Schlosses Belvedere, der Obst- und Reservegarten an der Ungargasse und der k. k. holländisch-botanische Hofgarten in Schönbrunn. Hier war Franz Boos sozusagen groß geworden. Bereits 1776 hatte der Sohn des Johann Boos – seines Zeichens Oberhofgärtner in Baden-Baden – im Alter von 23 Jahren als Gehilfe von Hofgärtner Ryk van der Schot in Schönbrunn angeheuert. Ja, Boos hatte es weit gebracht. Aber, das rechnete ihm Gentz hoch an, er war bei allem Erfolg bescheiden geblieben. Als van der Schot 1790 – einen Tag vor Kaiser Joseph II. – starb, hatte Boos dessen Tochter Elisabeth geheiratet und war zum Nachfolger seines verstorbenen Schwiegervaters ernannt worden. Mittlerweile war ihm sogar der Titel »Kaiserlicher Rat« verliehen worden, eine der größten persönlichen Auszeichnungen, die es gab.

»Lasst uns zuerst die Kängurus besuchen«, riss ihn Fanny aus seinen Gedanken. »Oder die Elefanten.«

Zwar sah Gentz seine Chancen schwinden, Fanny und dem jungen Gärtner vor Ort eine ausgedehnte Botanikstunde zu erteilen, er kam jedoch amüsiert jeder ihrer Bitten nach. Geduldig klapperte er mit ihr alle zwölf Gehege und Tierhäuser ab. Zuerst die Elefanten, dann die Wölfe und Bären, den Königstiger, das Zebra, die Leoparden, Kamele und Hyänen, die Eisbären und endlich auch Fannys geliebte Kängurus.

Ihre Augen glänzten vor Begeisterung, als sie schließlich den Zoo verließen. Und Freiherr von Gentz gedachte ihre Begeisterung nicht durch kritische Anmerkungen über die seines Erachtens unwürdige Haltung der armen Tiere zu dämpfen oder sie mit Details des Ankaufs zu beunruhigen. Viele der Exoten starben bereits qualvoll auf den langen Transportwegen nach Wien.

»Wusstet Ihr, dass der Kaiser noch eine weitere Menagerie besitzt?«, fragte er sie stattdessen.

»Können wir die Tiere besuchen? Gibt es dort auch Elefanten?« Ihre Neugier war geweckt.

Gentz lachte auf. »Beides wage ich zu bezweifeln. Denn die Menagerie befindet sich in der Hofburg, im privaten Terrassengarten des Kaisers auf dem flachen Dach des Augustinerganges. Obwohl ich selbst vor einiger Zeit die Ehre hatte, dieses Paradies inmitten der Stadt besichtigen zu dürfen«, bemerkte er stolz. Seltene Kakteen und Aloen habe er gesehen und neben den beiden Schoßhunden des Kaisers auch Papageien, Gürteltiere, Schildkröten und Affen. Sie lebten in einem riesigen Gewächshaus, das ausschließlich aus Glas bestand. Ein Meisterwerk moderner Gartenarchitektur. Und manchmal durften die angeketteten Affen und die Papageien sogar ins Freie, wo eine achteckige Voliere Herberge für Tauben und Singvögel aller Art bot – Amseln, Stare, Lerchen, Nachtigallen oder auch Kanarienvögel.

Mit deutlich geringerem Interesse folgte Fanny den Ausführungen über die Geschichte des Schönbrunner Hofgartens, zu denen Gentz nun ausholte. Seit dem Jahr 1753 seien Forschungsexpeditionen in die Karibik, nach Mittel- und Südamerika entsendet worden, die auf Geheiß des damaligen Kaisers Franz Stephan schöne, wohlriechende Blüten und essbare Früchte nach Wien gebracht hatten. Die europaweit einzigartige Sammlung exotischer Pflanzen sei in der riesigen Orangerie und den mittlerweile 14 Treib- und Gewächshäusern untergebracht worden, erklärte er. Von dieser Sammelleidenschaft des Hauses Habsburg, die zurückreichte bis in die Mitte des 16. Jahrhunderts, als die Katterburg, wie das Vorläufergebäude des Schlosses Schönbrunn geheißen hatte, an Kaiser Maximilian II. übergegangen war, beschloss Gentz ein andermal zu erzählen. Er wollte Fannys Aufnahmebereitschaft nicht unnötig strapazieren.

Als sie den Garten betraten, entdeckte Fanny Thomas sofort. Er stand an einem Rosenbeet neben einem einfach gekleideten Mann in Hut und Gärtnergewand, der sich auf seine Schaufel stützte, während er sich angeregt mit Thomas unterhielt.

»Thomas!« Fanny winkte und lief aufgeregt auf die beiden Herren zu. »Du ahnst nicht, was dir entgangen ist.«

Gentz folgte ihr bedächtigen Schrittes. Und glaubte, auf der Stelle tot umzufallen, als er Mister McElroys vermeintlichen Gärtnerkollegen erkannte.

»Kaiserliche Hoheit, ich bin untröstlich!« Er verbeugte sich, so tief sein steifer Rücken es erlaubte.

»Was echauffiert Er sich denn so, Gentz? Es ist ja nichts passiert. Im Gegenteil. Ich habe mich blendend unterhalten«, antwortete Kaiser Franz lachend. »Der junge Mann hat mich angesprochen, weil er etwas über diese Rose hier wissen wollte. Und ich habe es ihm erklärt.«

Sogar Fanny war sprachlos. Sie knickste und senkte den Blick, als Friedrich von Gentz sie dem Kaiser vorstellte.

»Keynitz?« Der Kaiser überlegte kurz. »Ach, deshalb die Witwentracht. Ein tapferer Offizier! Gefallen für unser heiliges Vaterland. Trauttmansdorff hat mir erzählt, Sie ist eine Wohlleben, nicht wahr?«

Fanny nickte und errötete noch mehr. »Wir waren gerade im Zoo, Kaiserliche Hoheit«, bemerkte sie eingeschüchtert.

»Welche Tiere haben Ihr besonders gefallen?«

»Die Kängurus«, antwortete sie, ohne zu zögern. Von seinem jovialen Verhalten ermutigt, fuhr sie fort: »Die sind viel größer, als ich dachte. Und sie ziehen ihre Kinder in ihrer Beuteltasche groß.«

Der vernichtende Blick des Freiherrn brachte sie zum Schweigen. Gentz wusste, dass sich hinter der volksnahen Fassade des Kaisers auch eine durchaus gefährliche Seite verbarg. Man war jedenfalls gut beraten, sich in Acht zu nehmen.

Doch noch war keine Gefahr in Verzug. Im Gegenteil, Kaiser Franz betrachtete Fanny mit Wohlwollen. »Dann lasse Sie sich von den beiden Herren noch eine Weile durch den Garten führen. Wenn es Sie nicht langweilt.«

»Nein, gar nicht«, beeilte sich Fanny zu erwidern. »Ich habe selbst einen großen Garten und liebe Pflanzen.«

Verzweifelt hielt Gentz den Atem an. Du lieber Himmel, auch das noch. Was für eine Anmaßung! Sie würde doch nicht anfangen, den Kaiser in ein Gespräch zu verwickeln!

»Das ist schön«, lautete die Antwort.

Zu Gentz' grenzenloser Erleichterung sagte Fanny kein Wort mehr.

Stattdessen erhellte ein Lächeln das schmale und immer blasse Gesicht des Kaisers. Er wandte sich Gentz zu. »Er kennt doch den Boos. Lasse Er sich Pflanzen mitgeben für die junge Dame.« Der Kaiser hob die Hand zum Gruß und entfernte sich.

Thomas starrte verständnislos von einem zum anderen. Warum sahen die beiden so seltsam drein? Weil sie deutsch gesprochen hatten, hatte er kein Wort verstanden.

»Das war Kaiser Franz«, zischte Fanny ihm auf Englisch zu.

Thomas erbleichte und begann plötzlich schallend zu lachen. Ein Kaiser mit Schaufel und Gärtnerschürze? Das hat die Welt noch nicht gesehen!

Die erstaunliche Begegnung bewirkte, dass Gentz seine Botanikstunde zu Fannys grenzenloser Erleichterung kurzhielt. Er war viel zu erschöpft, um sich ausführlich über die aus Nordamerika stammende Klebrige Azalea, die spanische Zwergpalme, die herrliche Fackeldistel, die ostindische Weiße Dombeya oder die Blaublühende Dianelle aus Mexiko auszulassen, die gerade in üppiger Blüte standen. Allerdings wagte er nicht, den Auftrag des Kaisers zu ignorieren. Also statteten sie seinem Freund Franz Boos einen, wenn auch außergewöhnlich kurzen, Besuch ab.

Der Hofgärtner war überrascht, normalerweise pflegte Gentz stundenlang mit ihm zu parlieren und durch die Anlage zu streifen, Neuerwerbungen zu besichtigen oder der Bewunderung des Wachstums und der Blüten zu frönen. Die Liebe zur Botanik verband sie seit vielen Jahren. Boos war immer wieder vom Eifer und der Gründlichkeit beeindruckt, mit der sein Freund seine Studien betrieb. Heute schien ihm irgendetwas nicht bekommen zu sein. Erst als Gentz ihn vom allerhöchsten Befehl in Kenntnis setzte, stellte er seine Vermutungen an, stand es doch mit der Beziehung zwischen dem Kaiser und der rechten Hand Metternichs bekanntermaßen nicht zum Besten. Es war nicht zu übersehen, dass der populäre, gebildete und stets hochdeutsch sprechende Gentz dem volksnahen Kaiser ein Dorn im Auge war.

Die erschöpfte Miene seines Freundes ließ Boos jedoch von weitergehenden Überlegungen Abstand nehmen. Eigenhändig stellte er einige ausgewählte Preziosen zusammen und wies einen der Lehrlinge an, sie vorsichtig – vorsichtig! – in zwei Kisten zu verpacken, die zu Fannys größter Begeisterung das kaiserliche Wappen trugen.

Schließlich traten sie mit ihrem Schatz die Heimreise an. Während Fanny es nicht erwarten konnte, Sophie und ihren Eltern von dem denkwürdigen Gespräch mit dem Kaiser zu erzählen, schlief Friedrich von Gentz auf der Stelle ein. Aufregungen wie diese schätzte er nicht.

Oben auf dem Kutschbock saß Thomas – heilfroh, wieder an seinem angestammten Platz zu sein – und beschloss, die Frau Gräfin zu bitten, ihm die eine oder andere botanische Kostbarkeit für Westham Hall zu überlassen. Nicht auszudenken, was für ein Aufsehen er damit in seiner Heimat erregen würde. Die Geschichte mit dem Kaiser glaubte ihm sonst keiner.

6. Kapitel

Sophie beschloss auszugehen. Sie hatte nun vier Stunden gelesen, jetzt wurde es Zeit für ein wenig Bewegung. Schade nur, dass Napoleons Bomben das herrliche Paradeisgartl auf der Löwelbastei zerstört hatten. Nun blieb in der Stadt lediglich das Glacis, um sich die Beine zu vertreten.

Langsam stand sie auf – es wurde ihr dabei schnell schwarz vor Augen in letzter Zeit – und blickte stolz an sich hinunter. Im siebten Monat war ihre Schwangerschaft nicht mehr zu übersehen. Jeden Tag pries sie Emilias kluge Idee, Knöpfe in ihr Kleid zu nähen. Mittlerweile fühlte sie sich wunderbar und rundum wohl. Die manchmal schmerzhaften Tritte des Kindes in ihren Unterleib quittierte sie nach anfänglicher Besorgnis inzwischen mit einem nachsichtigen Lächeln.

Leise ächzend streckte sie ihren Rücken durch. Sie liebte das winzige Wesen, das in ihr heranwuchs, von Tag zu Tag mehr. An ihre Jugendträume dachte sie nur mehr selten, und wenn, dann mit der Nonchalance, mit der sie den romantischen Fantasien begegnete, die allgemein über das Wesen der Liebe kursierten. Seit sie sich wahrhaftig und ohne Vorbehalte auf ihre Ehe eingelassen hatte, liebte sie ihren Gemahl inniger und aufrichtiger als zur Zeit ihrer schwärmerischen Verliebtheit. Irgendwann, dessen war sie sich sicher, würde sie mit Edward die Welt bereisen. Aber sie hatte erkannt, dass das wahre Leben sich nicht in ihrer Fantasie abspielte, Träume nicht mehr waren als Schimären. Natürlich, jeder Mensch braucht Träume, räsonierte sie, während sie Fanny beobachtete, die aus der Kutsche stieg und ins Haus trat. Solange sie beflügelten, vorwärtsbrachten und den Menschen nicht beherrschten oder ihn daran hinderten, das Beste aus allem zu machen, was das Leben zu bieten hatte. Allzu leicht jedoch konnte man, wie Sophie aus Erfahrung wusste, über die eigenen Wünsche und Vorstellungen stolpern und dabei das Wertvollste mit Füßen treten: den Augenblick, der – wenn man sich ihm nicht verweigerte – ohnehin alles bereithielt. Bisher hatte sie ihr Wissen aus Büchern bezogen. Es wurde Zeit, aufzuwachen und mit offenen Augen am Leben teilzunehmen.

»Gehst du mit mir spazieren?«, fragte sie Fanny, als diese mit einem Berg von Kleidern am Arm schwer atmend ins Zimmer stolperte.

»Puh, jetzt wäre ich fast hingefallen.«

»Warum hast du es so eilig?« Sophie musste lachen. Woher nahm ihre kleine Schwester bloß ihre Energie?

»Weil mir eingefallen ist, dass ich meine Witwenkleider ablegen kann«, antwortete Fanny glücklich. Im gleichen Augenblick bemerkte sie, was das eigentlich bedeutete, und geknickt fügte sie hinzu: »Entschuldige, das war taktlos von mir. Vor einem Jahr ist Philipp gestorben.« Vorsichtig legte sie die Kleider auf dem Canapé ab.

Sophie schloss Fanny in die Arme. »Du brauchst dich nicht zu entschuldigen. Ich weiß, wie du es meinst. Und ich verstehe, dass du dich freust, endlich wieder Farben tragen zu können.«

»Wirklich?« Fanny sah sie dankbar an. »Du bist ganz anders als früher«, stellte sie fest. »Nicht mehr so streng und zerstreut.«

Sophie lachte auf. »Das hoffe ich doch. Sonst wäre das Kleine«, sie wies auf ihren Bauch, »sehr zu bemitleiden.«

Dann nahm sie die Kleider ihrer Schwester in Augenschein. Die rosa Robe aus Satin und zartem Musselin mit dem schmalen Bustier aus gepresstem Samt passte wunderbar zu Fanny. Ebenso das im Vergleich dazu wesentlich verspieltere vanillegelbe Seidenkleid mit der doppelten Rüsche am Saum und den Keulenärmeln sowie das weiße Tageskleid aus duftigem Perkal mit dem goldgelben Fichu und den farblich dazu abgestimmten Seidenbändern. »Wunderschön und wie für dich gemacht. Sie alle tragen eindeutig Emilias Handschrift.«

»Ich freue mich schon so darauf, sie anzuziehen, vor allem das gelbe.« Fanny nahm Sophie das verspielte Seidenkleid aus der Hand und hielt es an ihren Körper. »Ist es nicht schön? Und dazu hab ich die hübsche Schute ...« Sie schloss die Augen und drehte sich gedankenverloren im Kreis, dass die Rüschen nur so flogen.

»Fanny?« Sophie holte ihre Schwester in die Gegenwart zurück.

Abrupt blieb Fanny stehen.

»Sag, wer ist es? An wen hast du gerade gedacht?« Sophies neckender Tonfall konnte über ihre Neugier nicht hinwegtäuschen. Es fiel ihr zunehmend schwerer, ihre Schwester zu durchschauen. Früher hatte sie in ihrer Seele geblättert wie in einem ihrer Bücher. Das gelang ihr immer weniger. Je vernünftiger und fügsamer sich Fanny verhielt, umso verschlossener schien sie zu sein.

»An niemanden«, erwiderte sie prompt. »Ich freue mich einfach darauf, wieder einmal tanzen zu gehen und mich zu amüsieren.« In Wahrheit hatte sie an Paul gedacht, anfangs. Doch dann waren es die Arme des ungarischen Grafen gewesen, die ihre Taille umfingen. Sie wischte diese verwirrenden Bilder beiseite. »Komm, schauen wir uns die anderen Kleider an.«

Es waren jene Mädchenkleider, die auf Emilias Geheiß letzten Sommer umgearbeitet worden waren.

»Die sind alle sehr hübsch«, konstatierte Sophie.

»Ja, aber alt«, gab Fanny unwillig zur Antwort. »Und so brav. Ich bin bald 18 und möchte ein Kleid, das erwachsener aussieht. So wie die, die Emilia trägt.«

Sophie konnte gut nachvollziehen, was Fanny meinte. »Aber Emilia hat im Moment zu viel zu tun. Ihr Atelier ist noch nicht fertig, und Caroline hat ihre alten Räumlichkeiten im Pointner'schen Herrenhaus bereits okkupiert.« Kurz überlegte sie. »Weißt du was? Wir statten Hermine Hofstadler einen Besuch ab. Ihre Modelle sind zwar nicht so extravagant wie die von Emilia, aber immer en vogue. Ich wollte mir ohnehin die Beine vertreten. Was sagst du dazu?«

Stürmisch flog ihr Fanny um den Hals. »Du bist die Beste! Und nachher lade ich dich ins Silberne Kaffeehaus auf ein Eis ein.«

»Eine hervorragende Idee!« Sophie war sehr angetan von Fannys Plan. Vielleicht würde es ihr gelingen, mehr über die Gemütslage ihrer Schwester in Erfahrung zu bringen.

Arm in Arm schlenderten die beiden jungen Damen die Kärntnerstraße hinunter Richtung Stephansplatz. Die Stadt war deutlich ruhiger als sonst um diese Tageszeit. Man merkte, dass sich der Adel wie jedes Jahr in seine Sommerresidenzen zurückgezogen hatte. Es war bewölkt und für Anfang Juli eher kühl.

»Eigentlich ist es schön, zur Abwechslung einmal einen Sommer in der Stadt zu verbringen«, stellte Fanny fest. Sie war ausnehmend gut gelaunt.

Sophie nickte, dankbar, dass niemand in der Familie sie spüren ließ, dass ihr Zustand einer der Gründe dafür war.

Sie selbst vermisste den Rückzug ins Grüne, den herrlichen Rosenpavillon, in dem sie Stunden um Stunden lesend zugebracht hatte, und die lauen Sommerabende, die sie oft auf der Bank neben dem Teich verbracht hatte, das Zirpen der Grillen, die Farben des Sonnenuntergangs. Ihre Gedanken schweiften ab zu dem versteckten Platz unter der Hängebuche, mit dem sie äußerst pikante Erinnerungen verband. Ein wenig traurig stimmte es sie schon, ihren wahrscheinlich letzten Sommer in Wien nicht in Hietzing zu verbringen. Doch sie wischte diese sentimentalen Überlegungen entschlossen zur Seite, bevor Traurigkeit sich ihrer bemächtigen konnte.

Ehe sie es sich versahen, hatten sie das Atelier der Schneiderin in der Seilergasse erreicht. Es war ruhig im Geschäft, umso herzlicher fiel der Empfang der Frau Hofstadler aus.

»Mylady! Frau Gräfin! Was für eine angenehme Überraschung. Die Stadt ist ja wie ausgestorben, die Kundschaft handverlesen«, plauderte sie drauflos. Ihr entging nicht, dass die ältere der beiden Wohlleben-Schwestern guter Hoffnung war. Letztes Jahr war es umgekehrt gewesen. Was für ein Drama, das arme Mädchen. Von wegen Influenza. Zuerst das Kind und dann auch noch den Mann zu verlieren. Nun, selbst der Adel war gegen Schicksalsschläge wie diesen nicht gefeit. Vor Gott waren eben alle Menschen gleich. Er schenkte das Leben und er raffte es dahin.

Bevor sie sich weiter in ihre philosophischen Überlegungen verstieg, griff sie entschlossen zu der teuersten Seide im Laden. Die Familie Keynitz hatte ihre Schwiegertochter fürstlich entlohnt, wurde gemunkelt. Da wollte sie auch ein Stück vom Kuchen haben. Mit einem geübten Schwung rollte sie den Ballen aus.

»Oh mein Gott!«, rief Fanny.

Das goldgelbe Gewebe mit den glänzenden Atlasstreifen wirkte außergewöhnlich und sehr edel, stellte Sophie fest. »Ich denke, Fanny, wir müssen nicht mehr lange suchen, nicht wahr?«

»Den nehmen wir«, bestätigte Fanny.

»Dazu dieses geblümte Fichu, die entzückenden Seidenbänder und ein schmaler Gürtel aus Samt. Wie überaus elegant!« Frau Hofstadler war ganz in ihrem Element. Sie warf einen prüfenden Blick auf Fanny. »Nicht zu stark bouillonniert. So eine zarte Gestalt verträgt nicht zu viel Firlefanz. Und einen großzügigen Ausschnitt für das herzige Dekolletescherl und die makellosen Schultern. Wir Frauen müssen betonen, was wir haben, nicht wahr?«

Sophie wandte sich ab, um nicht laut loszulachen. Jetzt, da Mama nicht zugegen war, schien es für Frau Hofstadler kein Halten zu geben.

Fanny wiederum hatte ihre helle Freude. »Ja, Frau Hofstadler, genau so machen wir es. Und den Ausschnitt ruhig noch ein bisschen tiefer.« Sie hatte sich lange genug in hochgeschlossene Witwenkleider gehüllt.

Was Graf Erdélyi wohl dazu sagen würde? Fanny hatte ihn bei ihrem letzten gemeinsamen Ausritt zu ihrem Geburtstagsfest eingeladen. Das schlechte Gewissen unterdrückte sie entschlossen. Paul wusste, wann sie Geburtstag hatte. Immerhin hatte er ihr letztes Jahr diese wunderschöne Gemme der Muse Euterpe geschenkt. Was sollte sie tun, wenn er nicht da war?

»Und Sie schaffen es, das Kleid bis zu meinem Geburtstag am 15. Juli fertigzustellen.«

Das war keine Frage, sondern eine Feststellung.

Frau Hofstadler erbleichte. Nur zehn Tage. Aber sie erholte sich rasch von dem Schrecken. Dann würde sie eben zwei weitere Näherinnen hereinholen und insgesamt vier in Rechnung stellen. Das Unmögliche möglich machen und dabei einen ordentlichen Gewinn herausschlagen – das gefiel ihr. »Jawohl, Frau Gräfin. Wenn Ihr nur geruhen würdet, in, sagen wir, fünf Tagen zur Anprobe zu erscheinen?«

»Natürlich«, antwortete Fanny selig. Sie konnte es nicht erwarten.

***

Wenig später saßen die Schwestern ein paar Häuser weiter – ebenfalls in der Seilergasse – zwischen Künstlern und Gelehrten, die um diese Tageszeit das berühmte und für seine prunkvolle Ausstattung bekannte Silberne Kaffeehaus frequentierten, und bestellten zwei Portionen Gefrorenes und zwei Gläser Limonade. Es hatte leicht zu regnen begonnen, so kam ihnen diese Zwischenstation auf dem Heimweg gerade recht.

Nachdem ihre Zurückhaltung bisher nicht gefruchtet hatte, beschloss Sophie, direkt zur Sache zu kommen. »Fanny, erzähl endlich: Wie steht es mit dir und Graf Erdélyi?«

Überrumpelt sah Fanny über ihren riesigen Eisbecher hinweg Sophie mit großen Augen an. »Was soll mit ihm sein?«

»Ach, Fanny, tu nicht so«, erwiderte Sophie unwillig. Sie konnte es nicht leiden, wenn ihre Schwester sie für dumm verkaufte.

»Na gut.« Fanny beschloss, die Karten auf den Tisch zu legen. Es nützte sowieso nichts. »Was soll ich bloß machen? Paul ist nicht da. Und selbst wenn er zurückkommt, weiß ich nicht, ob er nicht längst mit Lotte Pichler verlobt ist.«

Sophie nickte. Emilia hatte ihr von der unerquicklichen Begegnung im Haus der Martha Faber erzählt. Sie konnte es zwar kaum glauben, doch auszuschließen war es natürlich nicht. Vor allem würde sich Pauls seltsames Benehmen dadurch erklären. Wer verschwand schon monatelang aus der Stadt, ohne von sich hören zu lassen? Ihrer Mutter gegenüber hatte sie Stillschweigen gewahrt. Sie wusste, wie sehr Mathilde Paul schätzte, und wollte nicht diejenige sein, die seine Integrität infrage stellte. Guter Rat war also teuer.

»Ich weiß es nicht«, antwortete Sophie ehrlich. »Und Graf Erdélyi? Er gefällt dir doch, oder?« Wie könnte es anders sein, setzte sie in Gedanken hinzu. Dieser Mann war schlichtweg unwiderstehlich. Und charaktervoll dazu. Georg hatte ihr von dem Abend in den Apollosälen erzählt – der Graf habe sich trotz einiger Avancen mustergültig verhalten. Und sein Interesse an Fanny war mittlerweile nicht mehr zu übersehen. Beinahe jeden Tag schickte er Blumen oder Schokolade. Sophie wusste es zwar nicht mit Sicherheit, ahnte aber, dass er Fanny in ihrem Palais besuchte. Fanny hatte ihr erzählt, wie umsichtig er ihr dabei half, die zurückhaltende Phoebe an ihren temperamentvollen Wallach zu gewöhnen. Sophie kannte ihre leidenschaftliche Schwester gut genug, um anzunehmen, dass es dem Grafen oblag, bei diesen Begegnungen die Grenzen der Schicklichkeit zu wahren.

»Natürlich gefällt er mir. Das ist ja das Problem. Wenn du es genau wissen willst: Graf Erdélyi hat mich noch nicht richtig geküsst.« Fanny kam nun doch ohne Umschweife zum Punkt. Ihre Schwester würde ohnehin nicht früher ruhen. Die sanfte Berührung damals im Stall – Fanny bekam immer noch Gänsehaut, wenn sie daran dachte – verschwieg sie wohlweislich. Und sie musste dabei nicht einmal lügen.

Man konnte diesen zarten Hauch von Nichts kaum als richtigen Kuss bezeichnen. Seither hatte der Graf sich ihr nicht mehr genähert. Wie Paul damals, dachte sie. Plötzlich wurde ihr bewusst, dass seit Karl Baron Trattenbach kein Mann mehr versucht hatte, sie mit allen Raffinessen zu verführen. Auch nicht ihr verstorbener Gemahl. Gerade der nicht. Ein wenig bedauerte sie das.

Sophie, insgeheim erleichtert, nippte an ihrer Limonade. »Nun, dann ist ja alles in Ordnung«, stellte sie zufrieden fest.

Das war zu viel. Die scheinbare Gleichgültigkeit ihrer Schwester brachte das Fass zum Überlaufen. Zu lange hatte Fanny ihre wahren Gefühle für sich behalten. »Gar nichts ist in Ordnung!«, brauste sie auf, bemerkte allerdings, dass sie die Aufmerksamkeit ihrer Umgebung auf sich zog, und senkte ihre Stimme. »Du weißt, ich habe Paul wirklich geliebt, aber ich fange an, ihn zu vergessen. Und wenn es wahr ist, was Frau Pichler behauptet ...«, sie schüttelte den Kopf, »dann habe ich mich in ihm getäuscht. Und diese Bedenken lassen mich auch an meinen Gefühlen zu ihm zweifeln.« Sie holte tief Luft. »Was Graf Erdélyi betrifft, weiß ich nur, dass mich seine Blicke bis in den Schlaf hinein verfolgen. Mein Herz schlägt schneller, wenn er in meiner Nähe ist. Und manchmal, wenn wir über Pferde reden und ich ihn beobachte, wie er Phoebe behandelt oder Brandy, glaube ich, ihn ewig zu kennen. Unsere Liebe zur Natur und zu den Pferden verbindet uns. Vielleicht haben wir jetzt schon mehr gemeinsam, als Paul und ich je haben werden.« Sie atmete tief durch, nahm ihren Löffel und rührte nachdenklich in ihrem Gefrorenen, das langsam zerlief. »Was würdest du an meiner Stelle tun?«

Sophie rang nach Worten. »Ich weiß es nicht«, stellte sie schließlich fest. Ihr fiel beim besten Willen nichts Klügeres ein. »Manchmal muss man dem Leben einfach seinen Lauf lassen.«

»Wahrscheinlich.« Fanny fühlte sich erleichtert und befreit wie lange nicht mehr. Wenn nicht einmal ihre kluge große Schwester Rat wusste, gab es wohl nichts für sie zu tun, außer abzuwarten. »Ich freue mich auf meinen Geburtstag«, sagte sie und löffelte ihr Eis auf.

~◦~

Zu Hause erwartete Sophie eine Überraschung. Eine Eildepesche aus England. Mit zitternden Händen brach sie das Siegel. Endlich! Die Antwort ihrer Schwiegermutter. Während sie das Schreiben entfaltete, wurde ihr bewusst, dass dieser Moment ihr Leben verändern würde. So oder so.

»*Meine liebe Sophie*«, las sie. Sie setzte sich und ließ die nun folgenden Worte auf sich wirken.

Es fällt mir nicht leicht, meine Gedanken in Worte zu fassen. Denn ich möchte ehrlich mit dir sein, nichts schönen, nichts verschweigen. Ich erwarte nicht, dass du mich und mein Handeln verstehst, aber es ist mir ein aufrichtiges Bedürfnis, es dir zu erklären.

Seit Edward mich verstoßen hat, habe ich Nachforschungen über dich angestellt. In der Hoffnung, etwas zu finden, was meinen Sohn zur Vernunft bringen könnte. Doch je mehr ich über dich und deine Familie in Erfahrung bringen konnte, desto größer wurde die Scham, die mich überkam. Keines meiner Vorurteile, die ich dir gegenüber hegte, hat sich bestätigt. Deine Familie ist der unseren in jeder Hinsicht ebenbürtig, du bist nicht, wie ich befürch-

tet hatte, eines jener namenlosen Mädchen, die hinter Edwards Rang und Titel her waren.

Du musst wissen, dass ich es seit jeher als meine Pflicht angesehen habe, Edward und unsere Familie zu schützen. Deshalb habe ich, als mein Sohn noch klein war, eine passende Gemahlin für ihn ausgesucht. Heather, die Tochter meiner engsten Freundin und Vertrauten. Unsere Kinder sind gemeinsam aufgewachsen, Heather hat meinem Sohn stets größte Zuneigung entgegengebracht. Was will eine Mutter mehr? Jetzt wirst du selbst Mutter und vielleicht irgendwann verstehen, was in mir vorging. Ich wollte das Beste für Edward. Er mochte Heather, doch das war ihm zu wenig. Stattdessen begann er seine jugendliche Affäre mit dieser Gouvernante zu dramatisieren, seinen romantischen Gefühlen nachzugeben wie ein gewöhnlicher Bürgerlicher. Ich habe alles in meiner Macht Stehende unternommen, um die unglückselige Liaison zu beenden. Aber es ist mir nicht gelungen, ihm die Augen zu öffnen. Stattdessen hat er England verlassen. Edward hat mein Herz gebrochen und die Familie entzweit.

Als es am Totenbett meines Gemahls zur Versöhnung kam, hegte ich die Hoffnung, dass die Dinge endlich einen glücklichen Ausgang nehmen würden. Ich hatte mich getäuscht – denn da warst du. Es fällt mir unendlich schwer, es zu sagen: Ich wollte meine Niederlage nicht eingestehen. Ich war mit Zorn und Blindheit geschlagen. Mein Verhalten dir gegenüber ist unentschuldbar. Dennoch hast du mir die Hand zur Versöhnung gereicht. Eine große Geste, die mich zutiefst beschämt.

Nun gibt es nichts mehr zu sagen für mich. Außer,
dass ich mit Dankbarkeit dein Angebot annehme,
nach Westham Hall zurückzukehren. Und ich ver-
spreche dir, das Meinige dazu beizutragen, um das
Leben für dich, Edward und euer Kind – mein Enkel-
kind – so angenehm wie möglich zu gestalten. Bis zu
deiner Rückkehr werde ich versuchen, den Schaden,
den ich dir und deinem Ruf hier in London zugefügt
habe, wiedergutzumachen – und sollte es zu meinem
eigenen Nachteil sein. Das bin ich dir schuldig.

Sophie schloss die Augen. Es war vorbei. Unendliche
Erleichterung überkam sie. Bei nächster Gelegenheit würde
sie Tante Louise davon erzählen und sich für ihren guten Rat
bedanken. Auch wenn sie ein gewisses Unbehagen bei dem
Gedanken verspürte, dauerhaft unter einem Dach mit ihrer
Schwiegermutter leben zu müssen – und dieses Dach war
so groß wie ein ganzes Dorf –, es hatte ohne Zweifel seine
Vorteile. Wer weiß, vielleicht würden sie sich letztlich gut
miteinander verstehen. Zumindest gab es eines, was sie verband: die Liebe zu Edward. Und in Zukunft auch die Liebe
zu ihrem Kind. Sehnlichst wünschte sie Edward herbei, um
mit ihm diese gute Nachricht zu feiern. Im Gegensatz zu
ihrem letzten Besuch in Wien erfüllte sie der Gedanke an
ihn mit ungetrübter Freude. Wäre er bloß schon hier.

Matthias Niedermayer höchstselbst fand sich ein, als Fannys Porzellan unter der strengen Aufsicht von Tante Louise
vier Tage vor ihrem Geburtstagsfest geliefert wurde. Während die schweren Kisten wie rohe Eier von der Kutsche

ins Haus verladen wurden, wusste der Direktor der k. k. Wiener Porzellan-Manufaktur gar nicht, wem er zuerst huldigen sollte. Seinem florierenden Geschäft – ein bisschen Werbung in eigener Sache konnte erfahrungsgemäß nie schaden –, dem prächtigen Gartenpalais oder der bildhübschen Besitzerin. Über die verwitwete Gräfin Keynitz wurde viel getratscht, deshalb hatte er sie sich ganz anders vorgestellt, leidender und bei Weitem nicht so schön.

Bedauerlicherweise entschied er sich für Ersteres. Auf sage und schreibe fünf Millionen Gulden würden sich die Umsätze der letzten zehn Jahre belaufen, betonte er stolz, seit dem Kongress ersticke die Fabrik geradezu in lukrativen Aufträgen vonseiten des Hofes. Großzügig beschenkt worden seien unter anderem der König von Preußen, Lady Castlereagh, Zar Alexander, Erzherzog Leopold von Neapel, der König von Portugal oder der englische Prinzregent. Allein mit dem vor Kurzem in Auftrag gegebenen Tafelservice für den Herzog von Wellington seien die Künstler der Fabrik noch jahrelang beschäftigt.

»40.000 Gulden auf einen Schwung, man stelle sich vor!«, rief der Direktor aus und wischte sich den Schweiß von der Stirn.

»Mein lieber Niedermayer, das mag ja alles gut sein fürs Geschäft«, unterbrach Baronin Lilienthal seine taktlose Tirade resolut. »Doch Er scheint vergessen zu haben, dass es heute einzig und allein um meine Nichte geht und deren neues Tafelservice.«

Der Direktor, vor den Kopf gestoßen durch diese harschen Worte und ob der herablassenden Anrede indigniert, verbeugte sich. »Natürlich, Baronin.«

Danach schwieg er zu Louises Erleichterung beleidigt. Sie wollte lediglich das Service am Ende des Tages unversehrt auf seinem Platz wissen und sichergehen, dass Fanny die Auswahl, die sie mit ihrer Schwester getroffen hatte, goutierte. Nachdem die ersten Stücke ausgepackt worden waren – eine Kaffeekanne, zwei Tassen und ein Kuchenteller –, bestand diesbezüglich kein Zweifel.

»Wunderschön!«, jubelte Fanny, ehrlich begeistert von dem kunstvoll umrankten Arrangement bunter Rosen und Tulpen auf gelbem und weißem Grund.

Ihre Freude ließ Niedermayer kurz seine eigene Malaise vergessen. Er brach sein Schweigen und berichtete stolz, dass das Dekorum die Handschrift des aussichtsreichen Michael Köhler trug, der sich, obwohl erst seit zwei Jahren angestellt, binnen kürzester Zeit als ungeheuer talentiert erwiesen habe, vor allem als Figurenmaler.

Nachdem auch das gesamte Speiseservice heil seinen Platz in der neuen Anrichte gefunden hatte – Joseph Danhausers Möbel waren pünktlich eingetroffen, ebenso die opulenten Blumentapeten, die bereits die Wände zierten –, meldete das Dienstmädchen Graf Erdélyi, der mit einem riesigen Blumenstrauß in der Hand den Salon betrat.

Bewundernd betrachtete er Fanny, die das Bouquet mit einem freundlichen Nicken entgegennahm. Bisher hatte sie nur dunkle Witwenkleider getragen. Er konnte sich gar nicht sattsehen. In ihrem duftigen weißen Perkalkleid mit den kleinen Puffärmeln sah sie frisch aus wie das blühende Leben. Sie ist fast noch ein Kind, dachte er.

Auch Louise war enthusiasmiert, allerdings vom Anblick des attraktiven Ungarn. Ach, wäre sie doch noch einmal jung … Dieses Feuer, dieser Esprit – würde der Graf nur mit dem Finger schnippen, es wäre um sie geschehen. In gewisser Weise bewunderte sie ihre Nichte. Wie ruhig sie blieb in seiner Gegenwart. Louise erkannte begnadete Liebhaber sofort. Und hier stand einer vor ihr, ganz ohne Zweifel. Sie betrachtete seine wohlproportionierten, sensiblen Hände, die kräftige Nase, das markante Kinn. Und wünschte sich sehnsüchtig Alphonso herbei. Sie würde noch heute Abend nach ihm schicken. Er war nicht annähernd so begehrenswert wie dieser herrliche Ungar, aber er wusste seine Werkzeuge zu verwenden. Sie konnte sich nicht beklagen.

»Tante?«, unterbrach Fanny Louises Gedankenfluss. Warum starrte Louise den Grafen so unverhohlen an? »Wir wollen ausreiten. Ich muss mich noch umziehen und dem Stallmeister Bescheid geben. Würdet Ihr so freundlich sein, Graf Erdélyi in der Zwischenzeit Gesellschaft zu leisten?«

Nichts lieber als das. Louise nickte gnädig. »Aber beeil dich, ich habe noch etwas Dringendes zu erledigen.« Sollte Alphonso heute Abend anderweitig verpflichtet sein, würde sie eben Herrn von Bergheim rufen. Der besaß zwar weder die Qualitäten noch die Fantasie des italienischen Tanzlehrers, doch ihr Feuer musste heute auch nicht entfacht, sondern lediglich gelöscht werden.

Vor allem nach der halben Stunde mit dem Grafen, in der seine Aufmerksamkeit – abgesehen von der Verabschiedung des Herrn Niedermayer – ausschließlich ihr galt.

Louise staunte nicht schlecht, als Fanny zurück in den Salon kam. Es war weniger die scharlachrote Reitjacke mit den schwarzen Beschlägen, die sie in England hatte anfertigen lassen, als vielmehr die burschikose Reithose, die Louise irritierte. »Kind, was hast du denn da an?«

»Mein Reitkostüm, Tante«, antwortete Fanny ungerührt. Sollte sie es doch Mama erzählen. In wenigen Tagen war sie 18 und von zu Hause ausgezogen.

Einzig und allein der Blick des Grafen verunsicherte sie.

Nicht deshalb, weil sie Sorge hatte, er würde an ihrem Aufzug Anstoß nehmen, sondern weil das Begehren in seinen Augen sogar für sie unübersehbar war.

Louise, die sich mittlerweile von ihrem Schock erholt hatte, startete einen erneuten Versuch. »Trägt man das heute so?«

»Nein, Tante«, erwiderte Fanny wahrheitsgemäß. »Aber ich befinde mich damit in bester Gesellschaft. Zarin Katharina und Kaiserin Marie-Antoinette ritten immer in Hosen. So sagtet Ihr doch, nicht wahr, mein lieber Graf?«

Graf Erdélyi verbiss sich ein Lachen. Herrlich, wie Fanny ihrer Tante Paroli bot. Heute in Hosen zu reiten, noch dazu im konservativen Wien, war in der Tat äußerst mutig. Wäre er nicht längst in Fanny verliebt – spätestens in diesem Moment hätte er sein Herz an sie verloren.

～∞～

Fanny war überglücklich. Endlich konnte sie Phoebe so reiten, wie sie wollte. Auch das Pferd schien den Ausritt im Herrensattel zu genießen. Übermütiger als sonst sprang die junge Stute über umgestürzte Baumstümpfe, bevor es im gestreckten Galopp über die Wiese ging. Nach beinahe einer Stunde wildestem Ritt machten sie vor einem Wäldchen Halt, schon lange waren sie niemandem begegnet. Im Schatten einer Kastanie breitete der Graf die Decke aus, die er vorsorglich immer mit sich führte.

Fanny setzte sich und streckte ihre steifen Glieder. »Hat Euch unser Ritt etwa überfordert, werter Graf?«, neckte sie ihn. »Ihr wirkt ein wenig außer Atem.«

»Keineswegs, Gräfin«, lachte er, während er die Pferde festband. »Ihr seid es, die mir den Atem raubt.«

Fanny errötete. Wortlos sahen sie einander an.

»Vielleicht sollten wir zurückreiten.« Unschlüssig stand er da, die Zügel noch in der Hand.

»Vielleicht aber solltet Ihr Euch einfach nur setzen«, antwortete Fanny.

Er zögerte.

Da streckte sie ihm die Arme entgegen. »Kommt zu mir.«

In diesem Moment hörte er auf zu denken. All seine Selbstbeherrschung, die eiserne Disziplin, die er sich auferlegt hatte, waren dahin. Er trat auf Fanny zu, zog sie zu sich hoch und küsste sie leidenschaftlich. Wie ein Verdurstender eroberte er ihre Lippen, ihren Mund, löste ihr Halstuch und öffnete ungeduldig die Knöpfe ihrer Reitjacke. Ineinander verschlungen sanken sie schließlich zu Boden. Für ihn gab es nun kein Halten mehr.

Und Fanny erbebte unter der Urgewalt männlicher Lust und Verführungskunst, die sie so lange ersehnt hatte. Doch als er versuchte, sie von ihrer Reithose zu befreien, fühlte sie, wie ihr ganzer Körper sich versteifte. »Nicht. Bitte!«, hauchte sie.

Sofort ließ er von ihr ab. »Verzeiht. Oh mein Gott, verzeiht mir.«

Fanny lächelte. »Es gibt nichts zu verzeihen. Aber ...«

Rasch verschloss er ihren Mund mit einem zarten Kuss. »Sagt nichts. Es ist allein meine Schuld. Wie konnte ich mich so vergessen!« Liebevoll half er ihr, sich anzukleiden, knöpfte sein Hemd zu und legte seinen Frack an, den er achtlos zu Boden geworfen hatte. Wie ein Kind hob er Fanny hoch, als wäre sie leicht wie eine Feder. »Du machst mich süchtig«, flüsterte er in ihr duftendes Haar.

Sie seufzte. »Wir sollten uns beeilen. Es beginnt schon zu dämmern.«

Er nickte und half ihr aufs Pferd.

Später, in ihrem schmalen Jungmädchenbett im Palais ihrer Eltern, holte sie Pauls Medaillon aus dem Nachtkästchen. Sie versuchte, das Stechen in ihrem Herzen zu ignorieren. Fanny wusste, dass sie an diesem Tag eine imaginäre Grenze überschritten hatte. Doch wie hatte Sophie gesagt? Manchmal musste man dem Leben einfach seinen Lauf lassen. Und sie hatte ihr Leben heute in vollen Zügen genossen. Seltsam war nur, dass Fanny das Band, das sie und Paul umschlang, mit jedem Schritt, den sie sich von ihm entfernte, deutlicher spürte.

๛

Friedrich von Gentz lag, in einen grauseidenen Morgenmantel gehüllt, auf seinem schneeweißen Bett, naschte von den kandierten Früchten, die unter Glasglocken auf Kommoden und Tischen überall im Appartement verteilt waren, und arbeitete. Dieses bewegliche Schreibpult gehörte wie die raffinierte Vorrichtung, die Tinte und Feder jederzeit verfügbar in Greifweite hielt, zu den größten Annehmlichkeiten seiner Stadtwohnung. Genau genommen musste er sich den ganzen Tag nicht aus seinem Bette erheben. Er liebte diese dekadente, sybaritische Seite seines Daseins, vor allem, wenn er sich wie in den letzten Tagen in seinem Garten verausgabt hatte.

Der Bankier Salomon Rothschild hatte ihn wieder mit einer überaus großzügigen Zuwendung bedacht, was seine ohnehin glänzende Stimmung zusätzlich beflügelte. Denn ihm war ein großer Coup gelungen. In wenigen Tagen würde die kleine Wohlleben Geburtstag feiern. Und er hatte eine besondere Überraschung für sie.

Kein Geringerer als Fürst Andrej Kirillowitsch Rasumofsky hatte sich soeben bereit erklärt, mit seinem Quartett auf Fannys Fest aufzuspielen. Es werde die letzte Aufführung des legendären Kammerensembles sein, hatte er hinzufügt. Der Ärmste war vom Schicksal schwer gebeutelt. Am Silvesterabend des Jahres 1814 hatte ein Brand – ausgelöst durch eine überhitzte Röhre der Heizung – große Teile seines Palais und der herrlichen Parkanlage zerstört. Dank der Unterstützung von Kaiser Franz und des russischen Zaren Alexander verfügte er zwar über die für den Wiederaufbau nötigen Mittel, die Arbeiten würden jedoch noch Jahre dauern, und das prächtige Anwesen würde nie mehr in seinem alten Glanz erstrahlen. Ganz zu schweigen von den immensen Kunstschätzen und der wertvollen Bibliothek, die unwiderruflich verloren waren. Der Fürst war ein gebrochener Mann, umso mehr überraschte Gentz seine Zusage, die er als Zeichen der persönlichen Wertschätzung interpretierte. Er hatte während des Kongresses viele der zügellosen Feste im Palais des Fürsten genossen und auch das eine oder andere politische Scharmützel mit dem Vertrauten des Zaren ausgetragen, die dank seiner eigenen Umsicht und Diplomatie stets einen gedeihlichen Ausgang gefunden hatten. Offensichtlich fühlte sich ihm der Fürst deshalb verbunden.

Rasch verfasste er einen Brief an Gräfin Wohlleben. Sie würde dafür Sorge tragen müssen, den passenden Rahmen für den letzten Auftritt des Fürsten zu schaffen. Daran, dass das Gartenpalais ihrer Tochter dafür die besten Voraussetzungen bot, hegte er keinen Zweifel. Er hätte den Fürsten sonst niemals um diesen Gefallen gebeten.

∽ֆ⌒

Angeregt plaudernd schlenderten die Wohlleben-Schwestern die Johannesgasse entlang. Sie kamen von der letzten

Anprobe bei Frau Hofstadler, Fanny war ganz im Glück. Das Kleid für ihren Geburtstag war zauberhaft geworden und stand ihr vorzüglich. Neben Fannys graziler Erscheinung hatte Sophie sich in ihrem hellblauen Umstandskleid als ein wenig unförmig empfunden. Doch ein flüchtiger Blick in den Spiegel hatte die von Herzen kommenden Worte der Schneiderin bestätigt: Sie hatte noch nie schöner ausgesehen. Das helle Blau ihrer Augen glänzte geradezu magnetisch, ihre Wangen waren ebenso wie ihre Lippen voller als früher und von einem frischen Rot, ihr blondes Haar schimmerte wie ein Weizenfeld im Sommer.

Langsam stiegen sie die Treppen des Vestibüls hinauf, als Sophie eine ihr nur allzu vertraute Stimme vernahm. Ungeachtet ihres Zustands raffte sie ihre Röcke zusammen und stürmte die Stufen hinauf. Sie lief auf den Empfangssalon zu, stieß die halb geöffnete Flügeltür auf und stürzte in die Arme ihres Gemahls, der eben im Begriff war, sich zu setzen.

»Edward!« Tränen reiner Wiedersehensfreude traten ihr in die Augen.

Lord Thornfield fiel beinahe hintenüber und konnte sich im letzten Moment an der Ecke des schweren Sofas festhalten. Er lachte laut auf und schloss Sophie in die Arme. »Mein Gott, Sophie! Wie glücklich bin ich, dich so wohlauf und frohgemut zu sehen!«

Er drückte ihr einen innigen Kuss auf die Lippen.

Mathilde, die die kleine Szene von ihrem Lehnstuhl aus beobachtet hatte, war tief gerührt. Was für ein Unterschied zum letzten Wiedersehen der beiden in Wien. Die eisige Begrüßung damals stand ihr noch lebhaft vor Augen.

»Ihr seid da!« Fanny, die soeben den Raum betrat, klatschte aufgeregt in die Hände. Kurz hielt sie sich zurück, doch als das Paar sich voneinander löste, sprang sie auf Edward zu.

»Ich habe ein neues Pferd. Und mein Palais ist auch fertig. Und morgen ist mein Geburtstag.« Sie war außer sich vor Freude. In den Monaten auf Westham Hall hatte sie ihren Schwager ins Herz geschlossen. Insgeheim schwärmte sie sogar ein wenig für ihn. Seine souveräne Männlichkeit, seine Gelassenheit in allen Dingen des Lebens, die seinem hohen Stand geschuldete elegante Kultiviertheit und sein würdevoller Habitus hatten sie von Anfang an beeindruckt. In England aber hatte sie neue Seiten an ihm kennengelernt. Edward war warmherzig und verständnisvoll, ungeheuer gebildet, ohne dabei herablassend zu wirken. Er verfügte über eine ordentliche Portion trockenen Humors, liebte Pferde, und er behandelte sie, selbst wenn sie schlechte Laune hatte, stets mit Respekt. Vor allem jedoch vergötterte er ihre Schwester. Und das wog für Fanny sogar die Tatsache auf, dass er Sophie für immer nach England entführen würde. Kurz schluckte sie bei dem Gedanken, doch dann blickte sie auf Sophie, deren strahlendes Lächeln den ganzen Raum erhellte. Sie wusste, dass ihrer Schwester diese Liebe nicht in den Schoß gefallen war. Sie hatte unbeirrbar dafür gekämpft. Und Fanny würde alles dafür geben, irgendwann solch ungetrübtes Glück erleben zu dürfen.

Lord und Lady Thornfield verabschiedeten sich nach dem Kaffee und einer großartigen Kirschtorte. Diesmal war es, im Gegensatz zu Edwards letztem Besuch, Sophie, die einen raschen Aufbruch herbeiführte. Vor allem, weil ihr Gemahl erwähnt hatte, dass er für seinen Aufenthalt dasselbe Palais wie letztes Jahr gemietet hatte – verband sie doch die angenehmsten Erinnerungen damit.

Nachdem sie kurz darauf ihr Wiedersehen im Schlafgemach gefeiert hatten, kleideten sie sich zum Diner um.

Edward war noch immer entzückt, mit welch natürlicher Freizügigkeit Sophie sich ihm hingegeben hatte. Er hatte damit gerechnet, sein Verlangen in Rücksichtnahme auf den Zustand seiner Gemahlin zügeln zu müssen, aber zu seiner größten Freude hatte er sich geirrt. Sie erschien ihm sensitiver und leichter erregbar als jemals zuvor.

Selbst Sophie war überrascht gewesen. Professor Boër hatte ihr zwar versichert, dass sie diesbezüglich keinerlei Bedenken hegen müsse. Die Geburt eines Kindes sei ebenso wie die Schwangerschaft eine durch und durch natürliche Angelegenheit, hatte er bei seiner letzten Consultation betont. Sie könne dem Besuch ihres Gemahls daher mit uneingeschränkter Freude entgegensehen. Sollte sie es wünschen, hatte er rasch hinzugefügt, denn das sei nicht bei allen Damen der Fall. Während sie sich ankleidete, wanderten ihre Gedanken zu Fanny, die in ebendiesem Zustand ihre Liaison mit Baron Trattenbach wieder aufgenommen und besonders exzessiv gepflegt hatte. Damals hatte Sophie keinerlei Verständnis dafür gehegt, jetzt jedoch konnte sie es in gewisser Hinsicht nachvollziehen.

Als sie den Speisesalon betraten, galt Sophies erster Blick der Tafel. Erleichtert stellte sie fest, dass niemand auf sie wartete.

Edward lachte herzlich. Ihm war ihre Reaktion nicht entgangen. »Keine Sorge, diesmal bin ich allein angereist.«

Nur allzu gut erinnerten sie sich beide an den Eklat, der in diesem Raum stattgefunden und zum Zerwürfnis mit seiner Mutter geführt hatte.

Sophie tastete nach dem Schriftstück in ihrem Retikül. Ob er wohl davon wusste? Nachdem sie Platz genommen hatten, zog sie den Brief Lady Catherines hervor.

Edward musterte sie ratlos. »Willst du einen neuen Vertrag aufsetzen?«, fragte er beunruhigt. Dergleichen war ihm bereits zu Ohren gekommen. Doch hatte er nicht angenommen, dass Sophie aus der Geburt ihres Kindes Kapital zu schlagen gedachte.

»Einen neuen Vertrag?« Sie runzelte die Stirn. Weshalb sollte sie einen Vertrag aufsetzen wollen?

Ihre Arglosigkeit beruhigte ihn. Er ergriff ihre Hand und küsste sie.

»Nein, ich habe dir etwas Wichtiges zu berichten.« Sie lächelte. »Aber vielleicht weißt du es ja schon.«

Edward schien ahnungslos zu sein.

»Hast du in letzter Zeit deine Mutter getroffen?«

Er schüttelte den Kopf. »Nein. Ich wollte so schnell wie möglich zu dir. Meine Geschäfte haben mir keine Zeit dafür gelassen. Außerdem vermeide ich Begegnungen mit meiner Mutter, soweit es geht. Das bin ich dir schuldig.«

Sophies Augen blitzten. »Nun, das könnte sich in Zukunft ändern.« Sie reichte ihm den Brief. »Lies das.«

»Ein Brief meiner Mutter?« Er befürchtete das Schlimmste. Hastig ergriff er das Schreiben.

Genüsslich beobachtete Sophie sein Gesicht, während er las. Als er am Ende angelangt war, schloss er die Augen. Eine Versöhnung der beiden wichtigsten Frauen in seinem Leben hatte Edward kaum zu erhoffen gewagt. Dass es nach dem Fehlverhalten seiner Mutter aber Sophie war, die den ersten Schritt gesetzt hatte, berührte ihn auf eine Weise, die ihm den Atem raubte. Seine Stimme war rau, als er zu sprechen ansetzte.

»Sophie, du bist ... das ist ...« Ihm fehlten die Worte.

Sie lächelte zufrieden. Die Überraschung war geglückt.

Abrupt stand Edward auf, nahm ihre Hand, zog sie hoch und schloss sie in die Arme. Dann bedeckte er ihr Gesicht mit zarten Küssen. »Du machst mich zum glücklichsten Mann der Welt«, flüsterte er. »Ich liebe dich.«

»Und ich liebe dich«, erwiderte sie leise.

Fanny schlug die Augen auf und war verwirrt. Statt der überschäumenden Freude, die sie, seit sie denken konnte, bisher an jedem Geburtstagsmorgen empfunden hatte, schlich sich an diesem 15. Juli 1816 ein Gefühl der Wehmut in die Vorfreude. Es war das letzte Mal, dass sie in ihrem Zimmer aufwachte. Das letzte Mal, dass sie sich zum Frühstück mit ihren Eltern begab. Das letzte Mal, dass sie den Tag gemeinsam mit ihnen plante. Heute würde sie die Geborgenheit ihrer Kindheit gegen die Freiheit des Erwachsenseins tauschen. Und in der gleichen Weise, in der sie sich auf ihr selbstbestimmtes neues Leben freute, ängstigte sie sich davor.

Entschlossen schob sie ihre Zweifel beiseite, die verdarben ihr nur ihren Geburtstag. Sie läutete nach Adele. Das neue Seidenkleid wollte endlich ausgeführt werden. Frau Hofstadler hatte ihr Versprechen gehalten – gestern war es geliefert worden, und es passte wie angegossen. Ein Blick aus dem Fenster bestärkte Fanny in ihrer Entscheidung. Der Tag konnte ruhig ein bisschen Farbe vertragen, noch war die Sonne nicht zu sehen. Hoffentlich gibt es heute keinen Regen, dachte sie besorgt. Auch wenn das Palais genug Platz bot – sie hatten ein Gartenfest geplant. Das war ja das Schöne an einem Geburtstag mitten im Sommer.

»Ich soll Euch bestellen, Ihr möget bitte direkt in Euer Palais kommen«, verkündete Adele. »Der Kutscher wartet bereits.«

Etwas enttäuscht erledigte Fanny ihre Toilette. Sie hatte sich so auf ein Familienfrühstück gefreut. Doch sah sie ein, dass sie vor Ort gebraucht wurde. Tante Louise bei den Vorbereitungen allein zu lassen, war ungehörig. Und spät dran war sie auch.

Als Fanny mit Adele im Schlepptau vor ihrem Palais anhielt, traute sie ihren Augen kaum. Woher kamen die vielen Kutschen? Sie eilte die Stufen hinauf zum Vestibül. Niemand zu sehen. Auch unten in der Küche waren nur Pepi, die Köchin, und die beiden Dienstmädchen. Sie knicksten tief, als sie eintrat. Rasch machte Fanny kehrt. Was hatte das zu bedeuten? Kein Ton zu hören.

Ungeduldig stieß sie die hohe Doppelflügeltür des Speisesaals auf.

Alle waren hier! Mama und Papa, Sophie und Edward, Georg und Emilia und natürlich Tante Louise. Und sie alle lächelten ihr entgegen. Fanny verdrückte ein paar Tränen, während sie innig umarmt und beglückwünscht wurde.

»Da bist du ja endlich, mein großer Mops! Möpschen darf ich nicht mehr sagen, oder?«

»Doch«, lachte Fanny und ließ sich von ihrem Bruder herzen und küssen.

»Uns knurrt schon der Magen.«

»Georg!«, ermahnte Mathilde ihren Sohn, aber ihre Stimme klang milde. Dennoch war auch sie erleichtert, als die Dienstmädchen auf Geheiß ihrer Schwester Salate, Suppen, weich gekochte Eier und Gebäck einstellten.

»Der Champagner kommt später«, verkündete Louise bedauernd. Mathilde hatte ihr diesmal freie Hand gelassen, nur in der einen Sache hatte sie sich durchgesetzt.

Während sie das kleine Dejeuner zu sich nahmen, schielte Fanny neugierig auf den Gabentisch.

Anschließend erhob ihr Vater das Wort. Er hatte sich zuvor bereits dreimal geräuspert, dennoch gelang es ihm nicht, die Rührung in seiner Stimme zu verbergen. »Meine liebe Fanny! Heute ist dein 18. Geburtstag. Abgesehen davon, dass wir uns alle mit dir und für dich freuen ...« Er blickte in die Runde. Alle nickten.

»... und dir ganz herzlich zu diesem Jubeltag gratulieren, kann ich es nicht fassen, dass du uns nun verlassen wirst.«

Mathilde ergriff ihr Taschentuch.

»Du hast hier«, er deutete mit großer Geste um sich, »ein Meisterwerk vollbracht. Wir sind unfassbar stolz auf dich! Dennoch möchte ich dir ein Angebot unterbreiten. Nicht nur ich, sondern auch deine Mutter werden dich in deinem alten Zuhause jederzeit willkommen heißen. Dein Zimmer wird nicht angerührt, es steht dir weiterhin zur Verfügung. Betrachte es so: Du hast dir hier ein wunderbares Heim geschaffen, dein altes damit aber nicht verloren. Wir sind immer für dich da. Mit dieser Gewissheit kannst du dein neues Leben, wie ich denke, mit ungetrübter Freude beginnen.«

Nun war es an Fanny, ein Taschentuch zu zücken. Schluchzend fiel sie ihrem Vater in die Arme. Wieder einmal hatte er genau die richtigen Worte gefunden.

Auch Louise war gerührt. So emotional hatte sie ihren Schwager noch nie erlebt. Nicht einmal bei der Hochzeit seiner Töchter. Ein Blick auf die Limonadengläser versetzte ihrer Stimmung allerdings einen heftigen Dämpfer.

Mathilde musste ihren Blick bemerkt haben, denn Louise sah, wie ihre Schwester dem Dienstmädchen etwas zuflüsterte.

Wenig später kam Louises Nanette, zwei Mädchen im Gefolge, mit Champagner und Gläsern zurück. Zufrieden nickte Louise Mathilde zu. Sie hatte offensichtlich eingesehen, dass man in dieser aufgewühlten Stimmung nicht gut mit Limonade vorliebnehmen konnte.

Nachdem sich die allseitige Rührung gelegt hatte, blickte Fanny erwartungsvoll zu den Geschenken.

»Setz dich«, forderte Sophie sie auf. »Vater, erlaubt Ihr, dass wir beginnen?«

Friedrich nickte und lehnte sich gespannt zurück.

Edward erhob sich, ging zum Gabentisch und kam mit dem größten Paket zurück. Neugierig öffnete Fanny die Kiste. Sie staunte nicht schlecht, als sie Pierre-Joseph Redoutés achtbändiges und soeben erst fertiggestelltes Meisterwerk darin entdeckte, »Les Liliacées«, das unter dem Protektorat der französischen Kaiserin Joséphine entstanden war. Redouté, der berühmteste Botanikmaler seiner Zeit, hatte sich damit selbst ein Denkmal gesetzt, sogar Fanny hatte von dieser herausragenden Arbeit gehört. Sie zog den ersten Band heraus und bewunderte die einzigartigen Bilder.

»Ist sie nicht herrlich, diese Amaryllis?« Sie hob das Buch in die Höhe.

»Das Werk hat durch Zufall den Weg zu uns gefunden«, betonte Sophie.

Edward nickte. »Es war ein Geschenk des ehemaligen französischen Innenministers Jean-Antoine Chaptal an Alexander von Humboldt. Dieser überließ die wertvolle Sammlung in großzügiger Weise mir, als er hörte, dass meine kleine Schwägerin Blumen so liebt.«

Sophie lächelte. »Nun, ganz so war es nicht. Und ich glaube, es fällt dir nicht leicht, dich davon zu trennen.«

»Keineswegs«, widersprach Edward seiner Gemahlin. »Denn ich weiß es in besten Händen.«

»Ich werde gut darauf achtgeben, ich versprech's«, flüsterte ihm Fanny ins Ohr, während sie ihn dankbar umarmte. Edward hatte ihr schon in England ein Buch des Künstlers gezeigt, es trug den Titel »Plantes grasses«. Die Pflanzendarstellungen hatten Fanny sofort fasziniert. Sie konnte es kaum fassen, dass er ihr diese wertvollen Prachtbände überließ.

Graf Wohlleben stand auf und klopfte seinem Schwiegersohn anerkennend auf die Schulter. »Ein überaus generöses Geschenk!«, bemerkte er. Dann überreichte er seiner Tochter ein in braunes Papier gehülltes Paket.

Aufgeregt riss Fanny die Verpackung auf. »Wie schön!«, rief sie, als sie das Gemälde enthüllte. Es war ein Blumenbouquet, meisterlich in Öl gemalt.

»Du musst wissen, das Bild stammt von Matthias Schmutzer, dem Hofbotanikmaler unseres Kaisers«, erklärte Friedrich.

»Er hat es extra für dich angefertigt«, fügte Mathilde hinzu.

»Extra für mich?«, fragte Fanny unsicher. Sie hatte derlei Blumenbilder schon öfter gesehen. Was war so besonders daran?

Friedrich erriet ihre Gedanken. »Schau genau hin. Welche Blumen siehst du?«

»Aurikeln, Nelken, eine Kaiserkrone, Narzissen«, zählte sie folgsam auf. »Die Pflanze mit den blauen Blüten kenne ich nicht.« Sie wusste nicht, worauf ihre Eltern hinauswollten.

»Das ist Ysop. Und richtig, eine Kaiserkrone. Doch heißt sie mit ihrem botanischen Namen Fritillaria imperialis«, erwiderte Mathilde triumphierend.

»Wie reizend«, rief Sophie aus.

Fanny begann sich unwohl zu fühlen. Was war ihr entgangen?

»Fritillaria imperialis, Aurikeln, Nelken, Narzissen, Ysop«, wiederholte ihr Vater langsam und betonte dabei die jeweiligen Anfangsbuchstaben.

Jetzt verstand Fanny. »Mein Name! Der erste Buchstabe jeder Pflanze aneinandergereiht ergibt ›F-A-N-N-Y‹«, rief sie begeistert.

»Ein Akrostichon«, bestätigte Friedrich.

»Wie schön, mein Name als Blumenbild!« Fanny betrachtete das Gemälde nun mit völlig anderen Augen. Andächtig strich sie mit den Fingerspitzen über die einzelnen Blüten. »Das gefällt mir.« Sie fiel ihren Eltern um den Hals. »Ich werde es ins Vestibül hängen, damit beim Eintreten jeder sofort weiß, wem das Haus gehört«, erklärte sie stolz.

Friedrich räusperte sich erneut vernehmlich. Seine Tochter war in ihrer kindlichen Art, Freude zu zeigen, einfach entzückend.

»Nun bin ich dran«, meldete sich Louise zu Wort und drückte Fanny eine etwa einen halben Meter hohe Kiste in die Hand. »Sei vorsichtig!«

Folgsam hob Fanny den Deckel ab. Zum Vorschein kam eine Vase – aber nicht irgendeine.

»Das ist ja Brandy!«, jubelte sie.

»Dreh sie um«, forderte ihre Tante sie auf.

»Und Phoebe! Wie wunderbar.« Fanny freute sich aufrichtig.

»Michael Köhler ist wirklich ein Meister seines Fachs«, konstatierte Louise an Mathilde gewandt.

»Ein schönes Geschenk«, nickte Mathilde.

Emilia, die kurz zuvor den Raum verlassen hatte und nun zurückkehrte, trat auf Fanny zu und überreichte ihr einen schimmernden Traum in gebrochenem Weiß.

»Ein Ballkleid!« Fanny nahm die elfenbeinfarbene Robe an sich.

»Ich hoffe, es gefällt dir. Es ist aus Gros de Naples«, fügte sie erklärend hinzu.

»Oh mein Gott«, stieß Fanny bewundernd hervor. Die fließende, matt glänzende, edle Seide, die kleinen, kunstvoll in Falten gelegten Puffärmel, der tiefe Ausschnitt mit der leichten Raffung und der über der Brust geknoteten Masche – ein Motiv, das sich an der breiten Saumrüsche mehrfach wiederfand – sahen in Verbindung mit einer kleinen Schleppe in der Tat hinreißend aus. Einen Hauch verspielt, aber dennoch elegant.

»Darf ich das heute zum Ball anziehen?«, fragte sie mit Blick auf ihre Mutter.

»Liebes, du bist nun erwachsen und darfst selbst entscheiden«, erwiderte Mathilde und griff erneut nach ihrem Taschentuch. Nie hätte sie geglaubt, dass die Auseinandersetzungen mit ihrer störrischen Tochter ihr fehlen würden.

»Dann werde ich das tun. Danke, Emilia!« Fanny drückte ihr einen herzhaften Kuss auf die Wange. Sie winkte Adele zu sich und legte ihr das Kleid über den Arm. »Das werde ich am Abend tragen.«

»Natürlich, Frau Gräfin«, knickste Adele.

»Was war das?« Fanny legte den Kopf schief. Irrte sie sich, oder hatte sie ein leises Winseln gehört?

Da trat Georg vor sie hin, ein Körbchen auf dem Arm.

»Ein Mops!«, rief Fanny aus. »Mein Gott, wie niedlich!«

Georg lachte. »Ein Mops für mein Möpschen.«

Als wäre er ein rohes Ei, nahm Fanny den falbfarbenen Welpen mit der schwarzen Maske aus seinem Korb. »Es ist ein Mädchen.« Sie presste das Hündchen an sich. »Bist du süß!« Sie würde es niemals zugeben, aber von all den wertvollen Geschenken, die sie heute erhalten hatte, war das ihr schönstes. Nun würde sie nie wieder allein sein. »Danke, Georg!« Sie nickte ihrem Bruder zu. Umarmen konnte sie ihn nicht, denn dann müsste sie das Kleine aus der Hand geben. Sie hielt den Welpen hoch und schaute ihm in die Augen. »Wie heißt du denn?«

Sophie lachte laut auf. »Das wird sie dir wohl nicht sagen können.«

Fanny warf ihrer Schwester einen strafenden Blick zu. »Cleo, ich werde sie Cleo nennen. Weil sie so schöne Augen hat wie Königin Cleopatra.«

Nun prustete auch Georg los. Das Hündchen war süß, in der Tat, aber eine Ähnlichkeit mit der legendären ägyptischen Königin konnte er beim besten Willen nicht erkennen.

»Maria, bring einen Stuhl«, forderte Fanny ihr neues Dienstmädchen auf. »Cleo wird heute den ganzen Tag neben mir sitzen.« Ihr Tonfall duldete keinen Widerspruch. Mama hatte vorhin gesagt, sie sei jetzt erwachsen und könne ihre eigenen Entscheidungen treffen.

Und ihre Familie liebte sie zu sehr, um Fanny an diesem Tag zu widersprechen.

Louise hatte den Ablauf des Tages bis ins Detail geplant und fühlte sich als Zeremonienmeisterin ganz in ihrem Element. Nach dem Frühstück und der Geschenkeübergabe kam sie in Fahrt. Zu ihrer großen Erleichterung zeigte sich die Sonne, wenn auch zögerlich, auf dem überwiegend bewölkten Himmel. Aber immerhin, es sah nicht nach Regen aus.

Deshalb forderte sie das Personal energisch auf, sich zu beeilen und die Tische wie besprochen im Garten zu platzieren. Diesmal würden sie sich nicht um eine große Tafel versammeln, wie bei Fannys letztem Geburtstag. Denn bis jetzt wusste Louise nicht, mit wie vielen Gästen sie zu rechnen hatte – sie ging von mindestens 70 aus –, und so blieb man flexibel. Auf der Terrasse wurde die Musik platziert, im Gartensalon sollte getanzt werden. Das Spielzimmer war bereits am Vortag vorbereitet worden, neben den Spieltischen hatte man rund um die Bar beim Kamin diskrete Raucherecken geschaffen, um den Herren die Möglichkeit zu bieten, sich zurückzuziehen und ungestört zu parlieren.

Für das Konzert des fürstlichen Quartetts war das Musikzimmer im ersten Stock vorgesehen. Mathildes Nachricht hatte Louise kurzzeitig aus dem Konzept gebracht. Was dachte sich Friedrich von Gentz dabei, wenige Tage vor dem großen Ereignis mit einer solchen Hiobsbotschaft aufzuwarten? Er mochte es ja gut meinen mit seinem Geschenk – aber Fanny wurde 18. Sie wollte tanzen, kein langweiliges Konzert über sich ergehen lassen. Das arme Kind. Louise durfte ihre Nichte auf Geheiß des Freiherrn nicht einmal vorwarnen. Hoffentlich ging das gut!

Kurzerhand hatte sie in ihrer Not Alphonsos Tanzeinlage gestrichen. Er hatte mit einigen seiner Elevinnen seine neueste Ballettchoreografie zum Besten geben wollen. In Anlehnung an »Die Hochzeit auf dem Lande«, einem Divertissement des Herrn Aumer, seines Zeichens Ballettmeister des k. k. Hoftheaters, mit Musik des Kapellmeister-Adjuncten Joseph Kinsky, das gerade im Kärntnertortheater gegeben wurde. Louise hatte das Stück als besonders passend für diesen Anlass empfunden. Nun ja, nicht das Thema Hochzeit, aber das ländliche Ambiente. Es hätte Fannys Gartenpalais reizend in Szene gesetzt. Sie seufzte.

Abgesehen davon würde sie auf Alphonsos Dienste in den kommenden Wochen verzichten müssen. Er war wegen der kurzfristigen Absage zu Tode beleidigt. Es würde einiger Aufmunterung ihrerseits bedürfen, ihn wieder zu versöhnen. Was tat man nicht alles für die liebe Familie.

Während die letzten Vorbereitungen auf Hochtouren liefen – die Gäste würden in nicht einmal drei Stunden eintreffen –, vertraten sich die Wohllebens die Beine und bewunderten Fannys Parkanlage.

»Schwesterherz, da ist dir ein Meisterwerk gelungen. Das sieht aus wie auf einem der Landschaftsgemälde aus unserem Familienfundus«, bemerkte Georg anerkennend.

Emilia lächelte ihm zärtlich zu. Vor wenigen Tagen hatte er ihr, selbstverständlich mit Einwilligung seiner Eltern, drei riesige Bilder aus Hietzing für ihr Vestibül, den Empfangssalon und das Entree ihres Ateliers überreicht. Die Seeschlacht wurde in den Herrensalon verbannt, auf den Georg bereits Anspruch erhoben hatte.

»Das will ich meinen«, erwiderte Fanny stolz. Cleo im Arm, eine Gartenschere in der Hand und Thomas im Schlepptau blieb sie immer wieder stehen, erklärte, was hier wuchs und gedieh, schnipste da und dort Verblühtes weg oder streichelte liebevoll besonders prächtige Blüten, als wären sie alte Vertraute. Beglückt präsentierte sie den Großblütigen Hibiskus und die Eichenblättrige Hortensie aus dem Bestand des Hofgartens in Schönbrunn. Die Geschichte der denkwürdigen Begegnung mit Kaiser Franz hatte Fanny wiederholt zum Besten gegeben – immer mit großem Erfolg. Sie hatte sogar ein Nachspiel. Im Auftrag des Herrn Boos war vor Tagen ein recht hochgewachsener Virginischer Tulpenbaum geliefert worden, der gerade zu blühen begann.

Während der Baum gebührend gewürdigt wurde, ließ Fanny Cleo hinunter. Die Kleine unterhielt daraufhin die ganze Runde. Wie sie tollpatschig durch die Wiese tapste,

einer Biene nachjagte oder sich behaglich im Gras wälzte –
die Wohllebens waren entzückt über den vierbeinigen
Nachwuchs.

Plötzlich lief ein Kind laut weinend vom Gesindehaus
auf das nächstgelegene Boskett zu. Hinter ihr eine einfach
gekleidete Frau, gefolgt von einem aufgeregt gestikulieren-
den Mann, den Fanny als einen ihrer Gärtner identifizierte.

»Was ist los?«, fragte sie Thomas. Der zuckte ratlos die
Achseln und setzte sich sofort in Bewegung, um den Mann
zu holen.

Mit gesenktem Kopf, seinen abgetragenen Hut in den
Händen, kam der Gärtner auf die eleganten, in Samt und
Seide gehüllten Herrschaften zu.

»Was ist denn passiert?«, wollte Fanny von ihm wissen.

»Frau Gräfin, Entschuldigung vielmals. Der Vermie-
ter hat uns heute gekündigt, und meine Frau weiß nicht,
wohin. Jetzt ist sie mit unseren zwei Bälgern hergekom-
men, obwohl ich ihr's verboten hab.«

»Ihr habt keine Wohnung?« Fanny war entsetzt. Das
konnte doch nicht sein! »Wie heißt du?«

»Anton«, antwortete der Mann.

»Anton.« Sie dachte nach. »Du wirst mit deiner Familie
hier wohnen«, entschied sie resolut. »Im Gesindehaus ist
genug Platz. Kann deine Frau kochen?«

Anton nickte. »Uns schmeckt's immer.«

»Na siehst du«, erwiderte Fanny zufrieden. »Kost und
Logis für deine Familie sind frei. Deine Frau soll sich morgen in der Küche melden. Sie kann als Küchenhilfe und
Mädchen für alles bei uns anfangen. Aber eines musst du
mir versprechen.«

Anton starrte sie ungläubig an. Wortlos nickte er.

»Du musst deine Kinder in die Schule schicken. Außerdem können sie im Garten helfen und im Stall. Wenn ich Zeit habe, kann ich ihnen auch etwas beibringen. Und du bekommst mehr Lohn von mir für dich und deine Frau. Damit ihr euch ordentliche Sachen zum Anziehen kaufen könnt. Ich werde meinen Verwalter informieren. Die Kinder können ruhig im Garten spielen, aber achte darauf, dass sie nichts kaputt machen! Und sie dürfen keinesfalls ohne Aufsicht auf die Koppel. Das musst du ihnen einschärfen. Damit den Kindern nichts zustößt.«

Fanny runzelte die Stirn. Hatte sie etwas vergessen?

Anton verbeugte sich. »Danke«, stammelte er, wieder und wieder, bis Thomas ihm bedeutete, sich zu entfernen.

Zufrieden blickte Fanny ihm nach. Ihr Geburtstag wurde immer schöner. »Jetzt gehen wir zu den Pferden«, verkündete sie. Als sie sich anschickte, Cleo einzufangen, stellte sie fest, dass aller Augen auf sie gerichtet waren. Keiner sprach ein Wort. »Was ist denn?«, fragte sie verwirrt.

Es war ihr Vater, der das Schweigen brach. »Gut gemacht«, war das Einzige, was er sagte. In der verantwortungsbewussten Obsorge für die ihr anvertrauten Menschen zeigte sich: Sein Küken war erwachsen geworden. Nun konnte er auch seine Jüngste ruhigen Gewissens ziehen lassen.

Und mit einem Mal wurde Fanny bewusst: Sie würde es schaffen! Vergessen waren ihre Sorgen und Ängste. Fanny war zu Hause.

Auf ein kurzes Nickerchen in den dafür vorbereiteten Gemächern folgte der Goûter, mit Tee, Kaffee, Rosentorte und frischem Obst. Schließlich bereitete sich die Familie auf das Eintreffen der Gäste vor. Zofen und Kammerdiener hatten beim Anlegen der Roben und Festgewänder, mit dem geschickten Einsatz von Kamm, Schminke und kostbarem Geschmeide alle Hände voll zu tun.

Zufrieden drehte sich Fanny vor dem Spiegel hin und her. Adele hatte gute Arbeit geleistet. Sie mochte viel tratschen und bei der Auswahl ihrer Männer mit Vorliebe danebengreifen, aber sie verstand ihr Geschäft. Emilias neues Kleid saß wie angegossen, betonte ihre zierliche Figur und brachte ihren Teint zum Strahlen. Sie wirkte so erwachsen, wie sie es sich immer gewünscht hatte.

Als sie ihre Gemächer verließ, trafen die ersten Gäste ein. Die ganze Familie war versammelt, um sie zu empfangen.

Louise wirkte sehr zufrieden. »Sie scheinen alle zu kommen«, flüsterte sie Sophie ins Ohr.

Herzlich begrüßte Fanny Caroline, die an der Seite ihres Gemahls soeben das Vestibül betrat. Baronin Hohenheim sah in ihrem spektakulären Aufzug aus wie einem Modejournal entsprungen. Sophie unterdrückte ein Lachen, als sie Emilias gequälten Gesichtsausdruck bemerkte.

Georg klopfte Stanislaus auf die Schulter. »Stani, alter Knabe, hat's dich aus der Provinz endlich mal wieder in die Hauptstadt verschlagen!« Er freute sich aufrichtig, seinen Freund und Kameraden wiederzusehen.

»Wurde auch Zeit«, erwiderte Baron Hohenheim gut gelaunt. »Ich hab ganz vergessen, wie aufregend das Leben in der Stadt ist. Da kommt man gar nicht zum Schlafen«, grinste er.

Währenddessen trat Caroline auf Emilia zu und umarmte sie. »Siehst du, wir machen dir und deinem neuen Atelier schon jetzt Konkurrenz«, bemerkte sie stolz. Als sie den Kopf senkte, um auf ihre opulente Robe mit dem pompösen Seidenblumenbesatz zu weisen, kitzelte der überdimensionierte Feder-Haarschmuck Emilia in der Nase.

Emilia rang sich ein freundliches Lächeln ab. »Du hast recht, meine Liebe. Aber Wien ist groß genug für uns beide.« Ihr war zu Ohren gekommen, dass Alois Pointner die Couturière aus München, von der er bei ihrem letzten Treffen gesprochen hatte, tatsächlich engagiert hatte. Alois Pointner besaß normalerweise einen guten Riecher für lukrative Geschäfte und das richtige Personal. In diesem Fall jedoch schien ihn sein gutes Gespür im Stich gelassen zu haben, befürchtete Emilia. Sie enthielt sich wohlweislich jedes Kommentars.

Fanny entdeckte Graf Erdélyi, der sich suchend umsah und dann lächelnd auf sie zuschritt. Er hatte im Vorfeld der offiziellen Feierlichkeiten ein riesiges Blumenbouquet für sie überstellen lassen. Natürlich zog er die Blicke aller Damen auf sich, doch es war nicht zu übersehen, dass er nur Augen für die Herrin des Hauses hatte.

»Ihr seht wunderschön aus.« Er verbeugte sich und küsste ihr die Hand. »Ich freue mich über die Einladung und bin glücklich, Euren Geburtstag mit Euch feiern zu dürfen.«

»Ihr seid sogar mein Tischherr«, entgegnete sie und zwinkerte ihm zu. »Das ist der Vorteil, wenn man Geburtstag hat. Man kann sich seine Gesellschaft aussuchen.«

Graf Erdélyi lachte auf. »Das ist mehr, als ich zu hoffen wagte.«

»Meine Tante sagte mir, es sei vor dem Diner eine Überraschung für mich geplant und ich solle einfach nur lächeln. Jetzt fürchte ich mich ein wenig davor. Also bleibt bitte in meiner Nähe.«

»Es gibt nichts, was ich lieber täte«, antwortete der Graf und nahm, so unauffällig es einem Mann seiner Statur möglich war, hinter ihr Aufstellung.

An der Seite ihres Vaters überbrachte nun auch Freiherr von Gentz seine Geburtstagswünsche. »Ich habe ein besonderes Geschenk mitgebracht, das Euch, wie ich hoffe, Freude bereiten wird«, bemerkte er kryptisch.

Daher wehte der Wind, dachte Fanny. Von ihm kam also das mysteriöse Überraschungsgeschenk. »Bestimmt, mein lieber Herr von Gentz«, antwortete sie mit ihrem charmantesten Lächeln. »Ich bin sehr gespannt.«

Gentz nickte zufrieden und begab sich gemeinsam mit Graf Wohlleben auf die Suche nach Mathilde.

Die kam soeben die Treppe herunter. Cleo war ausgebüxt und hatte just ihre Seidenschuhe als neues Spielzeug für sich entdeckt, woraufhin Mathilde sich zurückgezogen hatte, um neues Schuhwerk anzuziehen. Es erwies sich als glücklicher Zufall, dass sie und Fanny dieselbe Größe hatten. Die nachtblauen Seidenpantoffeln aus Fannys Witwenfundus passten perfekt zu Mathildes eleganter Robe. Der kleine Schlingel Cleo war nun in das Zimmer des jüngsten Dienstmädchens verbannt worden, das Mathilde kurzerhand zur Beaufsichtigung des Welpen abgestellt hatte. Kathi war selig, sie liebte Hunde, wie sie nicht müde wurde zu betonen.

Nach dem Empfang führte Louise die Gäste – es waren deutlich mehr geworden als gedacht – ins Musikzimmer. Stille senkte sich über das erwartungsvolle Publikum.

Sobald Fürst Rasumofsky, seine Geige in der Hand, mit drei weiteren Musikern den Salon betrat, brandete stürmischer Applaus auf. Freiherr von Gentz erhob sich von seinem Platz und begab sich auf die Bühne, um den Fürsten ehrerbietig zu begrüßen. Während seiner folgenden kurzen Ansprache nahmen die Musiker ihre Plätze ein.

»Werte Gräfin! Es ist mir eine große Ehre, Euch Eure Durchlaucht Fürst Rasumofsky sozusagen als Geburtstagsgeschenk überreichen zu dürfen. Er hat sich zu meiner größten Freude bereit erklärt, noch einmal das erste der sogenannten Rasumofsky-Quartette in F-Dur aus der Feder von Maestro van Beethoven für Euch und Eure erlauchten Gäste zu spielen. Gleichzeitig bedaure ich zutiefst, im Namen des Fürsten mitteilen zu müssen, dass es sich hiermit um den letzten Auftritt dieses berühmten Quartetts handelt. Durchlaucht, wenn ich bitten darf.«

Ein Raunen ging durch das Publikum, das allerdings sofort verstummte, als die ersten Töne des Streichquartetts erklangen.

Fanny nickte Friedrich von Gentz dankend zu und schenkte ihm ihr hinreißendstes Lächeln. Sie war überaus erleichtert. Auch wenn sie, im Gegensatz zu Sophie, Beethovens Musik nicht viel abgewinnen konnte, erschien ihr dieses Konzert als das kleinste all jener Übel, die sie sich in Gedanken bereits ausgemalt hatte.

Schon nach wenigen Minuten begann ihr rechter Fuß unruhig zu zucken. Graf Erdélyi saß unmittelbar hinter ihr, die starke Wirkung, die seine Präsenz auf sie ausübte, verwirrte sie. Seine Lippen auf den ihren, seine Hände auf ihrer Haut, die Leidenschaft, mit der er ihren Körper erobert hatte, waren ihr ins Gedächtnis gebrannt und machten es Fanny unmöglich, sich auf die Musik zu konzentrieren. Nicht einmal der Blick auf Sophie, die neben Edward völlig in den Klängen der Streicher zu versinken schien, vermochte sie zu beruhigen.

Nach einer schier endlosen Dreiviertelstunde und dem letzten Ton schnellte sie von ihrem Sitz hoch, was ihr prompt ein missbilligendes Lippenkräuseln ihrer Mutter eintrug. Um diesen für alle sichtbaren Fauxpas wiedergutzumachen, lief sie rasch auf die Bühne und umarmte kurzerhand den Fürsten. Ein weiterer Fauxpas, der aber in tosenden Applaus mündete – nicht zuletzt dank der Tatsache, dass der Fürst die vermeintliche Begeisterung seiner bildhübschen Gastgeberin mit Tränen der Rührung in den Augen beantwortete und sie innig an sich drückte. Fanny hatte die Herzen ihrer Gäste im Sturm erobert und dem fürstlichen Streichquartett einen unvergesslichen Abschied beschert.

Nach dem glänzenden Diner erwartete das Geburtstagskind, vor allem aber ihre Tante, eine weitere Überraschung. Alphonso, dem Louises zerknirschter Lettre d'Excuses zu Herzen gegangen war, hatte beschlossen, die geplante Tanzeinlage drastisch zu kürzen, und stand nun ohne Vorankündigung mit seinen Elevinnen auf der Terrasse, eine bekannte Tänzerin des Hofopernballetts am Arm. Einen Rest an Würde musste man sich schließlich bewahren.

Überrascht eilte ihm die Baronin entgegen. Die köstlichen Desserts waren bereits verzehrt, das große Walzerorchester hatte Aufstellung im Tanzsalon genommen. In Kürze sollte der Ball eröffnet werden.

Sie quittierte die Anwesenheit der Ballerina mit einem flüchtigen Kopfnicken – Geschmack hatte er ja, ihr Alphonso –, und sorgte dafür, dass der Dirigent die Noten erhielt, die Elevinnen ihren Weg in den Tanzsalon fanden und die großen Flügeltüren auf die Terrasse geöffnet wurden.

Das Stimmen der Instrumente lockte die ersten Gäste in den Salon. Die angesichts der herzigen Elevinnen entzückten »Ah!«- und »Oh!«-Ausrufe ließen weitere Neugierige folgen.

Eitel wie ein Rad schlagender Pfau kostete Alphonso diese Minuten seines Triumphs aus, schickte Louise ein gönnerhaftes Lächeln und kündigte Variationen nach dem Divertissement »Hochzeit auf dem Lande« von Jean-Louis Aumer an.

Ein Raunen ging durch die Menge, als Fanny neben Graf Erdélyi den Salon betrat. Aller Augen waren auf sie gerichtet, und prompt errötete sie. Es hatte sich in Wien bereits herumgesprochen, dass die junge Witwe viel Zeit mit dem ungarischen Magnaten verbrachte.

Mathilde warf Louise entsetzte Blicke zu. Ihr Gemahl räusperte sich.

»Ich hatte keine Ahnung«, flüsterte sie ihm verzweifelt ins Ohr. Himmel, was das wieder für ein Gerede geben würde!

Glücklicherweise hob die Musik an, und zumindest für einen Moment war Fanny vergessen und die Aufmerksamkeit der Gäste auf die reizende Balletteinlage gerichtet. Einzig Fanny selbst glaubte unter den brennenden Blicken des ungarischen Grafen zu verglühen.

Dann endlich war es so weit. Das Orchester spielte seinen ersten Walzer, der dem Vater des Geburtstagskindes gebührte. Anschließend löste Georg Graf Wohlleben ab, der froh darüber war, seinen Pflichttanz absolviert zu haben, und seine Tochter allzu gern ihrem Bruder übergab. Georg wirbelte Fanny in altbewährter Manier übers Parkett, dass ihre dunklen Locken nur so flogen. Völlig außer Atem verließen sie beim nächsten Menuett die Tanzfläche. Noch im selben Moment trat ihnen Graf Erdélyi entgegen und wich den Rest des herrlichen Abends nicht mehr von Fannys Seite.

Friedrich hatte sich wieder an seinen Tisch auf der Terrasse begeben und war binnen kürzester Zeit in eine angeregte politische Debatte mit Edward vertieft. Freiherr von

Gentz entschuldigte sich, um seiner Lieblingsbeschäftigung zu frönen. L'Hombre, Taroc und Whist standen zur Auswahl – es würde ein langer Abend werden.

Indessen unterzogen Mathilde, Louise und Sophie die Kleider der anwesenden Damen einer kritischen Musterung, bis Alphonso Baronin Lilienthal seine Hand zur Versöhnung samt darauffolgendem Tanz anbot.

Caroline, an deren Gesamterscheinung sich einhellige Missbilligung entfacht hatte, begann den Abend zunehmend interessant zu finden. Sie hatte ein Auge auf die Ballerina geworfen. Auch Stanislaus, den sie umgehend auf das Mädchen aufmerksam gemacht hatte, war äußerst angetan. Inzwischen waren die beiden einigermaßen routiniert in puncto Ménage-à-trois, und Caroline verstrickte die junge Dame, die sich Therese nannte, in ein angeregtes Gespräch. Stani gesellte sich unauffällig zu den beiden Damen und führte sie an die Bar.

Nach dem fünften Glas Champagner und zwei Walzern mit Baron Hohenheim war Therese begeistert von der Idee, einen gemeinsamen Spaziergang durch den Garten zu unternehmen. Es war eine laue Nacht, der Park durch Öllichter und den aufgehenden Mond aufs Angenehmste erhellt.

Georg und Emilia, die mittlerweile ebenfalls zwischen Hecken und Sträuchern lustwandelten, lachten hellauf, als sie die drei in einem Boskett verschwinden sahen. Sie setzten sich in der Nähe auf eine Bank unter einer alten Linde und lauschten amüsiert dem Kichern, Flüstern und den zunehmend eindeutigen Geräuschen aus dem Wäldchen, die der sanfte Wind zusammen mit den Klängen des Orchesters zu ihnen herübertrug.

»Ein schönes Fest«, bemerkte Emilia.

»Nicht so schön wie du«, antwortete Georg. Spielerisch nestelte er an ihrem Ausschnitt. »Vor allem unter diesem

Kleid. Da bringt mich unser Trio infernal auf eine hervorragende Idee.« Er wies auf eine hohe Hecke in der Nähe des Bosketts.

Emilia küsste ihn und schüttelte lächelnd den Kopf. »Auf keinen Fall. Vergiss nicht, wir sind verlobt. Und du möchtest doch eine anständige Frau aus mir machen.«

Georg verzog das Gesicht. »Was für ein gravierender Fehler«, feixte er grinsend.

Wortlos stand sie auf.

»Ach, Emilia ...« Er folgte ihr beunruhigt. »Ich hab's nicht so gemeint.« Er war in seinem Übermut wohl zu weit gegangen.

Erst da bemerkte er, dass sie der Hecke zustrebte. Und als sie sich umdrehte, um ihm ihre Hand entgegenzustrecken, entdeckte er ihr maliziöses Lächeln. Rasch hob er sie hoch, bevor sie es sich anders überlegte.

Fanny war selig. Sie hatte noch nie so viel Walzer getanzt. Einmal hatte ihre Mutter sie unter einem fadenscheinigen Vorwand in die Küche gelockt, um ihr die Leviten zu lesen. Sie fände den Grafen zwar sympathisch, dennoch solle sich Fanny zurückhalten, um die Gerüchte nicht zu befeuern. Aber Graf Edélyi tanzte einfach wunderbar. Und es war ihr Geburtstag!

Den Rest des Abends verbrachten sie auf der Tanzfläche, abgesehen von dem einen oder anderen Glas Champagner in den Pausen, das der Graf ihr zur Erfrischung reichte.

Als die Musik schließlich endgültig verstummte, bat er sie ungewöhnlich ernst »auf ein Wort« in den Garten. Schweigend schlenderten sie nebeneinanderher auf die Stallungen zu.

»Wollt Ihr die Pferde besuchen?«, fragte Fanny überrascht.

Er schüttelte den Kopf und wies auf eine Bank. »Bitte setzt Euch.«

Fanny runzelte die Stirn. »Seid Ihr böse auf mich? Hab ich etwas falsch gemacht?«

Er seufzte. »Nein. Ganz und gar nicht.«

Nun war Fanny wirklich beunruhigt. Was hatte er nur? Folgsam setzte sie sich.

Graf Erdélyi blieb neben ihr stehen und musterte sie.

Endlose schweigsame Minuten später erhob sie sich. Jetzt war es genug! Was immer ihn verstimmt hatte, sie würde sich am Ende nicht ihren Geburtstag verderben lassen.

»Es ist Mitternacht«, bemerkte er mehr zu sich selbst, als in der Ferne die Kirchenglocken zu hören waren.

Und ehe Fanny sich's versah, fiel er vor ihr auf die Knie und ergriff ihre Hand. Ihr blieb das Herz stehen.

»Gräfin! Ich kann meine Liebe zu Euch nicht länger verbergen. Mein Herz wird nicht zur Ruhe kommen, ehe ich Gewissheit habe. Ich bitte Euch, gebt mir die Erlaubnis, bei Eurem Vater um Eure Hand anzuhalten.«

Um Fanny herum drehte sich alles. Sie schloss die Augen, hielt sich mit beiden Händen krampfhaft an der Bank fest und atmete tief ein und aus. Einer Ohnmacht nahe kippte sie vornüber, doch der Graf fing sie auf.

»Um Himmels willen, was ist mit Euch?«

Fanny schlug die Augen auf. Hatte sie geträumt? Da bemerkte sie den flehenden Ausdruck in seinen Augen. Sie hatte nicht geträumt, Graf Erdélyi hatte ihr soeben einen Antrag gemacht. Was sollte sie bloß antworten?

»Gebt mir Bedenkzeit«, erwiderte sie. Sie konnte diesen stolzen Mann nicht gedemütigt vor sich knien lassen. »Bitte steht auf und setzt Euch zu mir.« Fanny ergriff seine Hand und zwang ihn, ihr in die Augen zu sehen.

»Ich bin erst 18. Und ich habe gerade das Trauerjahr hinter mir …«

»Ihr seid mir keine Erklärung schuldig«, sagte er ruhig. Die tiefe Enttäuschung in seinem Blick strafte seine scheinbare Gelassenheit Lügen. »Aber ich liebe Euch. Ich habe mein Leben lang auf Euch gewartet«, fügte er mit einem müden Lächeln hinzu. »Warum sollte ich es nicht noch länger tun?« Er küsste ihr die Hand. »Bitte erlaubt, dass ich mich zurückziehe. Außerdem solltet Ihr dieses Fest mit Eurer Familie ausklingen lassen.«

Schweigend geleitete er sie zurück zum Haus.

Im Vestibül trat ihnen Louise entgegen. Sie war ausgesprochen heiter gestimmt. Die kleine Ballerina hatte mit den Hohenheims das Fest verlassen, jetzt lag es an ihr, den armen Alphonso zu trösten. Eine Aufgabe, die sie gerne übernahm. »Graf Erdélyi, Ihr verlasst uns? Wie schade!«, rief sie aus. Sie sah fragend zu Fanny, die rasch die Augen niederschlug. Da stimmte doch etwas nicht. Die beiden hatten den ganzen Abend so gestrahlt. Was war geschehen?

Galant küsste der Graf Louise die Hand. »Baronin, ich denke, ich habe das Geburtstagskind heute über Gebühr mit Beschlag belegt. Es ist höchste Zeit, sie ihren Freunden und ihrer Familie zu überlassen.« An Fanny gewandt fuhr er fort: »Ich danke Euch, Gräfin, für diesen unvergesslichen Abend.« Nach einer formvollendeten Verbeugung verließ er das Palais.

»Mein liebes Kind! Was hast du angestellt?« Louise musterte sie prüfend.

»Gar nichts«, entgegnete Fanny trotzig. »Ich hätte gerne noch ein Glas Champagner.«

7. Kapitel

MARTHA FABER TRANK genüsslich ihren Kaffee an ihrem Lieblingsplatz unter der Linde. Herrlich war er, der Garten, auch jetzt noch, am Ende dieses außergewöhnlichen Sommers. Aufgrund des vielen Regens gedieh nach wie vor alles vortrefflich. Und die Hitzeperioden hatten ohnehin niemandem gefehlt. Weder ihr noch den Pflanzen. Dass es anderen in der Welt nicht so gut ging wie den Menschen hier in der Reichshauptstadt, stand inzwischen in allen Zeitungen. Überschwemmungen, Ernteausfälle, Hungersnöte – sie dankte Gott jeden Tag dafür, dass er Wien bisher damit verschont hatte.

Marthas einzige Sorge galt ihrem Sohn. Bei ihrer letzten Begegnung in Karoline Pichlers Salon hatte sich Lotte nach seinem Verbleib erkundigt. Sie freue sich sehr auf seine Rückkehr, hatte sie versichert. Unter anderen Umständen hätte Martha schwerste Bedenken gehegt, aber glücklicherweise war ihr inzwischen ein Gerücht zu Ohren gekommen. Es wurde gemunkelt, Pauls Flamme habe sich verlobt. An ihrem Geburtstag. Mit einem reichen ungarischen Pferdezüchter. Einem Grafen natürlich, wie passend! Blitzschnell hatte sich das schlechte Gewissen, das Martha nach dem Besuch der jungen Gräfin geplagt hatte, in Luft aufgelöst. Mit der Liebe dieser Dame zu ihrem Sohn konnte es also nicht allzu weit her sein. Auch wenn Martha anfangs etwas verwundert gewesen war. Das Mädchen hatte durch und durch ehrlich und aufrichtig gewirkt. Aber so waren sie, die adeligen Damen. Raffiniert und hintertrieben.

Sollte Paul in den nächsten Wochen zurückkehren, würde sie ihm diese Nachricht sofort unterbreiten und mit Karolines Hilfe eine Wiedervereinigung der Kinder arrangieren. Man durfte im Leben nichts dem Zufall überlassen. Zumindest wenn man wusste, was man wollte.

Zufrieden trank sie ihren Kaffee aus und spazierte hinüber zu ihrem Gemüsegarten, um der Köchin Karotten, Kartoffeln und Lauch für das Abendessen zu bringen. Diese schmutzige Arbeit war an sich Aufgabe des Küchenpersonals. Aber Martha liebte es nun einmal, die Früchte ihres Bodens selbst zu ernten.

∽☙∾

Nur noch zwei Tagesreisen trennten ihn von seiner Heimat. Paul lehnte sich zurück. Seit mehr als acht Monaten war er unterwegs, auf dem Flussweg und über Land, von Wien nach Ofen, dann per Schiff auf der Donau nach Griechisch-Weissenburg und die alte römische Heeresstraße entlang nach Sofia, über das Gebirge nach Adrianopel – das war der gefährlichste Teil der Reise gewesen –, schließlich nach Konstantinopel und von dort ins Hochland von Anatolien. Jeder einzelne Knochen schmerzte. Diese Expedition hatte ihm alles abverlangt. Doch weder die Angriffe von Wegelagerern, heftige Unwetter, politische Unruhen – und deren gab es unter der Herrschaft von Sultan Mahmud II. auf dem Gebiet des Osmanischen Reiches viele – noch ein hartnäckiger Lungeninfekt hatten ihn zu Fall gebracht.

Nun war er hier. Auf dem Weg hatte er einiges verloren. Nicht nur an Gewicht, sondern auch an wertvoller

Ware. Zum Glück hatte niemand die Bedeutung seiner wahren Schätze erkannt. Dazu gehörte die Mohairwolle, die, eingeschlagen in gewachstes Leder, der weiteren Verarbeitung harrte. Hauchdünne Shawls aus Seidengarn und Mohair, auf seine Anweisung angefertigt in einer Weberei in Konstantinopel. Der in einer versiegelten Kiste sicher verwahrte Liefervertrag, den er dank der Vermittlung eines britischen Diplomaten mit dem Cousin des einflussreichen Hâlet Efendi abgeschlossen hatte. Und schließlich die seltenen Orchideen, die die unwegsame Reise bisher auf wundersame Weise und wider alle Erwartungen gut überstanden hatten.

Seine Gedanken wanderten zu Sara, der er diese Sammlung botanischer Kostbarkeiten verdankte. Sie war die Tochter des augsburgischen Botanikers Salomon Schweighart, der mit einer deutschen Gesandtschaft vor mehr als drei Jahrzehnten nach Konstantinopel gereist und der Liebe wegen geblieben war. Als Tochter ihres deutschen Vaters und ihrer osmanischen Mutter verkörperte Sara das Beste aus beiden Welten. Sie war es gewesen, die Paul zu all den entlegenen Orten geführt hatte, an denen die wilden Orchideen wuchsen. Ihr Bild stand ihm noch lebhaft vor Augen: das ungebändigte, schier endlos lange Haar, die dunkel umrahmten ausdrucksvollen Augen mit den ungewöhnlich dichten Brauen in dem zarten Gesicht, die hohen Wangenknochen …. Es hatte Momente gegeben, in denen Paul seine ganze Selbstbeherrschung hatte aufbringen müssen, um ihr zu widerstehen. Sie war klug und gebildet, sprach sechs Sprachen fließend und hatte ihr umfangreiches botanisches Wissen mit ihm geteilt, ohne Bedingungen daran zu knüpfen. Saras aggressive Sinnlichkeit hatte seine Liebe zu Fanny auf eine harte Probe gestellt. Ein einziges Mal wäre er ihr fast erlegen. Alles an ihr war ihm fremd und verführerisch erschienen, die dunkle Haut, die weich war wie Samt und glänzte wie Gold, ihr exotischer Geruch. Sie war eine Tochter dieses geheimnisvollen Landes, das ihn von Anfang an über die Maßen fasziniert hatte. Paul wusste bis heute nicht, was genau es gewesen war, das ihn davon abgehalten hatte, in dieser schwülen Sommernacht über den Dächern der Stadt bis zum Äußersten zu gehen. Aber nie würde er ihren Blick vergessen, diese Mischung aus verletztem Stolz und glühender Verachtung.

Nachdenklich strich er über seinen Bart. Der musste ab, sobald er in Wien war. So würde ihn nicht einmal seine Mutter erkennen.

Er griff unter die Sitzbank und zog eine in Ölpapier gewickelte Mappe hervor. Vorsichtig schlug er sie auf. Die Zeichnungen waren meisterhaft, die Linienführung schwungvoll, scheinbar mühelos, bis ins kleinste Detail. Sara hatte das Wesen jeder einzelnen Pflanze erfasst. Die Schönheit der wilden Orchideen erschloss sich dem Betrachter selten sofort, hatte Paul während ihrer gemeinsamen Exkursionen festgestellt. An der zartgelben Orchis provincialis, dem Provence-Knabenkraut, war er achtlos vorübergegangen, obwohl sie bereits in voller Blüte stand. Auch auf die Epipactis helleborine, die Breitblättrige Stendelwurz, hatte Sara ihn hinweisen müssen, nachdem er sie beinahe niedergetreten hatte. Er betrachtete das nächste Blatt. Die Serapias cordigera, der Herzförmige Zungenstendel, mit seinen erotisch anmutenden rötlich-braunen bis schwarz-purpur gefärbten Blüten brachte seine Erinnerung an Sara heftig und unvermittelt zurück. Manchmal dachte er, es wäre besser gewesen, sich ihr ganz hinzugeben. Vielleicht aber wäre er dann nie mehr nach Wien zurückgekehrt – so wie ihr Vater. Energisch wischte er den Gedanken beiseite. Immer wieder hatte er sich vor Augen geführt, warum er diese Reise unternommen hatte. Paul hoffte inständig, dass das Wiedersehen mit Fanny alle anderen Gefühle in ihm auslöschen würde. Dennoch, Fannys Bild blieb seit einiger Zeit merkwürdig abstrakt.

Paul fuhr sich durch das inzwischen viel zu lange Haar. In Wien würde er sich als Erstes hofschön machen, dem Kaiser seine Geschenke übermitteln und hoffen, dass sein Wunsch erfüllt und dieser Kraftakt ihm die Baronie einbringen würde. Graf Wohllebens Kontakte bei Hof stimmten ihn zuversichtlich. Erst dann würde er sich erlauben, Fanny wiederzusehen und um ihre Hand anzuhalten. Was, wenn sie inzwischen nicht mehr frei war, ihre Gefühle für ihn sich verändert hatten? Ihre Sprunghaftigkeit hatte ihn in gleichem Maße entzückt wie befremdet. Und er war lange weg gewesen.

Zunehmend missgestimmt blätterte er weiter, betrachtete die samtigen karmesinroten Blüten der Ophrys mammosa, die leuchtend blaue Regenbogen-Ragwurz, die bunte Wespen-Ragwurz, die wirkte, als würde sie lachen, und die extravagante Ophrys speculum, deren Blüten wie kleine Spiegel aussahen.

Paul nahm einen kräftigen Schluck aus dem Krug mit dem schweren Wein, den er während seiner letzten Rast erstanden hatte, und beruhigte sich langsam. Diese quälenden Zweifel mussten aufhören!

Da fiel sein Blick auf die Ophrys ferrum-equinum aus der persönlichen Sammlung des Salomon Schweighart – die Hufeisen-Ragwurz mit der namengebenden Zeichnung auf der samtigen purpurnen Lippe. Gräfin Wohlleben hatte ihm vor seiner Abreise berichtet, dass Fanny in England ihre Liebe zu den Pferden wiederentdeckt hatte. Er würde sie ihr schenken, gemeinsam mit dem federleichten rosa Mohair-Shawl, den er extra für sie hatte anfertigen lassen.

Nachdem er den Krug geleert hatte, fielen ihm die Augen zu. Paul träumte von den goldenen Türmen und Kuppeln Konstantinopels, den Düften und Aromen dieser magischen Stadt, dem weiten Meer und zarten Goldkettchen an wohlgeformten nackten Fesseln.

※

»Schon wieder ein Bettler«, seufzte Martha. Auch wenn der Krieg längst vorbei war, forderte er noch immer seine Opfer. Zuhauf irrten sie durch die Stadt, auf der Suche nach Arbeit, etwas zu essen oder einem Platz zum Schlafen. Viele von ihnen hatten auf den Schlachtfeldern nicht nur Väter und Brüder, ihre Gesundheit, ihre Gliedmaßen und ihre Arbeitsfähigkeit verloren, sondern, was möglicherweise noch schlimmer wog, ihre Würde. Neben den ehemaligen Soldaten hatte der Krieg auch bei den einfachen Bürgern eingeschlagen. Und dann der Kongress mit seinen zahllosen Vergnügungen für die Reichen und Schönen. Die musste schließlich jemand finanzieren.

Martha schickte das Dienstmädchen in die Küche. »Minna, gib dem Mann eine Suppe und ein Stück Brot. Und sag ihm, wenn er möchte, kann er sich im Garten ausruhen.«

Kurze Zeit später kam das Mädchen verwirrt zurück. »Der Mann sagt, Sie sollen rauskommen und ihm beim Essen Gesellschaft leisten.«

Frau Faber schüttelte den Kopf. »Das ist ja seltsam. Aber von mir aus.« Gutmütig nahm sie die Gartenschürze ab und ging nach draußen.

»Ein bisserl reden kann manchmal helfen, nicht wahr?«

Sie setzte sich neben den Bettler. Warum zuckten seine Schultern so?

Da wandte er ihr sein Gesicht zu und lachte lauthals los.

Das war ja … »Paul!« Fassungslos fiel Martha ihrem Sohn um den Hals und begann zu schluchzen. »Bin ich froh! Endlich hab ich dich wieder!«

Nachdem sie sich beruhigt hatte, betrachtete sie ihn genauer. Dieser struppige Bart, das lange Haar, und abgemagert war er auch bis auf die Knochen. Der arme Bub. Sie hatte ihn ja gewarnt. Und dieser Aufzug!

»Hast nichts G'scheites mehr zum Anziehen?«, fragte sie mitfühlend. Eine Schnapsidee, diese Reise.

Paul grinste. »Der Kutscher wollte die Sachen schon wegwerfen, aber ich hatte Lust, dich zu überraschen.«

Martha schüttelte den Kopf. Sie hatte Pauls Humor nie verstanden. »Jetzt nimmst als Erstes ein Bad und rasierst dich. Dann schneid ich dir die Haare. Hast großen Hunger?«

»Wie ein Bär«, nickte Paul und löffelte rasch seine Suppe auf.

Sie winkte das Dienstmädchen herbei, das die Szene neugierig beobachtet hatte. »Minna, füll den Badezuber. Und sag der Köchin, sie soll das Gulasch aufwärmen und den Kuchen aufschneiden. Und hol den besten Wein aus dem Keller. Jetzt wird gefeiert!«

»Ja, Frau Faber. Wenn ich noch was sagen darf: Schön, dass Sie wieder da sind.« Sie strahlte Paul an. Auch wenn er aussah wie ein Landstreicher und sie ihn nicht erkannt hätte – gefallen hatte er ihr immer, der junge Herr.

»Na schau, nun siehst schon recht manierlich aus.« Martha musterte ihren Sohn zufrieden. »Ein bisserl zu mager bist, aber das wird wieder …«

Sie saßen beim Essen, und Paul hatte zum dritten Mal Nachschlag verlangt.

»Ich will ja nichts sagen, aber hättest du dir das Ganze nicht sparen können? So eine Plackerei für das bisserl Wolle, die paar Shawls und diese seltsamen Pflanzen.«

Paul schluckte seinen Ärger hinunter. Er wollte nicht mit ihr streiten. »Es sind Orchideen, Mutter, die sind nicht seltsam, sondern selten«, entgegnete er ruhig. »Und ob du's glaubst oder nicht: Sie werden mir die Baronie einbringen. Der Kaiser wird ihren wahren Wert erkennen, da bin ich mir sicher.«

»Wie du meinst«, gab sie schnippisch zur Antwort. Sie kannte sich ebenfalls aus in der Botanik, aber dass diese unscheinbaren Pflanzerl aus ihrem Sohn einen Baron machen sollten, konnte sie nicht glauben. Außerdem störte sie es, dass Paul noch immer diesem Adelstitel nachjagte. Wahrscheinlich war es besser, ihm gleich reinen Wein einzuschenken. »Bevor du dich in etwas verrennst, Paul ...« Sie räusperte sich. Eigentlich hatte sie ihn vorerst schonen wollen, so schlecht, wie er beisammen war. Andererseits sollte er es erfahren, bevor er sich am Ende noch blamierte. »Deine Gräfin ...«

Er fuhr hoch. »Fanny? Was ist mit ihr?«

Sein Blick fuhr ihr durch Mark und Bein.

»So red schon!«

Sie gab sich einen Ruck. »Man sagt, das heißt, ich hab gehört ...«

»Mutter!« Ungeduldig schüttelte er den Kopf. Vergeblich versuchte er das leichte Zittern seiner Hand zu ignorieren.

»Deine Gräfin hat sich verlobt.«

Paul hatte das Gefühl, den Boden unter den Füßen zu verlieren.

»Mit einem ungarischen Grafen. Einem Pferdezüchter. Fesch soll er sein – und immens reich noch dazu.« So, jetzt war es raus. Martha fühlte sich nicht wohl in ihrer Haut. Schon gar nicht, als sie bemerkte, wie Paul erbleichte und die Augen schloss. Er würde doch nicht …

»Was ist mit dir? Junge, sprich!«

Paul schwieg.

»Sag doch was!« Marthas Sorgen wuchsen. War er womöglich krank? Sie hatte immer gesagt, dass diese Reise ein Fehler war!

Paul erhob sich mit quälender Langsamkeit. »Mutter, ich geh schlafen. Wir feiern ein andermal. Sei mir nicht bös.«

Ohne ein weiteres Wort verließ er den Raum.

Martha seufzte. Vielleicht hätte sie sich genauer erkundigen sollen. Aber Karoline hatte Stein auf Bein geschworen, dass es stimmte. Sie habe es von jemandem gehört, der auf dem Ball gewesen war, den die Wohllebens zu Ehren ihrer Tochter gegeben hatten. In ihrem neuen Palais. Ein Hochzeitsballett sei aufgeführt worden, und die kleine Wohlleben habe nur mit dem Ungarn getanzt, die ganze Zeit. Die Familie habe ihn wie einen der Ihrigen behandelt. Und dann sei sie mit ihm im Garten verschwunden, um Mitternacht.

Wie auch immer. Vielleicht würde Paul jetzt ein Einsehen haben.

Hastig setzte sie sich an ihren Schreibtisch und verfasste einen kurzen Brief. Eine Einladung zum Goûter. Anschließend rief sie Minna zu sich. »Schick den Kutscher zur Frau Pichler. Und sag der Köchin Bescheid. Morgen Nachmittag kriegen wir Besuch. Die Frau Pichler wird mit ihrer Tochter zum Tee kommen.«

Zufrieden zog sie sich mit einem Buch in ihr Schlafgemach zurück. Paul tat ihr leid, das war sicher sehr hart für ihn. Aber irgendwann würde er verstehen, dass es letztendlich so am besten für ihn war. Für sie alle. Was sollte sie mit einer Gräfin als Schwiegertochter? Mochte die auch noch so nett sein. Angenommen, Paul würde wirklich Baron werden und das Mädchen sich herablassen, ihn zu heiraten – sie selbst wäre nie gut genug für eine Gräfin Keynitz und ihre Familie. Dafür hatte sie nicht ihr Leben lang hart gearbeitet, um sich für das zu schämen, was sie war. Oder noch schlimmer: um zu erleben, dass ihr einziger Sohn, ihr Ein und Alles, sich schämte für sie.

Reglos lag Paul in seinem Bett und starrte an die Decke. Es war vorbei. All sein Streben, seine Lebenspläne hatten sich mit nur drei Worten in Luft aufgelöst. Fanny war verlobt. Wozu die immensen Kosten und Entbehrungen der Reise? Dieses Anbiedern bei Hofe, dieses Spiel mit Gefälligkeiten und Gegenleistungen? All das, um das bezauberndste, unschuldigste, unberechenbarste, erotischste und in sich widersprüchlichste Wesen, das er kannte, für immer an sich zu binden. Und nun?

Hätte er sie in seine Pläne einweihen, sie besuchen, ihr schreiben sollen? Doch in Anbetracht ihrer Jugend hatte er ihr Zeit geben wollen. Zeit, um all die Tiefschläge, die sie in ihrem Leben bereits erfahren hatte, zu verarbeiten. Zeit, um ihre Gefühle zu ihm zu prüfen. Zeit, um ihr Trauerjahr in England ganz für sich zu verbringen. Und um selbst nicht in Versuchung zu kommen. Er hätte ihrer Anziehungskraft, dieser gleichzeitig verlockenden, oft provokanten und doch unschuldig anmutenden Sinnlichkeit nicht mehr lange widerstehen können.

Im Nachhinein erwies sich dieser hehre Plan als grober Fehler. Er hätte wissen müssen, dass eine junge Dame ihres

Geblüts und ihrer Anziehungskraft nicht lange allein bleiben würde. Auch wenn es sich möglicherweise, wie oft bei derlei Gerede, bloß um ein Gerücht handelte – ein Körnchen Wahrheit verbarg sich immer darin. Jedenfalls war er nicht bereit, mit einem ungarischen Magnaten in den Ring zu steigen. In gewisser Weise hatte seine Mutter recht. Das ließ sein Stolz nicht zu.

War er vielleicht selbst schuld? Ein Gedanke, der ihm nicht gefiel. Fanny hatte ihm ihr Herz geschenkt, und er hatte sie im Stich gelassen. Nun wurde ihm die Rechnung präsentiert.

Und wenn er schon dabei war, offen mit sich ins Gericht zu gehen, konnte er sich ebenso gut eingestehen, dass er dieses Abenteuer auch aus Eigennutz gesucht hatte. Die Kriege gegen Napoleon hatten seinen Wirkungsradius empfindlich beschränkt, seine Reisen auf ein Minimum reduziert. Endlich hatte sich eine fantastische Chance ergeben, die er sich nicht hatte nehmen lassen wollen, bevor er von der Rolle des braven Sohnes in die des guten Ehemannes schlüpfte. Aber der Preis, den er bezahlte, war hoch, zu hoch. Paul ballte die Fäuste. Eine unbändige Wut stieg in ihm auf. Gegen das Leben, gegen sich selbst und überhaupt gegen alles.

Da betrat seine Mutter das Schlafgemach. »Bist du noch wach?«, fragte sie leise, nicht ahnend, welcher Sturm in der Seele ihres Sohnes tobte.

»Nein«, murrte er.

Erleichtert stellte Martha fest, dass Paul sich von seinem ersten Schock offensichtlich erholt hatte. »Ich habe eine Überraschung für dich«, hob sie an.

»Bitte verschon mich, Mutter. Für meinen Geschmack hast du mir heute genug Überraschungen serviert.«

Sie beschloss, ihm lieber doch nichts von Lottes Besuch

zu erzählen. In dieser Stimmung wäre ihm zuzutrauen, dass er sich in sein Stadthaus zurückzog, wie früher, wenn er seine Ruhe brauchte oder einer neuen Liebschaft frönte. »Dann wünsche ich dir eine gute Nacht«, erwiderte sie freundlich. »Morgen sieht die Welt schon wieder anders aus.«

Paul seufzte. Wie oft er das schon von ihr gehört hatte. Ob sie es wirklich glaubte? »Ich weiß nicht, in welcher Welt du lebst. In meiner wird sich über Nacht jedenfalls nichts ändern.«

Nachdem sie kommentarlos die Tür hinter sich geschlossen hatte, fasste er einen Entschluss. Er würde bei Hof vorstellig werden, seine Geschenke überreichen und seine Baronie erwirken. Dann würde er sich von Fanny verabschieden, ihr alles Glück der Welt wünschen und nach Konstantinopel zurückkehren. Wenn man ihm hier in Wien die Tür vor der Nase zuschlug, würde sich dort eine neue öffnen, davon war er überzeugt. Über diesem tröstlichen Gedanken schlief er endlich ein.

Früh schon jagte die Vorfreude sie aus dem Bett. Martha war realistisch genug, um sich von dem Besuch der Pichler-Damen nicht allzu viel zu versprechen. Paul würde sicher nicht gleich in Begeisterungsstürme ausbrechen. Aber ihr Motto, auch bei Pflanzen in ihrem Garten, die nicht wachsen wollten, lautete: Geduld in allen Dingen führt zu sicherem Gelingen. Pauls Zuneigung zu Lotte mochte ein zartes Pflänzchen sein. Sie würde es schon hochpäppeln, da war sie zuversichtlich.

Und Gott sei Dank war Paul, als er gegen Mittag geruhte aufzustehen, deutlich besserer Laune als gestern. Er würde den Verlust verkraften und ihr später dankbar sein, dass sie sein schlingerndes Lebensschiff in stabile Gewässer geführt hatte. Vorerst aber musste sie ihn unbedingt daran hindern, heute noch in die Stadt zu fahren, denn sie hörte eine Kutsche vorfahren.

»Paul, magst du nicht schauen, wer da kommt?« Es kostete sie einige Mühe, sich ihre Aufregung nicht anmerken zu lassen.

Paul ging zur Tür. Er staunte nicht schlecht, als er sah, wer ihnen die Aufwartung machte. Höflich küsste er Karoline auf die Wange und ging dann auf Lotte zu, die verträumt an den späten Blüten einer Kletterrose neben der Eingangstür roch.

»Lotte! Schön, dich wiederzusehen.« Paul betrachtete sie. Ihr langes, rötlich glänzendes, gewelltes Haar wurde nur durch ein schmales Bandeau zurückgehalten, das schlichte Trachtenkleid – sie war wie ihre Mutter eine Anhängerin der neuen deutschen Einfachheit – stand ihr gut und betonte ihre mittlerweile sehr weiblichen Formen aufs Vorteilhafteste. Er betrachtete das frische Gesicht mit den hohen Wangenknochen und der eigenwilligen, etwas zu groß geratenen Nase, die haselnussbraunen Augen und den herzförmigen Mund mit den Lippen, die ihn früher magisch angezogen hatten.

»Grüß dich, Paul«, sagte Lotte und lächelte ihn an.

Sie umarmten einander.

»Kinder, ihr habt euch so lange nicht mehr gesehen«, bemerkte Martha und warf Karoline einen verschwörerischen Blick zu. »Geht doch in den Garten, während wir uns um den Kaffee kümmern. Ihr habt euch sicher viel zu erzählen. Und Lotte, bring ein paar Dahlien mit. Mein Esszimmer könnte einen hübschen Strauß gebrauchen. Die Schere steckt im Zaun beim Gemüsebeet, du weißt schon.«

Lotte nickte. »Ist gut. Wollen wir?« Unbefangen streckte sie Paul die Hand hin.

Genau wie früher, dachte er und ergriff sie zögernd. Irgendwie passte ihm das Ganze nicht. Dennoch fühlte sich Lottes warme, weiche Hand in der seinen angenehm vertraut an.

Im Gegensatz zu Paul, der schweigsam neben ihr herging, plauderte Lotte unbefangen vor sich hin. Sie erzählte von ihrem Salon, den vielen neuen Freunden, dem letzten Ausflug nach Mariazell und den Plänen ihrer Mütter. »Weißt schon das Neueste?« Aufgeregt blieb sie stehen.

Er schüttelte den Kopf.

»Wir fahren gemeinsam in die Berge. So wie früher. Ist das nicht großartig?«

Daher also wehte der Wind. Eigentlich sollte er sich ärgern über diesen erneuten Übergriff seiner Mutter, die das Ganze vermutlich von langer Hand geplant hatte. Aber wie Lotte so vor ihm stand, die Natürlichkeit in Person, den Dahlienstrauß im Arm, und ihn anstrahlte, geschah etwas Seltsames: Ihn überkam eine tiefe Ruhe. »Das wird schön«, antwortete er. Und lächelte, als sie ihn begeistert umarmte.

Ebenso wie die beiden Damen, die diese reizende Szene vom Fenster des Esszimmers aus beobachteten und sich zufrieden zunickten.

∽◉∾

Der Herbst zog ins Land. Und pünktlich zur Eröffnung der Jagdsaison kehrte der Adel aus seinen Sommersitzen zurück in die Residenzstadt. Auch der Kaiser war nach der feierlichen Vermählung der kaiserlichen Prinzessin Clementine mit Leopold, dem königlichen Prinzen beider Sizilien, inklusive seines gesamten Hofstaats von Schönbrunn in die Hofburg übersiedelt.

Friedrich, der an diesem Abend pünktlich zum Essen erschien, hatte zweierlei Bemerkenswertes zu berichten. »Unsere Majestät der Kaiser soll eine neue Gemahlin gewählt haben.«

»Oh.« Mathildes Kommentar fiel erstaunlich kurz aus. Spitz fügte sie hinzu: »Er scheint schnell über den Verlust der Kaiserin Maria Ludovika hinweggekommen zu sein.«

Friedrich begriff sofort. »Ich kann Euch versichern, dass ich meinerseits, solltet Ihr vor mir von dieser Welt abberufen werden ...« Abrupt hielt er inne, als er den entsetzten Blick seiner Gemahlin wahrnahm, und ruderte zurück. »Es heißt, er habe sich für Prinzessin Karoline Auguste von Bayern entschieden.«

»Die könnte doch seine Tochter sein!«, rief Mathilde unwillig aus.

Es schien ihm heute nicht zu gelingen, sie zufriedenzustellen.

»War die junge Dame nicht schon einmal verheiratet?«

Manchmal war seine Gemahlin erstaunlich gut informiert. »Das ist richtig«, bestätigte Friedrich zögernd. »Mit Kronprinz Wilhelm von Württemberg. Aber die Ehe wurde Anfang des Jahres annulliert.«

Nachdem diese erste Neuigkeit nicht die erwünschte Reaktion hervorgerufen hatte – er selbst hatte mit großer Freude zur Kenntnis genommen, dass das Reich in Bälde wieder eine Kaiserin haben würde –, versuchte er sein Glück erneut. »Kennt Ihr einen Paul Baron Faber?«

»Nein!« Mathilde klatschte begeistert in die Hände. »Er hat es geschafft!«

Friedrich nickte, froh, nun einen Treffer gelandet zu haben. »Seine Majestät hat sich beeindruckt gezeigt. Nicht nur von den seltenen Orchideen, die die kaiserliche botanische Sammlung nun bereichern, sondern auch von der beachtlichen Innovationskraft, die dieses, dieses …« Er hatte glatt den Namen vergessen, das passierte ihm in letzter Zeit öfter. »Was ich sagen will: Das, was Faber aus dem Osmanischen Reich importiert, soll bedeutsam für unsere heimische Seidenproduktion sein.«

»Wusstet Ihr von seiner Rückkehr?«, fragte sie, nachdem sich ihre erste Begeisterung gelegt hatte. Seltsam, dass Paul ihr nicht ein einziges Mal die Aufwartung gemacht hatte. Nach all dem, was sie für ihn getan hatte. Sie war nun doch etwas indigniert.

Friedrich löffelte unbeirrt seine geliebte Leberknödelsuppe. »Ich werde nicht schlau aus den jungen Leuten. Auch nicht aus unserer Tochter.« Es war ihm diskret zugetragen worden, dass Fanny immer öfter in Begleitung des Grafen Erdélyi gesehen wurde. Mathilde wagte er dies nicht zu erzählen. Sie schien den Ungarn zwar nicht abzulehnen, von einer Zuneigung, wie sie sie Paul Faber entgegengebracht hatte, konnte jedoch nicht die Rede sein.

»Ich war überzeugt, dass Paul …«

»Ich weiß.« Mitfühlend ergriff Friedrich ihre Hand.

»Irgendetwas muss vorgefallen sein. Ich werde Louise fragen.«

Friedrich seufzte. Seine Schwägerin und ihre übersteigerten Fantastereien – ganz zu schweigen von ihrer Exaltiertheit, ihrem Hang zu Klatsch und Tratsch und ihrem Faible für junge Männer – waren kaum in der Lage, etwas anderes als Verwirrung zu stiften. Dennoch konnte er Mathilde nicht davon abbringen, immer wieder Rat bei ihrer Schwester zu suchen. Auch wenn die Zusammenkünfte der beiden häufig in Zank und Streit mündeten. »Wie Ihr meint«, antwortete er und freute sich auf sein Backhendl mit Kartoffelsalat, dessen Duft er wohlwollend zur Kenntnis nahm, während das Dienstmädchen ihm servierte.

Da platzte Adele in den Salon, Anni aufgeregt hinterher. »Ich habe gesagt, sie muss warten, bis ich sie angemeldet ...«

Adele bremste abrupt, knickste hastig und sprudelte ohne Gruß hervor: »Es ist so weit! Frau Gräfin, bitte ...«

Mathilde wusste sofort Bescheid. Bei Sophie hatten die Wehen eingesetzt, wenn auch ein paar Tage vor der Zeit.

Erstaunt registrierte Friedrich, wie souverän seine Gemahlin auf diese Nachricht reagierte. Er selbst fühlte sich plötzlich indisponiert. Sophie, sein Liebling, wurde Mutter. Die Schmerzen der Geburt hätte er seiner Ältesten gern erspart. Er wusste, dass solche Gedanken albern und unvernünftig waren. Aber alles war anders, wenn es um die eigenen Kinder ging.

»Anni, hol meine Tasche. Sie steht in meinem Schlafgemach neben dem Bett. Ich habe bereits alles vorbereitet. Ist Professor Boër verständigt?«

»Natürlich, Frau Gräfin«, beteuerte Adele hastig.

»Warum bist du eigentlich hier und nicht im Palais?«, setzte Mathilde nach.

»Weil meine Frau Gräfin Mylady besucht. Mylord weilt doch heute in der Hofburg, und Gräfin Keynitz wollte Mylady nicht allein lassen. Und mich hat Frau Gräfin mitgenommen, damit sie bei Mylady bleiben kann, wenn es losgeht, hat sie gesagt.«

»Wie außerordentlich umsichtig«, murmelte Friedrich, schon wieder erstaunt. Offensichtlich neigte er dazu, die Damen seiner Familie zu unterschätzen. Er nahm sich fest vor, diese Erkenntnis bei der nächsten sich bietenden Gelegenheit zu artikulieren.

～❧～

Johann Lucas Boër, eigentlich Boogers – Kaiser Joseph II. höchstselbst hatte ihn vor mittlerweile drei Jahrzehnten zu dieser Namensänderung bewogen – verließ hastig sein Haus am Alsergrund und eilte zur Kutsche. An sich schätzte er Einsätze wie diese für anspruchsvolle Damen der hohen Gesellschaft nicht so sehr. Die einstige Gemahlin des Kaisers, Erzherzogin Elisabeth, war ihm unter der Hand verstorben – gänzlich ohne sein Verschulden, er hatte sein Bestes gegeben, aber manchmal war auch ein erfahrener Geburtshelfer machtlos. Seither arbeitete er als überzeugter Verfechter der natürlichen Geburtshilfe lieber in der Abteilung für arme Wöchnerinnen im Allgemeinen Krankenhaus, wo er wirklich gebraucht wurde. Die aufrichtige Dankbarkeit dieser bedürftigen Frauen bedeutete ihm mehr als die oftmals beschämend bescheidenen Zuwendungen der reichen Aristokraten, die wohl nie aufhören würden, ihn von oben herab zu behandeln. Selbst wenn ihre Töchter oder Gemahlinnen kreischend in den Wehen lagen. Nicht einmal die Tatsache, dass ihm neben der Leitung dieser Abteilung als ordentlichem Professor mittlerweile auch der praktische Unterricht in Geburtshilfe an der Universität Wien übertragen worden war, hatte ihm in diesen Kreisen zu mehr Respekt verholfen.

Bei seiner jetzigen Patientin geruhte er eine Ausnahme zu machen. Allein die Tatsache, dass sie extra aus England angereist war, um seine Dienste in Anspruch zu nehmen, schmeichelte ihm, obwohl ihm bewusst war, dass Wien sich mehr und mehr zu einer der führenden Städte in der modernen Geburtshilfe entwickelte. Eine Tatsache, die, glaubte man einschlägigen Publikationen und diversen in Fachkreisen geäußerten Bemerkungen, durchaus auch seiner eigenen Wenigkeit zuzuschreiben war. Darüber hinaus war die junge Dame trotz ihres hohen Ranges eine vernünftige und liebenswürdige Person, die ihn stets mit größter Wertschätzung behandelte. Jede Geburt stellte ein unabwägbares Risiko dar. Niemand wusste das besser als er. Johann Boër betete zu Gott, dass der es gut mit dieser reizenden Lady meinen möge. Er selbst würde wie immer alles in seiner Macht Stehende dazu beitragen, sie eines kräftigen, gesunden Sprösslings zu entbinden. Wenn möglich ohne den Einsatz der ihm verhassten Zange oder anderer invasiver Methoden.

Als er in dem prachtvollen Mietpalais am Hof ankam, lief ihm ein ebenso eleganter wie überaus aufgeregter englischer Gentleman entgegen. Zweifellos der Gemahl der Patientin. Immer wieder wechselte er vom Englischen ins Deutsche, während er den Arzt beschwor, etwas zu unternehmen, um die grässlichen Schmerzen seiner Gemahlin zu lindern. Eine Bitte, die von werdenden Vätern aller Stände an ihn herangetragen wurde. Und er konnte sie verstehen. Den geliebten Menschen im Nebenzimmer stöhnen und schreien zu hören, ohne etwas dagegen unternehmen zu können, zerrte an den Nerven.

Boër versuchte, den trotz der angenehmen Temperaturen deutlich schwitzenden Lord zu beruhigen. In einfacheren Kreisen schuf er Abhilfe, indem er den Männern eine Aufgabe erteilte. In diesem Fall jedoch konnte er Mylord nur empfehlen, sich dringend ein Glas Cognac oder mehrere zu gönnen. Nicht selten pflegten die Herren der Schöpfung die Geburt ihres Kindes nach diesem Rat völlig betrunken zu verschlafen.

Folgsam schenkte sich Edward ein großes Glas Whisky ein und ließ sich in einen Fauteuil vor dem Schlafgemach fallen, in dem Sophie entsetzliche Qualen litt. Nie wieder, schwor er sich, würde er seine geliebte Gemahlin in diese fatale Lage bringen. Ihr Stöhnen nahm kein Ende.

Als Adele gefühlte Stunden und eine Flasche Whisky später mit blutigen Handtüchern im Laufschritt die Halle durchquerte, verließ ihn beinahe das Bewusstsein. Torkelnd näherte er sich der Tür. Er musste Sophie beistehen. Da erschien seine Schwiegermutter, ein kleines Bündel im Arm. Sie lächelte ihn an.

Das Nächste, woran er sich erinnerte, war, dass sein Kopf schmerzte und Professor Boër sich besorgt über ihn beugte.

»Ihr seid gestürzt«, hörte er den Arzt sagen.

»Wie geht es ihr?« Edward versuchte sich aufzurichten.

»Es ist alles gut gegangen«, beruhigte ihn der Arzt. »Mylady ist wohlauf.«

Edward schloss die Augen und spürte, wie sein Gesicht feucht wurde.

Der arme Kerl, dachte Boër mitfühlend und half ihm auf die Beine.

Achtlos taumelte Edward an der irritiert dreinblickenden Mathilde vorbei ins Schlafzimmer und fiel vor dem Bett auf die Knie. Ein seltsames Geräusch drang an sein Ohr.

Sophie streichelte seinen Kopf, ein erschöpftes Lächeln auf den Lippen. Sie war noch nie so glücklich gewesen. »Wir haben einen Sohn, Liebster.«

❧

Mathilde betrachtete ihre Schwester prüfend. Es war früher Vormittag, und sie hatte dem Champagner bereits in einem Maß zugesprochen, das Mathilde alles andere als passend erschien. Mehrmals hatte sie in Erwägung gezogen, Louise darauf anzusprechen, doch nie hatte sich der passende Zeitpunkt ergeben. Ihre Wangen waren ebenso wie ihre Augen gerötet, auch artikulierte sie ihre Worte nicht so deutlich und gewählt wie sonst.

Allein, sie wollte mit ihr über Paul Faber sprechen, bevor Fanny sich zu ihnen gesellte. Seine Erhebung in den Stand eines Barons war mittlerweile in der Wiener Zeitung bekannt gegeben worden. Die Tatsache, dass er seit Langem in der Stadt weilte, aber nie bei ihr vorstellig geworden war, hatte sie zuerst gekränkt, inzwischen jedoch war sie sicher, dass etwas nicht stimmte. Was das sein könnte, wusste am ehesten ihre Schwester, denn die war stets über die neuesten Gerüchte informiert und erteilte ebenso willig wie präzise darüber Auskunft. Also würde sie Louises klitzekleines Alkoholproblem heute mit Sicherheit nicht zur Sprache bringen.

»Du hast doch letzten Montag die Saison eröffnet?«, tastete sich Mathilde vorsichtig an das Thema heran.

Sofort nahm Louise den Ball auf und erzählte, dass sich an jenem Abend wie immer die Wiener Hautevolee bei ihr eingefunden habe, Aristokraten, Künstler und Gelehrte. Sie weine dem Kongress dennoch nach, klagte sie. Er habe ihr die illustresten Gäste zur Tür hereingeschwemmt. Jetzt seien sie handverlesen, wie früher. Ihr Glück, dass die Salonière Fanny von Arnstein sich mehr und mehr zurückziehe. So grüben sie sich wenigstens nicht mehr gegenseitig die besten Gäste ab. »Laut sagen darf ich das nicht, noch dazu, wo ich Frau von Arnstein sehr schätze, wie du weißt«, betonte sie hastig. Es hatte sie einige Mühe gekostet, sich neben der beliebten und charismatischen Gesellschaftsdame zu behaupten.

Mathilde ließ sie noch eine Weile erzählen, bevor sie zum Punkt kam. »Hast du schon gehört? Paul ist jetzt Baron.«

»Ja, das ist doch schön für ihn«, antwortete Louise einsilbig.

Mathilde ließ nicht locker. »Und stell dir vor, er hat mir noch kein einziges Mal die Aufwartung gemacht. Ist das nicht seltsam?«

Louise senkte den Blick und nippte an ihrem Glas. Dann gab sie sich einen Ruck. »Eigentlich wollte ich es dir nicht erzählen. Aber wenn du fragst …«

»Nun mach es nicht so spannend«, drängte Mathilde ungeduldig.

Louise seufzte. »Es ist nicht besonders erfreulich. Und außerdem ohnehin nur Gerede. Ich habe Baron Faber auch noch nicht persönlich getroffen, seit er wieder in Wien weilt.«

»Louise!«

»Na gut. Angeblich hat er sich mit der Tochter von Karoline Pichler verlobt.«

Mathilde fiel aus allen Wolken.

»Ich hab es dir nicht erzählt, weil ich Fanny diese Demütigung ersparen wollte. Und uns allen. Erst geht er hier ein und aus, erschleicht sich das Vertrauen der Familie, verdreht Fanny den Kopf – und dann das.« Louise war erleichtert, ihrem Unmut endlich freien Lauf lassen zu dürfen. Bereitwillig füllte sie das Glas, das ihre Schwester ihr entgegenhielt.

Mathilde brauchte jetzt einen kräftigen Schluck. Was für ein Skandal!

Louise leerte ihr Glas ebenfalls. »Zum Glück hat Fanny diesen herrlichen Ungarn. Aber trotzdem weiß ich nicht, wie wir ihr das beibringen sollen. Wie steht es denn mit den beiden?«

Ratloses Achselzucken. »Angeblich verbringen sie viel Zeit miteinander. Sogar Friedrich wurde das bereits zugetragen. Er hat zwar nichts gesagt, aber seinen Andeutungen konnte ich entnehmen, dass es Gerede gibt. Graf Erdélyi scheint ein wahrer Gentleman zu sein, doch mit Sicherheit weiß man das nie.«

»Und für Fanny würde ich auch nicht die Hand ins Feuer legen.« Louise zuckte zurück. Das war ihr herausgerutscht. Hoffentlich nahm Mathilde ihr diese offenen Worte nicht übel. Zu ihrer Erleichterung seufzte ihre Schwester nur auf.

»Da hast du leider recht, meine Liebe. Ich mache mir größte Sorgen. Und ich fühle mich so hilflos, da Fanny nicht mehr bei uns wohnt. Angeblich reitet sie regelmäßig mit ihm aus. Allein – und in Hosen! Man stelle sich vor!«

»Wie skandalös!« Louise stand Fannys befremdlicher Auftritt bei ihrem letzten Ausritt mit Graf Erdélyi noch lebhaft vor Augen. »Woher weißt du das?«

»Adele hat mit Anni getratscht. Und die gute Seele hat es mir erzählt.«

Konsterniert klingelte Louise Nanette herbei. Nach diesem Schock verlangte es sie dringend nach Kaffee und einem Stück Torte. Wenn sich das herumsprach!

Nachdem sie ihre Nerven auf vorzüglichste Weise gestärkt hatten – die Apfeltorte von Louises Köchin Idliko war ein Gedicht –, überlegten sie, was zu tun war. Angesichts der Tatsache, dass ihr letztes gemeinsames Unterfangen Edward und Sophie beinahe auseinandergebracht hätte, beschlossen sie einstimmig, auf eine aktive Einmischung in

Fannys Liebesleben zu verzichten und vorsichtig vorzugehen. Man würde lediglich versuchen, aus ihr herauszubekommen, wie es um sie und den ungarischen Grafen stand.

Da meldete Nanette Fannys Ankunft. Sie erschien in einem neuen weißen Tageskleid, das sie bei Frau Hofstadler in Auftrag gegeben hatte, und wirkte sehr aufgeräumt.

»Der Kleine ist so süß«, sprudelte sie hervor, während sie Nanette ihre neue kleine Schute mit den weißen Kamelien aus Seide und den breiten hellen Samtbändern überreichte. »Und der Professor sagt, dass er sehr groß und stark werden wird, so viel, wie er trinkt. Gott sei Dank hat die Amme genug Milch. Sie ist noch sehr jung, die Leni.«

»Wie geht es Sophie?«, erkundigte sich Louise. Seit der Geburt des Kindes hatte sie ihre Nichte auf Anraten ihrer Schwester erst einmal besucht. Der Arzt hatte ihr Ruhe verordnet und eine kleine Wochenbettdepression diagnostiziert, die aber, wie er betonte, angesichts der sonst sehr stabilen Persönlichkeit und überaus positiven Lebensumstände der Wöchnerin rasch wieder verschwinden würde.

»Viel besser«, antwortete Fanny. »Wir haben miteinander gefrühstückt, und sie hat sogar ein bisschen mit Cleo gespielt.« Fanny setzte den kleinen Mops neben sich aufs Sofa.

Louise runzelte die Stirn. Sie fand den Welpen entzückend, jedoch nicht auf ihrem neuen Canapé.

Fanny, die den Blick ihrer Tante bemerkte, zog das Hündchen rasch auf ihren Schoß. »Habt Ihr schon gehört? Emilia wird ihr Atelier eröffnen. Und wir sind alle eingeladen.«

Die beiden Schwestern nickten einander zu.

»Wirst du in Begleitung erscheinen?«, fragte Louise betont beiläufig.

Fanny lachte auf. Sie wusste, worauf ihre Tante hinauswollte. Lediglich der Geburt des kleinen Edward war es zu verdanken, dass weder ihre Mutter noch ihre Tante das Thema bisher zur Sprache gebracht hatten. »Graf Erdélyi wird mich begleiten«, lautete ihre knappe Antwort. Wenn die Damen mehr erfahren wollten, mussten sie fragen.

Mathilde räusperte sich. »Fanny, wir wollen nur dein Bestes, das weißt du.«

Fanny grinste in sich hinein. Deshalb also war sie heute vor das Hohe Gericht zitiert worden. Sie hätte es sich denken können. »Natürlich weiß ich das, Mama.«

Mathilde kannte Fannys Unschuldsmiene nur allzu gut und ahnte, dass sie so nicht weiterkommen würde. »Hat der Graf dir einen Antrag gemacht? Du verbringst viel Zeit mit ihm, es gibt bereits Gerede.«

So schnell hatte Fanny nicht mit der Frage gerechnet. Selbst Louise musterte ihre Schwester überrascht. Fanny erkannte, dass es den beiden Damen ernst war, und beschloss, das Verfahren abzukürzen, um möglichst rasch nach Hause zu kommen. Es war ein schöner Tag, und sie war mit Gyula verabredet. »Ja, Mama, der Graf hat mir einen Antrag gemacht. Aber ich habe ihn um Bedenkzeit gebeten«, gab sie wahrheitsgemäß zur Antwort.

»Warum denn das?« Louise war fassungslos. Hätte ein Mann vom Kaliber dieses Ungarn um ihre Hand angehalten, als sie in Fannys Alter gewesen war, sie hätte keine Sekunde gezögert. »Ihr scheint euch doch gut zu verstehen.«

Fanny senkte den Kopf.

»Hat es etwas mit Paul Faber zu tun?« Mathilde musterte sie gespannt.

Jetzt, da Sophie als Gesprächspartnerin nicht infrage kam, war Fanny fast erleichtert, endlich ihr Herz ausschütten zu können. »Ja, Mama. Ihr wisst, wie viel Paul mir bedeutet.« Sie runzelte die Stirn und korrigierte sich. »Wie viel er mir bedeutet hat. Jedenfalls, ich kann mich nicht binden, solange ich ihn nicht gesprochen und diese Angelegenheit geklärt habe.«

»Du armes Kind!« Erschrocken hielt sich Louise die Hand vor den Mund.

»Louise, musste das jetzt sein?«, tadelte Mathilde ihre Schwester. Dieser viele Champagner bekam ihr wirklich nicht.

»Was meint Ihr damit?« Fanny war alarmiert. Sie wusste, dass ihre Tante stets bestens informiert war. Doch niemand sprach ein Wort. »Tante! Mama! Was ist los?«

Mathilde, die einsah, dass es für Kalkül und Taktik zu spät war, wollte ihre Tochter nicht länger quälen. »Fanny, du musst jetzt stark sein.«

Fanny wurde schlecht. »Ist ihm etwas zugestoßen?« Nach Philipps Tod fühlte sie sich einem erneuten Verlust nicht gewachsen.

»Nein«, beruhigte Mathilde sie hastig. »Er ist wohlauf und gesund zurückgekehrt. Und stell dir vor, der Kaiser hat ihn in den Stand eines Barons erhoben.«

»Paul ist Baron?« Fanny wusste nicht, ob sie weinen oder lachen sollte. Ihr hatte seine bürgerliche Herkunft niemals Kopfzerbrechen bereitet, doch sie wusste, dass sie für Paul ein veritables Hindernis dargestellt hatte. Und jetzt, wo er wieder in Wien weilte und nichts mehr zwischen ihnen stand, kam er sie nicht einmal besuchen?

»Das war der Grund seiner Reise.« Mathilde erzählte ihrer aufmerksam lauschenden Tochter von Pauls Expedition und ihrem erfolgreichen Abschluss.

»Aber warum will er mich nicht sehen?« Tränen traten Fanny in die Augen. Sie versenkte ihr Gesicht in Cleos weichem Fell.

Als Mathilde ihre Tochter dasitzen sah wie ein Häufchen Elend, schnürte ihr das Mitgefühl den Hals zu. Sie brachte kein Wort hervor. »Ich weiß es nicht«, flüsterte sie schließlich. Sie konnte Fanny nicht die Wahrheit erzählen.

Louise sah von einer zur anderen und schüttelte den Kopf. So ein Drama wegen eines Mannes, der es nicht verdient hatte. »Weil er sich mit einer anderen verlobt hat.«

»Dann stimmt es also«, erwiderte Fanny schwach.

»Du wusstest es?« Mathilde musterte sie überrascht.

Fanny nickte. »Als ich bei seiner Mutter war, hat diese Salonière, Frau Pichler, so etwas angedeutet. Paul und ihre Tochter kennen einander schon lange.« Sie erstarrte. »Ich habe gehofft, dass es sich nur um eine Absprache zwischen den Müttern handelt. So ähnlich wie bei Edward.« Jetzt erst, als sie es aussprach, wurde ihr bewusst, dass das die bittere Wahrheit war. Doch diese winzige Flamme war soeben erloschen. Es war also vorbei. Der Schmerz traf sie trotz allem heftig. Steif erhob sie sich. »Bitte entschuldigt mich.«

»Ich komme mit.« Besorgt sprang Mathilde auf. Ihre Tochter war bleich wie eine Leinwand. In diesem Zustand konnte sie sie keinesfalls ohne Begleitung nach Hause fahren lassen.

»Ich möchte allein sein.« Ohne sich umzudrehen, verließ sie den Raum.

Die beiden Damen blieben erschüttert zurück. Mathilde griff sich an die Stirn. Es brach ihr das Herz, Fanny so verzweifelt zu sehen. Und Sophie, der einzige Mensch, der in der Lage wäre, Fanny beizustehen, war nicht in der Verfassung, ihr zu helfen.

»Da siehst du, was du angerichtet hast!«, blaffte sie ihre Schwester an. Ohne ein weiteres Wort rauschte sie aus dem Salon.

In der Kutsche ließ Fanny ihren Tränen freien Lauf. Paul war verlobt. Mehr noch als diese Tatsache schmerzte sie das Gefühl des unwiederbringlichen Verlusts, das in ihr tobte. Die Nachricht war nicht aus heiterem Himmel gekommen, doch niemals hätte sie mit einem solchen Schmerz gerechnet.

Zu Hause warf sie sich aufs Bett und schlief sofort ein.

Eine Stunde später wurde sie von Nanette leise geweckt. »Frau Gräfin, Euer Besuch ist da.«

Während sie sich mit Hilfe ihrer Zofe zum Ausreiten umkleidete, dachte sie nach. Seit ihrem Geburtstag hatte sich Gyula auf freundschaftliche Distanz begeben. Er besuchte sie, lud sie zum Souper, zum Tanzen oder ins Theater. Aber keine Annäherung, nicht einmal ein Kuss. Am Anfang hatte sie das bedauert, doch alle Versuche, ihn zu verführen, waren an einem Wall aus glatter Höflichkeit gescheitert. Er schien meilenweit weg zu sein. Und mit der Zeit hatte sie sich daran gewöhnt, ihn wie einen großen Bruder zu betrachten. Den Antrag hatte er nie mehr erwähnt, geschweige denn wiederholt.

Als sie wenig später in seiner Begleitung in Richtung Prater trabte, beschloss sie, weiterhin Sophies Rat zu befolgen. Fanny würde ihrem Leben freien Lauf lassen, wie gerade ihrem Pferd – und schon galoppierte sie los. Sie lächelte, als Graf Erdélyi auf Brandy neben ihr auftauchte. Der Schmerz würde vergehen, das wusste sie aus Erfahrung. Es war nur eine Frage der Zeit.

❧

Sie ließen die Kutsche stehen und marschierten, vorbei an Dorfhäusern, kleinen, liebevoll bepflanzten Gartenanlagen, prächtigen Villen, Kornfeldern, Schafherden und Weingärten, ins stille Helenental. Wegen des kühlen und regnerischen Wetters hatten die Familien Pichler und Faber beschlossen, diesmal nicht in die Berge, sondern in das klimabegünstigte Baden zu reisen.

Gleich auf einer ihrer ersten Wanderungen war ihnen ein besonders eleganter Gutshof mit edlen Pferden aufgefallen. Paul kannte sich aus, denn er war passionierter Reiter gewesen, ehe die Geschäfte ihn gänzlich okkupiert hatten. Er hatte sich gefragt, ob man ihm einen der Wallache für einen Ausritt überlassen würde, wenn nötig für ein fürstliches Entgelt. Wie lang war er nicht mehr auf einem so rassigen Pferd gesessen. Insgeheim hatte er schon länger überlegt, sich wieder eines zuzulegen. Platz genug hatten sie ja.

»Das Gut gehört einem berühmten ungarischen Magnaten«, hatte Karoline erklärt. Sie schien auch in Baden Gott und die Welt zu kennen.

Die Tatsache, dass es sich bei dem Besitzer offensichtlich um Fannys Verlobten handelte, hatte Pauls Stimmung deutlich getrübt. Dieser unglückliche Zufall war allerdings nicht der einzige Grund für seine dieser Tage anhaltend schlechte Laune. Wobei er die eigentliche Ursache dafür nicht zu benennen wusste. Wahrscheinlich lag es daran, dass er sich verändert hatte. Die Reise hatte ihn verändert. Oder war es Fanny? Er hatte das Gefühl, nicht mehr in die alte Schublade zu passen, seiner Familie entwachsen zu sein. Die Baronie war es jedenfalls nicht, wie seine Mutter ihm in einer ihrer häufigen abendlichen Streitereien vorgeworfen hatte. Es war vielmehr die ganze betuliche Art, vor allem die unsägliche Mixtur aus Tradition, Moral und Deutschtum, die ihm missfiel. Dann diese Verherrlichung der Tugendhaftigkeit des hausfraulichen Lebens. Er verstand diese weibliche Devotheit nicht. Seine Mutter war durchaus in der Lage, ein großes Unternehmen zu führen. Und bei den Pichlers versorgte Karoline die Familie – nicht ihr Mann Andreas. Karoline fuhr als Schriftstellerin einen Erfolg nach dem anderen ein und prägte mit ihrem Salon den Geist ihrer Zeit. Dennoch wurde sie nicht müde zu betonen, dass vor allem anderen die häuslichen Pflichten standen. Still und bescheiden solle sie sein, die wahrhafte Frau, keusch, sittsam und religiös.

Am meisten befremdete ihn, dass Lotte all das widerspruchslos hinnahm. Was war aus dem unkonventionellen, eigenwilligen jungen Mädchen geworden?

»Woran denkst du?«, fragte Lotte ihn prompt, wie so oft in den letzten Tagen, während sie eine schmale Brücke überquerten und dabei entgegenkommenden Spaziergängern auswichen. Es war ein milder Tag, die Sonne bahnte sich ihren Weg durch das dichte Blätterdach und zauberte Flecken auf den weichen Waldboden. Hier im Tal erschien die Luft besonders klar und frisch, der Bach neben ihnen plätscherte friedlich dahin.

Paul fühlte sich ertappt und wollte Lotte keinesfalls kränken. »Dass es schön ist hier«, antwortete er und wies auf eine Ziege, die eine nahe gelegene Felswand erklomm.

»Ja«, stimmte sie zu und sah ihn treuherzig an. »Vor allem mit dir.«

Schon fühlte er sich wieder elend. Das Mädchen konnte nichts dafür. Aber je mehr Zeit er mit ihr verbrachte, umso öfter dachte er an Fanny. Was nicht zur Verbesserung seiner Stimmung beitrug. »Lotte, ich werde abreisen«, hörte er sich sagen. Als er ihr enttäuschtes Gesicht bemerkte, wusste er, dass seine Entscheidung richtig war. Es hatte keinen Sinn, dieses liebe Mädel durch seine Anwesenheit weiter zu ermutigen. Er war ihr gegenüber ungerecht – das hatte sie nicht verdient. Was er jetzt brauchte, war Klarheit. Deshalb musste er hier weg, und zwar so schnell wie möglich.

»Warum?«

»Weil ich arbeiten muss. Die erste Lieferung der neuen Wolle wird in den kommenden Tagen eintreffen.« Das war nicht einmal gelogen.

»Schade«, sagte sie schlicht. »Aber wir sehen uns bald wieder. Versprich mir das!«

»Natürlich«, antwortete er und nahm sie in die Arme. Lottes aufrichtige Zuneigung, die offene Art, wie sie ihm ihre Gefühle ohne Raffinement, ohne jede Koketterie darbot, rührte ihn immer wieder aufs Neue.

»Ich werde dir Gedichte schreiben, jeden Tag«, flüsterte sie.

Paul räusperte sich und ließ sie los. Zu seiner Erleichterung wurden sie von ihren Eltern eingeholt.

»Kommt weiter«, riefen sie. »In der Nähe ist eine Gastwirtschaft. Lasst uns dort einkehren.«

Den Rest des Tages vermied er es, mit Lotte allein zu sein. Abends besuchten sie eine Aufführung im Schauspielhaus des Kurortes. Der Saal war prachtvoll, das Publikum elegant, das Spiel der aus dem Kärntnertortheater bekannten Betty Schröder vortrefflich. Ja, Baden hatte viel zu bieten. Seine Mutter und die Pichlers wurden nicht müde, das zu betonen. Es gab sogar ein Casino, in dem sonntags Bälle stattfanden.

Lotte hatte sich darauf gefreut, mit Paul tanzen zu gehen, wie sie ihm in der Pause gestand. Und ausgerechnet jetzt müsse er fort.

Paul drückte nur stumm ihren Arm.

Nachdem er seine Mutter später über seine Abreise informiert hatte, blieb der erwartete Streit aus.

Martha sah ihn nachdenklich an. »Du liebst sie immer noch, nicht wahr?«

»Was meinst du?«

»Diese Gräfin.«

Paul zuckte die Achseln. »Ich denke nicht, dass das unter diesen Umständen von Bedeutung ist.«

Martha streichelte über seine Wange. Eine für sie sehr seltene Geste der Zärtlichkeit. »Ich hab es nur gut gemeint.«

»Ich weiß. Aber ich kann nicht.«

Martha nickte traurig. Sie konnte es ihm nicht verübeln, Paul hatte sich in den letzten Tagen weiß Gott bemüht. Dann mussten sie sich eben in Geduld fassen. Irgendwann würde ihr Sohn zur Vernunft kommen, davon war sie überzeugt. Lotte war die Richtige für ihn.

8. Kapitel

SIE STEMMTE DIE HÄNDE in die Hüften, legte den Kopf zurück und kniff die Augen zusammen. Dieses Bild hing eindeutig schief.

»Und der Durchgang ist zu schmal. Das war anders ausgemacht.«

Der Vorarbeiter nickte gottergeben. Komtesse war heute unerbittlich, er hoffte, er würde nichts vergessen.

»Ihr müsst euch sputen. In einer Woche möchte ich mein Atelier eröffnen. Bis dahin habt ihr noch mehr als genug zu tun. Und wenn die Stoffe und Bänder eingelagert sind, wird nicht mehr gestemmt oder gemalt, verstanden?«

»Natürlich! Ich werde es dem Maurer gleich sagen.« Mit einer angedeuteten Verbeugung verließ er die Räumlichkeiten, bevor dem gnädigen Fräulein noch mehr einfiel.

Emilia strich sich eine Haarsträhne zurück. Der Eröffnungstermin rückte näher, die Einladungen waren verschickt – langsam wurde sie nervös. Dabei gab es überhaupt keinen Grund dafür. Von ein paar Kleinigkeiten abgesehen war alles genau so geworden, wie sie es sich gewünscht hatte. Manchmal dachte sie, das alles sei ein Traum und sie würde jeden Moment aufwachen. Dieses großzügig geschnittene Atelier, das geräumige Haus in eleganter Lage. Und Georg, der sich zu ihrem größten Erstaunen als verlässlicher und liebevoller Begleiter erwies. Ein Mann seines Standes, der keinen Gedanken darauf verschwendete, dass eine berufstätige Gemahlin in diesen elitären Kreisen absolut nicht comme il faut war – es grenzte an ein Wunder. Wenn sie im Theater, in den Apollosälen, in der Mehlgrube oder einem der zahlreichen Kaffeehäuser Kameraden, Freunde der Familie oder ehemalige Liebschaften trafen, präsentierte er sie stets strahlend vor Stolz. Ja, Georg war stolz auf sie. Noch nie hatte ihr ein Mann dieses atemberaubende Gefühl vermittelt, etwas Besonderes zu sein. Abgesehen vielleicht von Alois Pointner, doch gerade er hatte auch von ihr profitiert. Seit sie die Fabrik verlassen hatte, drohte sein Stern trotz ihrer vielversprechenden Vereinbarung unterzugehen. Die neue Couturière schien ihn mit ihren Allüren zu piesacken und die zwar zahlungskräftige, aber mittlerweile weitgehend bürgerliche Klientel mit weit überhöhten Preisen und schlechten Manieren zu vergraulen. Clara als Dessinzeichnerin war zwar sehr talentiert und verfügte mittlerweile über allerlei technische Finessen, aber der Chic fehlte. Emilia nahm sich vor, ihm ein neues Angebot zu unterbreiten. Sie würde Clara unterstützen und jede Saison zehn neue Muster für ihn entwerfen. Im Gegenzug müsste er eine eigene Kollektion ausgewählter Seiden und Samte exklusiv für ihr Atelier produzieren. Was die Kosten betraf, würden sie sich sicher einigen.

Eine bekannte Stimme durchbrach ihre Gedanken. War das etwa …

Emilia drehte sich um und lief direkt in Pauls ausgebreitete Arme. »Du Schuft, du! Dass du dich endlich mal hertraust. Ich hab schon gedacht, du seist ein Phantom.«

Lachend drückte er sie an sich. Wie gut es tat, sie zu sehen. »Schön hast du's hier, Komtesserl.«

»Nicht wahr? Baron Faber! Das Leben hat es gut mit uns gemeint, findest du nicht?«

»Irgendwie schon.«

Sie kniff ihn in den Arm. »Was heißt hier ›irgendwie schon‹? Sei nicht so undankbar! Wir haben alles bekommen, was wir wollten.«

»Nicht alles«, gab er niedergeschlagen zur Antwort.

Sie betrachtete ihn prüfend. Er war attraktiv wie eh und je, doch lagen tiefe Schatten unter seinen Augen und ein bitterer Zug um den Mund. »Komm, lass uns hinaufgehen und einen Kaffee trinken. Dann erzählst du mir, was los ist.«

Wortlos folgte er ihr ins Vestibül. »Geschickt hast du das angelegt«, bemerkte er anerkennend.

Sie lächelte stolz. »Ein eigener Eingang für die Kundschaft, und doch ist das Atelier direkt mit meinem Wohnbereich verbunden. Getrennt, aber vereint sozusagen.«

»Wie wir.« Paul legte ihr den Arm um die Schulter und drückte sie an sich. »Wir beide, das wäre schon etwas gewesen. Findest du nicht?«

Sanft entwand sie sich seiner Umarmung. Er würde doch nicht etwa an ihre alte Liaison anknüpfen wollen, die so enttäuschend geendet hatte? »Lass uns in Ruhe reden. Ich glaube, wir haben einander viel zu erzählen«, antwortete sie ausweichend.

Nachdem er ihre Wohnräume gebührend gewürdigt hatte, nahmen sie im gelben Salon Platz, ihrem Lieblingszimmer. Es war lichtdurchflutet und das freundlichste von allen. Mit seinen weiß-gelb gestreiften komfortablen Möbeln, der barocken Schreibkommode mit dem Pultaufsatz, den geblümten Vorhängen und dem herrlichen Landschaftsbild aus dem Fundus der Wohllebens fand sie diesen Raum rundum perfekt.

»Ein hübscher Erker.« Paul wies eher abwesend als beeindruckt in Richtung des Anbaus, in dem die Pflanzen gediehen wie in einem Gewächshaus.

»Was ist los, Paul?«, fragte sie unverblümt. »Du denkst hoffentlich nicht ernsthaft über eine Reunion von uns beiden nach.«

Er lachte auf. »Wie könnte ich nicht«, erwiderte er charmant. »Aber nein, keine Sorge. Außerdem möchte ich dir aufrichtig zu deiner Verlobung gratulieren. Einen Mann wie Georg zu domestizieren, schaffst auch nur du. Der schneidige Herr Offizier war ja wahrlich kein Kostverächter.«

»Du weißt es also.« Emilia war erleichtert.

»Die Spatzen pfeifen es von den Dächern. Vor allem die Tatsache, dass du als zukünftige Gräfin weiterhin in Mode machen wirst, hat in Wien einiges Gerede aufgewirbelt.«

Sie zuckte die Achseln. »Der Klatsch ist mir egal. Und Georg hat kein Problem damit.«

»Dann gratuliere ich dir. Sieht das seine Familie auch so?«

Emilia strahlte ihn an. »Ja, stell dir vor. Die Wohllebens sind einfach wunderbar! Georgs Mutter, die an sich sehr streng ist, hat mir sogar ausdrücklich ihre Erlaubnis erteilt. Aber erst nachdem klar war, dass ich aus ihrem Namen kein Kapital schlagen werde. Mit ›Couture Viennoise‹ war sie einverstanden.«

Paul schnitt eine Grimasse. »›Gräfin Wohllebens Schneiderstube‹ wäre vermutlich weniger in ihrem Sinne.«

Emilia schüttelte den Kopf. »Sei nicht albern. Und nun zu dir: Geht es dir nicht gut?« Wahrscheinlich waren Fanny und die Gerüchte über ihre Verlobung mit dem ungarischen Grafen der Grund für seine seltsame Stimmung, vermutete sie. Leider wusste sie noch immer nicht, ob an den Gerüchten etwas dran war. Getratscht wurde ständig, vor allem in Modeateliers, sie konnte ein Lied davon singen. Dass sich ihre zukünftige Schwägerin mit dem Ungarn gut verstand und viel Zeit mit ihm verbrachte, hatte sie an Fannys

Geburtstag mit eigenen Augen gesehen. Seither hatte sie die Wohlleben-Schwestern nicht mehr getroffen, zu sehr hatte der Umbau sie beansprucht. Und jetzt, mit der Geburt von Sophies Kind, erschien ihr das Thema unpassend. Die Tatsache, dass Georg nichts von einer Verlobung erwähnt hatte, sprach eindeutig dagegen. Davon abgesehen hatten sie, wenn sie zusammen waren, Vergnüglicheres zu tun, als sich um das Gerede anderer Leute zu kümmern.

Ihre Gedanken schweiften ab. Vor wenigen Wochen hatte sie der Verdacht beschlichen, ihre Leidenschaft könnte nicht ohne Folgen geblieben sein. Zu ihrer Erleichterung war Tage später die Entwarnung gekommen. Aber das Risiko, für alle sichtbar in guter Hoffnung vor den Traualtar zu treten, wollte sie nicht eingehen. Emilia hatte deshalb beschlossen, Georg zu überreden, die Hochzeit entgegen ihrer Vereinbarung vorzuverlegen. Im mediterranen Fiume begann das Frühjahr ohnehin bald. Selbst wenn bis dahin etwas passieren sollte, würde es niemand bemerken. Sie nahm sich vor, noch heute mit Georg darüber zu sprechen.

Paul, der den Wechsel ihres Mienenspiels interessiert beobachtet hatte, beschloss, Emilia ins Vertrauen zu ziehen. Sie war wahrscheinlich der einzige Mensch, der ihm helfen konnte, seine Gedanken zu ordnen. Er holte tief Luft und begann zu erzählen. »Die Reise war anstrengend, aber, wie du siehst, erfolgreich.«

Geduldig hörte sie ihm zu, während er die Erlebnisse der letzten Monate vor ihr ausbreitete. Alles bis ins Detail, sogar das Knistern zwischen Sara und ihm, gestand er ihr.

»Eine exotische Stadt, eine faszinierende Frau. Man müsste ein Heiliger sein, um nicht ins Straucheln zu geraten«, fasste sie seine Lage pragmatisch zusammen. »Außerdem bläst Fanny auch nicht Trübsal.« Er sollte nur nicht glauben, dass Fanny ihm hinterherschmachtete, während er ein Abenteuer nach dem anderen erlebte.

Wie von der Tarantel gestochen fuhr Paul hoch. »Dann ist es also wahr? Fanny ist verlobt?«

Nonchalant schüttelte Emilia den Kopf. »Ich weiß es nicht. Selbst wenn es so wäre, was kümmert es dich? Du bist angeblich seit ewigen Zeiten Lotte Pichler versprochen.«

Paul blieb der Mund offen stehen. Er starrte sie fassungslos an. »Wie kommst du darauf?«

»Fanny und ich haben deine Mutter besucht, weil Fanny wissen wollte, wo du steckst. Übrigens eine großartige Leistung, so sang- und klanglos zu verschwinden.«

»Ich weiß«, erwiderte Paul kleinlaut. Er hatte sich selbst genug Vorwürfe deshalb gemacht. »Ich wollte Fanny überraschen.«

»Na wunderbar. Was sie weitaus mehr überrascht hat, war eine Tatsache, die Frau Pichler uns anlässlich dieses Besuches bei deiner Mutter erzählt hat. Die war nämlich zufällig auch da und hat behauptet, dass du dich in Bälde mit ihrer Tochter verlobst.«

Paul sank in sich zusammen. Was für eine Katastrophe! Jetzt wurde ihm einiges klar. »Und Fanny hat es geglaubt?«

»Warum nicht? Frau Pichler wirkte überaus glaubwürdig, und deine Mutter hat nicht widersprochen.«

»Das darf doch nicht wahr sein!« Paul ballte die Fäuste.

»Na ja, Fanny ist nicht naiv. Natürlich hat sie nicht gleich alles für bare Münze genommen. Aber der Zweifel war gesät. Während du, mein Guter, dich in Konstantinopel amüsiert hast, hat sie es sich hier gut gehen lassen. Nämlich mit einem steinreichen, attraktiven und charmanten Pferdezüchter, der sie vergöttert. Ob er ihr einen Antrag gemacht hat und ob sie ihn angenommen hat, weiß ich nicht. Doch ich denke, es ist nur mehr eine Frage der Zeit. Was ist denn nun dran an den Gerüchten um deine Verlobung mit dieser Lotte Pichler?«

»Nichts«, knurrte er. Was nicht ganz der Wahrheit entsprach. »Na gut, ein bisschen was ist schon dran«, räumte er ein. »Vor Jahren war ich sehr verliebt in sie, ich hatte vor, um ihre Hand anzuhalten. Aber sie war zu jung und hat mir einen Korb gegeben. Für mich war das Thema damit erledigt. Unsere Mütter hatten jedoch andere Pläne. Als ich zurückkam und meine Mutter mir von Fannys Verlobung erzählte, traf ich Lotte wieder. Und so ergab eines das andere. Nicht, dass etwas gewesen wäre zwischen uns«, fügte er hastig hinzu.

»Halt!« Emilia schüttelte den Kopf. »Woher wusste deine Mutter von Fannys angeblicher Verlobung?«

»Karoline Pichler hat es ihr erzählt.«

»Ach herrje, Paul. Und das hat dich nicht stutzig gemacht?«

Schuldbewusst senkte er den Kopf. Emilia hatte recht. Das hatte er nicht bedacht. »Was soll ich jetzt tun?«

»Du bist nicht verlobt. Und von Fanny wissen wir es nicht«, fasste sie zusammen. »Ich würde vorschlagen, du stattest ihr einen Besuch ab und fragst sie einfach.«

»Und riskiere, mich bis auf die Knochen zu blamieren? Am Ende sogar noch vor dem Grafen?«

»Liebst du Fanny noch?«

»Natürlich liebe ich Fanny. Was glaubst du denn? Sie war der Grund für all das, ich wollte mich ihrer würdig erweisen.« Genauso gut hätte er sich auf der Stelle nackt ausziehen können. Aber er hatte nichts mehr zu verlieren.

»Und was ist mit dieser Lotte?«

Paul seufzte. »Ich weiß es nicht. Sie ist ein liebes Mädchen.«

»Ach herrje … Da gibt es nur eines: Du musst dir Klarheit verschaffen«, stellte Emilia fest. »Du kommst zur Eröffnung meines Ateliers. Allein, versteht sich.«

Er kratzte sich am Kinn.

»Fanny wird auch da sein.«

Die Idee gefiel ihm. Fanny auf neutralem Boden gegenüberzutreten, gab ihm die Chance, mit ihr zu reden, ohne das Gesicht zu verlieren.

»Ich werde Georg bitten, sich um Graf Erdélyi zu kümmern. Lass dir also Zeit. Dann kann ich ein Auge darauf haben, dass nichts schiefgeht.«

Paul dachte nach und nickte schließlich. Eine brillante Idee. »Das würdest du für mich tun? An deinem großen Tag?« Er ergriff ihre Hand.

»So etwas tun Freunde füreinander.«

Aufgewühlt betrachtete er Emilias feine Hände und küsste sie. »Freunde fürs Leben«, flüsterte er.

»Ja. Freunde fürs Leben.«

☙

Gerührt beobachtete Sophie, wie sich winzige Finger um die ihren schlossen. Die Nebel, die sich seit der Geburt des kleinen Edward über sie gesenkt hatten, lichteten sich. Ganz wie Professor Boër es vorhergesagt hatte. Sie zog das Bündel an sich, sog den pudrig feinen Duft ein und küsste die unfassbar weichen Bäckchen ihres Kindes. Da begann der Kleine unruhig zu zappeln.

»Er hat schon wieder Hunger«, lachte Sophie und reichte ihn an die Amme weiter. »Sag, Leni, würdest du mit uns nach England kommen?« Die Frage brannte ihr seit Längerem auf der Seele. Doch hatte sie bisher nicht den Mut gehabt, sie zu stellen. Was, wenn das Mädchen Nein sagte? Boër hatte sie zwar gezielt ausgesucht, aber man wusste ja nie. Und irgendwie schämte sich Sophie, das schreckliche Drama der jungen Frau für ihre Zwecke zu benutzen. Leni hatte ihr Kind bei der Geburt verloren. Nun konnte sie als Amme ihren Unterhalt verdienen, ohne jedoch, wie die meisten anderen, eigene Kinder versorgen zu müssen.

Sophies Bedenken erwiesen sich als unbegründet. Leni strahlte sie an. Sie hatte schon gedacht, Mylady würde nie fragen. Es war eine seltsame Welt, in der sie lebten. Mylady bekam ein Kind und war traurig, während sie ihres verlor und darüber sehr erleichtert war. Obwohl erst 16, hatte Leni bereits einiges erlebt. In der Schule war sie die Klügste gewesen. Dem Lehrer hatte das gefallen. Aber nicht nur ihre rasche Auffassungsgabe hatte es ihm angetan. Immer wieder hatte er sie zu sich nach Hause eingeladen, um ihr seine Bücher zu zeigen. Und nach und nach auch einiges andere. Nach dem ersten Befremden hatte sie Gefallen an dem gefunden, was er mit ihr tat. Er war zärtlich, sanft, und nachdem die letzte Bastion gefallen war, hatte ihr auch das immer mehr Vergnügen bereitet. Als er bemerkte hatte, dass ihr Bauch sich zu wölben begann, war er über Nacht verschwunden. Ihre Eltern hatten zwar mit ihr geschimpft, aber Mutter hatte beschlossen, das Kind selbst großzuziehen, wenn es erst einmal da war. Leni sollte dafür das Geld heimbringen. Doch dann war alles anders gekommen. Und jetzt durfte sie im Haushalt dieser eleganten Herrschaften arbeiten – Mylady legte ihr soeben die Welt zu Füßen.

»Ja, natürlich möchte ich mit Euch nach England kommen!«, rief Leni begeistert aus. Sie konnte Wien ohnehin nicht leiden. Außerdem gefiel ihr der Gärtner, der die Schwester von Mylady mit schmachtenden Blicken verfolgte. Ein hübscher Kerl, dieser Engländer. Und wenn die junge Frau Gräfin erst einmal aus seinem Leben verschwunden war, würde sie zugreifen. Dieser Thomas würde sich noch wundern, was sie ihm alles zu bieten hatte, davon war Leni überzeugt. Und Englisch würde sie schnell lernen.

»Gut.« Sophie war grenzenlos erleichtert. Sie mochte das aufgeweckte Mädchen. Auch wenn der Versöhnung mit ihrer Schwiegermutter nichts mehr im Weg stand, war sie doch froh, jemanden aus ihrer Heimat mitzubringen, dem sie vertraute.

Während die Amme das Kind stillte, stattete sie Edward in seinem Arbeitszimmer einen Besuch ab. Der musterte sie besorgt, um erfreut festzustellen, dass seine Gemahlin deutlich munterer als in den letzten Tagen wirkte, beinahe fröhlich.

»Edward, ich wäre so weit«, kam sie ohne Umschweife zur Sache. »Lass uns nach Hause fahren.«

Er umarmte sie. »Wann?«, fragte er nur.

»Nach der Eröffnung von Emilias Atelier. Ich habe es ihr versprochen. Wirst du mich begleiten?«

»Natürlich.« Edward wusste, wie viel seiner Gemahlin Emilias Freundschaft bedeutete. »Fanny wird diesmal nicht mit uns kommen«, fuhr Sophie fort. Das war neben dem Abschied von ihren Eltern der einzige Wermutstropfen. Fanny allein in Wien zurückzulassen, erfüllte sie mit Unbehagen. Graf Erdélyi schien zwar nach wie vor Gefühle für sie zu hegen, doch war Sophie nicht sicher, wie weit Fanny diese Zuneigung erwiderte. Sollte sich diese Verbindung zerschlagen – Erdélyi würde nicht endlos an ihrer Seite ausharren –, würde Fanny als Witwe allein in diesem großen Haus unter Garantie die falschen Verehrer anziehen. Sie war noch so jung.

»Mach dir keine Sorgen um Fanny. Sie kommt schon durch. Und sie kann uns jederzeit besuchen.«

»Du hast recht«, stimmte sie ihm ohne Überzeugung zu. Aber irgendwann musste sie aufhören, sich für ihre kleine Schwester zuständig zu fühlen. Sie hatte jetzt ihre eigene Familie. Sophie beschloss, mit Emilia zu sprechen. Sie und Georg sollten sich in Zukunft um Fanny kümmern – eine Aussicht, die sie beruhigte.

Edward reichte Sophie den Arm. »Mylady, das Diner wartet.«

⁓◈⁓

Fanny sah in den Spiegel und nickte zufrieden. Emilia hatte ihr geraten, es mit Jadegrün zu versuchen. Es hatte sie zwar einige Überredungskunst gekostet, Frau Hofstadler von dieser Idee zu überzeugen, aber letztlich war auch die Schneiderin hingerissen gewesen von der schlichten Robe aus schmalem Seidenrips, die ihre Schultern frei ließ und, abgesehen von einer zarten Perlenstickerei als Abschluss des schmalen Oberteils, auf jede Form von Firlefanz verzichtete. Das Kleid bot die perfekte Bühne für das wertvolle Perlencollier und den zierlichen, mit winzigen Brillanten besetzten Haarreif. Einzig der passende Shawl fehlte. Fanny ignorierte den feinen Stich, den ihr dieser Gedanke versetzte, und ergriff das mit Ranken in pastellfarbenen Grünnuancen bestickte Retikül. Dann würde sie eben auf ein Tuch verzichten. Sie hatte schließlich nicht vor, spazieren zu gehen.

Als sie die Treppe hinunterschritt, wartete Graf Erdélyi bereits auf sie. Nie war ihm Fanny schöner vorgekommen – und noch nie so unnahbar. Obwohl sie seine Nähe zu genießen, sogar zu suchen schien und ihn bei jedem Treffen mit ihrer natürlichen Freundlichkeit verwöhnte, hatte sich keine Gelegenheit mehr ergeben, ihr ein zweites Mal einen Antrag zu machen. Im Gegenteil. Je mehr Zeit Fanny mit ihm verbrachte, umso weniger greifbar wurde sie für ihn. Nach ihrem Geburtstagsfest hatte sie ihm zwar immer wieder zarte Avancen gemacht, er hatte es sich jedoch verwehrt, diese zu erwidern. Es hatte ihm größte Selbstbeherrschung abverlangt, denn nichts ersehnte er mehr, als endlich die letzte Bastion zu stürmen. Doch er liebte Fanny inzwischen zu sehr, um eine simple Liaison mit ihr zu beginnen. Gespielinnen hatte es in seinem Leben weiß Gott genug gegeben. Fanny bedeutete ihm mehr, viel mehr. Zu seinem Bedauern schien sie seine Zurückhaltung falsch zu deuten – so hatte sich ihre Beziehung in eine rein platonische Freundschaft verwandelt. Aber noch hatte er die Hoffnung nicht aufgegeben. Er tastete nach der Seitentasche seines Fracks. Den Ring trug er immer bei sich. Wer weiß, vielleicht würde sich heute ein günstiger Moment bieten.

In der Kutsche plauderte sie angeregt über den bevorstehenden Abend. Sie erzählte ihm von Emilia, ihrer Freundin und zukünftigen Schwägerin, die nun endlich ihren Lebenstraum verwirklichte. »Abgesehen davon, dass sie Georg heiraten wird. Aber in Wahrheit ist sie keine jener Damen, die in einer Ehe ihre Erfüllung sehen. Sie ist unabhängig und führt ein sehr eigenständiges Leben.«

»Dann ist sie Euch nicht unähnlich.«

»Findet Ihr?«, fragte Fanny überrascht. Sie hatte nie darüber nachgedacht. Aber jetzt, wo er es erwähnte, erschien es ihr selbst so. Erstmals in ihrem jungen Leben konnte sie sich frei bewegen, tun und lassen, was sie wollte. Keine Eltern, keine Schwiegereltern, kein Ehemann, kein Geliebter schrieben ihr vor, was sie zu tun oder zu lassen hatte.

Sie war niemandem mehr Rechenschaft schuldig und verfügte über ausreichend finanzielle Mittel, um sich alles zu leisten, was ihr Spaß machte. Plötzlich wurde ihr bewusst: Für nichts in der Welt würde sie diese Freiheit aufgeben. »Vielleicht habt Ihr recht. Ich bin mir nicht sicher, ob ich überhaupt heiraten möchte.« Im selben Moment merkte sie, was sie gesagt hatte, und sie errötete. »Das war taktlos von mir, verzeiht!«

»Oder sehr ehrlich«, erwiderte er leise. Die Erkenntnis überkam ihn schmerzhaft, wenn auch nicht überraschend.

»Es tut mir leid. Ich habe es nicht so gemeint«, flüsterte Fanny. »Ihr wisst, wie sehr ich Euch schätze.«

Graf Erdélyi nickte.

Den Rest der Fahrt schwiegen sie. Fanny zerknirscht, der Graf tief in Gedanken versunken. Während er sich seine erneute Niederlage eingestand, traf er eine Entscheidung. Er würde in den nächsten Tagen nach Györ zurückkehren. Es war an der Zeit, vor Ende der Reitsaison noch ein Pferderennen zu veranstalten. Er hatte seine Geschäfte lange genug schleifen lassen.

Als die Kutsche hielt, stellte Fanny erstaunt fest, dass sie noch eine Weile mit dem Aussteigen warten mussten. »Das ist ja wie auf einem Ball in der Hofburg!«, rief sie aus, sah aufgeregt aus dem Fenster und bestaunte die lange Wagenkolonne, die sich in der Jägerzeile gebildet hatte.

Er betrachtete sie zärtlich. Sie ist ein Kind, ging ihm durch den Kopf, ein Kind, dem man niemals böse sein kann.

❧

Beeindruckt von der illustren Gästeschar, die gemeinsam mit ihnen Einlass begehrte, betrat Fanny schließlich am

Arm Graf Erdélyis Emilias Palais. Die Gastgeberin löste sich aus der Gruppe eleganter Damen und Herren der Gesellschaft, die sie umringten, und kam auf sie zu.

Spontan fiel Fanny Emilia um den Hals. »Ich gratuliere dir! Heute ist ja ganz Wien bei dir zu Gast.«

»Und alle Zeitungsschreiber dazu. In Wahrheit wollen sie sich nur mit eigenen Augen davon überzeugen, dass ich als zukünftige Gräfin tatsächlich zu arbeiten gedenke«, flüsterte Emilia mit einem schiefen Lächeln. Der Rummel um ihre Person wuchs ihr ein wenig über den Kopf.

»Macht nichts, Hauptsache sie sind da. Du wirst noch eine Dependance in Paris eröffnen.«

Emilia lachte laut auf und reichte Graf Erdélyi die Hand zum Kuss. Ein so attraktiver Gentleman. Da hat Paul in der Tat kein leichtes Spiel, dachte sie und ließ ihren Blick schweifen. Noch war weit und breit nichts von Baron Faber zu sehen, er schien sich an ihre Abmachung zu halten.

»Wen suchst du?«

»Deine Geschwister«, erwiderte Emilia leichthin. »Sophie ist schon da. Und Georg hat an sich strikte Anweisung, an meiner Seite zu bleiben. Ich weiß nicht, wie er in der Armee überlebt.«

»Ist jemand gestorben?« Wie gerufen erschien Georg auf der Bildfläche.

Emilia und Fanny prusteten los.

»Hallo, Möpschen!« Er küsste Fanny herzhaft auf beide Wangen.

»Nenn mich nicht so. Noch dazu in der Öffentlichkeit«, rügte sie ihn halbherzig. Sie liebte es, von ihm auf den Arm genommen zu werden.

Graf Erdélyi, der die Szene lächelnd beobachtet hatte, gesellte sich zu ihnen.

»Was für eine Freude, Euch hier zu sehen!« Georg begrüßte ihn herzlich. »Wir sollten unseren Besuch in den Apollosälen unbedingt wiederholen. Diesmal mit meiner Schwester und ohne seltsame Nebengeräusche.«

»Da muss ich Euch leider enttäuschen. Ich werde Wien für einige Zeit verlassen. Die Geschäfte rufen.«

»Wie schade!« Fanny erschrak. Er nahm ihr diese Sache in der Kutsche offensichtlich übel. »Aber Ihr kommt wieder, nicht wahr?«

Graf Erdélyi betrachtete sie prüfend und nickte lächelnd. Sie schien ehrlich enttäuscht zu sein. Er würde nie von ihr loskommen, stellte er resigniert fest.

»Dann ist es ja gut«, erwiderte Fanny zufrieden.

Georg erinnerte sich an Emilias Instruktionen und wies in den ersten Stock. »Oben gibt es eine gut sortierte Bar. Ihr müsst mir von Euren Geschäften erzählen. Wann ist das nächste Rennen?«

Und weg waren sie.

Unschlüssig sah Fanny sich um. »Sophie ist bereits ins Atelier gegangen, sie sucht sich Seide für ein neues Kleid aus. Ich werde noch Maß nehmen, bevor sie abfährt«, erklärte Emilia und wandte sich den neu ankommenden Gästen zu.

Fanny entdeckte ihre Schwester im hintersten Winkel des Ateliers. Sophie wies auf zwei Stoffballen, die sie auf einem der Schneidetische ausgelegt hatte. »Was sagst du dazu?«

»Sehr schön!« Fanny betrachtete die edlen Gewebe genauer und zeigte auf die hellblau quadrillierte Seide. »Die hier gefällt mir besser, das Muster wirkt moderner. Und dazu dieser Shawl.« Sie griff nach einem der Tücher, die fein säuberlich übereinandergestapelt im Regal lagen.

»Eine perfekte Wahl.«

Fanny fuhr herum. In der Tür stand Paul. Ihr Herz setzte

aus. Er wirkte blasser und schmaler, als sie ihn in Erinnerung hatte. Fanny schwankte und suchte intuitiv nach Halt. Auf den Sturm der Gefühle, den sein Anblick in ihr hervorrief, war sie nicht vorbereitet. Schweigend sahen sie einander in die Augen.

Gott sei Dank eilte Sophie ihr zu Hilfe. »Paul, was für eine Überraschung!« Er küsste ihr die Hand. »Ich gratuliere dir herzlich! Hoflieferant und Baron in nicht einmal einem Jahr …«

Er verneigte sich. »So hatte diese Reise zumindest etwas Gutes.« Während er sprach, ließ er Fanny nicht aus den Augen. Die stand wie angewurzelt an den Tisch gelehnt, den Shawl in der Hand, und starrte ihn an.

Sophie räusperte sich. »Entschuldigt mich bitte, ich sollte Emilia Bescheid geben wegen des Stoffes.«

»Wie wunderschön du bist!« Seine Stimme klang rau.

»Und du siehst ziemlich mitgenommen aus. Ist dir deine Expedition nicht bekommen?« Endlich hatte sie ihre Sprache wiedergefunden.

»Es scheint so«, erwiderte er leise. »Ich denke sogar, dass sie ein großer Fehler war.«

Fieberhaft versuchte Fanny, ihre Gedanken zu ordnen. Um etwas zu tun, faltete sie den Shawl zusammen.

»Fanny?«

»Ja?« Sie richtete ihre großen dunklen Augen auf ihn.

»Kannst du mir jemals verzeihen?«

»Gibt es denn etwas zu verzeihen?«

»Ich weiß es nicht«, antwortete er hilflos.

Sie schüttelte den Kopf. Wenn das das Einzige war, was er zu sagen hatte, konnte sie das Gespräch ebenso gut beenden. Fanny trat auf die Tür zu, doch er versperrte ihr den Weg.

»Bitte bleib!« Er hielt sie am Arm zurück.

Seine Nähe bereitete ihr beinahe körperliche Schmerzen. »Warum sollte ich? Vielleicht wäre es besser, du würdest dich um deine Verlobte kümmern.« Sie fühlte, wie Paul erstarrte.

»Es gibt keine Verlobte!« Sein Tonfall klang verzweifelt. »Das alles hab ich nur für dich getan«, fügte er leiser hinzu.

Fanny wurde schwindelig. »Ich glaub, ich muss mich setzen.«

Paul führte sie zur Chaiselongue neben der Tür. Er zog seine Jacke aus, legte sie fürsorglich unter ihren Kopf, nahm neben ihr Platz und ergriff ihre Hand.

Fanny barg ihr Gesicht in Pauls Frack und versank in der Welt dieses herrlichen Dufts.

»Fanny? Wirst du heiraten?«

Sie fuhr hoch. Seine Stimme hatte sie unvermittelt zurückgeholt, doch war sie noch nicht in der Lage, einen klaren Gedanken zu fassen. Fragte er sie tatsächlich, ob sie ihn heiraten wollte? »Was bildest du dir ein? Du tauchst nach acht Monaten plötzlich wieder auf und glaubst, es sei alles beim Alten. Mein Lieber, da hast du dich gewaltig getäuscht!«

Paul riss die Augen auf und schnellte hoch. Was war denn mit ihr los?

»Außerdem – ich weiß nicht, ob ich überhaupt heiraten möchte«, fügte sie aufgebracht hinzu.

Verwirrt setzte er sich wieder. »Ich habe doch nur gefragt, ob du heiraten wirst.«

Fanny wäre am liebsten im Erdboden versunken. »Da habe ich dich falsch verstanden.«

»Und?«

»Nein. Ich werde nicht heiraten.«

»Du bist also nicht verlobt?«

»Nein.« Sie schüttelte heftig den Kopf. »Sag, Paul, was

soll das? Du verschwindest einfach so von der Bildfläche. Dann diese Gerüchte um deine angebliche Verlobung. Zu allem Überfluss meldest du dich nicht ein einziges Mal bei mir, obwohl du längst in Wien bist. Und jetzt stellst du mir so seltsame Fragen?« Ihre Wangen röteten sich. Sie stand auf. »Weißt du, wahrscheinlich ist es besser, wenn ich jetzt gehe.«

»Fanny, ich liebe dich.« Wie sie so vor ihm stand, stolz, wütend und verletzt, schien sein Herz geradezu zu explodieren.

»Und damit, glaubst du, ist alles wieder gut?« All die Monate der Zweifel und Ungewissheit entluden sich nun in einem Schwall heftiger Empörung. Sie warf den Kopf zurück. »Paul, so geht das nicht. Ich habe ein eigenes Haus, Pferde und Cleo. Meinen Mops«, fügte sie erklärend hinzu, als sie seinen ratlosen Blick bemerkte. »Ich bin also mehr als zufrieden mit meinem Leben.« Sie machte auf dem Absatz kehrt und eilte in Richtung Tür.

Beinahe wäre sie mit Graf Erdélyi zusammengestoßen, der mit Emilia im Schlepptau den Raum betrat. Er war nicht in Stimmung gewesen, sich mit Georg zu betrinken, und hatte nach Fanny gesucht. Auf dem Weg ins Atelier war ihm Emilia begegnet. Irritiert hatte er festgestellt, dass die Komtesse – ganz gegen ihre sonstige Zurückhaltung – beinahe aufdringlich versucht hatte, ihn zu einer Rückkehr in die Bar zu bewegen, um ihm daraufhin wortlos zu folgen.

Emilia registrierte die spannungsgeladene Atmosphäre sofort. Auf einmal war sie von der Brillanz ihrer Idee nicht mehr überzeugt.

Erstaunt blickte der Graf von einem zum anderen.

»Graf Erdélyi, darf ich Euch Baron Faber vorstellen? Er ist, er ist …«, Fanny suchte nach den richtigen Worten, »ein Freund der Familie.«

»Und mein Geschäftspartner«, fügte Emilia eilig hinzu und ergriff Pauls Arm. »Er ist soeben von einer langen Auslandsreise zurückgekehrt. Wir haben noch einiges zu besprechen, nicht wahr, Paul? Lass uns in die Bar gehen.« Ohne seine Antwort abzuwarten, zog sie ihn aus dem Zimmer Richtung Vestibül.

»Das ist er also!« Pauls Stimme vibrierte.

»Nicht so laut«, mahnte ihn Emilia. »Beruhige dich erst einmal.«

»Du hast leicht reden.« Paul folgte ihr verdrossen. Diese ganze Veranstaltung hätte er sich sparen können. Ihm wurde bewusst, dass es nicht an ihm lag, eine Entscheidung zu treffen. Und dass ihm in der Person dieses ungarischen Magnaten ein ebenbürtiger Rivale gegenüberstand. Seine Laune war auf einem Tiefpunkt angelangt. »Verzeih, Emilia, aber ich möchte mich verabschieden.«

Emilia schüttelte den Kopf. »Das ist mein Abend, und du bleibst«, entgegnete sie entschieden. »Du wirst doch nicht einfach das Feld räumen. Und damit meine ich nicht nur den heutigen Abend. Sag mir lieber: Ist Fanny nun mit dem Grafen verlobt oder nicht?«

»Sie sind nicht verlobt«, antwortete Paul.

»Na siehst du.« Emilia klopfte ihm triumphierend auf die Schulter. Sie nahm zwei Gläser Champagner von dem Silbertablett, das ihr Dienstmädchen herumreichte, und drückte eines davon Paul in die Hand. »Darauf sollten wir anstoßen.«

Paul sah ein, dass jeder Widerstand zwecklos war. »Auf die kleinen und großen Siege«, erwiderte er und brachte sogar ein kleines Lächeln zustande. Emilia hatte recht, noch war nicht alles verloren. Er wies um sich. »Und auf unsere Träume!«

Margarete von Heltau, eine Kundin und berüchtigte Klatschbase, trat an sie heran. »Nun, liebes Fräulein Esposito«, mit einer theatralischen Geste hielt sie sich die Hand vor den Mund, »verzeiht, Ihr seid ja nun Komtesse und bald Gräfin. Wer hätte das gedacht!«

»Frau von Heltau«, begrüßte Emilia die Dame kühl.

»Was für ein aufwendiges Unterfangen. Vor allem für eine so kurze Zeit.«

»Ich fürchte, ich verstehe nicht.«

»Ihr werdet nach Eurer Verehelichung kaum arbeiten wie eine gewöhnliche Bürgerliche«, erläuterte Frau von Heltau, ein listiges Lächeln auf den Lippen.

»Da irrt Ihr.« Emilias Tonfall wurde eisig. »Ich gedenke keinesfalls, eine Tätigkeit zu beenden, die mir so viel Freude spendet, um meine Tage damit zu verbringen, mich zu langweilen und bösartigen Tratsch über andere zu verbreiten. Und nun entschuldigt mich.« Ohne ein weiteres Wort ließ sie die fassungslose Dame stehen.

»So gedenkst du also in Zukunft deine Geschäfte zu machen, meine Liebe?« Paul grinste spöttisch.

»Ach, hör auf!« Emilia schüttelte den Kopf. »Das muss ich mir nicht bieten lassen.«

Paul neigte besorgt den Kopf. »Du wirst dir möglicherweise noch viel mehr bieten lassen müssen, fürchte ich. Wiens Adel wird ein erwerbstätiges Mitglied seines Standes nicht dulden. Dazu sind die Menschen in dieser Stadt viel zu konservativ.«

Emilia seufzte. »Ich hoffe, du irrst dich.« Unmutig nahm sie einen Schluck Champagner. »Was ist mit dir? Das ist so ungerecht! Es gibt viele adelige Unternehmer, teilweise von weit höherem Rang als du und aus alten Familien. Sie alle verdienen ihr Geld, ernten Ruhm und fahren Erfolge ein.

Warum sollte mir das verwehrt bleiben, nur weil ich eine Frau bin? Es macht mir Spaß und bringt mir Unabhängigkeit – aber vielleicht ist genau das das Problem.«

»Welch ketzerische Gedanken.« Paul legte ihr den Arm und die Schulter. »Hauptsache, dein zukünftiger Ehemann und seine Familie stehen hinter dir. Ihre Meinung hat in Wien großes Gewicht. Und ich bin ja auch da.«

Emilia presste die Lippen aufeinander. »Noch unterstützen sie meine Pläne. Doch das könnte sich ändern. Ich darf gar nicht daran denken, was passiert, wenn die Meinung dieser furchtbaren Heltau auf fruchtbaren Boden fällt.«

In diesem Moment trat Friedrich Graf Wohlleben mit Mathilde am Arm auf sie zu. »Liebe Emilia, das alles hier ist sehr beeindruckend!« Er umarmte sie herzlich. »Wir gratulieren dir. Ein außerordentlich geschmackvolles Ambiente.«

Mathilde küsste sie auf die Wange. »Und ein ebenso ambitioniertes Unterfangen«, flüsterte sie ihrer zukünftigen Schwiegertochter ins Ohr und drückte ermutigend ihren Arm.

Emilia lächelte gequält.

Da fiel Mathildes Blick auf Paul Faber. »Ach, Baron Faber! Was für eine Überraschung!«

Paul zuckte angesichts ihres unterkühlten Tonfalls zusammen. Inzwischen bereute er, Emilias Einladung gefolgt zu sein. Konnte dieser Abend noch unerfreulicher werden? »Gräfin!« Er verbeugte sich und beschloss, die Flucht nach vorne anzutreten. »Bitte verzeiht, dass ich Euch noch nicht meine Aufwartung gemacht habe. Wenn Ihr erlaubt, würde ich Euch gern meine Gründe darlegen.«

Mathilde zögerte. Doch sein offener Blick und dieser ehrlich zerknirschte Gesichtsausdruck ließen sie weich werden. Nun, es sprach nichts dagegen, sich anzuhören, was er zu sagen hatte. »Morgen. Zum Tee.« Ohne ein weiteres Wort nickte sie ihrem Gemahl zu und wandte sich zum Gehen.

»Puh.« Emilia sah ihren zukünftigen Schwiegereltern nach. »Da hast du einiges wiedergutzumachen. Ich möchte nicht in deiner Haut stecken.«

Zu allem Überfluss kam nun auch noch Fanny an der Seite Graf Erdélyis die Treppe herauf.

»Ich danke Euch für die Einladung, werter Graf«, sagte Fanny soeben und warf ihrem Begleiter ihr charmantestes Lächeln zu. »Es wird mir eine Freude sein, Eurem nächsten Rennen gemeinsam mit meinem Bruder beizuwohnen.«

»Ich danke Euch«, antwortete der Graf und küsste ihr erfreut die Hand.

Paul wurde auf der Stelle übel. »Emilia, ich gratuliere dir zu diesem gelungenen Abend. Wenn du mich jetzt bitte entschuldigst.« Er küsste sie auf die Wange, nickte Fanny und ihrem Begleiter zu, drehte sich um – und prallte auf Georg, der sich gerade zu der Gruppe gesellte.

»Warum so eilig, Baron? Wollt Ihr nicht noch mit uns auf den Erfolg meiner zukünftigen Gemahlin anstoßen?«

»Ein andermal gerne. Ich muss mich leider verabschieden«, erwiderte Paul.

»Schade«, antwortete Georg und sah ihm kopfschüttelnd nach. Als sein Blick auf Fanny fiel, war ihm alles klar. »Nun, Schwesterherz, amüsierst du dich?«

Fanny zog die Augenbrauen hoch. »Vorzüglich! Du wirst mich übrigens zu einem Pferderennen begleiten. Nach Györ. Nicht wahr, Graf?«

Graf Erdélyi nickte. »Es wäre mir eine große Freude, Euch, Eure Schwester und Eure zukünftige Gemahlin auf meinem Anwesen begrüßen zu dürfen.«

»Wunderbar!« Georg war begeistert. »Das Glanzstück der Rennsaison!«

»Sehr gerne!«, antwortete auch Emilia erfreut. Sie würde aufsehenerregende Kleider für sich und Fanny entwerfen – und jede Menge Visitenkarten in ihr Retikül stecken, nahm sie sich vor. Was für eine Gelegenheit!

Fanny blickte zufrieden in die Runde. »Dann sind wir auch in Ungarn alle zusammen. Das werden wunderbare Tage! Vielleicht könnte ich sogar einen zweiten Wallach kaufen. Phoebe verträgt sich nämlich hervorragend mit Brandy.«

Emilia lachte laut auf.

»Was ist denn daran so komisch?«, fragte Fanny verwundert.

»Lass uns das später besprechen, meine Liebe«, erwiderte Emilia und drückte ihr einen Kuss auf die Wange.

◦⟋⊚⟍◦

Am nächsten Tag kam Paul Mathildes Einladung nach und machte ihr endlich seine längst fällige Aufwartung. Ausführlich legte er die Gründe für seine Zurückhaltung dar und schilderte seine Reise in den buntesten Bildern. Gräfin Wohlleben war rasch geneigt, ihm zu verzeihen. Allerdings bereitete ihr die Tatsache Sorge, dass ihre Tochter noch immer nicht erschienen war, obwohl Fanny ihr versprochen hatte, Paul gemeinsam mit ihr zu empfangen.

Zu ihrer größten Erleichterung platzte Fanny in den Salon, just als Baron Faber Mathilde mit einer galanten Verbeugung einen Shawl überreichte, der an Zartheit alles übertraf, was sie bisher gesehen hatte.

»Entschuldigt meine Verspätung, aber Brandy ist ausgebüxt. Ich musste ihn zuerst einfangen, bevor ich mich auf den Weg machen konnte.« Fanny, noch völlig außer Atem, warf Paul einen kurzen unsicheren Blick zu und betrachtete anschließend das kostbare Tuch. Sie war erleichtert, ihre Aufmerksamkeit auf etwas Unverfängliches richten zu können. »Was für ein schönes Muster. Doch die Farben sind so dunkel.«

»Deshalb hab ich diesen hier für dich.« Lächelnd zog Paul einen rosa Mohair-Shawl aus seiner Tasche.

»Der ist federleicht!« Begeistert schmiegte Fanny ihr Gesicht in den weichen Stoff.

»Ich habe ihn in Konstantinopel extra für dich anfertigen lassen.«

»Du hast an mich gedacht?«

»Ich habe immer an dich gedacht«, antwortete er leise. Sein Blick sagte mehr, als es Worte vermochten.

Der Bann war gebrochen.

»Danke, Paul!« Spontan fiel sie ihm um den Hals. Er drückte sie fest an sich, und plötzlich, in der vertrauten Umgebung ihres Elternhauses, war alles so wie früher.

Keiner der beiden bemerkte, dass Mathilde sich diskret zurückzog, ein zufriedenes Lächeln auf den Lippen. Und Paul kam nicht mehr dazu, Fanny die voll in Blüte stehende Ophrys ferrum-equinum zu überreichen. Denn der leidenschaftliche Kuss, den sie ihm nun schenkte, ließ die Welt um ihn herum versinken.

Epilog

NACH EINEM TRÄNENREICHEN ABSCHIED und einer anstrengenden Reise – little Edward hatte sich über das Geholper und Gestolper in der Kutsche und die zahlreichen Nächtigungen in Kaschemmen mit zweifelhaften Gerüchen gar nicht amused gezeigt – gestaltete sich der Empfang auf Westham Hall umso erfreulicher. Zum ersten Mal fühlte sich Sophie in ihrer neuen Heimat ehrlich willkommen. Die lange Linie der Dienstboten sah zwar haargenau gleich aus wie bei ihrem letzten Empfang, es gab aber einen wesentlichen Unterschied: Hatten sie damals alle ohne Ausnahme finster zu Boden geblickt, erwarteten sie Sophie jetzt mit kleinen Geschenken und einem Lächeln. Und auch die gestrenge Hausdame begrüßte sie überaus ehrerbietig. Als Daisy spontan die Arme nach dem Baby ausstreckte, nickte Sophie ihrer Amme aufmunternd zu. Etwas widerwillig übergab Leni ihren Schützling an die junge Zofe, die prompt heftig errötete vor Freude. Nur klein Edward protestierte und begann lautstark zu brüllen.

»Endlich kommt wieder Leben ins Haus«, stellte die Hausdame überglücklich fest, was ihr einen strafenden Blick von Lady Catherine eintrug.

Ach ja, Lady Catherine. Es war kaum zu glauben. Sie trat auf Sophie zu, umarmte sie innig und küsste sie auf beide Wangen. Als sie ihrer Schwiegertochter ein leises »Ich danke dir« zuflüsterte, hatten beide Damen Tränen in den Augen. Und Edward strahlte mit der Sonne um die Wette, die sich just in diesem Augenblick zwischen den Wolken hervorstahl.

Lady Catherine konnte es nicht erwarten, Sophie das neu eingerichtete Kinderzimmer zu zeigen. »Wenn es dir nicht gefällt, dekorieren wir es um«, versprach sie, während sie die Flügeltür zu einem Traum in Lindgrün mit gestreiften Vorhängen, gemusterten Tapeten, entzückenden Spielsachen und einem kleinen Himmelbettchen aufstieß.

»Es ist perfekt«, erwiderte Sophie.

Das Band zwischen den beiden Damen, das an diesem Tag vorsichtig geknüpft wurde, sollte nie wieder reißen. Und ihrem Enkelsohn war die verliebte Großmutter von dem Augenblick an verfallen, als er ihr, erstmals in seinem neuen Bettchen liegend, zufrieden glucksend seine dicken Ärmchen entgegenstreckte.

Leni wickelte den anfangs noch ein wenig liebeskranken Thomas McElroy – der Abschied von der wunderschönen Gräfin Keynitz war ihm schwergefallen – in den kommenden Wochen äußerst geschickt um den Finger. Der wusste gar nicht, wie ihm geschah, denn die lebenslustige Wienerin, die binnen kürzester Zeit ein passables Englisch sprach, brachte ihm Dinge bei, die seine kühnsten Fantasien bei Weitem überstiegen. Die junge Leidenschaft blieb nicht lange verborgen, doch drückte die Hausdame in diesem Fall ein Auge zu und legte bei ihrer Herrin ein gutes Wort für die beiden ein. Die umgehend folgende Hochzeit im Dienstbotentrakt ging dank der Generosität Ihrer Ladyschaft in die Annalen von Westham Hall ein – als weiteres Symbol der glückhaften Verbindung zwischen dem Kaisertum Österreich und dem Vereinigten Königreich von Großbritannien und Irland.

Mylord und Mylady wiederum genossen die Saison in London diesmal unbeschwert und in vollen Zügen. Sophie fand ihre Freude am Lesen wieder, nahm Unterricht in englischer Geschichte, Literatur und Philosophie und entdeckte ihre Begeisterung für die Botanik. Sie wurde Edward eine wichtige Stütze in allen Belangen seines Lebens, ihr soziales Engagement machte sogar den Prinzregenten auf sie aufmerksam. Es gab keinen Ball, keine Dinnerparty, keinen Nachmittagstee der noblen Londoner Gesellschaft, zu denen sie nicht eingeladen wurde.

An ihrem zweiten Hochzeitstag überreichte ihr Edward mit feierlicher Geste – eine Zitrone. Ihren fragenden Blick beantwortete er mit einem verschmitzten Lächeln. Und es dauerte nicht lange, bis Sophie erriet, was sich hinter diesem geheimnisvollen Geschenk verbarg. Im Frühjahr 1817 holten Lord und Lady Thornfield ihre Hochzeitsreise nach, quer durch Europa, die Küsten entlang bis nach Sizilien, ganz so, wie Edward es Sophie bei ihrer ersten gemeinsamen Ausfahrt in den Prater versprochen hatte.

Anhang

Im 18. und 19. Jahrhundert verlieh man Gefühlen gerne durch Blumen Ausdruck. Aus der vielseitigen, teilweise erstaunlich widersprüchlichen Symbolik der gewählten Blüten entstanden bei der Zusammenstellung eines Bouquets bisweilen komplexe Botschaften. Darüber hinaus waren Blumenrätsel in Form eines Akrostichons im Biedermeier besonders beliebt, selbst in der Porzellanmalerei wurden solche Bilderrätsel versteckt. Als begehrtes Geschenk galten auch sogenannte Huldigungssträuße, Blumenbouquets, die aus den Anfangsbuchstaben des Namens der Beschenkten zusammengestellt wurden. Fanny etwa erhielt zu ihrem Geburtstag ein Blumenbild des Hofbotanikmalers Matthias Schmutzer, bestehend aus Fritillaria imperialis, Aurikeln, Nelken, Narzissen und Ysop.

Sämtliche hier aufgelisteten Blumen beziehungsweise anderen Pflanzen waren im Wiener Biedermeier bekannt.

A

Akelei: Extravaganz, Demut, Lebenskraft, Triumph, Erlösung, Verführung, Liebe

Anemone: Erwartung, Hoffnung, Enttäuschung, Vergänglichkeit, Misstrauen, Ergebung, Anspruchslosigkeit

Aurikel (Primel): Frühling, Hoffnung, Neubeginn, Jugend

B

Begonie: Balance, Dankbarkeit, Respekt
Bellis (Gänseblümchen): Unschuld, Freundlichkeit, Kraft, Beständigkeit, Liebe, Bescheidenheit
Buschwindröschen: Unschuld, Vertrauen, Vergänglichkeit

C

Calla: Unsterblichkeit, Anerkennung, reine und zarte Schönheit, Eleganz, Reinheit, Vollkommenheit, Faszination
Chrysantheme: Freundschaft, wahre Liebe, Glück, Wohlstand, Beziehungswilligkeit, Treue, Tod (weiße Chrysanthemen)
Clematis: Ehrgeiz, Selbstbewusstsein, Streben nach Höherem

D

Dahlie: Glück, Gesundheit, Liebe
Distel: Härte, Menschenfeindlichkeit
Dotterblume: Freude, Schutz

E

Edelweiß: Mut, Tapferkeit, Liebe
Efeu: Freundschaft, Treue, Unsterblichkeit, Zuverlässigkeit
Enzian: Liebe, Zuverlässigkeit, Schönheit, Treue

F

Flieder: Unschuld, erste Liebesgefühle, häusliches Glück
Fetthenne: Liebe, Schutz
Fingerhut: Misstrauen, Genesung, Liebeskummer

G

Geranie (Pelargonie): Treue, Glaube, Heimatliebe
Gladiole: Stolz, Sieg, Stärke

Glockenblume: Zusammengehörigkeit, Einigkeit, Dankbarkeit, Anerkennung

H
Hyazinthe: Zuneigung, Schönheit, Frieden, Macht, Stolz
Hortensie: Hochachtung, Schönheit, Bewunderung, Eitelkeit
Huflattich: Gerechtigkeit, Schutz, Stärke

I
Immergrün: Reinheit, Keuschheit, Treue, Beständigkeit, unerschütterliche Hoffnung, Unsterblichkeit, Schutz, Rettung
Iris: Kreativität, Energie, Beständigkeit, Treue

J
Jasmin: Reinheit, Stärke, Bescheidenheit
Johanniskraut: Licht, Sonne

K
Kamille: Hoffnung, Trost
Kornblume: Zartgefühl, Sehnsucht, Natürlichkeit, Spiritualität
Krokus: Leidenschaft, Liebe, ewige Jugend

L
Lavendel: Reinheit, geheimes Einverständnis, Erinnerung
Lilie: Licht, Liebe, Fruchtbarkeit, Weiblichkeit, Unschuld, Reinheit, Vergänglichkeit, Würde, Hoffnung
Löwenmaul: Vertrauen, Bewahren von Geheimnissen

M

Maiglöckchen: Reinheit, Demut, Bescheidenheit

Margerite: Natürlichkeit, Unentschlossenheit, unverfälschtes Glück

Myrte: Ehe, Frieden

N

Narzisse: Selbstsucht, Eifersucht, Lebendigkeit, Eitelkeit, Frische, Fruchtbarkeit

Nelke: Liebe, Talent, Freundschaft

Nerine: Schönheit, Zuneigung, Hochachtung

O

Ochsenauge: Geduld

Oleander: Misstrauen, Gefahr, Unglück, Pracht, Schutz, Unsterblichkeit

Orchidee: Sehnsucht, Leidenschaft, Bewunderung

P

Passionsblume: Glaube, Vergänglichkeit

Pfingstrose: Liebe, Heil, Geborgenheit, Schönheit, Weiblichkeit, Sinnlichkeit

Protea: Vielfalt, Veränderung, Anziehungskraft, Einigkeit trotz Gegensätzen

Q

Quendel: Stil, Eleganz, Hoffnung

Quitte: Beständigkeit, Unvergänglichkeit, Fruchtbarkeit, Liebe, Glück, Klugheit, Schönheit

R

Ranunkel: Charme, Bewunderung

Ringelblume: Anmut, Schönheit, Treue, Liebe, Unvergänglichkeit

Rittersporn: Verbundenheit, Gesundheit, Spaß, Leichtigkeit

Rose: Zuneigung, Anmut, Liebe, Leidenschaft, Jugend, Schönheit, Reinheit, Unschuld

S

Schafgarbe: Gesundheit, Liebe, Mut, Weisheit

Sonnenblume: Reichtum, Freude, Fröhlichkeit, Wärme

Strelitzie: Freiheit, Unsterblichkeit

T

Tränendes Herz: Herzlichkeit, Liebe, Trauer, Erhabenheit

Tuberose: Kreativität, Reinheit, Keuschheit, Frieden

Tulpe: Zuneigung, Glück, vollkommene Schönheit, ewige Liebe

U

Urtica (Brennnessel): schmerzliches Liebesbrennen, hoffnungslose Liebe

V

Veilchen: Bescheidenheit, Unschuld, Verschwiegenheit

Vergissmeinnicht: Liebe, Treue

W

Wegwarte: Sehnsucht, ewige Liebe, Treue, Wanderschaft

Wicke: Schönheit, Sanftmut, Langlebigkeit, Zartheit

Wunderblume: Keuschheit, Einfachheit, Schüchternheit, Reife, Misstrauen, Feigheit

X

Xingren (Aprikose): Jugendlichkeit, junge Schönheit, Fruchtbarkeit

Y

Ysop: Glaube, Reinigung, Bußfertigkeit

Z

Zinnie: Loyalität, Anerkennung, Zuneigung, Freundschaft, ewige Liebe

Zyklame (Alpenveilchen): aufrichtige Gefühle, Aufopferung, Hingabe, (mütterliche) Liebe, Einfühlsamkeit

Verzeichnis historischer Personen

Die meisten Personen dieses Romans sind frei erfunden. Doch tummeln sich bei genauerem Hinsehen zwischen den fiktiven Figuren auch historische Persönlichkeiten:

Johann Lucas Boër, eigentlich Boogers (1751–1835)
Leiter der Abteilung für arme Wöchnerinnen im Allgemeinen Krankenhaus, ordentlicher Professor für praktischen Unterricht in Geburtshilfe an der Universität Wien

Franz Boos (1753–1832)
Hofgärtner, Direktor der Menagerie und sämtlicher k. k. Hofgärten

Kaiser Franz II./I. (1768–1835)
Er entstammt dem Haus Habsburg-Lothringen. Als Franz II. war er von 1792 bis 1806 letzter Kaiser des Heiligen Römischen Reiches. 1804 begründete er das Kaisertum Österreich. Kaiser Franz gab sich gern volksnah und inszenierte sich als Vater seiner »biederen Bürger«. Wegen seiner Liebe zur Botanik wurde der leidenschaftliche Gärtner und Pflanzensammler später auch als »Blumenkaiser« bezeichnet.

Friedrich Freiherr von Gentz (1764–1832)
Sekretär des Kongresses und rechte Hand von Fürst Metternich; Hobbybotaniker und Gartenliebhaber

Matthias Niedermayer (1750–1829)
Direktor der k. k. Wiener Porzellan-Manufaktur

Karoline Pichler (1769–1843)
berühmte Wiener Salonière und Schriftstellerin

Lotte Pichler (geb. 1797)
ihre Tochter, verließ Wien nach ihrer Heirat im Jahr 1824 und
übersiedelte nach Prag

Fürst Andrej Kirillowitsch Rasumofksy (1752–1836)
russischer Gesandter und Vertrauter des Zaren Alexander;
glühender Verehrer Ludwig van Beethovens und begabter
Geigenspieler; Begründer des in Wien berühmten Beetho-
ven-Quartetts, bei dem er die zweite Geige spielte

Dorothea Schlegel (1764–1839)
geborene Brendel Mendelssohn, Schriftstellerin und Ehefrau von Friedrich Schlegel. Sie war auch im wirklichen
Leben eine der engsten Freundinnen von Karoline Pichler.

～❀～

Erwähnung finden außerdem u. a.:

Johann Angelotti und Joseph Held
Blumenhändler des Wiener Biedermeier, Inhaber der damals
berühmtesten Gärtnereien

Bastien
Koch des Freiherrn von Gentz

Joséphine de Beauharnais (Bonaparte) (1763–1814)
Kaiserin von Frankreich, sammelte Pflanzen aus aller Welt,
wollte alle bekannten Rosensorten in ihrem Garten in Malmaison kultivieren

Joseph Ulrich Danhauser (1780–1829)
berühmtester Wiener Möbeltischler seiner Zeit

Michael Köhler
Figurenmaler der k. k. Wiener Porzellan-Manufaktur

Kaiserin Maria Ludovika (1787–1816)
Als dritte Ehefrau von Franz I. seit 1808 österreichische Kaiserin. Ihr kaiserlicher Gemahl ging bereits ein halbes Jahr
nach ihrem viel zu frühen Tod eine neue Ehe ein.

Pierre Joseph Redouté (1759–1840)
Begründer der botanischen Blumenmalerei

Matthias Schmutzer (1752–1824)
Hofbotanikmaler

Fürst Ferdinand von Trauttmansdorff (1749–1827)
Obersthofmeister von Kaiser Franz I.

Alle Bücher von Michaela Baumgartner:

Debütantenball
ISBN 978-3-8392-2807-4

Seidenwalzer
ISBN 978-3-8392-0195-4

Der Blumenkavalier
ISBN 978-3-8392-0334-7

GMEINER SPANNUNG

WWW.GMEINER-VERLAG.DE
Wir machen's spannend